红晕

梁晓声 著

中国出版集团
中国民主法制出版社
全国百佳图书出版单位

图书在版编目（CIP）数据

红晕/梁晓声著．—北京：中国民主法制出版社，2019.9

ISBN 978-7-5162-2069-6

Ⅰ.①红… Ⅱ.①梁… Ⅲ.①长篇小说—中国—当代 Ⅳ.①I247.5

中国版本图书馆 CIP 数据核字（2019）第 189425 号

图书出品人：刘海涛
出 版 统 筹：周锡培
责 任 编 辑：梁　惠　黄宝强

书名/红晕
HONGYUN
作者/梁晓声　著

出版·发行/中国民主法制出版社
地址/北京市丰台区玉林里 7 号（100069）
电话/63055259（总编室）63057714（发行部）
传真/63056975　63056983
http://www.npcpub.com
E-mail:mzfz@npcpub.com
经销/新华书店
开本/16 开　710 毫米×1000 毫米
印张/19.5
字数/343 千字
版本/2020 年 2 月第 1 版　2020 年 2 月第 1 次印刷
印刷/北京世汉凌云印刷有限公司

书号/ISBN 978-7-5162-2069-6
定价/48.80 元

关于《红晕》的补白

中华人民共和国已经成立七十周年了。

姑且不论中国其他方面举世瞩目的成就，单论最广大的中国人之生活水平的改善、提高；与以往任何十年相比，近十年的生活可谓是从前的中国人特别是普通人民大众做梦都不敢想的。

而这还仅仅是物质生活水平的相比。

若再论文化及文艺欣赏、娱乐享受方面的丰富，委实会使我这种年龄的人有恍如隔世之感。

看一个国家的变化，与外国的横向比较是一种比较；与本国以往年代的纵向比较是另一种比较。

横向比较有益于正视差距，于是促使一个国家更加进步；纵向比较有益于人对自己国家的发展得出客观的结论，于是不至于妄自菲薄。

情况往往这样——人们伴随着自己国家一个又一个十年的发展变化，有时感觉会变得近乎麻木；更有时，似乎视而不见，感觉不出来了。

但如果使上世纪1970年代的青年跨越半个世纪的历史时期，一下子直接面对今日之中国，管教他们一个个会目瞪口呆吧？

这是我创作《红晕》的初心。

对于从前那个年代的青年，今日之中国的巨大变化，无疑会使他们万分惊悸；而对于今日之国人，一下子直面从前的红卫兵，直面他们的思想逻辑和是非原则，大抵也会惊悸万分，如见活恐龙的。

此种两方面的惊悸的对冲，有助于我们得出这样的结论——尽管中国的发展还在路上，但成就之巨大是千真万确的。

那些说从前比现在好的国人，问题并非出在对发展的麻木，而是出在对从前的病态的留恋……

2019.9.13

北京

目　录
CONTENT

目　录
CONTENT

CONTENT

第一章

日落的情景其实在任何地方都不是优美的，而是忧美的。

人心感受抑或依恋那美的时分，往往会不禁而平静地渐生出一缕又一缕惆怅。人心依恋日落的情景，如牧羊犬于傍晚依恋主人帐篷里泄出的光。那一种惆怅呵，仿佛一双无形的手将人心合捂着了，使人心温暖而又愀然。

此刻，它的一半已无可奈何地坠下去了，另一半疲惫地偎着岷山白雪皑皑的峰顶，表演着它最后的坚持。好像被戟叉举着的半个苹果，红得不能再红了呵！宁肯那样子永远地祭祀着什么也不甘愿完全消失似的。

表演辉煌乃是最最吃力之事。

二〇〇一年的这一轮落日，是多少地显出一些它的疲惫了。

自从盘古开天地，它一天一次地，一直那么坚持着的呵！

广阔的一片瀑布般的“鲜血”，从山坡向峰顶缓缓倒流——那是由于它的坚持并没有什么实际的意义。它仍在无可奈何地坠下去。它最后的如血般的彤耀，也无可奈何地缩敛着。

大壑深处，雾锁云横；冰崖摩天，气象万千。它竟真的完全坠下去了。在那一瞬间它们努力向上跃了一次，接着就仅剩下月牙儿似的一段弧。只不过不是银白色的，而是更加的血红了。那情景望去也就不但忧美，几乎凄美了。

刹那间赤霞喷现，“血”溅一空，仿佛它的坠落是以自爆结束的。

一分钟后连霞的残骸碎片也从岷山的峰顶消失得一干二净了。

自天穹向岷山降下夜的大幕，同时以无形的力镇压下了无边的寂静。

在那无边的寂静中，在岷山的半山腰，在皑皑的雪坡上，有几个表情肃然的人环立着，他们的目光从不同的角度望向一处——他们所望的是四具拥抱作一团的冻尸。“它们”已被冻僵三十四年了。确切地说，那是四名一九六七年的红卫兵……

红军不怕远征难，
万水千山只等闲。
……

当年，四名红卫兵要向全世界证明，红卫兵也是英雄好汉！

被政治狂热冶炼过的躁动不安的本欲，像青春期的痤疮一样冻结在他们化石般的脸上……

他们眸中凝固着对死亡的恐惧……

也许，三十四年前，由他们口中哈出过的最后的热气，仍在岷山的大气成分中循环着吧？

也许，他们将被雪崩覆盖之际，呼喊过什么口号吧？

那年龄最小的女红卫兵，仰着她的脸，望着替他们抻开着军大衣的那位红卫兵——他的头发齐刷刷地向一个方向飞扬起来。他的帽子哪里去了呢？她的嘴张开着，分明曾在狂风中喊过一句话。那是一句什么话呢？

而他也在低头俯视着她——他脸上凝固着一种罪过的表情——她看上去才十五六岁，也许刚刚上初中……

他的罪过感是由于自己的英雄主义将她那样单纯可爱的小妹妹牵连进了死神的陷阱么？……

他们的衣着并不一致。

但他们身上有相当一致的东西——草绿色的军挎包。它里面也有相当一致的东西——野菜窝窝、毛主席语录、林副统帅语录……

一致的还有他们胸前的毛主席像章和他们臂上的红卫兵袖标……

几位地质考察者已经惊愕又肃然地围观了他们许久……

谁也没贸然上前触碰他们……

谁也没留意到天色黑下来了……

一束强光刺破黑夜，直射这里——于是他们听到了直升机的马达声……

科学是人类发现荒诞的眼。

科学也是复制荒诞的魔杖。

当荒诞成功地被复制了，科学获得与发现荒诞一样的满足和光荣。

七月，即使在中国这座北方的城市，晚风也已经开始变得像从某个巨大的厨房里排出的一样，令人感到有点儿微微沉醉的熏热了。

闹市区那条繁华的步行街行人如织。二十世纪九十年代以来中国的年轻女人们越来越培养起了对棉花、丝绸和化纤的节约意识，也就是培养起了对一切布料和一切纺织品的节约意识。体现在夏季衣着方面，那就是穿得越来越少，基本上可以用“瘦、露、透”三个字概括。

这座北方城市的服装生意是越来越不好做了。只消花一百元，一个年轻女人便可以把自己的身体从上到下包装得特别时尚，或者特别前卫。如果善于讨价还价，大约五六十元便足够了。比如，可以花十元钱左右买一件色彩和样式都很流行的小衫，再花十元钱左右买一条女式短裤或者短裙。其实五六十元都用不了。最后花上十元钱买一双拖鞋不就把自己的身体包装齐了么?

不分南北，在几乎全中国的大小城市，严格意义上的女鞋也是越来越不好卖了。另一种介于鞋和拖鞋之间的足着物应运而生。说它是鞋，它只有鞋面没有鞋帮。说它是拖鞋，它却有很厚的底和很厚的跟。这一点决定了它根本不是为了女人们在家里当拖鞋穿而生产的。事实上也是，她们外出时换下拖鞋穿上它，进了家门以后换下它穿上拖鞋。

这一种似鞋非鞋似拖鞋非拖鞋的女性足着物，在二〇〇一年成为普遍的女性时尚，其时尚之风方兴未艾，使中国的制鞋业受到相当严重的冲击。全国鞋厂的库里积压着成百亿双鞋，而那一种似鞋非鞋似拖鞋非拖鞋的不伦不类的东西，以其十二色俱全的鲜艳色彩，在大商家的柜台上和个体户的摊床上，自信地挑逗着追求展露足之美的女性的购买欲……

在二〇〇一年，从十六七岁到三十六七岁之间的中国女性的夏季身体包装十之六七是这样的——男学生式的短发或精心养护的披肩秀发；无领无袖“瘦、露、透”并且领口开得很低的小衫；比内裤多用不了一二尺布的短裤或刚过臀部的短裙；脚上是那种似鞋非鞋似拖鞋非拖鞋的足着物……

也不是一概全都便宜到了三四十元就可以买齐的地步。贵的也有。有愿高消费的就有专为高消费者服务的商家和店家。标价在这一点上更意味着是满足心理需求和为心理需求服务。心理需求当然是更高级的需求，过把瘾的价格从几百元到近千元，相互递增满足的档次。一方是利润满足，另一方是自我身体包装品质的满足。

二〇〇一年的七月，确切地说是七月下旬某日晚上八点多钟的时候，在这一座北方城市，在这一条步行街上，穿着少得不能再少的女人们触目皆是，她们裸胳膊裸腿的身影，招摇地往来于男人们眼前。十之六七的她们化着妆，染了发，文了眉。如果她们正巧驻足在离你很近的地方，如果某个男人有兴趣盯住她们中某个人的脸细看，那么他可能还会发现她割过眼皮文过眼线垫过鼻整过唇，目光从脸上往下溜，他可能还会看出她的胸挺得似乎有点儿不太一般，于是有根据猜测她可能还隆过胸……

真的触目皆是触目皆是。

第二章

中国的男人们实在是很值得钦佩的——二十年前，在中国，男人们和女人们穿着上的差异是很小的。除了样式的区别，色彩享有率几乎是一致的。历史上的普遍规律告诉我们，从二十年前那一种情况到现而今这一种年轻女人们比赛着追求性感的情况，过渡阶段怎么也得半个世纪左右。因为这种过渡的完成往往需要文化的准备时期和文化的引导时期、文化的铺垫时期。然而二十世纪八十年代以来全世界的时代演进都加速了。中国也不例外。非但不例外，而且是全世界时代演进步伐最快的国家。事实上年轻女人们追求性感的本能十年前就已经开始激情地释放着了。十年后的今天则完全成为潮流冲击时代所向披靡势不可挡了。即使她们某一天起一律地胸前只挂两片树叶，腰以下只胡乱地遮几把草，绝大多数中国男人也是不会“友邦惊诧”的。甚至，巴不得她们某一天起一律地都那样子。男人们挣的钱越来越多；女人们穿的衣服越来越少或者干脆觉得穿衣服别扭——这是中国新新人类向往中的新新“共产主义”理想王国的图景。虽然都懒得这么说。

当日晚报上的“女性风采”版，照例刊登着“做女人挺好”的丰乳药品广告。一个靓妹的玉照不仅“挺”得挺好，而且简直可以说“挺”得风情万种迷人极了。在这广告的下方，字号比汽水瓶盖小不了多少的一行标题是——“夏季到来，十点娇红”，正文却只有千把字，以诗般赞美的文字，描写女性涂红了的脚指甲如何构成了夏季都市的风景线，如何定使男人们赏心悦目。在它的左方，一条消息报告人们——一位歌坛小女子不日即将飞抵本市满足追星族们的朝思暮盼进行大规模巡回演唱。她答记者问的一句话乃是——“只要观众‘疯狂’，我更‘疯狂’！”——这句话就作了消息报导的标题，对追星族们起着再明显不过的心理刺激和挑逗意味。在那篇以诗般的文字赞美女性涂红了的脚指甲的千字文的右边，另一篇千字文的内容是教女人如何运用她们的眼波使男人们注意到自己的存在，进而注意到自己的性感，或自己身体的性感部分——此千字文的署名怪怪的甜甜的腻腻的，怪得很嗲，甜腻得使男人想入非非，也甜腻得那么性感——“小女子”……

二〇〇一年，中国不少报纸的版面，越来越被些个新新人类中的新新小女子所侵略所占领所盘踞，她们越来越使某些报纸的某些版面变成仿佛喷洒了太多的雌性荷尔蒙的女性用纸巾。她们作为有文化的中国新新一代文化女性，新就新在她们的文化构成除了女性所细致地咀嚼出的那一点儿性的原汁，再几乎没有什么另外的内容。你很难得出结论是她们靠了自己是记者是编辑的特殊身份借助报纸这个载体释放自己过剩的雌性荷尔蒙，还是报纸靠了她们的津津乐道借助她们的女性对女性的新新发现，甘愿地变成女性用纸巾……

在二〇〇一年的夏季，在这一个夜晚，在这一座北方城市的这一条步行街，那些是报社记者是报社编辑的新新小女子们，也是一道颇值得欣赏的风景线。只不过她们并不在步行街上似乎有所寻觅又似乎走哪儿算哪儿地蹓蹓跶跶，这站一会儿那站一会儿地东张西望。她们大抵都在步行街两旁的咖啡屋里、酒吧里、冷饮店里、西餐厅里，陪着些演艺圈里半红不紫的男星女星们故作斯文地嘬着吮着呷着。要不所陪就是些董事长啦总经理啦，或某些中青年低职官员如科长啦处长啦主任副主任啦，以及某些高职官员的秘书们……她们自然不是做东的人，也是从未买单的人。她们喜欢那些地方的那种情调、那种氛围。那种氛围氤氲一片的那种情调，最使人久坐不去的原因其实也没什么奥妙的，只不过依然是男女荷尔蒙气息的相互诱发和交流。打算尽情挥霍它一番的可以在那种氛围那种情调中彼此试探并心照不宣灵犀感染之后，再到别处去干正事儿。经常挥霍已自觉荷尔蒙日渐亏蚀的，却也可以在那种氛围那种情调中得以再补充再生成再培养，以利再挥霍……高职官员一般不会出现在这些荷尔蒙气息稠黏的地方，他们大抵都明白自己在这些地方经常抛头露面是于自己的仕途不相宜的。他们若打算“放松”一下各有各的隐蔽去处……而那些“小女子”们在这些地方泡着时其实都有自知之明，清楚地知道自己从来不是也根本不可能是这些地方的主角，往高了想象自己的身份也只不过是社会这座“大观园”里的袭人罢了。所以她们都显得格外的矜持又格外的善解人意。明明自己在被捎带地泡着却在内心里暗暗对自己说——其实我何尝不是也在泡别人？她们对她们的眼睛所整天瞄准着的那些演艺圈里的半红不紫的星们所怀的心理是很分裂的。她们比谁都清楚她们靠了报社所捧护着的对象们原本是些怎样德行的人，但是权衡之下，她们觉得做对方们的附着物的感觉毕竟还是挺不错的。如果被对方们全体抛弃了，她们眼下赖以生存的饭碗也就砸了。但是她们心的深层对自己靠了报社所捧护的对象们有不同程度的嫉妒。甚至，在社会这个“大观园”里，她们那一种嫉妒是最直接最深切的。这又是一般情况之下她们要求自己必须掩藏，丝毫也不愿流露的，所以她们其实很不幸，在还太年轻的时候就变成了些个城府很深的“小女子”……

在二〇〇一年，在中国，在这座北方的城市，在七月里的这一个夜晚，城市的其他区域都过早地安静了。那些区域里许多街道两旁的许多私营小饭店，几乎无一例外地灯光通明也几乎无一例外地空荡无人。它们真是多啊！有的街道两旁它们的店面一处挨着一处，它们门前的大红幌子从街首一溜儿排至街尾，幌穗在七月这一个熏风靡靡的夜晚偶尔微微地拂动，好像证明着它也是有生命的东西。招徕顾客的姑娘无精打采地伫立门旁，有人经过便立刻强颜一笑，怅然若失地目送着背影，表情仿佛是被初恋的人儿抛弃了似的，有点儿不知所措的迷惘，也有点儿不明就里的委屈。她们或是店主们招聘的农村女孩儿，或是店主们自家中考或高考落榜的女孩儿，再不就是她们的农村亲戚家的女孩儿。如果她们是前者，她们的心里就会产生很快将被辞退的忧虑。那她们可拿自己怎么办才好呢？农村她们是不愿再回去了。她们中长相还可以的，以后往往就会被这座城市的卖淫现象吸纳过去。失业的人数在继续增加，卖淫的小女子们也越来越多。这是一个悖论。正所谓“野火烧不尽，春风吹又生”。如果她们是后者，她们的忧虑则反了过来，首先忧虑的是店的存亡。如果店都开不下去了，她们以后的人生还依赖什么呢？她们这么一想，就对以后的人生心灰意冷了。而事实正是，十之八九的这些私营的小饭店，早已生意清淡得难以撑持了。二〇〇一年，经济大萧条的真相，在这座城市里呈现得特别明显。就一般人家而言，到饭店，哪怕是到这些价格很低的私营小饭店为什么名义花一二百元吃一顿饭，也意味着是一件奢侈的事了。

是的，经济大萧条。即使在中国别的城市里不是这样，在中国这座北方城市里分明正是这样。

只有在有数的几家装修豪华的大饭店里，每天一掷千元数千元的高消费仍在进行着。因为够规模的商业活动，官员们的迎来送往，商与官之间的公关洽谈，企业与企业之间的联合协作，毕竟还在每天照例地百折不挠地进行着。普通的老百姓，其实并没有什么机会亲眼目睹那里碰杯劝饮大快朵颐的情形。但他们知道那种场面在那些地方确实每天，尤其是每天的晚上都在旷日持久地进行着。他们也能凭影视片断的表现和小说中相关的描写在自己的头脑中想象出那一种情形。而他们的想象总是比实际内容芜杂。故他们一谈到这一点，无不气愤愤地咒曰：“他妈的腐败！”其实呢，也不尽然一概地都可算作腐败。在这座经济极为萧条的城市里，官员们的迎来送往，已很少花公款了。公款行为的一切消费，已在政府财政支出中压缩到了最低程度。故官员们迎来送往的宴请，席座中几乎必有一位商企界人士。他往往是私企老板，合资企业的中方管理者或少数经济效益还比较好的国企领导者，或早年下海十数年间所幸没被商海波涛淹毙终于干出了点儿名堂的机关原同仁。他们是够身份的陪客，也是买单人。他们倒也乐于充当那样的角色。毕竟得以有机会新结交几位官员。双方有点儿不言自明的互帮互助的意思。即使这些几乎每晚都在照例进行的高消费，也不如五六年前那么能营造一种消费火爆的繁荣昌盛的风景了。在本市屈指可数的上星级饭店豪华、气派、宽敞的用餐大厅里，中午基本上都像谢绝参观的博物馆大厅一样肃静。除了蜡人般的服务员小姐没有必要而又忠于职守地翘立期待，往往并无顾客光临。就是到了晚上，有一二成顾客入门就足以令小姐们笑容可掬了，招待唯恐不周到不热情。而那些起了各种词牌般富有诗意的名字的单间，每晚能开用一间，总经理之类的主管人物闻报就颇觉欣慰了。正是在那一间单间里，除了官员们礼节性的迎来送往，再就是商企洽谈的进行了。这类洽谈总是以务虚的试探开始，以务实为目的，结果常以务了一通虚而告终。经济萧条的时代大背景，使商企洽谈的双方无不格外谨小慎微，都怕自己上了对方的圈套被坑骗得叫天天不应叫地地不灵，痛心疾首悔之晚矣。然而正是以上两方面被老百姓咒为“腐败”的另类消费，使几座上星级饭店似乎有着一种挺住不倒闭的理由。实际上它们都早已是亏损经营的饭店。相互之间比较经济效益的标准，早已不是谁盈利多，而是谁亏损少。也正是那另类消费，蕴含着本市经济振兴的微弱希望和看不大分明的前景。如果连本市商企界人士们也不互相宴请了，那么本市的大小经济血管，也就差不多意味着全都彻底栓塞住了。这也是“中国特色”之一种。但这一种“中国特色”，实在更是深谙中国经济现象的经济学家们头脑里的逻辑，而非中国老百姓们的看法和想法。尽管经济学家们是对的，老百姓们的看法和想法是不无偏激的……

在二〇〇一年，中国南方和北方经济发展的差距越来越巨大，巨大到了忧国之士们企图解决而又深感自己智慧不够用的程度。

在二〇〇一年，在中国，在这一座北方城市，在那一条步行街上，几乎只有在那一条步行街上，城市的神经亢奋着。

人流如织，人流如织在某一街市比肩接踵……

第三章

用几十元钱包装了自己身体和用几百元上千元包装了自己身体的女郎们，看去都那么酷那么时髦那么性感，对自己的魅力那么自信百倍，很难区别她们谁的身体包装只不过投资几十元而谁的身体包装花了大本钱。她们漫游在步行街上似乎主要是为了向这一座城市里的男人们证明她们千姿百态地存在着，捎带在步行街给陪伴着自己的男人们一点儿愉快——指指点点地花他们的钱。也有的女郎并无男人陪伴着，钱包里也仅带着刚够打的回家的钱。她们想在步行街上碰碰运气，能相当容易地结识一位主动和她们搭讪着说话，暗示自己随时准备为她们掏出钱包并且钱包很鼓，并且形象方面不令她们太反感的男人。当然，如果其形象符合她们对男人的审美标准和心理就更加欢喜了。她们钱包里的钱明明那么有限，她们的钱包却是特别美观的。那严格地讲也不是一般概念上的钱包，而是专为女性们生产的一种随身袋儿。长不过半尺，宽不过三寸。有的是真皮的，有的是仿真皮的，有的是绣了花的色彩鲜艳的绸缎的。就是没有革的，也没有塑料的。因为现如今连老太太和小孩子都知道，革的和塑料的再美观也肯定是地摊上的便宜货。而真皮的证明一种消费标准。绸缎的证明一种消费文化，显示着返璞归真引导消费新潮流的意思。这类小随身袋儿尤其与钱包不同之处是它的吊带和拉链儿，那一般都是金属的。铜的、镀银的，或含多少 K 金的。还有的是用水晶珠子或玉石珠子串成的。吊带很长，搭在她们肩上，美观的小袋儿就垂在她们胯部了。她们迈着招惹男人目光的步子走动时，小袋儿随之摆来摆去。这使它之对于她们，更像是美观身体的饰物，也更像是荷包了。男人无法从形形色色的随身袋看出她们谁到步行街上来是有花一花自己钱之目的，而谁的那小袋内其实什么都没有。她们之间也互相看不出来。那些随身袋儿最瘪平的女郎，模样往往摆得最为高傲而又孤芳自赏。仿佛她们不但明白自己的性感魅力，仿佛她们的小袋儿里虽然没有一钞，却有一张金卡，而那金卡上储着七位数的一笔巨款，而她打算在这一个夜晚，在从步行街这头儿走到那头儿的过程中，将金卡上的钱全都花光……

这条步行街上的女人们中的另一类，则无论如何不能算是“小女子”们了。她们的年龄在三十岁至四十岁之间。她们是本市一些有点儿身份的女人。或者因为丈夫有钱而较有身份，或者自己便拥有一家什么小公司，比如批发公司、代理公司、广告企划公司、专利事务所甚至律师事务所……再不就开着一家生意不错的美容美发店、名牌服装店、精品屋，或打字社……经济越萧条，从商的女人们越受到有能力呵护她们的男人们的友爱性关怀。所以她们一般并不直接感受到经济萧条的威胁。她们脸上永远挂着一种说明书似的表情，那就是——“我挺好的”。还有一类与她们同龄的女人是所谓“白领佳丽”。她们的年龄不太会超过三十二三岁。她们的职业一般是商企界男士尤其是私营商企界男士们的秘书、公关部主任。以上三类女人中有一些单身族，还有一些心理上有同性恋倾向，甚至是肉体上的同性恋者。在夏季，她们几乎每晚都到步行街上来。在步行街上花自己的钱消费的女人，大抵是她们。她们平素花男人们的钱花腻歪了，花自己的钱消费主要是获得一种自己真正是消费者的感觉。她们认为这是女人最好的感觉之一。她们到步行街来是上瘾的。毕竟，这座城市仅有一条步行街，而它是每晚这座城市人最多的地方，也是最繁华最热闹的地方。它仿佛具有一种强大的吸引力，将这座城市里活得还算得意还算滋润以及活得很得意很滋润的中青年男女，从城市的四面八方吸引到这儿来。到这儿来仿佛是他们和她们每晚都要参加的一种仪式。而此仪式足以证明这么一点——无论时代怎样，自己的命运并未沦落不堪……

下岗的男人和女人是不太到步行街上来的。

四十岁以上的女人是不太到步行街上来的。

容貌不佳身材肥胖的女人也是不太到步行街上来的。

事业无成人生失意怀才不遇的男人们同样不到步行街上来——他们宁肯在哪个小饭馆里借酒浇愁。

但是有大学女生甚至刚入大学不久的女新生到步行街上来。她们的脸不化妆，穿着也很素雅。她们来到步行街上的目的据她们自己说是“感受时代气息”，外加一点儿对那气息的强烈好奇。相比于大学校园，步行街仿佛巨大的T字走台，仿佛每一个人尤其每一个女人都是模特似的。其实她们要感觉的更是此一点。只要你有一处吸引人的地方，虽无人喝彩，但必有眼欣赏。这些耐不住校园寂寞的女大学生，喜欢在自己浑然不觉的情况之下被欣赏，更喜欢在自己已发觉了的情况之下仍被某一双男人的眼睛盯着看。她们兜里没有多少钱，她们肩上也不会吊着小小的美观的随身袋儿。但是如果某一双男人的眼属于某一张她们也愿意多看几眼的男人的脸，则她们就佯装出并不是故意的样子，将她们的身子向那一双眼睛侧转过去，为的是让那一双眼睛发现她们胸前的大学校徽。那时她们的眼睑垂下着，似乎在专注地看面前摊床上的什么东西，而同时她们脸上的表情就格外地庄重起来。也许她们在大学校园里从来没有表情那么庄重过。其庄重不无表演性，若有似无地传达着这么一种暧暧昧昧的小意思——瞧，我还是单纯的女大学生呐，请千万别打我的什么念头哟！……

然而每晚游荡在步行街上的，也有比她们年龄更小的同性一族。一些职高女生、高中女生乃至初中女生。她们一个个把自己弄得像“酷妹”，也像雏妓。她们觉得她们那样子特前卫，特反叛，特有个性——不知道在解放前的上海滩，在几十年前的香港，以及几十年前外国的华人街，雏妓的脸便是她们那种浓妆艳抹的样子。不同的是，仅仅是，从前的华裔包括一切亚裔雏妓，不作兴将头发削得中学男生似的短。“酷妹”和雏妓终究有点儿分不大清，是近二十年来一种世界性的现象。她们到步行街上来游游荡荡，为的是渴望“遭遇”某种刺激。对那种“遭遇”的强烈好奇和希冀，像猩红热病毒潜伏在她们难耐的少女青春躁动期。其实，倘有男人们的眼盯住她们看，她们的心理就不免紧张起来。倘他们还居心叵测地接近她们，搭搭讪讪地跟她们说话，她们往往显出傻兮兮的样子不知作何反应为好，又害怕又有点儿暗暗激动不已。如果看出对方是正派的男人，她们自然没有必要害怕，心情也根本不激动。因为他实际上并不是她们所希冀的。而事实是，一个正派男人的眼，即使盯住她们看了一会儿，也断不会搭搭讪讪凑上前跟她们没话找话说。凡不但盯住她们看，且凑上前没话找话跟她们说的，几乎绝对是那类衣冠楚楚，表面看起来特正派，特正经，甚至特有风度特有气质，而心底对她们不怀好意的男人。他或他们正是她们所希冀“遭遇”的男人。她们也正是因此而暗暗激动不已。这种激动对于她们，类似人站在险境边儿上的激动。她们渴望的也正是这一种刺激。通常她们不会单独一人到步行街上来游荡。或双双结伴儿，或三五一起。面对着分明是在打她们念头的男人，她们的模样往往真的傻极了，低声地吃吃地笑，瞪大双眼企图证明自己们的单纯，却只不过证明了自己接近着二百五。并且问些只有幼儿园的小女孩儿才问陌生男人的话。诸如“你是干什么的呀？我们也不认识你，你跟我们说话干啥呀？”“你跟我们说话也白说的，我们可哪儿也不跟你去！”“你可别把我们当成坏女孩啊！”等等，等等，不一而足。这些话里怂恿的意味儿，其实比防范和戒备的意味儿还显明。但是当对方受到更大的诱惑和那么显明的怂恿，真把她们当成些二百五女孩儿，进一步施展伎俩勾引她们的时候，她们便会急转身匆匆而去。就像一只蜻蜓或蝴蝶，看去翅膀垂着了，似乎很容易捉在手里，但人手伸近时，它倏地一下飞了。她们一边在人流中匆匆而去，一边不断地回头。确信肯定将对方甩掉了，驻足于某处人少的地方，于是相向嘻嘻哈哈笑作一团。以后她们就似乎有了一个很刺激的话题，就似乎经历了很够味儿的一次心理冒险，就似乎多了一种与众不同的谈资。那步行街上的“遭遇”，在相当长的时日里，一遍又一遍地被回忆着，被夸张地讲述给她们的小姐妹们听，却仍能使她们自己亢奋、激动，也能使听者一次次对她们刮目相看，肃然起敬。待那话题终于成为老生常谈了，某一个夜晚，她们就又相约了，结伴儿再到步行街上去。去体验同样的“遭遇”，真的“遭遇”了又同样是在对方心猿意马之际抽身而去……于是又有了新的谈资新的激动……

她们对游荡在步行街上那种感觉也很上瘾。但她们毕竟不可能每晚都去。而很长时间没去也是她们受不了的。如同每晚在京城最火的某些火锅城大开其涮的男女，十之七八是回头客。而且十之七八绝不仅仅是为了胃口才一而再，再而三地去消磨时间的……

真的，在夏季，在这一座北方城市，步行街仿佛成了它的心脏。又仿佛因为活跃城市肌体的其他血管都严重栓塞了，回流不畅，心血积郁又充足，反而使这颗心脏由于承受膨胀跳得特别的欢！

没有什么地方比步行街更热闹了！

这儿，仅仅这儿，一片商业繁荣昌盛的景象。

这儿，仅仅这儿，男人和女人，一个个都显得那么人气充沛。

这儿，仅仅这儿，五颜六色的灯光彻夜闪烁，形形色色的广告触目皆是。许多广告通过女人的眼，女人的眉，女人的唇，女人的发，女人的颈，女人的胸，女人的腰，女人的手和女人的足强化世人对商品的印象。在这些由女人身体或女人身体的某一部分所载的广告之间，橱窗里悬吊着烧鸡、烤鸭、熏鹅、成串的肠，令人馋涎欲滴的各类肉食品、生猛海鲜，以及陈列着珠宝首饰，代表最新医学研究成果或最古老配方的补药……

一家药店的橱窗前为数众多的男人驻足不去。贴在橱窗内的巨幅广告画上，一行醒目的广告词是——“男人对女人的郑重承诺——自从我服用了‘金刚’，也挺——好！”

那壮阳补肾药的名称，与二十世纪三十年代一部轰动美国的好莱坞电影一样。而那部电影的真正主角，是一只十层楼那么高的大黑猩猩……

一座城市新开辟了一条步行街，普通的市民只要有心情少不了都要去逛逛。有人会去逛一次，有人会去逛两三次。

但步行街每晚的拥挤，更是那些一次次去上瘾了的人们营造成的景观。

第四章

步行街的尽头是江畔。从江上一阵阵向步行街吹送着凉爽的风。江畔当然更为凉爽。有些人从步行街逛来，分散在江堤上。他们是些住在附近的人。他们和那些逛步行街有瘾的人颇为不同。他们的好感觉首先是在江堤上漫步。逛步行街是捎带着的事儿。是顺路体验一下热闹情形。而那些逛步行街有瘾的人，几乎可以说是一些半职业化了的步行街上的游荡者。他们从街头走走停停悠悠闲闲地逛过来，却并不踏上江畔的台阶。最多在台阶下迎江站一会儿，吸几口凉爽的江风吹送来的新鲜空气，转身又往回逛。仿佛步行街上埋伏着什么和他们或她们的人生有关的意外事件，一旦其发生被自己赶上了，自己的人生就会改变成另一个样子。起码，又加进了什么戏剧性似的……在当今的中国，患人生奇遇强迫幻想症的人是越来越多了，因为绝大多数人的人生，在现实之中是越来越感到疲惫了……

斯时已晚上九点多钟，步行街上的人流仍像稠粥一样。两旁餐饮店里的食客和饮客，出去了一拨，又进去了一拨。在步行街的中段，有一幢经过翻修的俄式的二层楼房。它原是一家书店，前年改成饭店了。经营的自然也是俄式套餐。如果五十元可美美地享受一顿俄式套餐，那么谁还肯花二十几元买一本书读呢？在中国，在二〇〇一年，几乎什么都降价了，唯独书价更贵了。

书店从步行街上的消亡又是那么的合情合理。在俄式小楼的左侧，有一个拱形门洞。“文革”前，它挺美观的。周边镶砌着枝叶浮雕。拱形弧的正中，展翅的胖胖的小丘比特搭箭开弓，觅“靶”欲射。它的门本身也是挺美观的。欧式的铁栅栏门，当年刷着墨绿色的油漆。所有欧式的铁栅栏门其实都是差不多的。正如当今的防盗门样式并没有太大的区别。而此门的不同之处在于，它的每一根栏杆上都刻着一句诗。八根不疏不密的栏杆上正好完整地刻下了拜伦的一首诗。其诗情调伤感又真挚：

正如一块冰冷的墓石
死者的名字使过客惊心，
当你翻到这一页，我名字
会吸引你那深沉的眼睛。
说不定有一天，披览这名册，

你会把我的姓名默读，
请怀念我吧，像怀念死者，
相信我的心就葬在此处。

据说，在这门的一处机关没有毁坏之前，若谁能以标准发音的俄语流利地读完这一首诗，再按一下最后一根栏杆上的按钮，门铃装置就会发出一阵美妙动听的音乐。但这只是据说而已。“文革”中，拱形门楼周边的浮雕被砸得惨不忍睹。飞停在拱形弧正中的丘比特，仅剩下了一条腿和半边翅膀。两扇美观的铁栅栏门也不知去向……

现在，门洞又被装修了一下。但已非原貌。洞壁贴上了瓷砖。步行街上寸土寸金，楼院里的一户人家，以每年八万元的价格租下了门洞，购置了几具电烤箱，雇几个农村的女孩儿卖各种肉串烧烤，每天效益相当可观。

楼院里仍住着几十户人家。毕竟是老院子了，从前家家户户烧煤取暖，院内临街主楼的背面，以及左右两幢小小宾楼的楼体，早已被烟火熏得黑幽幽的。院子里这儿那儿，胡乱堆放着东家西家的杂物。总之无论谁，站在这样一个楼院里，便会觉得自己回到了三四十年前。步行街上是不允许有居民出出入入的院落之门的。所以那门洞被作为公产地皮的一部分出租，不但合乎步行街法规，简直是必然的事。此门洞不得出入了，有关部门就为院子里的居民开了宽敞的后门。自从步行街剪彩那一天起，居民们就开始出入后门了。出了后门的一条街，可算是步行街的后街了。这一条街与步行街的热闹、繁华、昼夜喧嚣、人流如织的情形是没法比的了。行人很少走这一条窄窄的小街。车辆也很少从这么一条小街上驶过。它是那么的清静，又是那么的自甘清静。院子里的居民们倒是不太经常绕到步行街上去逛。他们更喜欢趴在自家的窗台上，或站在阳台上，居高临下地俯视步行街上的情形……

此时，院子里停着一辆小型的封闭货车。它的主人是个体司机。每天开着他的车给各处送半加工过的食品。

他正在家里吃饭。已喝了几盅酒，脸红红的。

他忽然指着电视机大声对他老婆说：“关掉！关掉！我有更新鲜的事儿讲给你听！比电视新闻里报道的事儿更是新闻！”

于是他老婆就将电视关掉了。

“坐过来！坐过来！坐我对面来嘛！”

于是她顺从地坐到了饭桌对面。这女人喜欢听她丈夫讲他每天开车在外边遇到的种种事儿。她也承认，有时他遇到的事儿，确实比电视新闻里报道的事儿更是新闻。比如有一天他送货，跟上车一男一女两个青年。女的是会计，男的是推销员。他们要双双跟到某个单位的食堂去结账。等他将车停在食堂门口，开了车厢后门，不禁大吃一惊——却见那男的裤子褪至脚腕，赤裸着下体，口吐白沫，分明的是躺在车厢里抽风……而那女的，则裸着上身，怀里抱着卷成一团的上衣，蹲在男的旁边已哭得一把鼻涕一把泪！见此情形的不只他一个人呀！他身后站着几个准备搬东西的食堂男女职工啊！不唯他大吃一惊，他们也都大吃一惊啊！而车厢里那裸着上身的三十多岁的女人则哭哭啼啼地冲他们解释："我们没干什么事儿，我们真的没干什么事儿……他还没来得及……他就这样子啦！跟我一点儿关系都没有的！……"

他将车门复又一关，接着开向了医院……

这样的事儿电视新闻里当然是不便报道的啦，也没有任何值得在电视里报道的新闻价值呀！但他的女人特别爱听他讲这一类"新闻"，并且特别喜欢将这一类"新闻"传播开去。仿佛他是专向她供送独家新闻的"新闻发布中心"，而她是此类"新闻"播讲员……

"你猜我今天去到了一个什么地方？"——那做丈夫的低头呲溜一声吸干一盅酒，醉眼乜斜地望着妻子就说开了："那地方在郊区，多年前我去过一次的，记得原先是军营。今天一去，咦，不是军营了。挂着一块牌子，变成疗养院啦！……"

那做妻子的竖耳聆听地要求道："少喝两盅吧！一会儿醉了你还怎么讲得明白？再说你捡那重要的情节讲就是了，不重要的你就给我略去了行不行？……"

做丈夫的瞪了妻子几秒钟，晃了晃头。仿佛他真的自感有些醉了，仿佛已醉得看不清妻子的面容了，仿佛那么晃了晃头，头脑就又会变得格外清醒了似的。他将身体隔着桌子朝妻俯过去，语调神神秘秘地又说，"你有点耐心嘛！现在就开始讲重要的了！你猜怎么着？我把车开进院子里，但见……"

做丈夫的戛然而止。

"但见什么？……"

为妻的迫不及待。

"但见满眼都是标语！院墙上是，房墙上是，几根电线杆子上也是！'坚决将无产阶级文化大革命进行到底！''誓死捍卫毛主席的革命路线！''打倒党内外一切走资派！''肃清刘邓反动路线！''造反有理！''保皇有罪！''谁要不革命，就罢他娘的官！就滚他妈的蛋！'……总之'文革'中最时髦的口号，几乎全都有！……"

这两口子是四十多岁的人，"文革"时期当过"红小兵"的那一代。做丈夫的以为，自己感到熟悉又震惊的事，妻子肯定也那样。

妻子却撇了撇嘴。

她说："难道你还没见过呀？'文革'中刷上的呗！"

丈夫说："不可能！不可能！那地方'文革'中还是菜地！八十年代以来才有院子，才有房子！"

"那就是你记错啦!"

"我记错了?不可能!不可能!"——做丈夫的又一迭声地说"不可能",并将头摇得拨浪鼓似的:"那地方我开车经过何止十次二十次了呀!再说那些标语都不像是老早刷上的,一看就知道才刷上一个来月!院子正中还有毛主席塑像呐!两米多高的一尊!举着他老人家的巨手!不是改成疗养院了么?我也看见几位医生护士走过院子,穿着白大褂……"

"废话!医生护士当然穿白大褂!"

"还戴着白帽子……"

"更废话了!你不拣重要的讲,我可不老老实实听了啊!"

"衣袖上还戴着红卫兵袖标!……"

妻子却已手拿遥控器开了电视。

丈夫夺过遥控器将电视关了……

"你不认真听我可不讲了!"

"那就别讲!我还不稀罕听了呢。明明什么新鲜事儿也没遇到,喝了两盅酒,就编没意思的瞎话骗人!"

"我没骗你!哎我骗你干什么呀?不一会,我又看见从一排病房里走出四名红卫兵!二男二女!年龄大的是个男的。大也大不到哪儿去,二十来岁的样子。年龄最小的是个女的,看去也就十五六岁,可能刚上初中吧?你猜怎么着?他们走到毛主席塑像前,齐刷刷地挥着红宝书敬祝起来!接着都唱'抬头望见北斗星,心中想念毛泽东!'再接着就念毛主席语录!念了一段又一段!我好奇呀!我就打开驾驶室的门,先不下车,听着,看着,心想这是怎么回事呢?我不是在做梦吧?我在自己脸上狠狠拧了一把,疼!又想明明不是梦啊!可眼前算怎么回事儿呀?难道我开着自己的车回到了'文革'年代不成?你猜他们一段又一段地念毛主席语录为哪般?原来他们是为了'斗私批修',互相指责,互相批评,都说天天吃带肉的菜,还喝鸡汤,自己却不主动提出降低伙食标准,简直是在吃人民的肉,喝人民的血!你听这都哪儿跟哪儿呀?挨得上边儿么?后来又商议着给领导和员工贴大字报,认为领导对'三敬三祝'以及学习毛主席著作抓得不紧,认为有的女护士眉毛是修过的,是资产阶级臭美思想!而有的男员工集体念语录时,只动嘴唇,不发声,显然是在装念,滥竽充数!而这是对毛主席最大的不忠不敬!食堂里的人出来搬东西了,我好心好意帮着搬,不小心掉了几个柿子椒,被我一脚踩了一个。有个人弯腰去拣,我见踩烂了,随口说了一句:'别要了。'没想到那人抬起头,瞪着我语调凶巴巴地来了一句:'贪污和浪费是极大的犯罪!'吓得我这么大男人一哆嗦!……"

"你可算讲完了吧?"

"没完!……"

“还有得可讲的？那快讲完！讲完了我再告诉你怎么回事儿！”

“最可疑之处是，院门口有持枪的军人站岗！穿‘文革’年代的军装。那个年代军人的夏装是什么做的来着？……”

“的确凉！”

“对！穿的是的确凉军装！”

“你傻兮兮地瞧着我干什么？没讲完快接着讲啊！”

“食堂里还拉着十几条绳子，绳子上像晾床单似的垂着大字报！有的一垂到地，像一片大字报的森林！……”

“快讲完快讲完！”妻子耸眉催促。

“完了！……”丈夫向妻子摊开着双手，仿佛将什么看不见的物件捧送给了妻子，意思是——你比我明白，那么就请你解释解释怎么回事儿吧！

妻子用指头戳点丈夫汗油并冒的脑门儿，讥笑道：“你呀！亏你还是个整天开着车在外边闯荡的大老爷们儿！比我这下岗在家的女人见识更少！那是在拍电影。或者在拍电视剧！剧情需要表现‘文革’年代，那就圈一处地方，一切一切都搞的和‘文革’年代差不多，演员们统统在那种‘文革’环境里体验‘文革’状态，一言一行，跟着‘文革’年代的感觉走！要不能演像么？那叫‘封闭拍摄’！懂了么？……”

“你怎么知道？”

“看电视记者们在电视里现场采访知道的呗！”

“这么说我不值得大惊小怪了？”

“一点儿都不值得！你除了跟我，再别跟外人讲！讲了外人准笑话你连起码的常识都不知道！”

做妻子的一腔扫兴，正这么教诲着丈夫，他们的儿子风风火火地跑了回来。那十一岁正读小学五年级的男孩子一进家门，就煞为紧张地冲他爸大声说：“爸，爸，有情况！有情况！你车厢里有人！……”

那两口子同时一愣，一时你看我，我看你。当爸的问：“真的？”

儿子急红了脸：“真的！我骗你是小狗！人在你车厢里拍车门！我悄悄走过去将耳朵贴在车门上听，听到一个女的说：‘闷死我啦，闷死我啦！’还听到一个男的说：‘趴下，脸凑着这儿！这儿有道通气的缝！’”

当妈的忽然笑将起来。

当爸的已在穿鞋，听到她笑，一边提鞋跟一边没好气地说：“你笑什么？有什么好笑的?!”

当妈的说：“我猜，你一开车门，别又是你讲过的那种情形！怎么这些个男女专爱在你车厢里干那种丢人现眼的事儿呢？”

当爸的已站了起来，气呼呼地说：“你别总往那方面想！不定是两歹徒，趁我不注意猫入我的车厢，打算在半路找机会谋害我！还不快去叫几个邻居给我壮胆儿！……”

他说着，旋转身子寻找防身的家伙。一时什么可操在手里的家伙也没见着，冲入厨房，握起菜刀离家而去……

那儿子也满屋寻找可以打击别人的东西，最后拎起了炒菜的大勺追随在爸爸身后。临迈出家门回头冲妈嚷：“妈你还愣着干什么呀？该干吗去干吗去啊！……”

那当妈的终于省过神儿来，一想，儿子不像骗大人玩儿，是得找几个邻居给丈夫给儿子壮胆儿……

于是她也出了家门，扯开嗓子高叫：“不好啦！有歹徒啦！左邻右舍的男人们，快操上家伙出来呀！……”

这院里的人家彼此处得都不错，相互也都挺关照。老院落有老院落那一种又陈旧又宝贵的温馨啊！她那么一嚷叫，几乎家家户户都有人出来了。有男人在家的男人出来了。男人不在家的女人出来了。大人不在家的些个上了初中上了高中的男孩女孩出来了，都问歹徒在哪儿？她站在露天梯上，指着丈夫的车说——在车里！众人望向那辆车，见她丈夫举着菜刀，她那十一岁的儿子举着炒勺，站在离车门两步远处，同声喝吼：“出来！出来！”——车厢门上着锁呢，里边的人怎么出得来呢？

邻居们家里出来的男人女人，初中生高中生们一见，就全都精神为之一振，并且全都亢奋起来。一个个摩拳擦掌拥下露天梯，走过去将那辆厢式货车围了个水泄不通。这个说：“好！瓮中捉鳖！”那个说：“得有一个人去通知派出所！”还有的说：“通知派出所干什么呀？我们这么多人都是草包饭桶啊！擒住了，捆牢了，押到派出所去不就得了嘛！”

司机的女人提醒道：“歹徒毕竟是歹徒，都是拼个鱼死网破玩命不在乎的主儿！说不定他们手里有凶器，大家也不能赤手空拳哇！”

经她一提醒，众人又满院里寻了些棍啦棒啦锹啦铲啦的，双手紧握，或高高举过头顶，或矛似的挺向前去，仗着人多势众，重又将车团团围住，直叫司机只管打开车门——仨俩歹徒，抑或三头六臂怕他们个什么！却没人在那一时刻冷静想想，既是歹徒，怎么竟会被锁在车里？这不明摆着是很蹊跷的事么？更没人向那司机发问。而在那一时刻，其实车厢内悄无声息，仿佛里边任何活物都不存在似的。

司机一手仍举着菜刀，一手从腰间摘下钥匙，抖抖地开了锁，抽掉了锁链，于是那大锁被沉甸甸的锁链一坠，就从他手中落在地上了。

随即有人用棍子拨开了车厢门。几道手电筒的光束交叉着同时射入车厢，将个小小的车厢里的情形照亮得一清二楚。内中码着些大大小小的纸箱、木箱，除此而外，不见其他。

众人你看我，我看你，绷紧的神经顿时松懈。各自手中准备打击穷凶极恶的歹徒的“武器”，也都纷纷地垂下。

大家都觉得很索然。

甚至，还都觉得很失望。

第五章

于是司机两口子对视一眼，就都将恼怒的目光瞪向了儿子。当爸的刚欲开口斥骂，十一岁的少年已抢先开口。

只有那孩子的神经没松懈丝毫，仍高举着炒勺时刻准备进击。他冲车厢高声喝道：“歹徒听着，你们都给我滚下来！我明明听见你们在车厢里说话来着！……”

看警匪影碟看得太多了，早就巴望有这么一次机会自己也能一逞英雄本色呀。

喝声落定，片刻的肃静之后，一摞纸箱晃动，众人的神经刹那间又紧张起来，皆防范地后退一步，手中的“武器”又都同时挺向前或高举着了……

终于从纸箱后闪现出了一个婀娜的身影，但见此人在刺眼的手电光中双手捂脸，一小步一小步地走到车厢边沿，轻盈地蹦下了车。

那少年又喝：“把手放下！”

双臂缓垂，脸儿现出，却是个扎齐肩短辫的少女！多么清丽的一张脸啊！

它使人立刻联想到一个美好的词是“清纯”。

她穿着一套原本是黄色的，但已洗得泛白了的衣裤。令人一般都会想当然地以为，那肯定是一套从前年代的女军装。其实并不是的。其实那只不过是一套普普通通的，斜纹布的，从前年代的女装。与女军装的区别在领口和腰衩儿。女军装的翻领小些，并且剪裁得见棱见角。腰衩儿也收得紧一些，为的是使女军人们看去身材健美。而普通女装，翻领大些，剪裁弧度也圆些。两类翻领，前类如竹叶，后类如枫叶。至于普通女装，具体说从前的女学生装，腰衩儿是不作兴往瘦了收的。甚至像男上装一样，几乎没有所谓的腰衩儿剪裁可言。从前的年代认为，年龄上既是女学生，那么就尤其应该将自己们身体发育过程中的优美之点和曲线，用宽的衣肥的裤彻底掩饰起来。从前的年代认为，女学生不去自觉地掩饰自己身材的美点和曲线，那么很可能是心思不良的坏女学生了。从前的一名女学生，倘穿紧胸的上衣，倘穿短过膝部的裙子或胯部剪裁得较瘦的裤子，是一定会遭到指点和非议的。不久老师就要找她谈话了。从前年代的“中国特色”，体现在服装方面是“六原色”——黄、绿、蓝、白、灰、黑。少女们对红色的喜欢，只能通过红领巾红头绳和红袜子去追求。而中国对红色的好感，只能通过红旗和后来“文革”中的“红色海洋”来表达。外加以黑色的铅字印出的或黑色的墨字写出的红色的革命的口号和诗句来证明，如——“红心”“红色山河”“红色司令部”“红色路线”“红色接班人”“红色政权”“红色思想”“红宝书”，乃至“红天地”“红宇宙”“红色理想”“红色历史”“红色未来”，等等，等等……

那从车上蹦下来的，扎齐肩短辫的少女，穿的就是一套对她的娇小身材而言未免过于肥大的衣裤。她的两袖绾在肘弯那儿。她的两条裤腿卷了一折，不卷就会垂及地面了。她赤足穿一双黑色的，胶底的扣绊布鞋。是她那个年代的普遍的女孩子们所穿的那类鞋。她那个年代的？——这么写有多可笑！它不是她的。而她却当然是属于它的。是属于它的千千万万个中的一个。她的鞋的黑色布帮也刷洗得泛白了。集中在她脸上的几束手电光，现在已经集中在她的脚上了。她的鞋那么小，看去只有三十四五码。可以想象得到她的脚儿也是多么纤秀。在手电光的照耀之下，她的脚背白皙如玉。包围着她的众人，当然还不知道她打算沿着红军长征的路线在三十四年前也走一遭。如果知道，定会十分可惜她那双纤秀的脚儿吧。今天，在夏季，女孩子们才不愿将那么一双纤秀的脚儿穿在一双老样式的旧鞋里呐！倘不再受校规的管束了，她们往往也会迫不及待地将十个脚指甲涂上自己所偏爱的某种颜色的指甲油……

她全身有三样东西是红色的——扎短辫的头绳，胸前的毛主席像章，臂上的红卫兵袖标。当然，像章上的毛主席头像和袖标上“红卫兵”三个字是金黄的。

毕竟的，天早已黑了。这院子里也挺黑，不像步行街上那么灯火通明。而大人们的眼，不知为什么，那一时刻都忽视了她臂上的红卫兵袖标。但跻身在大人们之间的那些男女中学生，目光却似乎对红色极为敏感。他们差不多同时在手电光中发现她臂上戴着红卫兵袖标了。

青春期的眼睛对于红色的反应，往往像斗牛场上的牛对于斗牛士的红斗篷一样亢奋啊！

“哇噻！她戴着红卫兵袖标！”

“她……她是一个红卫兵！……”

“哎，你是真红卫兵还是……假的呀？……”

他们惊奇万分。

接着，就都手一松丢弃了“武器”，纷举双臂，口中发出“噢”“噢”的土著人般的叫声。在观看球赛和歌星演唱时，他们常通过那么一种叫声达到情绪的宣泄。

她是四名三十四年前的红卫兵中年龄最小的那一个。她叫肖冬梅。她长到十五六岁，第一次听到中国人口中叫出“哇噻”两个字，明白那表示着激动，却不明白为什么也是可以用来表示激动的两个字，更不明白别人为什么见她戴着红卫兵袖标惊奇万分。在一九六七年，红卫兵袖标就像邦迪创可贴在今天一样人人视为寻常的呀！她也不明白他们的话。红卫兵还有什么真的假的呀?！红卫兵只分造反派的还是保皇派的。而保皇派的红卫兵也不能说是假红卫兵啊！只不过一时受了刘邓资产阶级反动路线的蒙蔽了嘛！一旦擦亮了眼睛，回到毛主席的革命路线上来了，依旧是文化大革命的闯将嘛！

刚才在封闭式车厢里说快闷得窒息了的就是她。现在终于可以舒畅地呼吸到充足的空气了。她那蹦下车时还很苍白的脸上，开始渐渐地变得绯红了。那么多人围着她看她，她困惑极了，也不好意思极了。她一觉得不好意思，她那羞涩的模样就显得尤其可爱了。

她往车厢旁闪开了身子之后说："我当然是真的红卫兵呀！难道你们都没看这几天的报也没听过这几天北京电视台的广播么？我就是那四名在岷山遇险的红卫兵之一呀！江青妈妈不是代表中央文革小组宣布——我们是首都北京，是毛主席他老人家的客人了么？你们革命群众这样不友好地对待我们算怎么回事儿呀？……"

这时候大人们才注意到了她臂上的红卫兵袖标。

红卫兵?！

大人们，也就是那些五十来岁的父亲母亲们，当然是都亲眼见过红卫兵的。不但见过，他们中的大多数还戴过红卫兵袖标当过红卫兵呐！

尽管如此，他们也困惑极了。

"文革"已经结束二十余年了！眼前这个女红卫兵是打哪方土地下冒出来的呢？虽然，二十余年间，红卫兵在中国已经几乎成了妖魔鬼怪的代名词，他们自己也因在"文革"中的"暴烈"行为在不同的场合多次以不同的方式忏悔过，但他们对她还是产生了一种同类对同类的久违了的感觉。那种感觉反而使他们不知所措了。他们认为自己心里竟产生了那种感觉是非常之不正确的，甚至是非常罪过的。而她的话，十倍地加强了他们的困惑。江青?！——多少年没听人提到过这个当年只消轻轻一跺脚，便会使全中国一哆嗦的名字了！——还敬爱的！还"妈妈"！——这可都是哪儿跟哪儿呢？……

那十一岁的少年却不管她是什么红卫兵不红卫兵的。他认定了她是坏人。不是坏人，为什么要藏进封闭式的车厢里呢？即使不是女歹徒，那么也一定是女贼或女骗子吧？

他又喝道："还有一个同伙，滚下来！"

于是车厢里的纸箱木箱又是一阵晃动，接着蹦下了第二个红卫兵。再接着蹦下了第三个第四个……

二男二女四个红卫兵，一字排开地横站在众人面前。手电交叉的光束，从他们脸上依次照过，再从他们的头照到他们的脚……

中学生们开始放胆走到四名红卫兵跟前，有的就着手电光仔细端详他们戴的毛主席像章，有的伸手摸他们的红卫兵袖标。仿佛怀疑那不是布的，而是纸的。

“我抗议！我代表我的三名红卫兵战友向你们提出最强烈的抗议！……”

说此话的是两名男红卫兵之一。显然，他是他们中年龄最大的。其实大也大不到哪儿去。比那年龄最小的女红卫兵大四岁，而只比他的另外两名红卫兵战友大两岁。他原名赵家兴，“文革”开始后改名赵卫东，高二学生，四人“红卫兵长征小分队”的发起者。

他一抗议，众人呆望着他们就更加的不知所措了。

这时那十一岁的少年的爸爸开口了，他指着他们说：“我认识他们！我认识他们！……”

他望着自己老婆又说：“怎么样？我没编瞎话骗你吧？”

他甚至有点儿得意起来了。

他儿子的手，举着那大炒勺本已举累，听老爸说认识对方，手一松，炒勺当啷落地。

这少年最最扫兴了！

明摆着，英雄本色是没机会表现了呀！

众人的目光又一齐望向了那司机。其中一个男人挠挠脑门儿，不由得开口问他了：“哎，你既然是认识他们的，那你先给我们一个明确的答复——他们究竟是好人啊还是坏人啊？”

他迟豫良久，憋红了脸，才吭吭哧哧地说：“他们……他们不是……”

他觉得自己的处境，简直就有点儿像威虎山百鸡宴上的栾平了！

“不是坏人？”

他摇了摇头。

他不得不摇头。因为他也没有任何一点儿理由指证四名红卫兵是坏人啊！如今不是“文革”年代了呀！随便说别人是坏人，那是要犯诽谤罪的嘛！感谢中国近几十年的普法教育，他的头脑中已经装进了一点儿法律常识。

“更不是歹徒啰？”

他又摇了摇头。

“爸！……”

当儿子的感到被出卖了。

“住口！都是你一惊一乍搞的大误会！”

儿子眨眨眼睛分辩道：“可我也没说他们是歹徒呀！我只不过跑回家告诉你车厢里有人说话！是我妈满院子喊有歹徒的！……”

那当妈的也立时感到被出卖了！

她几步跨到儿子跟前，扭着儿子的耳朵训道：“你这孩子！你这孩子！你怎么当着满院儿人反咬你妈一口呢？不是你临出家门时大惊小怪地叫我喊人的么?！……”

儿子被她扭住耳朵扯往家里去了。

“那我也不傻站在这儿了，今晚电视里还转播足球赛呢！”

一个男人自说自话地拍拍司机的肩，也转身走了。

众人你望我，我望你，沉默一阵，都一个个嘟嘟哝哝地回家去了。

既然他已承认四名红卫兵不是坏人更非歹徒，他们便皆和他儿子一样，感到特别的没意思了。却谁都不想一想——在二〇〇一年，在他们眼前，为什么会出现四名红卫兵呢？那种没意思的感觉，当时完全将他们的好奇心压住了。

于是，一时间的，院子里只剩下了司机自己，和他白天曾见过的四名红卫兵，以及他那辆封闭式货车。

他默默地、尴尬地望着红卫兵们。

他们也默默地望着他。他从他们的样子看得出，他们心里都很生他气。

他干咳一声，挠挠头，搭讪地问：“你们……你们怎么不呆在那个……那个地方了？……”

赵卫东朗声道：“‘金猴奋起千钧棒，玉宇澄清万里埃！’我们红卫兵小将既然被江青妈妈和‘中央文革小组’接到了北京，岂能对首都的‘文化大革命’运动作壁上观？我们要投身到首都‘文化大革命’的红色潮流中去！”

另一名比他年龄小的男红卫兵也用慷慨激昂的语调说：“对！‘今日欢呼孙大圣，只缘妖雾又重来！’天下者，我们的天下！国家者，我们的国家！我们不说谁说？我们不干谁干？我们不造反谁造反？‘一万年太久，只争朝夕！’我们今天晚上就要到首都的各大院校去看大字报，去听大辩论！去向首都大专院校的红卫兵学习！取经！……”

这红卫兵叫李建国，中华人民共和国的同龄人。他是初三学生，是肖冬梅的姐姐肖冬云的同班同学。于是肖冬梅肖冬云姐妹二人各自将左臂往胸前一横，齐声高叫：“要是革命，我们热烈欢迎！要是不革命，就滚他妈的蛋！造反有理！一反到底！不获全胜，绝不收兵！……”

尽管是大夏天的，司机还是不禁连打了几个寒战。“文革”中，他家因他父亲曾是小业主被抄过，他父亲也被游斗过。当年他是“黑五类”“狗崽子”，最怕的就是红卫兵，见了红卫兵心里就发毛。

他怀疑自己是在梦境中，猛晃了几下头。之后瞪大双眼再看眼前的四名红卫兵，一个个神气活现的，分明不是梦境中人。

他心里便又有些发毛。

自从粉碎“四人帮”，掐指算来，“文革”已过去二十多年了嘛！中国已进入二十一世纪了嘛！亏他的头脑还保持着起码的清醒，还知道“文革”已过去二十多年了。既知道着这一点，他的胆子又渐渐壮了起来。

他冷笑道：“我说红卫兵先生们，红卫兵女士们，请允许我郑重地告诉列位，这座城市并不是北京……”

赵卫东厉喝：“住口！你说北京不是北京，什么动机？居心何在?!”——从兜里抽出一份报，双手展开，将有报头的一版朝着他，大声质问：“难道这不是被无产阶级革命派夺权了的首都报纸么？看清楚，第一版上的大标题是——四名长征红卫兵来到北京，江青同志代表中央文革小组予以关怀！报上指的四名红卫兵就是我们！……”

天虽然黑，那两行大号标题他还是看得清的。他虽然看得清，但还是决定了天不怕，地不怕，不惧鬼，不信邪！

他仍冷笑道：“甭来这一套！这一套唬不了我！我们家在这座城市生活了三辈子了！它是不是北京我还不比你们清楚么？请允许我再郑重地告诉列位——你们敬爱的江青妈妈早在二十多年前就被判为祸国殃民的罪魁祸首啦！许多年前已经带着万古不复的罪名死啦！她——死——了，你们听明白了么？你们敬爱的林副统帅也早就死啦！他企图乘机叛国摔死在蒙古国境内一个叫温都尔汗的地方啦！……”

他说得有几分幸灾乐祸。望着四名红卫兵一个个瞠目结舌的样子，他心里特有快感。他接着想告诉他们如今已经是二〇〇一年了！他还想大声说，倘他们果真是三十几年前的红卫兵转世，那么他们不过是历史的活化石，说得难听点儿是历史的活僵尸！根本不值得被保护性地软禁在某一个地方好吃好喝地供养着，而应送到历史博物馆去展出，并且收很贵的门票钱为博物馆创收，为博物馆的员工们发奖金！总之这男人打算把他和他的家在“文革”中所受的窝囊气，以及他对红卫兵们那一种历史性的憎恶，一股脑儿都向眼前的四名不知是妖是魔的红卫兵喷泻过去……

但他接着想说的话还没来得及说出口，四名红卫兵已经一个个双眉倒竖，双目圆睁，怒不可遏了！

“他反动透顶！”

“揍他！”

于是他们一拥而上，对他拳打脚踢起来！打得他哀叫连声。

肖冬梅毕竟是十五六岁的少女，心中虽然也同样充满了无产阶级义愤，但少女的心又是无论在多么愤怒的情况之下都容易产生恻隐的呀！

她见赵卫东朝他面门狠狠一拳打过之后，他鼻中流出血来，顿时心软了，一边以身护着他一边高叫：“别打啦！别打啦！我看他准是个疯子！咱们跟疯子认真个什么劲儿呢？……”

“就算是疯子，也肯定是个反动透顶的疯子！要不他怎么不咒刘少奇死了不咒邓小平死了，专咒我们敬爱的江青妈妈和林副统帅死了?!”

李建国狠狠朝他肚子踹了一脚。挨过这一脚，他可就双手捂着肚子唉唉哟哟地蹲下了。此时他的意识发生了很奇异的转变，仿佛连他自己也搞不大清自己究竟是在二〇〇一年还是在三十几年前的“文革”之中了。似乎不是四名红卫兵不明不白地穿越历史来到了当代，而是自己又被一双看不见的大手猛地推回到了过去。他对红卫兵的历史性的憎恨，也随之被对红卫兵心有余悸的历史性的恐惧所取代了。他似乎又是三十几年前的他了……

他双手捂着肚子蹲着，连声卑贱地求饶：“我反动，我该死！红卫兵小将们，宽大了我吧宽大了我吧！……”

肖冬云本已和妹妹一样，在他双手捂着肚子唉唉哟哟地蹲下那一刻心生恻隐了，但听了他求饶的话，反而又腾地火冒三丈了！

“听，他自己也承认自己反动了吧？我看他是装疯卖傻行恶毒诅咒之实！……”

她从地上抓起那只大炒勺，朝他头上狠狠拍了一下。硬碰硬，发出当的一声响——于是他身子晃了几晃，捂着肚子的双手又捂住了头，缓缓地倒在地上了……

肖冬梅不禁朝姐姐跺了下脚：“姐你这是干什么呀！下这么狠的手！别忘了咱们是首都的客人！是毛主席他老人家的红卫兵！闹出人命来丢谁的脸你想过么？……”

瞧了一眼躺在地上的男人，她觉得问题严重，都快哭了。四名红卫兵一时都不安起来，面面相觑。李建国见肖冬云神情紧张不安，自告奋勇地说：“冬云你别怕，他要真死了，追究起责任来，我替你承担！”

肖冬云心里当然也害怕自己一炒勺将他拍死了，但嘴上还挺硬，理直气壮地嘟哝：“我才用不着你替我承担呢！红卫兵小将一人做事一人担！谁叫他恶毒诅咒江青妈妈和林副统帅来着！江青妈妈说过的——好人打好人误会，好人打坏人活该！像他这种反动透顶的家伙，打死一个少一个！统统打死了，就全国山河一片红了！……”

赵卫东终究年长二三岁，虽然心中也惴惴地暗慌了片刻，但随即就要求自己镇定了。那是一种陡然升起的责任感使然的镇定。因为他是他们的长征队长呀！是他们在严峻时刻的“头脑”哇！

他默默地从肖冬云手中夺过炒勺，掂了掂，觉得挺轻，显然是铝的，不是生铁的。于是心中一块石头落地，有了数。

他长辈似的摸了肖冬云的头一下，低声说：“炒勺这么轻，要不了他的命，我看他只不过是昏过去了……”

听了他的话，肖冬云暗舒一口气。她不禁向他投去亲爱的一瞥。

这时，躺在地上的男人动了一下，呻吟了一声。

这时，他的儿子从窗口探出头望向这里——他大叫：“妈！妈！不好啦！我爸爸躺在地上啦！……”

他老婆的身影也随即出现在窗口——那女人又嚷了起来：“全院邻居都快出来呀！出人命啦！我家小宾他爸躺倒在血泊里啦！生死不保了呀！……”

她这一嚷，几乎每家每户的窗口都出现了身影，紧接着又有人从露天木梯上奔下来……

赵卫东当机立断地说：“我们赶快离开这个院子！……”

肖冬梅左右扭头望了望，见此院的后门所临的是一条幽静的街，本能地拔腿就要跑过去……

赵卫东一把抓住她手，指着通向步行街那个门洞命令道：“都要服从我的指挥！我看跑出那个门洞准是长安街！不是长安街不会那么灯火通明的！……”

他说罢，紧紧抓住肖冬梅的手，率先朝那门洞跑去。李建国肖冬云自然紧随其后。李建国也一边跑一边抓住了肖冬云的一只手。而她一甩胳膊挣脱了，仓皇之中仍不失红卫兵尊严地说：“别抓着我手，我又不是小孩子！……”

门洞那儿，电箱烧烤卖得正火。老板娘和几名雇来的乡下姑娘，都正忙于打点生意，谁也没注意到院子里发生了什么事儿……

第六章

露天木梯上的几个人却已奔到院子里了。见他们的邻居果然躺在地上呻吟不止，便都冲着四名红卫兵的背影高喊："堵住他们！门洞那儿的人堵住他们！不要放他们跑了！……"

其中二人追了几步，收脚站定，不知四名红卫兵身携何等伤人利器，没充足的胆量和勇气一味地穷追不舍。

即使他们那么的大喊大叫，门洞里的老板娘和几名雇来的姑娘也没听见。她们皆背对院子，面向步行街——而步行街上实在是太繁华了，从一些店里传出的音乐声通俗歌唱声，将发出于她们背后的喊叫掩盖住了。何况生意那么的火，她们的听力那一时刻似乎都下降，只集中着视力于钞票于烤箱了……

赵卫东扯着肖冬梅跑到门洞跟前时，恰巧有一个姑娘转身擦汗。

她发现赵卫东们，顿时呆愣住了。围裙角托在手上，举起在脸那儿，一时的忘了擦，两眼一眨不眨地瞪着他们，如同被施了定身法——这可是些干什么的人呢？穿着像军装又不是军装的黄绿衣裤，臂上还戴着红箍箍……是什么部门的稽查人员？可看他们的脸又分明学生气十足呀！觉得在什么地方见过这一类人，一时又想不起来究竟在哪儿见过……

赵卫东和肖冬梅也双双地急收住脚呆愣住了。随后赶上来的李建国和肖冬云同样急收住脚呆愣住了。他们呆愣的程度，不亚于对方，也如同被施了定身法似的……

他们从小长到大，也是没见过对方那样一个人的——她那是戴的一顶什么帽子呢？两只尖尖的耳朵，向前探出的尖尖的嘴巴，嘴巴左右还有数根长长的纤细又漆黑的胡须。那不是用红色纸板做的狐狸的头么？只有儿童剧团在舞台上演童话剧才会戴那样的帽子呀！可这个灯火通明的门洞并非舞台啊！对方也分明不是儿童啊！看去至少十八九岁了，也许二十二三岁了吧？那样的一顶帽子底下又是一张什么样的脸哇！的的确确，那是他们出生以来在现实生活中从没见面的脸，甚至在画刊上也没见过的脸。说到画刊，其实他们之中只有赵卫东当学校图书馆的义务管理员时，才在专供老师们借阅的书架上翻看过两种画刊——《人民画报》和《大众电影》。即使在那两种画刊中，女人化了妆的脸也不是对面那样子的呀！除了赵卫东，李建国和肖冬云姐妹俩出生以来是连一册真正的画刊都没见过的。他们在小学时各自看过的，或可算是画刊类的读物，只不过是《小朋友》和《儿童时代》。那两类“画刊”中可没有对面那样子的脸！

但那样子的脸，自二十世纪九十年代以来，却是一张中国人在大城小市屡见不鲜、见惯不怪的脸。甚至，在许多乡村，谁都可能不期然地发现那么一张女子的脸。那只不过是一张剃掉了眉毛又纹出了另一种眉的脸。在赵卫东们看来，那一种假眉的人工效果特别显明，仿佛是用印刷机印在眼上方的。以他们对人脸的审美习惯，是根本无法觉得那样的一双眉有什么好看的。相反，他们觉得简直丑死了。没有眉毛的眉，那还能算是眉么？眉下的那一双眼睛，本是一双黑白分明的大眼睛，一双单眼皮的杏眼。上下两排衬托着那双眼睛的睫毛很长。它们被睫毛夹子夹过了。显然，夹得太狠了，于是它们向上向下也都翻卷得过分了。似乎被车轮碾过的两行禾苗似的，仿佛永难恢复自然而然的原状了。那么两排睫毛，又被刷过了睫油，并且刷得水平不够高，于是如同被车轮碾过的禾苗又被喷了一遍沥青。那双眼睛勾了眼线，但眼线未免勾得太粗了点儿。那双眼睛也涂了眼影，但浅蓝色的眼影未免涂得太重了点儿。还有那张脸上的那双唇。那是一双抹了猩红色唇膏的唇。那本是一双娇小的唇，唇廓却被唇膏扩大了开来。因而在那张不大的脸儿上，便有着一张索菲娅·罗兰般的性感大嘴了。脸儿本不大如银盘大如满月，五官化妆过于夸张，化妆品用得也过于铺张，则就使五官在那张脸上显得特别的拥挤了。仿佛都不安于自己天生的位置，都想侵略到别处似的……

倘对于当代女性们的自我化妆技艺太挑剔，从步行街这头走到那头，留意观察的话，不难发现一两张同样的脸。而即使看见了，人们也只不过会在心里暗想——这小姐，正式化妆前勾勾“草图”呀，瞧把自己的脸儿弄成什么样了呀！

但是对于赵卫东们情况则不同了。

他们不是觉得那张脸化妆化得太浓艳了，而是觉得那是一张非人的脸，恐怖的脸。尤其那张脸上的大红嘴，使他们觉得像是刚刚吃过什么活物染着鲜血似的。

在对方朝他们转过身，抬起头，她那样子的一张脸被肖冬梅蓦地一眼望见时，那十五六岁的少女本能地一步躲闪于赵卫东背后，几乎吓得失声尖叫起来……

再看对方的穿着吧——她穿上衣了么？她当然不会不穿上衣的。只不过她穿的上衣无领亦无袖，而且瘦，而且小，而且短。仅靠两副吊带悬在肩上。这就使她的双臂，她的两肩，她颈下的小半部分胸裸露无遮掩了。酷暑之际，不唯这一个姑娘，步行街上有不少年轻的女性都穿她穿的那一种仅靠两副吊带悬在肩上的小衫。为了图凉爽，本也算不上有失什么体统。但由于她扎的是那种连胸围裙，便使她看去仿佛只扎着条围裙而没穿上衣了！她下身穿什么了么？

当然也穿了！步行街又不是供人们裸泳的海滩；她怎么可能下身什么都不穿呢！只不过她穿的是那种极短的制服短裤，而且是那种男式的，前边拉链开口的。二〇〇一年的这一个夏季，不知受什么服装文化的影响和哪一种时尚潮流的引导，在预先完全没有任何商业宣传的铺垫之下，这一座城市二十来岁的姑娘们，忽然都开始穿起那种极短的男式制服短裤来。而且裤腿在比赛其短的过程中越比越短。短到已经不大好用膝上几寸来说明，只能用腰下几寸才讲得清楚了。远远望去那几乎就是宽腰带，近看方能看出原来还有裤腿，还算是裤。报上评论，女性穿那一种男式制服短裤，不仅不会丧失女性的柔美，而且是更彻底地层示着女性的美腿的性魅力了，而且增添了阳刚之气。报上还评论道——时代不同了，阳刚之气再也不是男性的专利了。女性理所当然地可以采取“拿来主义”，“穿上主义”，急我所需，衬柔之美，等等，等等，不一而足。推波助澜，天花乱坠，竟一度使那种极短的男士的制服短裤被本市的些个赶时髦的年轻女子们抢购一空。三天内她们以几近于疯狂的热忱对本市的大小服装店和各条街道上的服装摊进行了轮番的扫荡式的“掠夺”。店家商人和小贩们无不眉开眼笑，惊呼供不应求。当然，报界也从他们的利润中明里暗里分得可观的宣传费广告费……

那受雇卖烧烤的农村姑娘穿的即是那一种短裤，所扎围裙又肥了点儿，长了点儿，在红卫兵赵卫东们看来，自然便像下身什么都没穿的样子了。他们以为若从后边看她肯定是一丝不挂的，以为围裙一旦落地，眼前肯定是一个赤身裸体的女人无疑了！

他们的惊愕是多么的可以理解呀！

而对方穿的又是那一种底高二寸的“拖鞋”。这种似鞋非鞋似拖鞋其实又绝非拖鞋的鞋颇值得时尚专家们研究。不知它靠了什么大受女郎们青睐的迷你魅力，居然能从去年走俏至二〇〇一年方兴未艾。那双“拖鞋”上趴着一双白白的胖脚。那双胖脚的十个趾甲涂得鲜红，犹如被残忍地钉了十个洞孔，并从十个洞孔渗出十颗大大的血珠儿来。

双方正那么惊愕地彼此呆呆地互瞪着，守着钱箱频频接款的老板娘发火了，她猝然转身一吼：“你干什么哪?！没见……”

她本想说的是——没见这会儿多忙么?！你擦把汗也需要那么长的时间么?！……

但是她这句话没说完，她自己也半张着嘴惊愕地呆住了——望见四名红卫兵使她没法儿不惊愕。

她脸上堆起了习惯性的企图讨好取悦的笑容。因为片刻的惊愕之后，她头脑中迅速做出了反应，也将四名红卫兵当成工商税务或市场管理部门的人员了。但随即又做出了否定——不对呀，工商税务不穿黄制服呀！看去他们也太年轻呀，分明还是些半大孩子呀！即使做市场管理人员也太嫩了呀！待她发现了他们臂上的红袖标，看清了红袖标上是金黄的“红卫兵”三字，她脸上堆起来的笑容朝两腮一扩，顿时均于脸腮不见了，就如云朵被无声的雷炸散了似的。那一时刻，她半张着的嘴实际上是大大地咧开着了。

这徐娘半老的老板娘的脸也浓妆艳抹。

另外几名她所雇的农村姑娘也意识到背后发生了什么事，一齐转过身来——不消说，在赵卫东们看来，她们仿佛也都除了前身一条围裙而外，从上到下并没穿什么！一样的帽子，一样的鞋，一样彩印也似的脸，一样红的唇，一样红的手指甲和脚指甲……

四名红卫兵不但惊愕，而且真的有些惊恐了！的的确确，自他们出生以来，他们绝对地没见过眼面前那么一排不知应该说是美丽抑或应该说是吓人的“牛鬼蛇神”。

他们又惊恐又困惑，各自怀疑在梦中。

而门洞外边，那一排“牛鬼蛇神”以及烤箱柜案之后，是步行街上等着买烧烤的男女们。他们和她们将门洞的前口围得水泄不通。他们和她们也都看见了赵卫东们，其中也有人发现了他们臂上的红卫兵袖标，指着议论纷纷：

“红卫兵！他们是红卫兵哎！”

“这些孩崽子，又想瞎闹腾什么?!”

“历史的经验值得注意啊，可千万别再闹腾啦！”

赵卫东们耳听着那些议论，惊恐、困惑又愤怒——妈的些个穿得比电影里的比他们想象之中的资产阶级还资产阶级的狗男女究竟是什么人等，怎么就居然敢在首都北京穿得怪里怪气一个个如此暴露不成体统？怎么就居然敢在“无产阶级文化大革命”正风起云涌的关头，肆无忌惮地攻击红卫兵是“孩崽子”？攻击毛主席他老人家亲自发动的史无前例的“无产阶级文化大革命”是“瞎闹腾”呢？阶级斗争路线斗争真尖锐呀，真复杂呀，真剧烈呀！这要是不造反不革命行么？连首都北京都有许多人资产阶级化到如此地步了，还不造反还不革命还不重新夺权，无产阶级的红色江山还能千秋万代永永远远地彤红下去么？难道以毛主席他老人家为首的无产阶级司令部在首都北京遭到了……

他们一个个不敢暗想下去，更不敢深想下去……

院子里的人们围上来了。

那司机的老婆首当其冲，率先发难。她一手叉腰，一手指着赵卫东问罪：“说！凭什么把我丈夫打昏了？啊?! 你们以为中国还是‘文革’那年月呀?! 告诉你们，老娘当年也是造反派，而且是一呼百应的头头！老娘造反那阵子，你们四个小崽子还没形成胎团呢！戴上红卫兵袖标你们以为就又可以无法无天啦？你们今天不当众向老娘赔礼认错休想走人！这条街上可就有派出所！……”

她的话使赵卫东们困惑上又加困惑，狐疑上又加狐疑，他们简直搞不明白自己究竟是在中国还是在外国了！自从他们离开家乡小镇踏上当年红军走过的长征路，经过哪儿受到的不是沿途人们的欢迎、关怀、热情接待呀？他们听到过多少真诚赞扬的话语啊！有多少依依惜别的难忘情形记忆犹新地深印在他们头脑中了呀！怎么偏偏的恰恰的在首都北京，在他们成了敬爱的江青妈妈以及“中央文革小组”的尊贵客人以后，反而处处成了被猜疑被以奇异的目光所观赏的不受欢迎的人了呢？

“文革”那年月……这他妈的算什么话?!

老娘当年也是造反派……当年?!……这又他妈的算什么话?!

难道首都北京不再和全中国按同样的年历计年啦?!

连姐姐肖冬云也开始悄移脚步往赵卫东身后躲闪了。李建国看在眼里，心中顿生一股大无畏英雄气概，和几许唯有自个儿心知肚明的对赵卫东的暗忌——他跨前一步，以自己的身体挡在肖冬云身前，紧握双拳摆出掩护又防范的架势，并说：“冬云别怕，有我呢！”

赵卫东却想——三十六计，还是走为上计吧！

他仍抓着肖冬梅一只小手未放呢！

于是他当机立断大喊一声：“战友们跟我闯过去！”

于是四名红卫兵仿佛古代的侠客闯关似的，齐发啸叫，一齐冲向门洞——当时那情形使人能联想到“不成功便成仁”这句古话……

于是一时间的，老板娘及她的雇员们一个个被撞得东倒西歪，长案也被撞翻了，砸了门洞外三四个男女的脚。电烤箱从长案上轰然落地，油星四溅，烫得更多的男女捂脸捂胸捂胳膊捂腿……

于是一时间的吱哇乱叫，皆作猢狲散……

四名红卫兵趁机夺路而去……

他们起初只不过在步行街上往前猛跑狂奔，根本顾不上朝两旁看一眼。赵卫东既已抓住妹妹肖冬梅的手，李建国就不管姐姐肖冬云情愿不情愿，于奔跑之中也瞅个机会捉住她一只手，不管她心里是否会认为他乘人之危。

四个人分成两双，俩俩手拉手在步行街上狂奔猛跑，是那条步行街自从成为步行街以后不曾有过之事。他们撞了不少人。被他们撞了的人自会冲他们的背影骂一句。旁观者中就有人指着他们的背影想当然地说：“看！小偷！小偷！这不是作妖嘛，在步行街上偷窃还跑得了么？……”但是却不见有人追赶，也不闻有人喊捉贼，于是大惑不解……

除了被他们撞着的人，除了将他们当成扒手或贼的人，他们并未引起太多人的注意，他们只顾跑，也未注意周围尽是些怎样的人。

“放开我手！我鞋跑掉了一只！……”

妹妹肖冬梅使劲儿挣她的手。

于是赵卫东放开了她的手，见并无人追赶，定下一颗心来，冲紧随其后跑来的李建国和肖冬云说：“别跑了，没人追咱们！”

于是那俩也站住不跑了。

肖冬梅赤着一只脚一边往回走，一边低头寻找她跑掉的那只鞋。一时没找到，急了。一急又快哭了，冲姐姐嚷：“姐我的鞋不见了，你倒是帮我找哇！”

而姐姐肖冬云仿佛根本没听到，她在望着一幅几乎贴满了橱窗的广告招贴画发呆。

李建国则表现出了可敬的自觉性，也无须队长赵卫东吩咐，默默地走向肖冬梅帮她找。终于发现了，原来那只鞋被别人踢到人行道边儿去了。他拎着鞋走回到肖冬梅跟前，以抱歉的口吻说：“鞋扣带断了，你只有将就着穿了！”——仿佛那是由于他的过错造成的……

但是肖冬梅仿佛根本没听到，她和赵卫东的目光，也望着她姐姐肖冬云所望的方向，三个人都望得发呆。

李建国的目光自然也就奇怪地朝那儿望过去了——其实呢，那幅广告招贴画绝无任何一点新颖的创意可言。甚至可以说根本就没有任何构思任何创意。那不过是在中国并且早在世界各地几乎随处可见的表现方式最直接最简明的一幅摄影广告而已——女人的“斩”去了头“削”去了双足的身体，上着一种叫蕾丝的丝质的镂花乳罩，和同样的小得不能再小的三角短裤。就那女人的身体而言，不能不说窈窕优美。姿态也很优美。上身前探，臀部后拱，呈S形。虽然神龙不见首尾，却显得胸峰更加高耸了，显得叉立的双腿更加修长了。就广告而言，其实也并不能说完全的没有创意。因为最直接最简明的方式，恰便是主题最突出的广告。其主题便是那一种丝质的镂花的乳罩和镂花的三角裤。一句粗俗和诗意相结合的广告语是——“在暑热难耐的夏季，穿比不穿还爽。”恐那女郎的芳容和秀足喧宾夺主，故“斩”之“削”之。这样的广告，谁又敢武断地说它就完全的没有什么构思没有什么创意呢？那是一家门面装潢得相当古典的私营店，里边却专为具有较高消费实力的女性提供最时髦的昂贵商品。别看这一座城市的经济发展现状不振，但由十几万先富起来的人们所支撑的高消费气象，却仍能使步行街上呈现着真实又似乎有些虚假的繁荣。

林语堂先生半个世纪前初到美国时，曾向美国人做过一番颇为精彩的演讲。在演讲中他十分惊诧于美国人，尤其美国的女人们，何以能那么态度宽大地容忍美国的商业充分利用女人的身体大做广告大赚其钱的现象。

美国的商业并没因语堂先生温文尔雅亦庄亦谐的批评而惭愧而收敛或改变其商业行径。

而半个世纪以来，全世界都已青出于蓝欲胜于蓝地学习着美国了。一个事实是那么的显明那么的无可争议——离开了女人身体的实际需求和女人身体天生的无可取代的永远具翘楚地位的特殊广告魅力，不要说全世界的商业早已跌入深渊不可救药，全世界的广告业也很可能灭绝八九成啊！

在二○○一年，在中国，无论电视里、电台里、书刊里、街头巨幅广告牌或商店橱窗里，利用女性的身体和女性身体的局部所做的广告，更是多到无以复加的程度。女人的发女人的眉女人的眼女人的唇女人的齿女人的颈女人的乳女人的腰女人的臀女人的腿女人的脚女人的手女人的指甲和趾甲……男人们早已通过广告对这些司空见惯如视常物了，而女人们也早就不无自豪地从观念上理解这种商业现象接受这种商业现象了。对男人们所带来的普遍的负面影响是性冲动的减弱是性能力的降低，而对商业所带来的另一种益处是一系列神乎其神的壮阳药品的面世……

红卫兵李建国望着那幅招贴广告也呆住了。仿佛它是具有无比强大的磁力的东西，仿佛他的目光是物质性的，被那招贴广告所牢牢吸住，休想再转移开去了。实际上他头脑中也根本没有想将自己的目光转移开去的念头产生。确切地说，实际上他头脑中一片空白。明明眼望着那广告，意识却处于顿失状态。只觉得那广告上的女人身体变得越来越高大，并且越来越接近他，而广告周围的一切，包括他周围的人，皆都虚无了……

他，以及赵卫国和肖冬云姐妹俩——对于他们四名三十四年前的红卫兵，那广告尤其是他们在最荒诞不经的或青春期最色情的梦境之中，都不可能梦得见那么具体又那么具有视觉冲击力具有生理震撼力的。清楚原子弹爆炸后必有蘑菇云腾空升起的常识，而又真的望见了蘑菇云的人会呆成什么样，他们当时也就呆成什么样。

这时，只有这时，他们周围的人，才纷纷注意到他们是四个多么奇特多么与众不同的人。但是人们不明所以，对他们的出现感到又惊异又暗自亢奋。红卫兵啊！久违了三十余年的红卫兵啊！而那些在“文革”中闻红卫兵三字而心惊肉跳的人，则本能地往后退，远远地避开他们，站立在自认为安全的地方猜测着他们将会有什么行为。在那些人的眼看来，分明的，赵卫东们确乎是真的红卫兵。因为他们是太熟悉当年的红卫兵们脸上那一种精神面貌了。那一种精神面貌用一句话就可以形容。而那一句话应该是——“我们是仅次于上帝的人，我们怕谁?”那一种精神面貌也可以说是在“文革”中经过短时期的强化实习而“培养”起来的一种“革命气质”。尽管四名红卫兵都眼望一个方向呆住了，但是他们脸上那一种精神面貌却并没有因而嬗变。在那些当年曾领教过红卫兵造反脾气的人们看来，他们随时会从呆状中猛醒，一转身一齐举拳高呼：“打倒！打倒!! 打倒!!! ……”

熟悉红卫兵的和对红卫兵感到陌生的，惊异的和心有余悸的，巴望着接下来赶快发生什么刺激的事件，或胆小怕事躲得远远的唯恐发生什么突然事件殃及自身的人，那一时刻怀着各种各样不同的心态，全都默默地注视着出现在步行街上的四名红卫兵……

那一时刻，在步行街的那一街段，嘈杂声叫卖声停止了，氛围肃静起来。

一种“于无声处听惊雷”似的肃静。

在那肃静之中，一个小女孩儿嫩嫩的充满稚气的声音问她的妈妈：“妈妈，妈妈，红卫兵是什么兵呀?”

小女孩儿才四五岁，虽然还没入学，却已认识了一些字。

她妈妈三十来岁，是在“文革”中出生但“文革”结束才十岁左右的人，头脑中对“红卫兵”保留了一点儿印象，但印象却实在不是很深。

她一时不知该如何回答女儿的话才好，将女儿抱起来，想要不看热闹了离开此处。她是为女儿的安全着想。她本能地觉得那一种肃静有点儿不祥似的。

女孩儿的声音虽然很小，因为她离李建国近，又因为周围是那么的静，故而他听到了。

李建国的头，缓缓地缓缓地转动，转动，他在寻找那张说话的小嘴儿。他当然听出了那是一个小女孩儿的声音。

“红卫兵是什么兵呀?”——这样的询问使他非常惊诧。

依他想来，在首都北京，即使小孩儿也应该知道红卫兵是毛主席他老人家最最信任的，誓将无产阶级文化大革命进行到底的红色闯将啊!

在他的头缓缓转动的过程中，他开始看清周围的人们了。女人们衣着鲜艳，或长或短甚至别出心裁的发式，以及她们化了妆的脸，以及她们裸露唯恐不彻底的颈子、上胸、臂和腿，使他的视觉进一步受到刺激。那种刺激如同西班牙斗牛场上的公牛由于斗牛士的红斗篷所引起的暴烈反应。尤其人们脸上那一种观看稀有动物似的表情，使他感到受辱，使他大为恼怒。那一种表情不仅呈现在女人们脸上，也呈现在男人们脸上。而且，呈现在男人们脸上，比呈现在女人们脸上更具有讥讽不敬的意味儿。因而也就更加使他感到受辱，更加使他恼怒……

他凛然的目光终于盯在那母女二人脸上了。当母亲的赶紧谨慎地抱着孩子走开。而那小女孩儿却扭回头又大声对他说了一句：“我不怕你！我爸爸是军官!”

李建国不禁吼了一句：“解放军也要支持红卫兵的造反行动!”

“你瞪我，我也不怕你！你凶我也不怕你!”小女孩儿毫不示弱。

显然，那是一个被宠惯了的小女孩儿。李建国张张嘴，不知说什么好了。

第七章

三十四年前横空出世桀骜不驯的红卫兵，遭遇了二〇〇一年中国独生子女家庭不懂何为敬畏二字的小公主，只有干生气的分儿。

步行街上没什么新奇事儿发生时还人流如织呢，此处既有新奇事儿发生了，如织的人流“流”到这儿也就不应当往前“流”了，淤阻住了。

“拍电影呢，拍电影呢！……”

“瞧那四名红卫兵！正表演着呢！……”

“还拍‘文革’那点儿破事儿，如今谁会到电影院去看‘文革’题材的电影啊！……”

“那就是拍电视剧！如今中国电影业算是希望不大了，在国际电影节上得几项奖走不出低谷，电影导演们差不多都放下老大的架子拍电视剧了！……”

“怎么四个都是陌生面孔啊？没一个星没一个腕儿，就是拍了播了，谁看呀？……”

“导演在哪儿？怎么也不见摄影机呢？……”

“外行了吧？这叫偷拍！偷拍的画面丝毫也没有场面组织过的痕迹，更真实！摄影机肯定就在附近什么隐蔽的地方架着……”

后至者们指指点点，交头接耳。

于是有人仰首朝街两旁的楼顶上看，企图有所发现。

被围观的李建国那一时刻的受辱感和恼怒早已达到了难以遏制的程度，他再侧转了脸看自己的三名红卫兵战友们，见他们仍呆呆地被定身法定住了似的，目不转睛地，睫毛也不眨一下地望着那幅在他看来不堪入目淫秽下流的广告招贴画，不由得胸中如火上浇油，一股怒焰升腾，直燎脑门……

羞耻呀！羞耻呀！

把红卫兵小将的脸丢光丢尽了啊！

他以霹雳之声朝三名红卫兵战友大喝：“你们还看！那究竟有什么可看的？……”

经他一喝，赵卫东们也如梦初醒。他们见周围那么多男女老少的那么多目光都在注视着自己，一个个脸上发烧，羞愧得无地自容，真真是无地自容啊！

赵卫东嗫嚅地语无伦次地向李建国解释：“其实……其实我并没看那个……我怎么会看那个看得发呆呢？……我只不过……我向毛主席他老人家郑重发誓，

反正我看的不是那个……”

同时他心中暗想，这下完了，这下自己队长的权威是彻底动摇了！起码在李建国这一名红卫兵战友的心目中是彻底动摇了吧？被淫秽下流的东西所久久吸引，是比政治上站错了队还可耻的呀！以后还有什么资格在政治思想方面教导李建国这名红卫兵战友呢?！……

在他之后做出本能而又迅速的反应的是肖冬云姐妹俩。因为她们是三十四年前的女中学生，严格地讲妹妹肖冬梅还只不过是少女，姐姐的身体虽然已明显的比她发育成熟了，但心理却依然和妹妹一样停止在三十四年前家教很严的少女们最容易害羞的阶段。听到别人互骂了一句脏话，她们也会立刻脸色绯红，男同学们对她们的一个亲昵的举动，哪怕是无意识的，往往也会使她们觉得受了亵渎泪眼汪汪起来。总之她们好比是两株含羞草儿……

她们的反应不但那么迅速而且那么的一致，她们几乎像暗喊着一、二似的同时猛转过身，仿佛站立在旷野上忽听背后有人喊救命。她们一转过身，她们的目光又不期然地看到了正对面街上的一幅广告招贴画。那是一家专卖健身器械的店，其广告招贴画比久久吸引住她们目光的那幅更大。广告招贴画上是美国健美小姐黛尔·汤米塔，和一九九七年的世界业余健美大赛男子组冠军，黎巴嫩汉子阿马德。中东汉子仅着三角短裤，而黛尔全身比他仅仅多穿了一件象征性的东西。如果那东西算是一件女式挎肩背心的话，那么它可能是世界上最善于省料的裁缝做的了。不，它肯定不是出于裁缝之手，显然是出自一位编织师傅或编织女之手。因为它并非布料的，而是以绿色的绳结成的。就如同渔网一样，其网眼大得可任凭三四寸长的鱼儿自由穿游。黛尔小姐和那肌肉发达得人猿泰山似的中东汉子都像被仔细擦亮了的古旧铜器般的肤色，被她身上那一件翠绿色的网状小“衣”衬托着，色彩对比有多惹眼就不必形容了。而黛尔小姐的上身究竟又能被那么一件网状小“衣”遮住百分之几更是不难想象的事了。他的一只粗壮的手臂搂着她的纤腰，她的一条秀腿抬着，像钳子的一半似的钳在他的胯那儿。而他们的上身贴得那么紧，以至于她的一只丰乳受到他那宽阔胸膛的挤压，几乎要撑断“网”绳，从破绽了的“网”孔里膨胀出来似的……

不消说，即使在二〇〇一年的中国乃至全世界的人看来，那也确乎是一幅“性力四射”的广告招贴画。但是步行街上的管理部门，一次也没勒令那家健身器械专卖店揭去。也没有任何一位市民对它持有异议。因为健身器械专卖店的橱窗里张贴上有两位世界健美明星形象的广告招贴画，是多么理所当然又自然而然的事呢！而健美明星们如果不尽量在广告中展现他们健美的身体，以及由此显示的旺盛的生命力和超人般的性感魅力，谁还会更有资格呢？何况，那两位世界级健美明星的彩照合影，几年前便在全世界至少千种以上的报刊登载着了，几年前在中国起码也有几十种报刊登载过了，而且往往登载于印制考究的画刊和发行量很高的报上……

他们早已是中国人的“老相识”了！

他们在广告中那样子的合影，也早已被普遍的中国中青年男女们怀着羡慕的着迷的好感所接受着了。

连卫道士类型的观念传统守旧的中国老年人，十之八九也宽宏大量地认为他们在广告形式中是既可以那样子而且完全应该那样子了！

第八章

二〇〇一年，在中国，性的观念是更加开化了。实事求是地说，早已开化得与世界上一切性观念最为开化的国家没有什么程度上的差别了。二〇〇一年，在中国，人们对于性魅力的崇拜，超过了对一切明星本人们的崇拜。或者反过来说，对一切明星们本人的崇拜，首先的出发点包含着对其性感魅力的赏识了……

但对于从三十四年前活转来的肖冬云姐妹俩，黛尔和阿马德简直是妖魔鬼怪啊！他们那么一种男女间亲昵的样子，简直是世界上最最丑陋的行径了啊！连看到了那幅广告招贴画的自己的眼睛，也仿佛成了不幸被世界上最最肮脏之物污染了，而且用任何一种眼药水儿也永远不会再冲洗干净了的眼睛！

她们的头脑之中竟产生了一种古怪的想法——那就是自己的眼睛在看到两幅广告招贴画以后，也无疑的已经变得丑陋了，目光邪狞了。

可怜的姐妹俩，她们在她们所处的那一个时代，在她们那一种年龄，对男女关系，对性的全部本能的理解，无非是亲昵的目光，亲昵的话语，以及彼此暗中轻轻握一下手罢了。

而拥抱和接吻，在她们的头脑中是何等了不得的事啊！

她们认为女人与男人拥抱了，接吻了，哪怕仅仅一次，必定就会怀孕，就会生孩子！

在她们出生、长大、上学的那个小县城，关于爱的关于性的常识，被以文明的名义和根本上是反文明的愚昧的宗教禁欲条例般的严肃告诫所替代。就这一点而言，就人性的真实人性的自然人性的自由状态而言，甚至比解放前的中国人，甚至比拥有五千余年文明史的中国任何一个历史时期的寻常人们还不如。

在几秒钟的呆视之后，肖冬云姐妹俩的反应又是那么的一致而又强烈——她们几乎同时用双手捂住了她们的脸。她们不是以双手并捂因而各自捂着整张脸，是双手相叠，一只手紧紧压在另一只手上，横着双手仅仅捂住眼睛。如同她们的眼睛被强炽的光突然射伤了，或同时遭到了硝酸的泼洒。区别是，仅仅是，她们没有发出痛苦的尖叫。随之她们几乎又同时猛转了一下身。再接着，她们同时蹲下了。

妹妹肖冬梅哇地哭了。

就那么捂着脸哭，不敢稍微放松一下双手。

妹妹一哭，姐姐肖冬云也忍不住哭了。也就那么捂着脸哭。也不敢稍微放松一下双手。离开了那个将她们作为江青妈妈的尊贵客人关怀着照顾着的地方，确切地说是离开了那辆封闭式货车车厢以后所遭遇的一切，所见到的一切，所听到的一切对“无产阶级文化大革命”运动对红卫兵以及对她们本身的言论，使她们保留在三十四年前的意识受到了摧毁性的冲击。她们实在是想不明白猜测不到中国究竟怎么了？首都北京究竟怎么了？

她们的哭声中流露着巨大的惶恐不安。因为她们的头脑中已经开始想——如果恰恰是她们自己已变得非常荒唐非常可笑变得像什么怪物似的了，那她们以后可拿自己怎么办呢？

为什么周围的人们尤其是女人们，不对自己的衣着不对自己的发式不对自己化了妆的脸感到羞耻？为什么男人们都似乎看惯了女人们那样子而且似乎还特别欣赏她们那样子？为什么应该砸碎的橱窗没人去砸碎还擦得那么的明亮？明亮得如同镜子似的？为什么应该撕得粉碎的那么的腐蚀人灵魂的东西居然没人去撕？为什么还可以在那两个橱窗前摆了桌椅，一些男人女人还可以大模大样地坐在那儿吃着什么饮着什么说说笑笑显得特别轻松愉快？谁允许他们和她们那样了？她们和他们又是凭什么特殊的资格获得到可以那样的权利的？

如许多不该存在的现象存在着，中国还算是中华人民共和国么？还算是社会主义国家么？

为什么没有人对中国负责任地扫荡这一切丑陋现象？

为什么没有人造反呢？

姐姐肖冬云心里还想——如果自己的眼睛所见到的丑陋无比的现象不消失，那么她宁肯自己的眼睛从此瞎了吧！

妹妹肖冬梅的心里，同时也产生着一样的想法。

在她们蹲下去的时候，周围发出了一片喝彩声——“好!”“好!”“到家!”……

那是以为在拍电影或电视剧的男人女人口中发出的。

依那些人看来，她们的表演确乎是值得鼓励值得喝彩的——表演得多么投入多么符合角色呀！那双手一捂眼一转身一蹲下，“身体语言”所表达的内容是多么的丰富哇！

“安静！不要出声！别忘了这是偷拍！偷拍可一般都是同期录音！……”

立刻有人不失时机地证明自己的懂行，精神可嘉地对别人小声提醒……

肖冬云姐妹俩一蹲下哭，李建国的造反情绪顿然高涨。他分开人群冲向对面的橱窗，冲到跟前，伸出双手便撕扯那一张广告宣传招贴画。它是贴在玻璃里边的，哪里又是他撕扯得下来的呢？只不过指甲将玻璃挠得发出几阵刺耳的声响罢了……

“好！……”

又是一阵喝彩。

“真他妈讨厌！你们怎么还喊?！……”

“嗨你小子骂谁呢？你算老几？在这儿充的什么大瓣蒜?！人家摄制组里都没谁出面管，你他妈替人家叽歪个什么劲儿？那俩女的里有一个是你小情人儿呀？……”

于是两个小伙子往一块儿凑，你一拳我一脚打了起来。

二〇〇一年，中国人之间仍缺少相互的忍让，语言文明程度也不见有什么明显的提高。这一点，与三十四年前相比，倒是倒退了。因为三十四年前人们在语言方面的自由是相当有限的。相互之间的攻击性也主要表现于政治话语体系。

“好！……”

有些男女以为那两个小伙子也是在“表演”戏的一部分。

从那家店里跨出了一名穿制服握警棍的警卫——他用警棍直指着李建国高喝：“你干什么你?!”

李建国撕扯不下那广告招贴画，由于急而更恼更怒。

他大声说：“造反有理！”——言罢，举起了一把椅子……

周围的人一见他将椅子举过头顶，知道他接下来要干什么了，全都往后躲闪……

坐在橱窗前吃着喝着说着笑着喜闻乐见地看着李建国“表演”的些个男女，预感不妙，也都起身明智地跑了开去……

一位女郎一边跑开一边生气地说：“戏里有这情节怎么也没个人告诉一声？这么大块玻璃被一椅子砸碎了那是闹着玩的么？多危险呀！……”

陪伴着她刚才浅嘬慢饮着啤酒的男朋友说：“放心吧宝贝儿！他只管砸他的，那我还能眼看着你被伤着？再说，这块大玻璃肯定是用糖浆挂成的……”

他一边说，一边回头看了一下，舍不得留在桌上的半杯啤酒，又返身回去打算端走……

说时迟，那时快——李建国高高举过头顶的那把椅子，狠狠地狠狠地砸将下去了……

但听哗啦一声，偌大的，有十余平方米的一块镜子般明亮的橱窗玻璃，刹那间不复存在。幸而，这条步行街的管理部门规定，临街橱窗禁止镶装一般的玻璃，而必须是质量合格的钢化玻璃。随着哗啦一声响，巨大的玻璃变作千千万万指甲般大小的晶体粒块，纷落遍地。由于那一把椅子的砸击力甚是猝猛，致使无数粒块向店内外爆豆般四射，些个反应迟缓来不及躲避的男女身上这儿那儿挨中了，顿时大呼小叫乱成一片。虽都未伤得怎样重，但已有人皮破血流了……

李建国高举起椅子时，肖冬云姐妹俩正捂眼蹲着，没看见他想要干什么。若看见了，兴许会赶紧制止他惹是生非。待她们猝然间听到哗啦之声，反将双眼捂得更紧了。并且，都吓得本能地用胳膊夹住着上身，就那么蹲着移动脚步往一块儿凑，仿佛永远也不敢站起，不敢睁开眼睛了似的……

接下来的事情大约发生在半分钟内——那个舍不得半杯啤酒的小伙子，已然被钢化玻璃的碎屑击伤了脸面，虽只不过是皮肉轻伤，却已流血不止了。在男人女人惊恐的尖叫声中，店里奔出了三名手持电棍的警卫。他们以为李建国是疯子，或是醉鬼，或是对社会充满敌意的破坏分子。

为首的警卫话还没出口，电棍已指向着李建国了。

那一时刻，红卫兵李建国的内心里，确确实实是充满着对他眼见的“丑陋”社会现象的莫大敌意的。他余怒未消，自恃猛勇地双手去抓电棍。这他可真是自讨苦吃了。电棍是好用双手去抓的么？他的双手立刻被电住了。想放开都不可能了。反而下意识地抓得更紧，同时被电得浑身乱颤，龇牙咧嘴，哇哇怪叫，那样子就十分的可怕……

人们越发惊恐地往两边人行道上躲闪。

被抓住电棍的警卫，打算从李建国手中抽出电棍，却同样的不可能。

另一名警卫见状抢前一步，举起电棍，朝李建国头上狠狠一记，李建国身子晃了晃，晕倒在遍是钢化玻璃碎屑的方砖人行道上。

椅子砸向玻璃那一瞬间，赵卫东张开着嘴呆住了。在那大约半分钟内，他呆看着眼前发生的突然事件，呆看着红卫兵战友李建国被一电棍击倒于地……

那脸上流血的小伙子，此时一只手捂着脸蹿到了仰躺地上的李建国身旁，飞起一脚又一脚，狠踢李建国，边踢边骂……

赵卫东这会儿才省过神来，他大叫：“要文斗！不要武斗！……”

他正欲冲过去护着李建国，双臂却已被人朝后使劲儿拧了过去一

同时一个男人的声音很低也很严厉地警告：“老实点儿，否则对你不客气。我们是便衣警察！……”

他立刻想到了肖冬云和肖冬梅……他扭头望向她们，一边拼命挣扎，一边大喊：“冬云冬梅你们快跑呀！快跑呀！……”

而肖冬云和肖冬梅姐妹俩，直至听到赵卫东的喊声，才一齐将双手从眼上放下去。于是她们看到了这样的情形——两名警卫，一名抬着李建国的头，一名抬着李建国的腿，正往店里弄他。在她们的眼看来，她们的红卫兵战友李建国已经是死了，或者是半死不活的了。她们还看见那脸上流血的小伙子一只手攥着一只啤酒瓶子，张牙舞爪地要扑将过去，而第三名警卫阻止地从后死抱住其腰不放。当然，也看见赵卫东的手臂被一左一右两个男人朝后扭着，扭得赵卫东俯下了身去……

她们缓缓站起来了，内心里惊悸万分。

赵卫东则再次侧转头望向她们大喊：“跑哇！快跑哇！……”

许多旁观者随着赵卫东的喊声也纷纷将目光望向她们，其中几个也突然指着她们愤愤地说：

“她们是一伙的！”

“抓住她们！”

“别叫她们跑了！”

一知识分子模样的中年男人像在“文革”中参加批斗会似的，举起拳头，憋红了脸，张了几次嘴，终于喊出一句口号：“打倒红卫兵！不许‘文革’闹剧重演！……”

这两句口号使肖冬云肖冬梅姐妹俩的心猛烈地哆嗦了一阵——是要被关进监狱甚而要被枪毙的一级反动口号哇！怎么居然有人就敢公开的喊？怎么并没谁去抓那家伙？反而有人把自己的两名红卫兵战友当成了反动分子对待？……

但当时的局面已不容她们多思多想——设身处地从心理上理解她们一下，她们的反应除了是拔腿便跑还会是别的么？

于是她们那么做了。

冬云抓住妹妹冬梅一只手，头脑之中除了惊悸一片空白地顺着步行街朝前猛跑……

倒也没谁拦截她们，更没谁想抓住她们——大多数人已经确信不是在拍电影了，因而对“文革”结束三十四年后又有四名“货真价实”的红卫兵出现在现实生活中更加百思不得其解了……

步行街上的人们自动退向人行道上，闪开着路让她们跑……

而且有善良的人们之善良的声音传达着一份儿善良：“别拦她们！千万别吓坏了两个精神不好的女孩儿！……”

第九章

后夜卯时，乃城市最静谧的时分。

普通的城里人们，这会儿睡得特香。形形色色的提供消夜的场所，已经少有逗留者了。侍员们大抵在一边打着哈欠一边扫地了。末班公共汽车两小时前就归回车场了。头班公共汽车两小时后才会行驶在马路上。而马路上是很难看见一个人影的。偶有出租汽车驶过，内坐着相互搂搂抱抱耳鬓厮磨，关系亲狎而又暧昧的男女。

连步行街上也不见步行者了。

后夜卯时的天空，颜色浅得不能再浅，如微微泛蓝的锡纸。

月亮却仍眷恋着那时的天空。由于天空的颜色变浅了，月亮也就不能被衬托得非常洁白了。它变成了粉皮儿那一种颜色。而且，看去像是被多次冲洗后叠印在锡纸般的天空上似的。

启明星已经迫不及待地出现在锡纸般的天空上了，如同从天空的背面透显着。

一辆银灰色的“别克”从宽阔的马路拐入一条很窄也很短的小街。街两旁高楼林立。它们都很新，都在三个月前也就是四月份才竣工。而且，楼体都贴着咖啡色的釉面砖。仿佛列队的身材高大又窈窕的着咖啡长裙的女郎——这是本市最新上市销售的一处名人小区。闹中取静，在黄金地段。由于房价昂贵，非一般人所敢问津。三个月以来也只不过售出十之三四的单元。已经入住此处的，青年户主多于中年户主；中年户主多于老年户主；女户主多于男户主。青年女户主多于中年女户主；青年单身女户主又多于青年已婚女户主。

二〇〇一年，在中国，在城市，“傍大款”当然还是，不，更是许许多多青年女性的人生拐点，也是人生——理想。倘她们本身确有某些“傍”的先决条件的话。时代对她们的女性人生观，也几乎抱着完全可以接受的态度，能够心平气和地看待之了。

那辆“别克”轿车停稳在属于它的车位以后，车门即开，踏下一位长发女郎。这是位高个子女郎，大约一米七左右。加之穿的是高跟鞋，身材就更显得苗条而修长了。下穿短裙，上着无袖无领小衫，都是黑色的。肩披一条红色的丝巾。在楼区小路两旁路灯的照耀下，红色和黑色衬得她的手臂和腿那么的白皙。这也是位丰乳女郎。假如从她的前额作一条垂线，那么她的胸部看去至少要向前凸挺出六七厘米那么多。它们似乎会将她的小衫鼓破似的。人没法儿立刻判断出她的年龄，因为她脸上化着浓妆。她一手习惯地叉在腰际，另一只手举在胸前，揪住披巾的两角，迈着无人欣赏的猫步，一步一摆胯地向一幢楼走去。

忽然她站住了。她侧转身体，向一根水泥电线杆望去。那是离她只有四五米远的一根水泥电线杆。红卫兵肖冬梅正站在那儿，双手掩面嘤嘤哭泣着。在逃跑中，她那只断了扣绊的鞋又一次跑掉了。当她将自己的手从姐姐的手中挣脱出来，赤着一只脚往后跑去找鞋时，一支老年秧歌队热热闹闹地横扭过步行街头。待秧歌队终于过去了，她的目光已寻找不到姐姐的身影了。连她自己也不清楚怎么会来到这处楼区的。总之躲避着人多的地方，左拐右绕不停地跑就是了。本能告诉她，这处僻静无人的地方是比较安全的。本能又告诉她，即使在这处比较安全的地方，她也还是明智点儿站在路灯的光照之下的好。想到亲眼所见的赵卫东红卫兵大哥和李建国红卫兵战友的下场，想到跑散了的姐姐凶吉难料，想到自己孤独无助的境况，她的眼泪可就真像断了线的珠子似的不停地往下掉了，没法儿不哭出声来……

尽管她戴着一顶三十四年前大批量生产的黄色单帽，女郎还是从她那两条不能掖入帽檐儿的粗而短的齐肩小辫儿，以及她那开始显出发育期少女优美曲线的身材，一眼就看出了她是女的。女郎好奇地脚步轻轻地走到了肖冬梅跟前。

肖冬梅没发觉已有人走到了自己跟前。她处在替战友们和替自己极度的担惊受怕之中，仍双手掩面嘤嘤地哭着。

肖冬梅臂上的红卫兵袖标，使女郎对她所产生的好奇心顿增十倍。红卫兵她是见过的，在电影里和电视剧里。而在现实生活中，她可是第一次亲眼见到一名红卫兵。而且还是名女的！她的第一个想法是红卫兵看来也不怎么可怕呀。眼前这名小女红卫兵不是就哭得怪招人可怜的么？什么事儿使这名小女红卫兵如此伤心呢？又是什么原因使这名小女红卫兵出现在这儿的呐？……他妈的，不大对劲儿呀！二〇〇一年怎么会又有红卫兵了呢？……

像一切看见了肖冬梅她们的人一样，女郎也不可能不心生愕疑和困惑。只不过她并没猜想肖冬梅是在演戏。凌晨两三点钟，一个小女子孤孤零零地跑到这儿来演的什么戏呢?!……

她从挎包里取出烟，吸着一支，兴趣浓厚地，静静地望着肖冬梅。

肖冬梅却还没觉察，还在哭。

女郎将那支烟吸到半截，不吸了，一弹，半截烟被准确地弹入了肖冬梅旁边的垃圾筒的塞口。之后，她将吸在她嘴里的一大口烟，缓缓地徐徐地向肖冬梅的脸吹过去。

肖冬梅闻到烟味儿，不哭了。但是双手并没从脸上放下来。她对烟味儿是熟悉的。也是敏感的，一向讨厌的。她的父亲就是一个烟瘾很大的男人。而且，在她的经验中，烟味儿又一向是和男人连在一起的。于是她暗想，肯定是有一个男人正站在自己对面了！她是心理紧张得不敢再哭了，也不敢将双手从脸上放下来。那一时刻她全身紧张得纹丝不动……

女郎说："既然不哭了，就把双手从脸上放下吧。"

肖冬梅听出了是女性的声音，而且觉得那女性的声音听来挺温和的。

在人类的一切关系中，女人对女人最容易传递安全感。即使她们互不信任，她们一般也不会彼此太害怕。因为这一种安全感建立在同一性别的基础之上。而且，只有女人对女人才最容易传递建立在同一性别基础之上的安全感。无论在任何情况下，一个单独的女人伤害得了另一个女人的事毕竟是极少发生的，而男人和男人之间则太经常发生了。

由于女郎的声音的温和，由于那一种安全感的作用，肖冬梅慢慢地将双手从脸上放下了——她呆望着对面的女郎，女郎也呆望着她。如同两个不同世纪的女性彼此呆望着，在由于对方与自己是那么的不同而引起的愕疑与困惑之中，彼此猜度着对方对自己可能所抱的态度……

虽然她们之间只不过间隔了并不算太漫长的三十四年。

女郎终于又开口说："你……是真的……还是假的？……"

语调不仅温和，而且听来相当友好了。

肖冬梅摇了摇头，表示不明白对方的话。

她是真不明白。在不明不白的情况之下，她不敢贸然开口回答，更不敢反问什么。

但女郎误会了，以为她是哑巴。或者又聋又哑。于是试探地又问："你是真红卫兵呀，还是假红卫兵呀？"

此时女郎对她发生的兴趣，已经有了喜欢的成分。那一种喜欢，如同对小猫小狗以外的另一类稀罕的宠物的好奇加喜欢。

肖冬梅当然听明白了，却更不敢回答了。因为她最知道自己明明是真红卫兵；因为她早已经意识到，在这一座使她觉得万分怪诞的城市里，在那些同样怪诞的男人、女人和孩子眼里，她又只不过是一个假红卫兵似的。红卫兵怎么还会有假的呢？莫非这座城市是假的首都北京？莫非自己所见每一个男人女人和孩子，都是假的中国人？就像《西游记》里关于"假西天"的故事一样？怪诞呀怪诞呀！她内心里如此这般地思想着，就更加不知该怎样回答是好了。否认自己是红卫兵是不行的，戴着红卫兵袖标哪！那么若开口，只有回答是真的，或者是假的了。而在这两种回答中，她却又根本无法判断哪一种回答对自己可能有利，哪一种回答可能使自己更加处于孤立无助的境地……

所以她又摇了摇头。

女郎就真的以为她是个哑巴了。再问："那么，你并不聋吧？"

肖冬梅点了点头。

"你从哪儿来？"

肖冬梅摇头。

"你叫什么名字？"

还摇头。

"你不怕我吧？"

点头。

肖冬梅真的不怕她。或者，更确切地说，就自己目前的处境而言，认为对方也许是对自己最怀有善意的一个女人了。她极想获得一种呵护。她希望呵护来自于眼前这一个对自己说话温和又友好的女人——虽然这一个女人也是自打她出生以后不曾见过的，美丽得妖冶而又怪诞的女人……

"不怕我就好。不怕我就跟我来吧！"

女郎说罢，转身径自而去。

肖冬梅站在原地，望着女郎的背影犹豫不决。

女郎走了几步停住了，扭回头见她并没跟随着，冲她招手道："你不是不怕我吗？来呀！……"

肖冬梅仍犹豫。

"一会儿巡逻的警卫发现了你，可会把你带走的！"

此话立刻生效，肖冬梅便向女郎跑去……

女郎待她跑至跟前，则牵着她一只手，将她领进了楼。

楼内亮着灯。肖冬梅自从长那么大，第一次进入到如此高级的居住楼内。保留在她记忆中的，是她家乡的那个三十四年前的小县城，全县也没有这么漂亮的一幢楼，更不要说十几幢连在一起的这么一大片楼群了。楼梯铺着褐色的光洁的地砖。显然有人每天清扫，尽职地用拖把拖过。楼梯两侧的墙壁是那么的白。楼梯扶手一尘不染。红卫兵肖冬梅于是想到了她自己的家。她的记忆告诉她，她只不过才离开家两个多月。关于家的记忆非常清晰。关于家乡的记忆却模糊极了。她的父亲乃是县重点中学的校长，是县里很著名的知识分子。全县的文化人士和知识分子们，都挺乐于聚在她家里道古说今，高谈阔论。母亲在她父亲的直接领导之下，是县重点中学的语文教师，也是一位在县里颇有诗名的女性，并且是无可指责的家庭女主人。她家住的那幢楼房，有着比她的年龄还长半个多世纪的历史，是解放前县长和县里的几位实权官吏合住的公寓。解放后分配给了她父亲们，并被全县人习惯地叫作"文化楼"，她家所住的三间房屋，则要算是最窗明几净的人家了。但那"文化楼"若与自己已然进入的这幢楼相比，简直就该被叫做"穷人楼"了！她想她家里的任何一个房间，任何

一个角落，也没有这么白的墙，

这么好看又光洁的地啊！她又想到了李建国的家。李建国的父亲是县长。他自然拥有一个全县人都深羡不已的家。那是一幢在建国十周年才盖起来的楼，是全县最新的一幢楼。但李建国的家也不过只比她的家多一个房间。李建国的家里也没铺着这么好看这么光洁的有色方砖呀！县长家里只不过是水泥地罢了。全县大多数老百姓的家是不知曾被几代人的脚踩过的坑坑洼洼的老砖地。有些人家，比如赵卫东的家，干脆便是泥土地，和乡下人家没什么区别。可自己脚下正踏着的，一块块这么好看这么光洁的有色方砖，却是铺在一户户人家门外的楼梯上和楼梯拐角处！每一拐角处还立着花盆架，上边还摆着一盆盆花！红卫兵肖冬梅的双脚，自打出生后就没踏着过这么好看这么光洁的有色方砖！甚而，也根本没见到过！唉，唉，何等浪费的现象呀！这么好看这么光洁的有色方砖的用处，多么的使人心疼呀！对中国革命有什么样特殊贡献的些个人，才有革命的资格和革命的资本住在这样高级的一幢楼里呢？或者是中华人民共和国专给解放前帮助过中国共产党人的资本家们盖的吧？为了体现统战的政策？比如毛主席在《为人民服务》这一篇光辉的著作中提到的延安民主人士李鼎铭先生，是否就配被请到北京住进这么高级的楼里呢？——直到那一时刻，红卫兵肖冬梅仍认为自己是在首都北京。由于仍这么认为，觉得所见街道行人和现象，不仅怪诞，而且简直诡谲……

女郎在她那个单元的门前站定时，红卫兵肖冬梅以欣赏艺术的目光呆望着防盗门，内心里不禁地又是一阵感叹——多么高级的一扇门呀！那是赞美式的感叹。她长那么大，就没在现实生活中见过如此高级的一扇门！她发现了门上那颗纽扣般大小的水晶似的东西，忍不住伸出手去摸——门上居然还镶着一颗珠子！她想——也未免太贵族化了吧！毛主席他老人家可不会高兴有中国人这么做的！全中国的广大人民群众也不会高兴的！不革命行么?！她一时忘了自己的处境，胸中不由得澎湃着一股革命的冲动……

女郎看她一眼，笑道：“连猫眼也没见过呀？”

“猫眼”当然是红卫兵肖冬梅根本没见过的东西。她理解成别的了——她母亲指上就戴过一枚镶有“猫眼玉石”的戒指，是她的祖母传给她母亲的。她听她母亲讲过，“猫眼玉石”是玉石中最名贵的一类。“文革”开始不久，她母亲的戒指被本校的一些红卫兵充公，变卖后买刷写标语口号的大红纸和糨糊了……

一听说门上那东西是“猫眼”，红卫兵肖冬梅赶紧肃然地缩回了手——唯恐它镶得不够牢，被自己一摸掉在地上，那要是摔碎了自己赔得起么？

其实，那只不过是一扇普普通通的防盗门。在二〇〇一年，在这一座城市，算上安装费也不过四百来元。不仅那扇防盗门普普通通，这一片开发在黄金地段的楼群，也不过是价位中档的商品楼小区罢了。在二〇〇一年，除了个别地方，全中国的商品住宅不但越盖质量越好，而且价格也越来越合理了。房地产的暴利时代基本过去了……

女郎从挎包掏出钥匙开门锁时，红卫兵肖冬梅蹲下身，用手摸了一下方砖地。

女郎奇怪地问："你摸地干什么呀？"

她说："我觉得这砖怎么有些软呢？"

女郎已将两重门都打开了，一边往屋里迈一边说："泡沫砖嘛，新建筑材料，踩着当然软啦！"——她说完此话，人已进了屋，忽觉不对，站住了。她一站住，就将门口挡住了。肖冬梅不能跟入，只得站在门外，一时不知女郎是怎么了，一时也不知自己究竟该如何是好。

女郎站住了几秒钟，猛转身语调很是严厉地说："你骗了我！"

"我……我骗你什么了呀？……"

肖冬梅还没意识到自己所犯的"错误"。

"我还当你是个小哑巴呢，原来你会说话！"

当然会说话的红卫兵肖冬梅，半张着嘴，一时不知自己该说什么好。

女郎在门里换上了拖鞋，不再理会她，径自往室内走去。

站在门外的肖冬梅，那会儿悔之莫及。她觉得羞愧。人家对自己友好，自己刚才却骗了人家。她又觉得委屈，因为自己刚才实在不是出于狡猾才装聋作哑骗对方的呀！她想奔下楼去索性逃离，但是双脚却像生了根似的，不肯受大脑的支配往楼梯下迈。一整夜没合眼啊！一整夜都在东躲西藏地奔逃哇！那一时刻的她是疲惫极了，又饥又渴，又困又乏，但愿能一身子扑倒在一张床上呼呼大睡。这一愿望几乎就要实现了，不料却被自己所犯的"错误"破坏了！唉，唉，逃离倒是容易的，可别处哪儿还能有一张能允许自己一身子扑倒呼呼大睡的床呢？再者天已快亮了，自己这名红卫兵不是明摆着一出现在街上便会遭到围观么？

仅仅遭到围观还是好的呀，赵卫东和李建国两名红卫兵的下场自己不是亲眼看见了么？她想替自己向对方辩解几句，却又觉得在自己和对方之间存在的并非什么常人所说的误会，而是比误会严重得多的一场似梦非梦的魇境……

于是她就不知所措地呆立在门外默默地流起泪来。

第十章

隔着半开半掩的防盗门，她见女郎从一个小桶似的玻璃器皿里接出一杯水，在服药。女郎服完药，扭头朝门看了一眼，大声说："哎你怎么不进来呀?"

肖冬梅不敢相信自己的耳朵，低声又怯怯地反问："你还允许我进你的家么?"

"你这是什么话!"——女郎放了杯，双手交抱胸前，隔着防盗门研究地望着她，"如果我不许你进我的家，我把你带到家门口干什么?"

肖冬梅不禁破涕为笑，赶紧进了门。但是她站在门旁，不敢贸然再往里走。她想，唉，唉，允许我蹲在门口睡上一两个小时也行啊！在首都北京，在"文化大革命运动"之中，一名在当年红军长征过的路上长征了一半的红卫兵，竟落如此这般可怜下场，谁能向我解释清楚为什么呢?

她这么想着，身子已然蹲了下去……

"起来！不许蹲在门口!"

她不由自主往一块儿粘的眼皮立刻强睁开来，惴惴不安地望着女郎。

"把门关上!"

她便关门。然而两重门的防盗暗锁对于红卫兵肖冬梅而言，都是新事物。并且，都是挺复杂的事物。鼓捣了半天，也没能完成主人下达给她的"任务"。

"你可真够笨的!"

女郎几步跨了过去，以女教师指导一名笨学生做手工般的口吻说："看着，这么弄，再这么弄一下，明白了没有?"

女郎示范了两次，之后让她照做了两遍，直至确信她已经学会了开门插门，才又命令道："换上拖鞋!"

那一时刻红卫兵肖冬梅感觉自己像一只很令训练师失望的猩猩。

她噙着泪刚欲穿上拖鞋（那是一种漂亮的缎面绒底的软拖鞋），女郎急又阻止道："哎先别！你那只光着的脚难道不脏么?"

肖冬梅低头呆立，又不知如何是好了。

女郎从门后的挂钩上摘下条半湿不干的毛巾塞在她手里："我这拖鞋是一百多元一双买的，知道么?"——女郎看着她擦过了脚，换上了拖鞋，声音才又变得温和了："进屋吧!"

肖冬梅在前，女郎在后，一只手搭在她肩上，轻轻推着她往屋里走。

女郎住的是一套三室两厅的单元，大约一百三十几平米，一年前，花了五万多元装修过。按当时的装修价格而言，仅是比较简单的中档装修。但对红卫兵肖冬梅来说，宛如身在一位公主的奢华宫房。那一套舒适又大的真皮沙发、玻璃钢茶几、玻璃钢餐桌、电视柜上的大屏幕彩电、电视柜下面的VCD机、电脑桌上的电脑、纯净水器、落地音箱，以及地上铺的一块图案美观的纯毛地毯、吊过的顶棚、美观的灯盏，都使肖冬梅产生一种强烈的资产阶级生活的印象。而像那样的家居水平，在二〇〇一年，在这一座人口二百余万的城市，少说也有十分之一。尤其是，客厅那面迎门的墙上，镶了一面巨大的镜子。镜子使房门多了一倍，使空间似乎更宽敞了。当然也使红卫兵肖冬梅产生了视觉上的错误，搞不清究竟有多少门多少房间了……

女郎款款朝沙发上一坐，接着身子一倾斜，双腿一举，从脚上抖掉脱鞋，连腿也蜷上了沙发。女郎一手拄腮，侧卧于沙发，复又以研究的目光将肖冬梅从头到脚打量了一番。

“你在门口又哭了?”

肖冬梅便用手背擦脸上的泪痕。

“为什么又哭了?”

“怕你……怕你刚才不许我进你家的门了……”

那一天，红卫兵肖冬梅所感受到的惊恐和耻辱，是她此前连想都没想到过的。她觉得自己真正领会了“孤立无助”四个字是什么意思。她进而想到了那些被游斗、被抄家、被戴高帽剃鬼头用墨抹黑了脸，并且彻底被剥夺了替自己辩护的权利的人们——她这一名中学女红卫兵，那一时刻，在别人的家里，不知所措地站在颐指气使的别人面前，怀着希望获得别人恩赐自己的哪怕一点点呵护的乞怜心理，对那些“文革”中也受过羞辱的人们，终于由同病相怜而觉醒了一种违背红卫兵六亲不认的革命原则的同情。是的，她觉得，虽然女主人对她的态度已够温和已够友好已够善良的了，却分明的，仍不免时时流露着身份优越的女主人的居高临下和颐指气使。她也想到了自己的父母。她的父亲被宣布为“走资派”不久，母亲由于每被评为优秀教师，也便同理可证地是“资产阶级教育路线”之“黑走卒”了。父母同样难逃被戴高帽挂牌子剃鬼头抹黑脸之厄运。而在那些父母最感屈辱的“红色”日子里，她和姐姐声明与父母脱离了家庭关系，住在学校不再回家了。甚至，她和姐姐连自己们的“长征”行动，都不屑于通知父母……

想到这里，红卫兵肖冬梅又泪如泉涌起来，擦也擦不尽。

“别哭！我讨厌别人在我面前抽抽泣泣地哭！非要哭你就给我来个号啕大哭，那也算你哭出了档次……”

女郎皱着眉，微欠身，伸长手臂从茶几上拿起了烟盒……

肖冬梅从小长那么大从没号啕大哭过。既然明知自己哭不出档次，既然对方不能容忍她那种抽抽泣泣的哭，她也就只有强忍咽声，默默地流泪不止。肃垂着双臂，连用手擦泪也不敢了。

“过来。”

她半点儿也不敢迟豫地走到了女郎跟前。

“坐下。”女郎缩了自己双腿，拍拍沙发。

她乖乖地坐下了。

女郎的双脚就交叉在她身旁。那是一双白而秀美的脚。十个趾甲经过细心的修剪，染了红色，似对儿一模一样的象牙雕的镶珠工艺品。

“你觉得我欺负你了么?”

肖冬梅摇头。

“那你在我面前哭什么?”

“我想家……想爸爸妈妈……”

“你家在哪儿?”

肖冬梅就努力想她的家乡在哪一个省份。想了半天也没想起来。

关于这一点，她和另外三名红卫兵全都失忆了。

“又装模作样是吧?”

“不是装的。”——她又流泪了。

“想不起来算了。别想了。我怎么一时慈悲，把你这么一个神经有毛病的小破妞带回家来了!”女郎说罢，从裙兜里掏出手绢，塞在肖冬梅手里。

肖冬梅一边擦脸上的泪，一边鼓足勇气问：“大姐，这儿真的不是北京么？……”

“北京？你为什么会觉得这儿是北京呢?”

于是肖冬梅将自己离开家乡那小县城，怎么样怎么样与自己的姐姐和另外两名红卫兵战友开始长征，怎么样怎么样遭遇了雪崩，以及被救后怎么样怎么样成为首都北京的客人，并受到敬爱的江青妈妈亲切关怀之事，一五一十地讲述给女郎听……

女郎自然如听痴人说梦。

“等等，等等!”——女郎不由坐起，收拢双腿，手儿环抱膝盖，瞪着她问，“你说的那是哪辈子的事儿?”

肖冬梅一愣，讷讷地嘟哝：“就是今年的事儿呀!”

“你知道今年是哪一年么?”

“今年是一九六七年呀，是‘无产阶级文化大革命’的第二年呗!”

“错！今年是二〇〇一年。前年咱们刚欢庆了新中国成立五十周年!”

“二〇〇一年？……”肖冬梅自然也如听痴人说梦，也呆呆地瞪着女郎，仿佛对方神经有毛病似的。

“你别他妈这么瞪着我。我神经没毛病!”

女郎蓦地站起，离开沙发，满屋里东翻西找——终于找到一册画报，往沙发上一扔，指着说:“自己看!”

肖冬梅拿起画报，首先映入眼中的是一行大红字——“欢庆新中国成立五十周年专刊”!

她不禁狐疑满腹地抬头看女郎。

女郎又一指:“看我干什么?我脸上又没印着历史，让你看那画报!……”

肖冬梅不敢不看，也确想看个明白，不料一翻，偏巧翻到的一页上，印着首都各界群众欢庆粉碎“四人帮”的情形——王、张、江、姚的漫画头像画在人们手中高举着的牌子上，且都用红色划了重重的“×”。“四人帮”这个特定之词，她是根本不知因而根本不解的。但除了王洪文，另外三个的照片都是当年经常见报的，也是她只消扫一眼就立刻认得出来的。而此页的对页上，印着北大师生擎举写有“小平您好”四字条幅的情形……

肖冬梅立刻将画报合了，往地上一扔，语调坚决地说出一句话是:“我不看!”

“为什么?”

“反动!反动透顶!”

“胡说!”

“……”

“捡起来!”

“……”

“我命令你捡起来你听到了么?!”

肖冬梅只得又乖乖地将画报捡起。

女郎一步跨到沙发跟前，劈手夺下画报，坐在肖冬梅身旁，翻开第一页后，表现出极大耐心地说:“看来不给你上一堂必要的历史课是不行了!我讲，你要认真听!认真看!……”

于是女郎一页页讲，一页页翻——那一本专刊，通过生动典型的图文，概括了中国从一九四九年到一九九九年五十年内的历史。当刊中出现伟人毛泽东及共和国的杰出总理周恩来，红卫兵肖冬梅就顿觉亲切，俯头细看;出现毛泽东臂戴红卫兵袖标在天安门城楼上检阅到北京大串联的红卫兵的情形，她眼里就熠熠闪光，仿佛自己也曾在成千上万的红卫兵之中似的。而当画页上是粉碎“四人帮”的狂欢场面，是新中国成立三十五周年“党内第二号走资本主义道路的当权派”邓小平检阅三军，以及邓小平在改革开放时期各地视察的情形，她就高昂起头，坐端正了，闭上了双眼。女郎见她那模样，不免的又来气，一次次命令她睁开眼睛，命令她看……

终于，女郎讲得没耐心了，合上翻了一半的画册，拿起了桌上那支一直想吸而一直没吸成的烟往嘴上一叼，并把打火机朝肖冬梅手中塞："给我点烟！"

"你打算把我变成你的奴婢？"

肖冬梅的语调和表情都显得大为桀骜不驯起来。

"叫你替我点支烟，你就觉得咱俩不平等了？这是我家，你坐在我家的沙发上！我是主人，你是无家可归的个小破妞儿！刚才你还生怕我不收留你在门外哭，怎么转眼就想和我平起平坐了?！今天你非给我点烟不可！……"

女郎将夹在手中的烟朝她伸过去——红卫兵肖冬梅倍感屈辱，但是脸上却只得装出无条件地服从的乖顺模样儿。她从未见过那么美观的一个打火机——"它"是一个戴着小丑帽子的西方杂耍艺人。红卫兵肖冬梅不知怎么才能将"它"按出火苗儿来。事实上她只见过一种打火机，就是那种需要灌注汽油，有棉花捻儿的老式打火机。她的父亲就有一支那样的打火机。在她家乡那个小县城，除了李建国家当县长的父亲，以及她自己的父亲等极少数有身份的吸烟男人，大多数吸烟男人和烟盒揣在一起的是火柴盒……

"你又装模作样地耍我是不？"

女郎等得不耐烦了。

"我……我不会弄……"

肖冬梅老老实实地承认。怕对方不相信，又补充了一句："我不敢耍你。我真的不会。"

"谅你也不太敢！"

女郎从她手中夺过打火机，自己燃着了那支烟——原来开关是小丑的帽子，火苗儿是从小丑的口中吐出的。

"门锁也不会插，打火机也不会使，这倒使我有点儿相信你是一九六七年的一名红卫兵了！"

"我本来就是一九六七年的一名红卫兵。"

"岂有此理！你今年究竟多大了？"

"差几个月不到十六岁。"

"那你一九八四年才出生！……"

"不对。我是一九五二年出生的。"

"那你现在就应该是四十九岁，而不是十六岁！……"

"那你看我像是四十九岁的人么？"红卫兵肖冬梅将自己的脸凑向了女郎。

女郎用手掌抵住她的头，将她的脸推开了。

"所以你不是一九五二年出生的！这他妈是一个明摆着的事实。不许再跟我犟嘴，否则我可真要生气了！"

"所以今年肯定不是二〇〇一年。因为今年我明明才十五岁多。我不是偏要跟你犟嘴，我是糊涂极了！”

“你他妈也把我搞得糊涂极了！”

女郎又站了起来，并且也将肖冬梅扯了起来，抓住她的手满屋这儿那儿走，指着大大小小一件件有商标的东西给她看。那些东西的商标上无一不印着二〇〇一年……

最后女郎将形形色色几十册杂志摊开在茶几上。显然的，女郎认为那些杂志最具有说服力，因为每一册上都醒目地印着二〇〇一年某期。

女郎深吸一口烟后将烟按灭在烟灰缸里，拿起一册二〇〇一年首期的杂志，翻开封面，朝肖冬梅一递，命令道：“给我大声念！”

肖冬梅只得念：“亲爱的读者朋友们，我们终于和全世界六十亿人共同迎来了二〇〇一年！……”

“停！”

肖冬梅眼盯着那一行字不能移开。

“不只中国，全世界都进入了二〇〇一年！哎我说你是不是神经真有毛病呀？……”

肖冬梅默默将杂志放在茶几上，默默将一只手从两颗衣扣之间插入上衣内，表情极其庄重地往外掏什么……

她缓缓地掏出的是红塑料皮儿的“红卫兵证”……

她向女郎双手呈递……

女郎说：“今天我可真开了眼了！”

女郎第一次见识到“红卫兵证”——她接在手里，打开来一看，不禁地又嘟哝了一句：“还他妈是钢印！……”

肖冬梅却斗胆批评道：“你满嘴他妈的，语言很不文明。女性这样，尤其不文明。”

女郎朝她瞪起了眼睛：“你别他妈教训我！你们当年那些所谓的‘革命’行径就文明了么？……”

于是红卫兵肖冬梅识趣地低下了头，保持着近乎高贵的革命者姿态，一副不与对方一般见识的模样。

肖冬梅的“红卫兵证”上，清清楚楚地填写着出生于一九五二年八月十五日，没有任何一笔涂改过的笔画。被钢印压过了一角的照片上的肖冬梅，当然也和女郎眼前的肖冬梅一模一样，仿佛只要把她的脸缩小了，往照片上一按，就会五官吻合甚至纤发不差地重叠在一起。

女郎像格外认真的海关检查员似的，仔细地看一会儿照片，又仔细地看一会儿肖冬梅，如此数次。

三十四年前的红卫兵肖冬梅特别经得起端详地问：“大姐，您看出我的红卫兵证有什么破绽了么?”

这回轮到女郎只有一声不吭地摇头的份儿了。

“我叫您大姐，您不会觉得我是在巴结您吧?”

“你当然可以叫我大姐，不过别‘您’‘您’的。我不喜欢别人在我家里对我‘您’‘您’的!”

“那么大姐，你认为我的红卫兵证是假的么?”

女郎再看一眼红卫兵证，又摇头。

“我有没有可能是在冒充红卫兵证上那个叫肖冬梅的中学生呢?”

女郎依然摇头。

“那么大姐，我现在倒要请教于你了——红卫兵证是真的，而我正是照片上的人。上面清清楚楚地写着我出生于一九五二年，而我现在十五岁……那么今年怎么会不是一九六七年，而是二〇〇一年了呢？……”

肖冬梅一副洗耳恭听的模样。

“这……”

女郎一时被问得愣怔。

“我不想像你说我一样，说你神经是不是有毛病那种话……”

“可你他妈的已经这么说了!”

肖冬梅特有教养地微微一笑：“你又说‘他妈的’了，不过我想，如果你已经习惯了，我也会慢慢习惯的。”

“他妈的他妈的他妈的！真他妈的见鬼!”

“反正我可以肯定我自己的神经一点儿毛病也没有。”

“我的神经也一点儿毛病没有!”

女郎最后看了一眼肖冬梅的红卫兵证，生气而又不知究竟该对谁生气，迁怒地将它使劲儿摔在茶几上。

肖冬梅缓缓伸出一只手拿起她宝贵的红卫兵证，用另一只手轻轻地、反复地抚着彤红的塑料皮儿，如同那是有生命的东西，如同它被摔疼了，如同她是在怜爱它似的。她刚想重新将它揣入上衣内兜，却被女郎又一把夺了过去……

肖冬梅不禁有点儿不安地瞧着女郎，仿佛对方会把她宝贵的红卫兵证毁了似的；仿佛只要对方敢那么做，她则必须一跃而起与对方拼命似的……

女郎转身将红卫兵证放在了桌上。

她自我解嘲地说：“如果我认为咱俩的神经都很正常，显然是不怎么符合实际情况的。如果我坚持认为你的神经有毛病，明摆着你已经出示了有力的证据，证明自己的神经并无毛病。如果我反过来这么认为我自己，我又不情愿……”

她掌心向上划了一段弧，接着说：“证明我神经正常的东西更多。这屋里各处的一切的东西都能证明。不过咱们不必继续争论今年究竟是一九六七年还是二○○一年了，我看这一点无论对我还是对你都不太重要……”

肖冬梅低声说：“不，对我太重要了。”

尽管她是低声说的，毕竟已打断了女郎的话。

女郎又生气地瞪她。

她赶紧讨好地一笑，宁愿服从地又说：“大姐，但我完全同意你的话，不再与你争论了。”

女郎由衷地笑了，摸了摸她的脸颊。

“现在，你给我站起来。”

肖冬梅表现很乖地站了起来。

“把你的帽子摘了。把你的上衣脱了。你用这么一身行头包装自己，神经没毛病，在别人看来你也是个神经有毛病的女孩儿了！……”

红卫兵肖冬梅默默地摘下了头上那顶三十四年前女孩子们时兴戴的黄单帽，接着缓缓脱下上衣，一齐丢在沙发上。这么一来，她胸前仅罩着一件白底儿蓝花儿的小布兜兜了……

“裤子也脱了!”

“……”

“我叫你把裤子也脱了！我又不是男人，你脸红个什么劲儿!”

红卫兵肖冬梅一声不响地将她那条三十四年前的洗得发白的黄裤子也脱了，丢在沙发上。在二○○一年，要凑齐那样的一件上衣一条裤子一顶单帽，连电影厂的服装员也会犯愁的。

第十一章

于是红卫兵肖冬梅身上，就只剩白底儿蓝花儿的小布兜兜和同一种花布的三角内裤了。

三十四年前，在她家乡那座小县城的重点中学，有一名红卫兵以大字报的形式向人们严肃提出：不得再以红布做裤衩，因为国旗、党旗、军旗、团旗、队旗和红卫兵的战旗、袖标，都是红布做的；也不得再穿黄布裤衩，因为人民解放军的军装是黄布做的。所以一时间小县城里素花布脱销——几乎一切年龄的女子，只有穿素花布做的裤衩了。在三十四年前，红卫兵的一张大字报，差不多也等于是一条新颁布的法令，谁吃了熊心豹胆居然敢不服从呢？

而那一名红卫兵正是她的姐姐肖冬云。

“我说你可真是白！白得让我嫉妒，简直称得上是冰肌玉肤了……”

女郎以欣赏的目光望着她，情不自禁地大加赞美。

红卫兵肖冬梅窘极了。自从她上了小学五年级以后，从未穿得那么少地站在别人面前过，包括母亲，甚至也包括姐姐。她和姐姐住一个房间，姐姐睡下铺，她睡上铺。无论冬夏，往往是，她一旦脱得仅剩小胸兜兜和裤衩，便立刻爬到上铺，躺下看书了。与班级里与全校乃至全县的中学生们相比，她们姐妹是特别幸运的。因为她们家里有那么多那么多古今中外的文学著作，可供她们姐妹俩读几年的。现在，那些带给过她们美好时光的书，绝大部分全被她们姐妹俩亲手堆在街上烧了。但她知道姐姐保留下了《西厢记》《牡丹亭》和《红楼梦》，藏在只有姐姐自己才知道的地方了。与喜读中国古典爱情小说的姐姐相比，她则更喜欢西方爱情小说。她也偷偷为自己保留下了《简·爱》《茶花女》《飘》等几本名著，也藏在只有自己才知道的地方了。姐妹俩心照不宣，都没问过对方为自己保留下了几本什么书，更不问对方将书藏在什么地方了……

是的，她也没仅穿着小胸兜兜和裤衩站在姐姐面前过，姐姐当然也从没以女郎那么一种欣赏的目光，在一两分钟内长久地望过她，更没说过在她听来那么“肉麻”的“赞美”的话。在她听来，那不是赞美，而是庸俗的话语。事实上她曾很羞耻于自己身体的白皙。姐姐的身体也和她一样天生的白皙。她清楚地知道那也是姐姐所暗自羞耻的。因为在她们想来，无产阶级红色接班人的肤色，绝不应该是像她们那么白的。当然她们也不至希望自己连皮肤都是红的。她们更愿意自己的脸庞、自己的胳膊、腿是红里透黑的，更愿自己的双手不这么十指尖尖纤纤秀秀细皮嫩肉的，而应该更大些，骨节更明显些，再粗糙点儿，最好手心有茧子……

红卫兵肖冬梅只在公共浴池洗过两次澡，是上中学以后，和姐姐一块儿去的。在公共浴池那种只能一丝不挂的地方，形形色色的和她们同龄的，或她们该叫姐姐，叫“嫂”、叫“婶”的女人，都不由自主地，纷纷地将羡慕的目光投注在她们身上，使她们觉得那么望着她们的女人，肯定是些“思想意识”很不良的女人，她们的目光也不仅仅是羡慕似的……从此她们不再去公共浴池洗澡，宁可各自插了门用大盆在她们的房间里洗。而且，即使在炎热的夏季，她们也都不太愿穿裙子穿短袖的上衣裸胳膊裸腿地到家以外的地方去，更不愿穿那样的衣裙去上学。

“文革”开始后，学校里有学生给一位教政治的女老师贴了一张大字报——有句话是“我们不能再容忍皮肤嫩白的资产阶级的老小姐站在我们无产阶级的红色课堂上讲解我们无产阶级的政治！资产阶级即使在肤色上也是三代都改变不了的，所以对他们的改造才是长期的！……”

从此姐妹俩也不太愿在炎热的夏季挽起衣袖和裤筒了。如果二人之中谁竟挽了起来，暴露了白皙的胳膊白皙的腿，另一个定会暗示其放下为好……

肖冬梅不但被女郎看得窘极了，而且真的竟羞得扭捏起来了——她从沙发上扯了上衣复又披在身，蹲将下去以很是屈辱的语调小声说：“大姐，你要是成心欺负我，那还……还……”

“还怎么样？”

女郎忍住着笑，低头仍看定她，故意板住脸冷冷地问。

“那还莫如干脆赶我走算了……”

“起来！”

红卫兵肖冬梅就犯了拗，双手交叉揪紧衣襟罩住身子，蹲着不动。

女郎毫不客气地动手将她的上衣从她身上扯过去，就手一抡，卷成一团，扔在地上。接着，抓住她一只手，将她拽了起来。

“谁成心欺负你了！”

女郎的手轻轻在她裸着的肩上拍了一下，推着她朝门厅那儿走……

肖冬梅急了，抗议地大声说：“你也不可以把我这个样子赶出去呀！”

女郎扑哧笑了：“我能把你这个样子赶出去么？当我是虐待狂呀！”

她将肖冬梅推进了卫生间……

“你要把我这个样子关在厕所里？”

“胡思乱想！”——女郎的手又在她裸着的肩上轻拍了一下，“我是要让你痛痛快快地洗个热水澡！看清楚，一拧这个开关，喷头就出水了。水温如何，你自己调。香皂在这儿。这个瓶里是洗发液……”

女郎交代完，女郎就离开卫生间了。她又拿起肖冬梅的红卫兵证坐在沙发上细看。听着卫生间传出了喷水声，她觉得整件事儿荒唐可笑而忍俊不禁地笑了。她已经开始喜欢红卫兵肖冬梅了。她放下红卫兵证，又从沙发上拿起红卫兵袖标稀罕地看——她早就打算替自己物色一个可以完全信得过的“小阿姨”或曰小管家了。朋友向她介绍了几个外地姑娘，她觉得她们太精明了，对她本人也太好奇了，所以既信不过，又怕被对方知道了太多的隐私，都没雇长久。她思忖着，这个自己一时发善心“捡”回家来的女孩儿倒是可以试用一段看看。虽然这个女孩儿的身份被女孩儿自己搞得不明不白神神秘秘的，但她那种女人的直觉告诉她，女孩儿本质上肯定是个中规中矩的好女孩儿，只不过有点儿见识太少，也多少有点儿傻似的，但见识是可以由少而多的嘛！有点儿傻正是她这方面感到可以托底的前提……

她正如此这般打着个人算盘，卫生间里传出了肖冬梅一阵接一阵的啊嚏声，不禁奇怪地高声问：“嗨，你怎么啦？”

“大姐……我……我……啊嚏……我洗好了！……”

“这么快就洗好了？不行！再洗一会儿！至少再洗十五分钟！……”

“大姐……求求你……别逼我非洗那么长时间了，我……我冷死啦……”

肖冬梅的话声抖抖的……

女郎起身闯入卫生间，将赤身裸体双臂紧抱胸前冷得牙齿相磕的肖冬梅轻轻推开，伸手试了试水，竟是凉的。

“嗨，你怎么不调成热水？”

“我没见过那玩意儿，不敢碰，怕弄坏了你训我……”

女郎哭笑不得，替肖冬梅调成热水，见她手里正拿着香皂往头发上擦，又问：“干吗不用洗发液，偏用香皂？”

“我没用过那个。”

肖冬梅回答得倒也干脆。

“你不识字呀？上边不是明明写着怎么用来洗头发的么？难道我会用一瓶预先摆那儿的毒液害你不成？”

“大姐你可千万别误会。我心里绝没那么猜疑你！我也想用来着，拧不开那瓶子的盖儿……”

女郎一时的又哭笑不得。

“这瓶盖儿本来就是拧不开的嘛，也不必拧开。瞧着，这么一按，洗发液就出来了……”

女郎边说边替她往头发上按出了些洗发液，见她站在喷头下被热水淋得舒服，眉开眼笑了，才放心地离开……

红卫兵肖冬梅这回一洗可就洗得没够了——十五分钟后并不出来，又过了十五分钟还不出来，直至女郎第二次闯入卫生间，关了热水器禁止她再洗下去……

肖冬梅白皙的身子白皙的脸庞已洗得白里透红，红里透粉。整个人除了头发和眉眼，哪哪儿都像捏面人儿的师傅用掺了胭脂的江米面儿捏的。她洗得痛快，自觉浑身轻盈，穿上了她的花布兜兜和裤衩，满身带着一股香皂和洗发液的混合香气，用毛巾包了湿头发，悄没声儿地蹑足而出……

她一眼看见女郎，不由得一愣——女郎头上已戴了她那顶三十四年前的黄单帽，身上已穿了她的半黄半白的上衣，连红卫兵袖标也在袖子上，正对着镜子凝睇自己。那上衣肖冬梅穿着本肥大，穿在女郎身上，看去仿佛就是量体而做的那么合适。如果不是脸上还没卸妆，那就简直比红卫兵还红卫兵了……

女郎从镜中发现了她，以大人对孩子说话那一种口气问："干吗赤着脚不穿上拖鞋?"

肖冬梅望着女郎笑道："怕把拖鞋弄湿了。"

"那就不怕把地毯弄湿了?"

肖冬梅赶紧回到卫生间去用洗澡巾擦干脚，在门口换上了那双绣花面儿的漂亮的拖鞋。这会儿，她已经不太怕那女郎了。也对这套在她看来分明是贵族小姐住的房间产生了种近乎于自己归宿之所的感觉。而且，她竟暂时地忘了她的姐姐，忘了她的另两名红卫兵战友……

女郎迈前一步，前腿弓，后腿绷，一手叉腰，一手高举着红卫兵证，回头问肖冬梅："红卫兵当年是不是经常这样子?"

肖冬梅抿嘴笑道："才不是你那样子呢!"

她走到女郎身旁像教练似的认真予以纠正："就当我这红卫兵证是毛主席语录吧，右手往胸前拐，语录本儿紧贴胸口，胳膊肘尽量朝前送——这不就有种百折不挠一往无前的气概了么? 头要昂正，胸要挺起来，脸上的表情严肃点儿! 红卫兵都要给人一种特别严肃的印象……"

女郎便如言将脸上的表情严肃起来……

"我们红卫兵也不总这样儿。总这样儿谁不累呀! 我们只是在演革命文艺节目或唱'鬼见愁'时才这样的……"

"'鬼见愁'是什么歌儿? 教我唱!"

老子革命儿接班，
老子反动儿混蛋。
要是革命你就站过来，
要是不革命就滚你妈的蛋!
……

于是红卫兵肖冬梅低声唱一句，女郎跟着大声学一句。

“唱时要不停地踮脚，身体要上下不停地动，就这样儿！……”

女郎学得情绪很投入，也学得很有意思，很开心。肖冬梅见她开心，自己也觉开心起来，便又主动教她跳“忠字舞”。

女郎回到家里所做的第一件事是开了空调，斯时室内温度已凉，肖冬梅刚洗完澡，穿得也太少了点儿，忽然就又打了一阵喷嚏，接着全身一阵冷战。

“宝贝儿，你可千万别感冒了，那我明天可得成护士啦！”

女郎的话里，已不禁对红卫兵肖冬梅流露出了一份儿温柔的爱心。她急拉开衣橱，取出一件睡衣披在肖冬梅身上。肖冬梅见那紫色的睡衣是丝绸的，看去特高级，不肯披在身上，说是怕弄脏了。她请求女郎脱下她自己的衣服裤子，还要接着穿。

女郎双手习惯地往腰里一叉，呆呆地瞪她。

“大姐，我又说错话啦？如果我真又说错话惹你生气了，那你打我几下好了！”

红卫兵肖冬梅显出惴惴不安的样子。三分真，七分假。寄人篱下，她不得不装得乖点儿，为的是进一步获得对方的好感。

人的明智和取悦于别人的技巧，在落难后侥幸被别人收容并和善对待时，是根本无须谁传授的。那几乎是一种人性的本能。

红卫兵肖冬梅三分真七分假的惴惴不安的样子，在女郎看来，越发地使人怜爱了。她分明地看出了肖冬梅那七分佯装中，有一种狡黠的成分在内。她喜欢该狡黠的时候就狡黠点儿的女孩儿，并不喜欢在任何情况之下都一味儿傻讷到底的女孩儿。

然而她的一只手还是高高地举了起来——肖冬梅也就甘愿挨打似的将脸凑了过去。

四目相对，彼此睇视了几秒钟，女郎先自笑了。她那只高举着的手缓缓落下，轻柔地抚摸在肖冬梅脸颊上。

她拍了拍肖冬梅的脸颊说：“没想到你还这么会做戏！但是你现在别跟我装样儿。什么弄脏不弄脏的！难道刚才是别人洗澡了呀？这件睡衣归你了。你穿着长是长了点儿，你别嫌弃就行……”

肖冬梅小声说：“大姐我不嫌弃。这么高级的睡衣我怎么会嫌弃呢？可我不能要啊！”

“那你还是嫌弃了？”

“不，不，大姐我真的不嫌弃！”

“那又为什么不能要？”

“我父母从小教育我，不许轻易接受别人的东西。”

“原来如此……”

女郎又抚摸了她的脸颊一下，接着亲手替她系上了睡衣带。然后拉住她一只手，将她带到了床边。

“上床!”

肖冬梅眼望着女郎，一声不吭，乖乖地甩了拖鞋上了床。

“躺下!”

红卫兵肖冬梅仿佛幼儿园里一个最听阿姨话的小女孩似的，乖乖地仰面躺下了。

“盖上毛巾被!”

肖冬梅默默将毛巾被盖在身上，只露着头。

女郎说：“听着，忘掉你父母从小对你的教育。正因为他们对你的教育太多了，你才半精不傻的。今后，我要对你进行再教育。我有责任把你变成一个很现代很前卫的女孩儿！明白我的话么?”

肖冬梅小声说：“不明白。”

女郎的双手又往腰际一叉，又咄咄地瞪她：“有什么不明白的? 我说的不是中国话呀?”

“现代的意思我懂。但这个词是形容科学的，不是形容人的。用来形容人就是用词不当……”

“听来你语文学得还不错!”

“是不错嘛。我是班里的语文课代表。大姐，现代的女孩儿该是什么样的女孩儿呀? ……”

女郎一怔。

“前卫的女孩儿又是什么样的女孩儿呢?”

“……”

“大姐你究竟打算把我变成什么样的女孩呢?”

“这……这一点我一时也不能向你解释明白。总之，是特别开放的女孩儿……”

“大姐，你又用词不当了。‘开放’这个词是可以用来形容女孩儿的么? ……”

“听着！我说话时你不许打断我！没大没小没礼貌！全中国，不，全世界中学以上文化程度的人，都知道‘开放’这个词是可以用来形容女孩儿的！也都明白一个现代的女孩儿前卫的女孩儿是什么样的女孩儿！你当自己是什么人了? 当自己是中文教授哇? ……”

女郎挥着一只手臂说时，肖冬梅困惑地不停眨眼。她是真的又困惑多多了。

女郎又说：“以后，我怎么教育你，你他妈都要无条件地接受！而且要绝对地相信我是不会教你学坏的！我自己都不是坏女人，我他妈能把你教成一个坏女孩么？现而今，做一个彻底的坏女孩儿那是非常不容易的！比做好女孩儿难多了。就是我想把你教成一个彻底的坏女孩儿，也没那么高的水平！明白么？……”

“……”

“说话！明白就说明白，不明白就说不明白！”

“大姐，我……我不明白……”

“宝贝儿，这就对了。这才乖。我也没指望我一说你立刻就明白了呀！以后你会渐渐明白的。你明白的多了，咱俩对话就更贴心了。你觉得那样好不好？……”

“好……”

“以后，我教导你十句，你起码要接受五句。”

“不，大姐，我会十句全都接受的。”

“真话？”

“真话。对大姐的话，我理解的要执行，不理解的也要执行。在执行中加深理解。”

红卫兵肖冬梅模样极为虔诚。

轮到女郎困惑地眨眼睛了。她不但相信了红卫兵肖冬梅的虔诚，而且深深地感动于肖冬梅的虔诚了。同时，暗暗吃惊于那可爱的少女竟能张口就说出使自己听了感觉格外的好，又有着似乎相当深刻的哲学意味儿的话。

她要求道：“宝贝儿，把你刚才的话再重说一遍。”

“理解的要执行，不理解的也要执行。在执行中加深理解。”

“多好的话呀！这话谁说的？”

红卫兵肖冬梅本想如实相告，不是她自己的话，是林副统帅的话。但见女郎似乎真的从未从第二个人口中听说过，于是改变了初衷。

“大姐，我说的是我这会儿的心里话呀！”

于是女郎在床边缓缓坐下了，于是女郎俯下了身子，于是女郎双手捧住红卫兵肖冬梅的脸，在她眉心正中亲了一下。

“宝贝儿！你可真会说话！现在要是有人打算把你从我这儿领走，那我是坚决不答应的！以后多对大姐说些刚才那种话，大姐爱听死了！……”

女郎的表情也极为虔诚。

“大姐，忠不忠，你今后看我的行动好啦！我的每一个行动都会落实在忠字上的。”

“呀，呀，”——女郎双手一拍：“多好的话，多好的话呀！宝贝你把大姐的心都快说化了！像你这么会说话的女孩儿不招人喜欢不惹人怜爱才怪了呢！……”

女郎一跃而起，几步奔到壁橱前，哗地拉开了壁橱……

“这件衣服也归你啦！我穿着显小，你穿着肯定很合身！”

女郎从衣架上取下一件款式时兴的夏衣，朝床上一抛……

“这条裙子也归你啦！我不喜欢那颜色的了……”

“还有这件！……”

“这件！……”

“这件！……”

“这件我还有点儿喜欢……算啦，也归你啦！……”

一件件春天的、夏天的、秋天的、冬天的各式各样的衣服、裤子、裙子被从衣架上飞快地扯下，一件紧接一件抛到了床上。顷刻之间，肖冬梅被埋在形形色色的呢子、料子、毛纺织品和细软绸缎中。只有脸没被埋住，如长有奇怪叶子的一盘最美的向日葵的葵盘。

“那些全给你啦！我都不要啦！宝贝儿你看，衣橱都快空了不是吗？我这把年纪的女人了，还要那么多花里胡哨的衣服干什么呢？……”

她说“宝贝儿”三个字时，就像少妇在对自己三四岁的独生子女说话似的，流露出一种发自内心的爱意，和一种仿佛做了母亲的新鲜愉悦。

“宝贝儿，你枕头底下有几本杂志，乖乖地躺着看吧！现在，我也该去洗澡了……”

她说罢，脱掉红卫兵“行头”，接着脱得一丝不挂，转身便去。

当她快要脱得一丝不挂时，红卫兵肖冬梅替她羞红了脸，想要闭上双眼不看她，但不知为什么，心中波动起一股奇异的欲念，这欲念使她又那么希望看见这位素昧平生却又对自己实在是太好了的女人一丝不挂是什么样子。她觉得这欲念从自己头脑中产生出来是罪过的，但是它产生得太突然，以至于她来不及在头脑中调遣足够强大的意识对抗它，而只有由之任之。

实际上她只不过是羞红了脸，微微眯上了眼睛而已。她的目光完全被那个女人的身体吸引住了。

“大姐……”

当女郎推开卫生间的门时，肖冬梅叫了她一声。

女郎朝她扭回了头。

“大姐……你……你身材真美极了……”

女郎红唇一绽，笑了。

“大姐……我……我也喜欢你……”

“宝贝儿，我看出来了。”

“大姐，我……我也可以叫你宝贝儿么？……”

“这嘛……这可不行……只能我叫你宝贝儿，你是不能也叫我宝贝儿的。你也叫我宝贝儿，就把我们的关系变得可笑了！……”

“为什么?”

“别问这么多为什么了！我一时说不清楚，反正我觉得可笑就是了……”她向肖冬梅抛送了一个飞吻后，进入卫生间去了。

红卫兵肖冬梅望着关上了的卫生间的门，发了会儿呆，也徒自无声地微笑了。她清楚自己的脸肯定是红极了。她从线毯下举上来一只胳膊，摸了摸自己的脸颊，感觉到自己的脸颊热乎乎的。

她在内心里对自己说：“噢我的老天爷！肖冬梅呀肖冬梅，你可是怎么回事儿了呢？你怎么可以不知羞耻地望着一个一丝不挂的女人呢？你为什么不命令自己闭上眼睛呢？你还好意思夸人家身材真美极了！你居然还对人家说你也喜欢人家！居然还想也叫人家宝贝儿！……你呀你呀你呀！你究竟是怎么回事儿怎么回事儿了呢？你怎么会突然变得这么下流这么不要脸了呢？……”

尽管，她在内心里如此这般严厉地谴责着自己，但心情却是那么的愉快。在整整一天里，这会儿难道不是自己心情最好的时刻么？没有相互之间那些亲昵的话语，自己和这个一小时前还完全陌生的女人的关系，又怎么会变得如此友好甚至彼此友爱起来了呢?

多么富贵堂皇的一个家呀!

多么舒适的一张床呀!

洗得多么痛快的一次澡呀!

多么漂亮的拖鞋多么高级的睡衣呀!

身材多么美对自己多么好的一个女人呀!

……

现在，舒舒服服躺在床上的自己又是多么的心安理得呢？仿佛自己也是名正言顺的主人了似的!

她不再怕这座一直以为是首都北京其实并不是首都北京的城市了！不再怕这座城市里的任何人了！一想到自己曾被误视为什么从动物博物馆里跑出来的活标本，她仍不免心里紧张。

是的，她现在可以不怕了。

起码，她是可以呆在这个“家”里不出门的呀!

起码，她有了一位承担起保护她的责任的“大姐”了呀!

而她和她之间这么快就建立了的友爱关系，居然不是阶级的友爱关系！难道“大姐”会是一位无产阶级的“大姐”么？肯定不是！肯定是一位资产阶级的“大姐”无疑啊！奇怪呀奇怪，这位资产阶级的“大姐”何以竟没被抄家呢？何以竟敢公然地特别资产阶级地继续存在呢？得多么大的一个权威人物才能保护得了她这种特别资产阶级生活方式的存在呢？是敬爱的周总理？还是江青妈妈？还是林副统帅呢？而自己居然一点儿都没进行斗争就顺顺从从地做了一位资产阶级的“大姐”的资产阶级生活方式的俘虏！并且，已经和她非常紧密地“团结”在一起了！毛主席著作中不是说，无产阶级和某些资产阶级人士之间的团结，是经过一次次斗争斗出来的么？不是说以斗争求团结则团结存；以妥协求团结则团结亡么？眼前的事儿怎么反过来了呢？难道自己和这一位资产阶级气味十足的“大姐”之间的团结，不是自己一步步以最终的彻底的妥协换取来的么？

但自己和这一位资产阶级气味十足的“大姐”之间的良好的“团结”局面，对自己不是绝对重要的么？

这局面难道不良好么？

没有这一种良好的“团结”的局面，自己又有什么资格心安理得地睡在“大姐”家这一张无比舒适的床上？

没有这一种良好的“团结”的局面，自己今天夜里可睡在哪儿呢？……

“大姐”在一边洗澡一边唱歌：

今夜我好冷好冷，
谁来安慰我？
谁来拥抱我？
谁来吻我？
谁来暖我的心？
……

这“大姐”，真不害臊，多“黄”的歌曲呀！多下流的歌词呀，也好意思那么大声地唱！……

红卫兵肖冬梅从线毯下抽出了另一只胳膊，用双手捂上了两耳。纵然不斗争，也不应该让那么绵软的歌曲让那么下流的歌词灌入自己一名红卫兵的耳朵啊！……

当“大姐”从卫生间走出来时，肖冬梅已经酣酣地睡了。她穿上睡衣，轻轻走到床边，俯下身细看肖冬梅的脸，觉得她的“宝贝儿”的面容，在睡着了的时候，是尤其的清秀妩媚了。“大姐”替肖冬梅将她的两只胳膊放进了线毯里。之后，她怀着对她的“宝贝儿”的满心的爱意，在红卫兵肖冬梅嫩白的脸颊上亲了一下……

第十二章

“你在往哪儿开?”肖冬云朝车窗外又看了一眼，但见一片黑暗，连点儿灯光都没有。她心里害怕起来，暗暗将书包带儿紧绕在一只手上。

“小姐，我还能往哪儿开呢?在按照你的要求，往你想去的地方开呗!”

三十来岁的出租汽车司机是个胖子。他回答她的话时，一只手离开了方向盘，在她腿上拍了一下。

肖冬云嫌恶地将双腿向车门那边偏过去。那是一辆出租车。尽管她一上车便贴近她那一边的车门坐着，但司机的手还是略微一伸就可以拍在她腿上。一路他的手已在她腿上拍了多次了。这使肖冬云意识到了他对自己居心叵测。

“我来时，车可没开这么久。”

“那你来时坐的什么车?”

肖冬云不说话了。她当然不愿告诉他，自己是和自己的妹妹以及另外两名红卫兵战友预先藏在一辆车厢封闭的小卡车里才到达市区的。

“你来时，车也走的这条路么?”

在封闭的车厢里，她怎么能知道车走的哪条路呢?这是她根本没法回答的问题，只有缄口不言。

“哎问你话呢，哑巴了?”司机的一只手又一次离开了方向盘，又一次朝她的腿拍过来——

这一次她有所防，抬臂挡了一下。

“你还高贵得碰不得呀?”司机无耻地嘿嘿笑了。

肖冬云非常后悔上车时没坐在后座。

她警告道:“你别惹我生气啊!”

“你生气又会怎么样，打开车门从车上跳下去?”司机的手再次伸过来，又被她的手臂挡回。

一股凉风灌入车内——因为肖冬云已经打开了车门。

她凛凛地说:“你以为我不敢往下跳么?”

“哎别别，千万别!快关上车门，我胆小，闹出人命可不是好玩儿的!……”司机慌手慌脚了，车在并不平坦的马路上扭起“8”字来。

肖冬云关上车门，又警告道:“你胆小，我可胆大。什么人我都见过，所以你还是别惹我生气为好!”

听她的口气，就像她是一位江湖女侠似的。

……

肖冬云把妹妹肖冬梅丢了以后，猫在江桥的桥墩下哭了一阵。毕竟比妹妹大两岁，毕竟从初一到初三一直是班长，并从初二起就担任全校的团支部副书记，头脑中多多少少积累了点儿处变应急的冷静和经验。哭了一阵，懵了片刻，也就自然而然地开始寻思该怎么办了。

她想自己得尽快回到他们来的那个地方。那儿有特别关怀特别爱护自己们的“军宣队”啊！虽然只在那儿住了一个多星期，但她已与那儿的每一个人都很熟了。尤其那位六十多岁的老院长，对自己可以说是像对儿女们一样亲的。

是的，得尽快回到那个地方！看来，只有在那个地方，自己这四名红卫兵，才被当成正常的人！

只有在那个地方，触目可见的任何一面墙壁上，才用标准的隶书体或楷体，写着一段段大红字的毛主席语录。

只有在那个地方，楼内或砖瓦平房的走廊里，两侧才用绳子悬贴着大字报。

只有在那个地方，所有的人们，包括打扫卫生的女工，胸前才别着各式各样或大或小的毛主席像章。

只有在那个地方，不论男女，不分年龄，才人人袖子上都佩戴着“红卫兵”袖标，证明他们和自己们一样，都在以坚定不移的政治态度参与着史无前例的“无产阶级文化大革命”。而且，都是无比忠诚于毛主席的无产阶级革命司令部和无产阶级革命路线的。

只有在那个地方，人们才每天“三敬三祝”；才每天“早请示晚汇报”；才相互地开展批评和自我批评；才非常自觉地“斗私批修”。

那个地方的氛围，乃是自己们从“文化大革命”开始以后所熟悉的，所习惯的，所能置身其中而会产生良好的革命感觉的。在那个地方，自己们才是备受尊敬的“革命小将”；自己们的一言一行，才特别有意义，才受到特别的重视；在那个地方，没有谁敢对自己们放肆无礼！更没有谁敢把自己们当成小疯子似的！……

对，尽快回到那个地方去！尽快回到那个地方去！看来，只有依靠了那个地方的人们，才能找回妹妹，才能找回红卫兵战友赵卫东和李建国啊！

可那个地方，究竟是什么地方呢？她只知道它在郊区，只知道它被那儿的人们叫做“疗养院”。攀上它的后墙，可以望见一片菜地，菜地的远处是大片的已经开始变黄的麦田，麦田的远处是天边。有几处村落依稀分布在麦田和天边之间。从它的大门望出去，门外是一条不宽的柏油路。路的对面是一排高高的杨树。杨树的后面，大约百米远的地方，矗立着什么高高的圆柱形的建筑物。分明的，矗立在那儿已经有很多很多年了。老院长曾告诉过她，那是日本人占领时期的水塔。水塔下曾有过日本的军列铁道专线……

那么，水塔不就是那个郊区所在的标志么？

但如果要尽快回到那个地方去，靠两条腿走是不行的呀！倘在走的途中，碰到几个坏男人，遭劫持了呢？这是明摆着不可以不防的呀！红卫兵肖冬云已经开始觉得，这座城市肯定不是首都北京了。进一步说，她已经开始面对这座城市并非首都北京这样一个事实了。那老院长为什么还多次地对自己们讲：“你们是在毛主席他老人家身边，是在首都北京”呢？虽然她心中存此疑惑，她的信任感，还是宁愿倾向于老院长们。在这一座城市里，倘连老院长们也不信任了；那么还有谁们值得信任呢？她还能去向谁们求助呢？她也开始后悔了。悔不该不听老院长一再的忠告——千万别离开那个院子。她和妹妹和赵卫东李建国，曾多次要求到天安门广场去看天安门城楼，去向烈士纪念碑献花圈，去到各大院校看大字报，听大辩论。但老院长总是耐心地说服他们不要急。保证在适当的时候，一定会亲自带他们去的。老院长还严肃地说，他和他的同志们，对他们四名红卫兵小将，向毛主席他老人家，向“中央文革小组”负着份大责任。说“无产阶级文化大革命”的局面虽然是大好的，虽然会越来越好，但阶级阵线毕竟模糊着，敌我友毕竟还不怎么分明，这里那里，经常发生武斗……总之一句话，不经他允许，他们四名红卫兵小将还是不要离开院子擅自行动的好。如果他们出了意外，他可怎么向毛主席他老人家，向“中央文革小组”交代呢？

现在却不幸被老院长言中，果然出了意外！丢了妹妹，李建国生死不明，赵卫东被抓走，难道还不算是出了意外么?!

本来，她是不主张偷偷离开的。四个人中，数李建国偷偷离开一次的念头最强烈。他像刚从林子里被逮住送进动物园的一只野兽，疗养一天之后就嘟哝闷得慌了。她曾对他说：“如果实在闷得慌，就背毛主席语录！”他却说他已经一条条背得滚瓜烂熟了。她不信，他就让她考他。果然，一本二百七十页的《毛主席语录》，无论她翻哪一页，指哪一行，他都能只字不差地张口背出。后来他就转而去说服她的妹妹冬梅。冬梅其实也早有偷偷离开一次的潜念。尽管妹妹一次也没流露，她作为姐姐却是完全看得出来的。两人一样的心思，当然一拍即合，于是又双双去说服赵卫东。赵卫东那几天里正在从早到晚孜孜不倦地学习《资本论》，并认真地记笔记，仿佛决心要将自己的马克思主义思想水平，在几天里就提高到一位马克思主义思想理论家的程度。只要见老院长一闲着，他就捧着《资本论》和笔记本，去到老院长的办公室里，坐在老院长对面，和老院长讨论艰深的剩余价值理论。幸而老院长总是非常耐心地倾听他一大套一大套的学习心得，总是特别谦虚地和他进行思想交流。他还主动要求老院长同意他向全院的革命同志们汇报一次学习心得，实际上是希望能有机会给众多的别人上一堂马克思主义理论课。老院长倒特别能理解他愿望的迫切和自信，满口答应了。所以当肖冬梅和李建国对他进行游说，争取他的支持时，他起初也是听不入耳的。因为他的全部心思都用在备课方面了。但肖冬梅和李建国则不达目的不罢休，终日的软磨硬泡。二人中肖冬梅对他的影响力远胜过李建国。她知道高二的红卫兵大哥哥是多么一往情深地爱着她的姐姐，也知道姐姐同样一往情深地爱着他，故话里话外的，抬出姐姐来压这位四人红卫兵长征小分队的队长。说姐姐也有偷偷离开一次的念头。既然自己爱着的人也有此念，红卫兵长征小分队队长的纪律原则动摇了。当他带着肖冬梅李建国与肖冬云商议具体的行动方案时，肖冬云表示了极大的诧异。

"怎么？他俩预先并没和你通气儿?"

赵卫东不免有上当受骗之感，看样子立刻就要对两名红卫兵部下发作了。而肖冬云明白，他真的发作起来，也决然不会冲着自己的妹妹肖冬梅，一定是单只冲着李建国去的。她暗替李建国感到委屈。虽然他是主谋，妹妹是同盟，但在抬出自己骗他们的队长这一点上，献计献策的分明是妹妹呀！而妹妹却在一旁有益无害地笑瞧着她，还向她频频使眼色呐！她若摇头，妹妹定恼于她。妹妹一恼，妹妹那张嘴可是不饶人的，兴许会当着红卫兵战友李建国的面，不管不顾地说出什么使她和他都脸红起来的话。那会叫她多难为情呢！也会使他这位队长多尴尬呢！又多损害他的队长形象呢！

"肖冬云，你为什么不回答我的话?"

当着第三个人的面，包括当着她妹妹的面，他一向叫她"肖冬云"。而且一向表情严肃，不苟言笑。只有没第三个人在跟前的时候，他才叫她"冬云"，他的语调里才有温柔。

那会儿，妹妹在他背后撇了下嘴。

"他俩向我透露过他俩的念头，我也表示同意了。"

她说了违心话。

……

现在，她回想起来，真是后悔死了！

如果自己不说那句违心话多好哇。在四个人之间，无论什么事，只要她不明确表态，队长赵卫东一般是绝不会轻易做出什么决定的。如果她表示反对，那就够他犹豫几天的了！

肖冬云呀肖冬云，你当时为什么不表示反对呢?

你心里可明明是不赞成的呀！

她不仅后悔，而且非常恨自己了……

她从胸前摘下了毛主席像章，从袖子上摘下了红卫兵袖标，用袖标卷裹起像章，放入了帆布书包里。随后她离开那个隐身的桥墩，踏下江堤台阶，双手掬起江水洗脸。在她脚旁，有三块整砖。那可能是在江边钓鱼的人压住鱼竿用的。她撩起衣袖擦脸时，一扭头发现了那三块砖。她瞅着它们想了片刻，便脱下上衣，将一块砖用上衣包起，也放入书包里了。脱下上衣，她穿的便是一件短袖小布衫了。花色和她妹妹的罩胸兜兜一样。这样，她就不至因自己那件黄上衣招人目光了。而内中有了一整块砖的沉甸甸的书包，足可以用来防身。往谁头上抡一家伙，谁要是不双手抱头晕半天才怪呢！

她对自己一举两得的英明想法感到满意。

于是她踏上台阶，尽量迈着从容不迫的步子向前走去……

裤兜里有钱，她打算问明了路线乘到郊区去的公交车。她没乘过公交车。甚至，也没在现实生活中见过一辆公交车。只在电影里见过。她家乡那个小县城太小了。只有三条主要街道。最长的一条街道才一里多地那么长。她的学校就在那一条街道上。听见过世面的大人们说，也就够大城市里的公交车开一站的。她想，这一座繁华的大城市里，肯定会有公交车的。她没敢再经过那条步行街，怕又发生自己被围观的情况。虽然她认为，自己看去似乎没有什么与众不同的地方了。但她心里还是有些惴惴不安，仿佛自己依然形迹十分可疑似的。事实上也确乎还有错身而过的人回头看她，看得她一阵阵心里紧张。她明白，她所穿的那条半新不旧的黄裤子，和她脚上那双黑色却快刷白了的扣绊布鞋，显然也是在这座城市的夏季，在这座城市里的女人们身上少见的。她眼睛所见的每一个年轻女性，尤其是十八九岁二十多岁的姑娘们，穿的无不是短裙或短裤。她终于意识到，人们回头看她，不仅是由于她的裤子她的鞋，和她肩上那个帆布书包，还由于她头上仍戴着她那顶黄帽子。意识到了这一点以后，走到一个街角，见没人注意自己，她赶紧一把从头上抓下帽子塞入书包。

“姑娘，这么晚了，一个人瞎逛街多没意思呀，想找个地方玩玩不?”

她猛抬起头，见几个流里流气的青年，各自指间夹着烟，一齐色眯眯地望着她，一个个馋涎欲滴的样子。

“流氓!”

她心里骂了一声，抬起的头立刻低下去，加快了脚步继续往前走。

“这小妮胳膊真他妈的白，简直像石膏!”

“想必身上更白!”

“看样子是个乡下妮!”

“管她是不是乡下妮，别眼睁睁地让她就这么走掉了哇！……”

听到他们的议论，她拔腿便跑。

幸而那时街上行人还多，他们没敢追她。

她跑出很远才收足站定，气喘吁吁，他们的狎笑之声犹在耳畔。

刚才，她虽然在心里暗骂他们流氓，其实她并没见过真正的流氓。家乡那座县城委实太小了。人与人之间过分紧密的公共关系容不得他们的存在。谁家的小子如果拉了一下谁家的姑娘的手，而她并不乐意他对自己的亲爱举动，那么他差不多就已经是一个“流氓”了。“流氓”一词是爱看小说的中学女生们从小说中看来的，而且是从描写解放前的社会生活的小说中看来的。一经在她们中相互传开，便成了她们指责男生们的利器，使他们只有更加对她们敬而远之。唯恐对她们的言语不慎举止随便，而被她们戴上“流氓”的帽子从此一生一世摘不掉。

她盲目地走过了几条街道，并未发现一处公交车站，却看到了许多辆出租车，也看到了人们“打的”的情形。于是她就站在人行道边上留心多看几次那情形，于是也就看明白了——只要车前窗里有个茶杯口那么大的，圆圆的，闪着红色荧光的东西立着，那就是车上没乘客了。只要车上没乘客，谁一冲它招手，它就会停在谁跟前。而只要它停下了，就可以拉开车门坐进去。然后呢，可想而知，自然是告诉司机自己去哪儿了……

她想，我何不坐这一种小车呢？这一种小车不是要快得多么？于是她再望见一辆空出租车远远驶来，也学别人的样，举手冲它招了几下——它缓缓地停在她跟前了，就是胖子司机开的那辆出租车。

但她却不知怎么从外边打开车门。

他探身舒臂，从里边替她打开了车门，并话里有话地说：“我这车的车门没毛病。”

她也不管他说什么了，赶紧坐进车去，仿佛终于得以坐上的是诺亚方舟似的。同时告诉自己：既坐上来了，那么就绝不下来了！除非他的车将自己送到了郊区自己要去的那个地方，否则哪怕他往下推自己，自己也不下来！为了妹妹，为了红卫兵战友赵卫东和李建国，她是决心豁出一次姑娘的脸面和红卫兵的尊严了！

“你关车门啊！”

他冲她嚷了一句。

关车门她当然是会的，便礼貌地将车门轻轻关上了。之后冲他友好又歉意地一笑。

“没关严！”

他显出不耐烦的样子。

没关严，也还是关上了。关严得打开车门从里边再使劲儿关一次。

她也同样不知怎么从里边打开车门。使劲儿推，自然是徒劳无益的了。

“哎你怎么这么笨啊！”

他第二次探身，有意无意地将他的胖身子压在她双腿上，不成体统地偎在她怀里，打开车门重关了一次。

她觉得他也是流氓一个。但他同时也是司机啊！而且，是由于自己笨才给了他的流氓行为以可乘之机啊！她心里嫌恶，却无话可说。

那是红卫兵肖冬云出生以来第一次坐小车。在四名红卫兵战友中，只有李建国一人坐过几次他爸爸县长的老式吉普。它被县里的居民们视为“官车”，而且是县委唯一的“官车”，如同从前县官老爷的官轿。它一从县里驶过，大人孩子都知道，他们的父母官出行了。

“去哪儿？”

胖子司机压倒驾驶台上那个圆牌儿后，头不动，只将目光从眼角乜斜向她，以听来并不欢迎的口吻问她，仿佛她已然给他惹了不少麻烦似的，仿佛他已然料定，她接着会给他惹更多的麻烦似的。

“郊区。”

她的头也不动，目光透过车前窗，望向前边的人行道。那儿，街树下有一对青年在拥抱亲吻。她早就发现他们在那儿拥抱着亲吻着了。直至此时，十几分钟过去了，他们的姿态一动未动，使她竟无法得出确切的结论——究竟是街头雕塑还是真人？

“郊区？东西南北中，从哪一个方向开到市外都是郊区！你说具体点儿行不行？”

“疗养院。”

“疗养院？那是什么鬼地方？你不说清楚我往哪儿开？”

“我……一个有军宣队的疗养院。”

“军宣队？……”

胖子司机的脸终于向她转过来了：“哎你神经正常吧？”

“不对不对……我刚才心里想别的事儿来着，说错了。是一个有旧水塔的地方……水塔下边原先有铁道……”

“是……那儿啊！明白了！……”于是出租汽车向前开去。

一对儿拥抱着亲吻着的人儿的姿态，在红卫兵肖冬云的注视之下，终于改变了一次。那穿短裤的女孩儿的一条腿朝后翘了起来。她比拥抱着她的小伙子矮半头。并且，她不是踮足用自己的唇向上去凑小伙子的唇，而是将头向后仰着。仿佛，小伙子揽住她纤腰的手臂一旦放松，她的身子就会朝后倒下去。这使那吻她的小伙子的头，不得不动物饮泉似的低俯着。红卫兵肖冬云看得不免一阵阵心里热潮涌动。她曾在小说里读到过情爱描写的片断。但她长到如今这么大，还是第一次亲眼看到两个年轻人拥抱亲吻，而且互相拥抱得那么紧，而且彼此亲吻得那么久，而且是公然地旁若无人地在人行道边儿上！难道男女拥抱的感觉亲吻的感觉真的是像小说里描写的那么甜蜜那么令人陶醉么？那究竟会是一种怎样的令人神情迷幻的滋味儿呢？如果小说里的描写是夸张的，那么他们为什么许久不分开甚至连姿态都顾不上改变呢？红卫兵肖冬云想入非非，一时忘了寻找妹妹拯救两名红卫兵战友的义不容辞的责任。当出租车驶过，将那一对忘情的人儿的身影抛后了，她忍不住仍回头从后车窗望他们……

胖子司机瞟了她一眼，以一种近乎助人为乐的语调说："姑娘，要不要我停了车，让你看个够？你耽误的时间我不收钱。"

肖冬云立刻将头扭了回来。她羞红了脸无济于事地说："不，我不是……我没有……"

"得啦！甭解释。哪个少年不热恋，哪个姑娘不思春。"

肖冬云从小说里读到过"思春"一词，并且曾偷偷地查词典，明白了其实就是姑娘想与男人亲爱在一块儿的意思，同时，认为那是一个姑娘最下贱的心思。尽管词典上可没这么注解。

她感到受了极大的侮辱，转脸瞪着司机抗议地大声说："我不是姑娘！……"

她原本的意思，是想强调她是一名女红卫兵，而且是一名"万水千山只等闲"的长征队的女红卫兵。但话说了一半，蓦地想到自己的红卫兵身份是绝不可向这个司机暴露的，于是将后半句话及时吞咽回去了……

"不是姑娘？那你年纪这么小就嫁人了？"

胖子司机成心挑逗她多说话。三十来岁的他其实顶喜欢自己车上坐的是三十岁以下的女乘客。他认为一路上和她们言来语去地逗逗闷子，是计价器显示以外的另一种"收入"。

"你胡说！"

红卫兵肖冬云脸上又一阵发烧。

"那你说你不是姑娘是什么意思？是你不是处女的意思？……"

"你！……"

"处女"一词，也是她从小说里读到的，也是偷偷查词典才明白了意思的。对方竟敢朝不是处女方面想她，不仅使她感到受辱，而且使她大为恼怒了。唉，唉，肖冬云啊肖冬云，你怎么这么倒霉呢？怎么上了这么一个不要脸的流氓开的车呢？她很想命他停了车，自己下车一走了之。可就在那会儿，忽然的又想到了妹妹想到了两名红卫兵战友。不能下车呀。小不忍则乱大谋呀！但她真是倍感屈辱啊！堂堂红卫兵，被一个流氓一句又一句地言语调戏，是可忍，孰不可忍？但自己却只有敢怒而不敢言的份儿！要是在家乡县城里，要是在别的城市里，而不是在这座哪儿哪儿都不对劲的城市里的话，不一顿皮带抽得他跪地求饶，磕头如捣蒜那才算便宜了他呢！……

红卫兵肖冬云由于倍感屈辱，由于自己所落的敢怒而不敢言的境地，默默地流下了两行英雄气短之泪。

胖子司机又瞟了她一眼。车外的路灯光一闪一闪地晃入车内，晃在红卫兵肖冬云脸上，将她脸上的泪行晃得亮莹莹的，他只瞟了她一眼就看出了那是眼泪无疑。

女性的眼泪有时是会使某些个男人大为快感的。因为眼泪似乎一向被他们认为是证明女性乃弱者的东西，也似乎最能由女性脸上的泪光证明自己们的心理优势。

他扑哧乐出了声儿，以一种替自己辩护的绝对无辜的口吻说：“嗨你哭什么劲儿呀小妹子？我说哪个姑娘不思春嘛，你立刻就急赤白脸地声明你不是姑娘，好像你早已和一百个以上男人做爱过一百多次了似的，好像我说你是姑娘反倒污蔑了你似的。你青春年少的自己个儿急赤白脸地声明自己不是姑娘，我可不就只好想你不是处女了么！那么你仍是处女了？……”

红卫兵肖冬云听着他的话，流泪的脸上一阵阵发烧不止。在中国，三十四年前如果一个男人敢问一名中学女生是不是处女，那么调戏女学生的罪名就毫无疑义地成立了。仅凭此一句问话，不被判刑劳教才怪了呢！而且，他也确乎是在一种依他想来根本构不成任何罪名的调戏意识的支配之下才那么说那么问的。三十四年前的中学女生肖冬云，也当然没有听说过“做爱”这一个词。那时的她们和今天的她们都一样地难免允许早恋的事实在自己们的内心里作为不知所措又相当愉快的事件发生，却断不会像今天的某些中学女生那么坦率又无所谓地承认那一事实。三十四年后的今天，她以她优秀的语文方面的理解力，听明白了“做爱”两个字专指男女间的什么勾当。

她觉得“做爱”两个字是她长那么大所听到的最最下流最最不堪入耳的脏话，而且这种脏话竟然被用来侮辱她了！可她却鼓不起丝毫的勇气哪怕是小小地发作一下。她不敢由自己这方面搞得太僵。斯时斯刻的她，是多么的需要对方这一辆出租汽车啊！

此点她是十分清楚的。

她在内心里暗暗对自己说：肖冬云，肖冬云，为了妹妹，为了你的红卫兵战友赵卫东和李建国，你可要千万千万的，特别特别的善于忍啊！你所面临的情况，明明白白地摆着，是不允许你发红卫兵那一种脾气的呀！

于是她决定，无论对方口中再说出什么更下流更无耻的话，自己这方面都要保持难能可贵的沉默，一言不发为好。

但胖子司机却又把车停在路边了。

他干脆熄了火，双手离开方向盘，燃着一支烟，嘬腮猛吸一大口，悠悠地吐出一缕青雾，将整个身子转向她瞪着她问：“哎你身上究竟有没有‘打的’钱?”

他那样子，似乎已然看出她其实一文不名。

她小声说：“有。”

“有？掏出来我看看！”

她的一只手下意识地捂在了自己裤兜那儿。

“你怕什么？就你，身上还会带着巨款不成？只有歹徒装作乘客上了出租车抢司机钱的事儿，哪儿有司机反过来抢乘客钱的事儿！掏出来看看，掏出来看看，不确定你真有足够付我车费的钱，我是不会只听你一句话就把车开到郊区去的。你骗了我，我又能拿你怎么办？”

肖冬云想了想，觉得他的要求也不算过分。自己裤兜里的钱，大概是只够付车费的，实在不值得他动一抢的念头呀！她就将自己捂住裤兜那只手缓缓地伸入了裤兜里，缓缓地掏出了一个手绢儿包……

“打开打开。多少钱啊，还值当用手绢儿包着！一小卷儿手纸也可以用手绢儿包着的……”他说着，还开了车内的灯。

红卫兵肖冬云慢慢地，有几分不情愿地打开了手绢儿包——现出一只用牛皮纸叠着的多层钱包来。三十四年前，中国的中学生们，有钱没钱的，曾都喜欢用牛皮纸叠一只钱包体验拥有钱包的心情。

“纸的？小妹子，你今天可真让我大开眼界了！不过你的钱包只能证明你手巧，还不能证明你钱包里有足够的钱付我车费。我要看到的是你究竟有多少钱！”

肖冬云无奈，又将几张三十四年前的纸钞从钱包里抽出给他看。一张贰元的，一张壹元的，还有一张贰角的，三张壹角的，都是三十四年前的崭新钞。是一九六六年的元旦，父亲的几位好友到家里拜年时给她的压岁钱。对于一名中学生，总共三元伍角多钱在当年是一笔数目很可观的钱。

“就这些？”

“还有……”

“还有你就都他妈掏出来让我看呀！”

于是肖冬云用手指将纸钱包的夹层撑开，又往手绢儿上倒出了数枚三十四年前的硬币……

“总共就这些？”

肖冬云点头。

胖子司机大吼：“你给老子滚下去！”

肖冬云端坐不动。

“你他妈的聋啦？滚下去！”

肖冬云仍端坐不动，理直气壮地质问：“你的工作是为人民服务，我是人民中的一员。我明明有钱，你想看到也让你看到了，你凭什么让我滚下去？”

“你！……你当我是三岁儿童啊？半夜三更的，才三元多钱你就想让我为你把车开到郊区去？当我是你亲兄乃弟呀！……”

“那……那你说得多少钱?”

“往最少了说也得这个数!”他五指叉开的一只手伸到了她鼻子底下。

“五元?”

“五十元!”

“你敲诈!”红卫兵肖冬云真的火冒三丈了。爸爸是县里的高级知识分子，一个月的工资不过才八十几元!这王八蛋坐他一次车他就敢一张口要五十元!不是敲诈又是什么行为呢?自己的班主任韩老师一个月的工资才四十八元多一点点啊!而且韩老师教了快一辈子学了!

肖冬云又大声说了一遍:“你敲诈!”

“我?……敲诈你?!……”——司机那张饼铛般圆胖的脸逼近了肖冬云那张清秀的脸，他口中呼出的烟味儿很浓的难闻的气息，使肖冬云迫不得已地将头朝后仰，他那样子像是要将她活活地啃吃了:“三元多钱我就非得为你把车开到郊区去一次?天底下哪儿有这个道理?!究竟是我敲诈你还是你在敲诈我?!……”

肖冬云看得出来，他是真的生气极了。

她妥协了:“那好，你说五十就五十吧。只要你肯把我送到地方，我保证给你五十还不行么?”

他吼道:“我不信你!”

她低声下气地又说:“大哥，算我不对得了吧?我伯伯是疗养院的院长，只要我见到了他，该付你多少车钱，他一定会替我付给你的……”

“下去!”

“大哥，行行好，求求您啦!……”

“还得让我亲自替你开车门是不是?……”他从司机座那边儿下了车，绕过车头来到肖冬云坐的这一边，自外打开车门，抓住她一只手，往车下拖她……

她哪肯轻易被他拖下车去?她用另一只手使劲儿扳住车座的边沿……

渐渐地围拢了不少夜行人观看这一幕。不一会儿观看者们就都听明白怎么回事儿了，于是就有人挺身而出仗义执言地呵斥胖子司机了:“哎你住手!你对人家姑娘拉拉扯扯的干什么?人家姑娘不是直劲儿说，见到了她伯伯，会给你车钱的么?……”

“就是!这司机，简直掉钱眼儿里了，连点儿助人为乐的精神都不讲!……”

“我看人家姑娘不会骗他的。半夜三更，如果郊区没有一家亲戚，哪个姑娘编瞎话往郊区跑?疯啦?……”

“他这是严重的拒载行为啊!谁有笔?记下他车牌号，记下他车牌号!……”

“我有笔!”

“没纸啊……”

“你往手心上记嘛……”

围观者们的纷纷议论，对胖子司机的心理产生了巨大影响。他瞅瞅这个，瞧瞧那个，忽然嬉皮笑脸地打拱作揖起来："诸位老少爷们儿，老少爷们儿，别记，千万别记我车牌号！我虚心接受大家的批评——就照那位说的，我今天一分钱不收她的了，我学雷锋了！……"

其实他是改变了想法，打算把车开到一处没人的地方，二次成功地将肖冬云拖下车……

他才一转身，一只手搭在了他肩上。回头看，见是一位三十多岁的长发男子。

长发男子冷冷地对他说："不就是五十元车钱么？人，除了知道钱重要，也应该知道还有别的也挺重要吧？你也别学雷锋，干你们这行也不容易的。五十元我替她付了。干脆给你一百吧！免得你回来跑空车，心里不平衡……"

长发男子说罢，从兜里掏出钱包，当众抽出一张百元钞便往司机手里塞……

"这……这多不好意思，这多不好意思……"

司机嘴上如此说着，一只胖手却早已将那张百元钞掠在自己手里，厚着脸皮当众便往兜里揣……

围观者们又是一阵议论纷纷。有人耻笑胖子司机的贪婪；有人赞扬长发男子的高尚……

"姑娘，别哭了。矛盾不是已经解决了么？"

在啧啧的赞扬声中，长发男子俯身安慰肖冬云。

泪流满面的肖冬云，内心里自是感激不尽的。但她却已感激得不知该当众对他说什么好了，只不过用一双泪眼望定他那张瘦削的脸连连点头而已……

此时，胖子司机已绕车头走到了车那边，坐在驾驶座上了

长发男子直起身，却并不同时替红卫兵肖冬云关上前车门。他一手扶着那车门，一手插在西服兜里，低着头，分明的在思忖着什么。胖子司机得了他的一百元钱，不好意思催他关上车门，极有耐性地等待着。围观者们皆感动于他的高尚，也就都想听他再说几句高尚的话，并不散去。

他终于抬起头，环视着众人说："我怎么还是有点儿不放心呢？半夜三更的，如果这姑娘记不清路线了可怎么办呢？"

他仿佛是在自言自语。

大家觉得是在问大家。

他又自己个儿想通了似的说："反正我今晚回家的时间已经够迟的了。干脆，我好事做到底，陪这姑娘郊区走一趟算了！"

那话还是像自言自语。

众人尤其感动了，有一个带头，就都鼓起掌来，仿佛不鼓掌不足以表达每人心中受感动的程度。

于是他冲众人笑笑，在掌声中，关上前车门，打开后车门，坐进了车里……

出租车在掌声中重又向前开去。有位老者望着远去的出租车，不禁大发感慨：“好青年，好青年，人间自有真情在，人间自有真情在啊！……”

车中坐着那长发男子了，红卫兵肖冬云觉得自己安全多了。长发男子在车里也不说话，头往后座一靠，双手叠放于腹部，闭着双眼似睡非睡。他不说话，胖子司机更没什么话可说了。他几次想搭讪着再与肖冬云说些闲扯淡的话，瞟见她一脸的凛然不可侵犯，张了张嘴，每次都把话咽了回去。因为方才往车下拖拽过肖冬云，他难免有点儿羞惭。

红卫兵肖冬云更懒得开口说话了。从偷偷钻入封闭式货车厢里那一刻算起，已然七八个小时过去了。这七八个小时里，发生了太多她万料不到的事，她的神经始终处在紧张状态，像一张被扯开的弓绷得紧紧的。终于觉得获得了一份安全感的她，神经也终于松弛了。她双跟闭上才一会儿，竟睡着了过去……

第十三章

她也没做梦。

“到了!”

她是被胖子司机吼醒的。

浑身一机灵，猛睁双眼，见胖子司机的头正从她耳边“撤”回去。她的第一个反应，是向后座扭回自己的头看她的保护神，后座上却已不见了那个长发男人。再下意识地望向窗外，四野漆黑，哪里是她要回到的地方!

她的神经不由又高度紧张起来。

司机嘲讽地说:“那不男不女的家伙在那儿呐! 他不是不陪着你来就不放心么? 现在，你领他找你的院长伯伯去吧，没我什么事了。”

黑暗中，烟头一红一红，是那个长发男子在吸烟。

“可……可这并不是我要去的地方呀! ……”

“你不是要到郊区一个有旧水塔，旧水塔下有铁轨的地方吗?!”

“可……可旧水塔在哪儿呢? ……”

“好，我就让你看旧水塔在哪儿!”

胖子司机自己先下了车，也不绕过车头替她来打开她这边的车门了——他抓住她一只手，硬是将她从司机座那边拖下了车……

天不知从什么时候起开始阴了。月亮也不知藏到哪里去了。看样子就要下雨了。不，已经稀稀落落地掉起雨点儿来了……

不待她站稳，胖子司机便甩开她手，指着说:“那不是你的旧水塔是什么?!”

果然，一二百米处，依稀可见有座“水塔”耸立着……

但它并非她所眼熟的水塔。

“我说的水塔，下边有……”

“有铁轨，是吧?! 好，再让你亲眼看见你的铁轨! ……”

胖子司机又抓住她一只手，扯拽着她大步腾腾就往“水塔”那边走。她被动地跟在他身后，深一脚浅一脚地穿过了一片蒿草地……

她扭回头求援地望向她的保护神——他的身影伫立原地一动也没动。叼在他嘴上的烟一红，又一红。显然，他正冷眼地，事不关己地望着她被扯拽而去……

她对他的当众承诺顿时大觉失望起来。

天边响起了雷声，听来仿佛是从地下响起的。沉闷，但是那么的令她感到不安，感到悸怕。仿佛骤然间，就会携带着一个巨大的火球，猝滚至她跟前，顷刻惊心动魄地将如墨的夜空炸裂……

她的脚踝被蒿刺刮得一阵阵疼。

她踩进一片水洼里去了。她觉得那洼被晒了一白天的水温温的，却又黏糊糊的。她的头脑中立刻凭着想象浮现出一片令人作呕的污秽肮脏的水。她脚踝上被蒿刺刮过的地方更疼了……

她尖叫道："你放开我手！"

"你当我喜欢抓着你手哇?!"——胖子司机放开了她手，指着前边十几米处又说："看清楚了，那不是铁轨是什么?!"

雷声不断。雨点儿大了。而且，起风了。无障无挡的郊风，刮得特别肆虐，刮乱了她的头发。

她瞪眼看时，但见胖子司机所指处，果然横着两条铁轨，宛如两条黑色的大蛇卧在那儿，似乎随时会从蒿草丛中高高地蹿昂起蛇头，向她吐射出有毒的猩红的信子……

她调转身就往回跑，双脚又啪哒啪哒地踩进那片温温的、黏糊糊的水洼里，连两条裤腿也溅湿了。不知有什么脏东西，黏糊糊地浆挂在腿上了。她一路往回跑一路恶心，干呕了几次，却并没从口中吐出什么……

"他妈的，这是什么鬼地方！"

胖子司机在她背后大声骂着。显然的，他也踩进水洼里去了……

她跑到停车的地方，犹豫了一下，往她的保护神跟前走了两步，万分慌乱地说："大哥，我……这真不是我要到的地方……我要到这种地方来干什么呢？……"

远处的闷雷变成了近处的霹雳。一道闪电撕裂了半个夜空。在闪电耀亮的那一瞬间，她看清了对方的脸。对方也正看着她。

他脸上的表情阴冷阴冷的。他的眼神儿眈眈的，目光里分明地在积蓄着股邪恶之念……

她浑身不禁又是一激灵，还想说的话不说了，下意识地用一只手捂住了嘴，一只不慎走到了野兽跟前的小猫似的，提心吊胆地，悄没声儿地往后退，退……

胖子司机也走过来了。他从兜里掏出烟盒，用两根指头从扁扁的烟盒里钳出一支，却没能再从兜里掏出打火机来……

他向长发男子伸出了一只手。长发男子便将指间的小半截烟递给了他。他对着烟，猛吸一大口，还那小半截烟时，长发男子朝他摇头。

他二指一弹，将那小半截烟弹出去老远，又猛吸了一大口烟后愠怒地说："她怪我把她送错了地方，可她上车前明明告诉我……"

“告诉你她要到的地方有一座旧水塔，水塔下有铁轨，是吧？”

“本市郊区就这么一处地方有水塔……”

“但那不是水塔。那是砖窖的高烟囱。那两条铁轨是当初为了往窖里窖外运砖才铺的。我对这儿很熟悉。这儿原来是砖场。我在这儿干过临时工……”

红卫兵肖冬云见两个男人聊了起来，非常担心他们一聊就聊成一伙儿的了。如果他们居然成了一伙的，那么她该怎么办呢？她打算拔腿就跑。四下里望望，荒郊野外的，往哪儿跑哇！她眼盯着他们，暗暗叫苦不迭。她悄悄退到车旁，从车内将自己的书包拎了出来。她想，现在，自己究竟能不能保护得了自己，全靠书包里一块砖了。

她将书包带在手上绕了一匝，又绕一匝……

她清清楚楚地听到那长发男子这么说：“哥们儿，你车越往这一带开，我心里越明白，你根本不能把那傻妞儿送到她想去的地方。这一带根本就没什么疗养院……”

又一道闪电。

闪电中她见他向自己扭头一望，并且，笑着……

她由他那种邪狞的笑明白，对于自己，那一个误被她当成保护神的男人，是比胖子司机更难对付的一个坏男人无疑。好比一个是条见软就欺的狗，而另一个是条随时准备张牙舞爪咬死人的狼……

“那你为什么路上不说？……”

胖子司机的手将烟送至嘴边，手臂却僵住着了。

“为什么要说？水塔不是那座水塔，铁轨不是那两条铁轨，地方也不是她要去的那个地方……”——他向肖冬云扭头望着，嘴里却继续对胖子司机说：“这多好嘛，简直好极了……”

“好个屁！我他妈看出来了，你不是学雷锋，你心思不地道！……”

胖子司机朝他的车转过了身……

“哥们儿别急着走，”——长发男子的手搭在了胖子司机的肩上，放低了声音说，“既然你看出来了，我也就当真人不说假话了。我的心思在那傻妞身上，要不我干吗白给你一百元钱？可惜她已经坐在了前座，如果她和我一块儿坐在了后座，半路上我就把她给弄了，谅你这种人也不会停下车来干涉的……”

“你怎么知道我不会？”胖子司机也不禁放低了声音。

“你这种人比我强不到哪儿去，”——长发男子又向肖冬云望了一眼，扯着胖子司机的袖子往前走了几步，声音更低地说，“哥们儿你看这么办好不好？干脆咱俩轮着把她给弄了，然后把她撇这儿，咱俩一道回市里。一个外地傻妞儿，她还不干吃哑巴亏呀？即使她好意思报案，公安局肯为她认真当成件案子破么？……”

“你怎么知道不会？”

“如今大要案多，流氓案挂不上号哇！抓流氓那只能是派出所的事儿。而且，事儿发生在郊区，也只能是郊区派出所的事儿。”

“为什么非拉上我一道干？”

“我不拉上你，你一举报，一指证，判我罪不就容易多了么？”

“你考虑得可真全面。说完了？”

“说完了。该你考虑考虑了。”——他再次向肖冬云望去，显得有些迫不及待了。

“呸！”——胖子司机朝他脸上啐了一口，大声骂道，“你他妈王八蛋！看你人模人样的，我起先还当你是个搞艺术的，没想到你他妈是个流氓！我虽然比你强不到哪儿去，但还不是流氓！……”

胖子司机骂罢，大步朝他的车走去。那流氓也不抹脸上的唾沫，站在那儿发呆。因为除了胖子司机所骂的话，他们前边的一段对话是小声进行的，所以肖冬云一句没听清。虽没听清，她也知道肯定是在说她。胖子司机一开骂，肖冬云更加没了主张。相比起来，究竟谁个好点儿，谁个更坏，谁个是凶恶的敌人，谁个是装出不很坏的样子，她完全失去了判断。

她也站在那儿发呆。

胖子司机一眼都不看她，钻入出租车，转瞬间将车调头开走了。

出租车一开走，红卫兵肖冬云才急起来。

她追着车喊：“停下！停下！大哥求求你别把我扔在这儿呀！……”

回答她的是一道闪电，接着是一声霹雳……

密集的雨点自天而降，顷刻将她的短袖衫淋湿了。一阵冷风刮来，她猛打了个寒战。她觉背后有喘息之声，由轻微而粗重，渐渐逼近着自己——是那个被自己误视为保护神的男人要来伤害自己了，她这么想。即使在那一时刻，她也努力镇定着。她明白，这会儿除了镇定能拯救自己，别无他法。来吧，来吧，王八蛋，红卫兵肖冬云今天和你拼了！……

她猝转身，用力将书包一抡——却抡了个空。装着一块整砖的书包在空中飞快地划了一道弧，击在自己迈出的一条腿的膝部，疼得她那条腿一屈，几乎跪倒在地……

她听到的，其实是她自己由轻微而粗重的喘息。一双男人的有力的手臂，从她身后将她紧紧搂抱住了。她的手臂被男人的手臂箍住着，于是她彻底失去了反抗的能力……

男人的脸从后贴向她的脸。

她感到男人的两片湿唇衔住了她的耳垂，像是上火的人将她的耳垂当成了一片败火的薄荷叶子……

“别怕，乖点儿。陪我到砖棚底下玩玩去，雨淋不着，风吹不着，是很美妙的事儿呢！……”

男人喁喁的话语，传达着他强烈的欲望，真实又无耻，像是在哄劝……

“来人啊！救命呀！……”

她大声喊起来。

其实她并没有喊叫出声音。从未喊过“救命”的人，即使在危急之刻，往往也是不能像自己所想的那样，一张口就大声喊出“救命”二字的……

闪电点燃惊雷……

倾盆大雨自天泼下……

第十四章

肖冬梅一夜酣眠。

在酣眠中，她的梦境一个情节接着一个情节。

她梦到她和姐姐和赵卫东、李建国回到了家乡。小县城里的人们敲锣打鼓，夹道欢迎……

母亲搂抱住她哭了……

而父亲抚摸着姐姐的头在欣慰地笑……

人们将他们四名长征归来的英雄红卫兵簇拥到了一座露天会台上。李建国的父亲李县长开始讲话。他一说起来就没完没了……

李建国和她并肩坐在台上。他将一个纸条暗暗塞在她手心里。她低了头，偷偷打开纸条看，见上边写的是——“我爱你！我真是爱死你了！”

于是她就侧了脸，用小手指轻刮自己的腮，羞他那份儿不害臊……

然而她却在笑着，用笑表明那张纸条给予了她的甜蜜……

但是另外一些红卫兵跃到了台上，有她的同班同学，也有她不认识的，完全陌生的面孔。其中一名红卫兵夺去了她手中的纸条，将一直在慷慨激昂地说着说着的李县长推倒在地，口对麦克风大声念李建国写在纸条上那句不害臊的话，念了一遭又一遭，念了一遍又一遍……

“不！不！……”

她抗议地大声阻止着，结果就把自己从梦中喊醒了。

她睁开双眼，首先看到的是一幅大相框。它有三分之二的门那么大，竖挂在墙上。框有二寸多宽，是金黄色的，四角刻出好看的花形来。框中镶着一个全裸的女人的彩照。是的，确乎是一丝不挂全裸着的。她的长发自然地披在左右两肩上。她凝视着肖冬梅，仿佛在问：你是谁？——她一只手轻轻捂在同侧的乳房上，另一只手下垂着，手指微微掐着一枝无叶的红艳艳的玫瑰，它挡在女人最羞于暴露的那处地方……

肖冬梅立刻将双眼又紧闭上了。

昨晚她一进这间卧室就上床了。由于当时这间卧室只亮着床头柜上的台灯，由于台灯带穗儿的罩子很大，将灯光彻底向下笼住了，她竟没发现它的存在。现在，天亮了，窗帘没拉严，一道明媚的阳光从外面照耀进来，完全地投射在相框中那女人的身体上。在明媚阳光的照耀下，女人的裸体是越发地显得优美显得栩栩如生了，两片红唇仿佛随时会绽开说话似的。那是白皙如玉的女人的俏脸和女人的裸体。衬得两片红唇和一朵玫瑰红艳欲滴，红得使红卫兵肖冬梅一望之下便怦然心跳。尽管是红卫兵的她早已见惯了红色……

但是她没见过彩色照片。确切地说，她只见过印在《人民画报》《解放军画报》两种画报上的彩印。故她以为那工艺古典的大相框里所镶的，只不过是从什么画报上剪下的彩印封面罢了。可世界上又哪儿有如许大的画报呢？可在社会主义红色中国，又怎么能发生将裸体的女人印在什么画报的封面上的事呢？

三十四年前，在她是中学女生的那小县城里，唯一一家照相馆的照相师傅，曾为结婚的新人们将放大为二寸四寸的黑白纪念照着色出彩照的效果。那师傅有一种据说是从上海那座最容易滋生资产阶级事物的大城市里托人买回的颜料。一种专为黑白照片着色的颜料。不是像画画的颜料一样装在长方形的盒子里，而是装订成册的。每色一页。十二种颜色十二页。用润湿了的细毛笔尖儿在某页上蘸几下，硬纸页上的颜料就蘸到毛笔尖儿上了。然后，再细心地往黑白照片上涂。那过程如画彩色工笔画，仿佛是将黑白照片当成了着色前的铅笔底稿。着色后的效果在当年看来往往是令人惊喜的。但是若以三十四年后的今人的眼光看来，则就很像用民间古老方法套色印刷的年画了。但是当年的中学女生肖冬梅们，多么希望能在自己做了妻子之前便拥有一张那样的彩照，以作少女青春的永远留念啊！然而老照相师傅不为女中学生们的黑白照着色。因为校方向他打过招呼——如果他也为女学生们的黑白照着色了，那么将以用资产阶级的臭美思想腐蚀女中学生们心灵的政治罪名而论。那时还是在“文革”前。老照相师傅既然特别的具有政治原则性，尚美之心不死的女中学生们，便暗中请求于他二十多岁的徒弟。他是孤儿，是老照相师傅把他从六七岁带大的。师徒二人感情深笃，相依为命。那徒弟眉清目秀的，又由于职业的原因，在女中学生们中间颇有人缘儿。当年若是有机会让她们实话实说，她们中准有许多人承认，自己毕业后是高兴嫁他为妻的。他不像他的师傅那么对“政治”二字谨小慎微。他背着师傅为县中女学生们的黑白照着色。肖冬梅和姐姐肖冬云也请求过他，并且各自也都有过二寸的单人“彩照”。据她所知，有的女生为了能有一张自己中学时代或高中时代的“彩照”作终生留念而又没钱，不惜回报他一两个亲吻代替一角钱明码标价的着色费，或让他握握她们的手。这一点千真万确都是她们过意不去的主动，而非他的无礼要求。后来老照相师傅也是知道了的，但是他似乎宁愿采取睁一只眼闭一只眼的暧昧态度，从未予以干涉。再后来“文革”开始了。事情首先在学校里被女学生们之间相互揭发了出来。于是二十多岁的眉清眉秀的小伙子被揪到学校里批斗，并在全县戴着高帽子挂着大牌子剃了鬼头用墨汁抹了黑脸被游斗。书写在大牌子上的罪名是“传播资产阶级臭美思想的坏分子”……

几乎所有的女学生们都指斥他为“坏分子”。

她们当众唾他。甚至，用皮带抽他。

尤其那些曾主动以亲吻代替一角钱着色费的女学生，纷纷地“反戈一击”，纷纷地将自己们的主动揭发为他“厚颜无耻”的迫使……

于是几乎全县每一名女中学生的家长，都对自己的女儿们进行过声色俱厉的审问：拿自己的黑白照片去着色过没有?!

有的家长甚至怀疑自己的女儿们已经失身于那可恶的“坏分子”了……

拒不交代的女儿们，或被家长们认为拒不交代的女儿们挨父母打的事便理所当然了……

在一次批斗中，二十多岁的眉清目秀的小伙子被打断了一条腿，抽瞎了一只眼……

人们都骂他罪有应得，活该。

肖冬梅姐妹俩却既没揭发过别的女生，也侥幸没被别的女生揭发过。当然也没揭发过他，没被父母审问过。

那是只有她们姐妹之间彼此知道的一个秘密。

她们当时要求他千万替她们保密，让他发誓不告诉任何人。

他当她们的面郑重发誓了。

当时肖冬梅被他发得过分严重的大誓深深感动了。她交给他着色费的同时情不自禁地也在他眉清目秀的脸上亲了一下。

离开照相馆后，姐姐并未因此而嗔怪她，也没有羞她。

她记得姐姐当时说的话是——“他是个完全值得相信的大人。”

在她和姐姐的眼里，不，在全县所有女中学生的眼里，二十岁以上的人，不论男女，都是“大人”。

他被批斗被百般羞辱被抽被打时，也被声声怒喝迫令老实交代——还为哪些没被揭发检举出来的女学生的黑白照片着过色……

他没出卖她们姐妹俩。

也没出卖任何一名女学生。

许多男红卫兵都一致地认为，将自己的黑白照片背地里送给他请求他着色的女生不少，绝不止仅仅相互揭发的几十名。男红卫兵们对仍没有勇气站出来主动承认并揭发别人的女红卫兵们究竟是谁们发生着极大的近于病态的兴趣……

事实上也不仅仅几十名。

但他就是不肯交代以减轻自己的罪状。

他被打断了一条腿抽瞎了一只眼后，接着便被县公安局正式逮捕了。

逮捕令是李建国的父亲李县长亲笔批准的。

他是全县在“文革”中被正式逮捕的第一人。

前一天红卫兵战友李建国曾在她家里以第一新闻发布人那种口吻向她和姐姐公布消息。并说："难道咱们学校的革命同学们还不该相信，我爸爸是非常非常支持红卫兵小将的造反行动的么?"

而她们的父亲听到了这话，板起脸严肃之极地说："回去告诉你爸爸，我认为他的做法不仅证明他有政治私心，而且很蠢。那小伙子真那么可恶么？为什么小题大做？为什么把人的腿打断了眼抽瞎了，还要以莫须有的罪名逮捕人家？公理何在？法理何在？太不人道了！……"

她们明白，敢像她们的父亲那样表示同情的人，在全县是不多的。

当然，她们内心里也有着与父亲与母亲一样的同情。

但是她们不敢表示出来。

因为她们是红卫兵。

因为她们同时明白，自己是红卫兵这一点，决定了在许多时候，在许多情况下，自己与父亲与母亲应有不同的看法，不同的观点，不同的态度，不同的立场……

否则，还配臂戴红卫兵袖标么?

徒弟被逮捕的第二天夜里，小小的唯一的照相馆失火了。待人们将大火扑灭，才发现那被烧焦了的老照相师傅的身子悬吊梁上……

又过了几天，从省城里闯来了一批大学的红卫兵。他们根本不屑于与县中的红卫兵发生任何革命联系，当天就夺了县委和县政府的大权，也捎带着夺了县中学的权，并宣布了一批该被打倒的人的名单，其中便有红卫兵战友李建国的父亲李县长以及她们自己的父亲……

由那一幅镶在工艺古典的大相框里的女人裸体彩照，红卫兵肖冬梅的思想，如电影倒片机在飞快地倒片一样，迅速倒回到了她的记忆的昨天。是的，那些三十四年前发生在中国偏远小县城里的"文革"往事，对于中国以及大多数中国人虽已成为历史，但对于她却仍是不久以前的经历。

为什么同样是在中国，在她的家乡那座小县城里，一些县中的女学生只不过将自己的黑白照着上了颜色以作学生时代的有色彩的留念，就成为一条集体的罪过，就使一个眉清目秀的好青年被定为"坏分子"，而且在被打断了一条腿抽瞎了一只眼后又戴上手铐押去服刑了，并使他的师傅因莫大的羞耻感和悲愤无可诉处而自缢了；在此城市，人们竟可以随心所欲地当艺术品似的，将一个一丝不挂的容貌化妆得近乎妖冶的女人的裸体彩印镶在那么高级的框子里，挂在卧室的墙上呢?

可这又是谁家的卧室呢？多白的四壁呀！多么新又多么漂亮的卧室家具呀！自己又是睡在谁家的卧室的床上呢？躺着多么软多么舒适的一张大床呀！

一夜多梦的酣睡，竟使她一时忘了自己是怎么来到别人家怎么睡在了别人床上的。她极想睁开眼睛再看那个镶在相框中的裸体女人。因为她那优美的裸体优美的姿态以及她脸上那种裸得极为坦然的表情，对她有着太大太大的吸引力了。这会儿的她，与昨晚在步行街上的她相比，其心理有着极为不同的差别。昨晚，在步行街上，望见那些虽非一丝不挂，但也几近于裸体的男女人体广告时，周围全都是人呀！她觉得周围的人全都在盯住她看着她呀！即使她那么觉得，她最初的反应也并不是闭上眼睛，而是瞪大了眼睛，目光被吸引住了难以移开。对于女人的裸或半裸的优美的身体，不但是男人们的目光注定了要被吸引的，也是女人们的目光要欣赏着久望的。是在听到李建国的大声吼叫之后，她才下意识地闭上双眼并用双手捂上双眼的。如果不是听到了红卫兵战友李建国的大声吼叫，她不知会愕异地目不转睛地呆望多半天呢！红卫兵战友李建国的吼叫当时对她的心理起到着这样一种作用——唤醒她的羞耻意识和罪过意识。但是此刻的情况却不同。此刻她周围没有许许多多的别人，甚至没有第二双眼睛在看着自己，更没有一名红卫兵战友李建国在发出愤怒的吼叫。只要她愿意睁开眼睛望那大相框里的一丝不挂的女人，她就可以无所顾虑无所忌讳地睁开眼睛望“她”。愿意望多久，可以任意地望多久……

她却未再睁眼一望。

她的头脑中还在思想着“昨天”的记忆所引起的大困惑，试图自己对自己解释个明白。而闭着眼睛思想是她一向的习惯。既想先看个够，又想先明白，结果斯时斯刻她是既想不明白，也耽误着没顾上久看。何况还有另一个疑问“第三者插足”，那就是——这究竟是谁的家？

一夜多梦的酣睡不仅使她醒来后竟一时忘了昨晚是怎么到这儿的，而且彻底忘了昨晚她和姐姐和另两名红卫兵战友在步行街上的遭遇。我们这里将她斯时斯刻的心理与她昨晚在步行街上的心理区别加以比较，实在只不过是我们的瞎分析，并非是她自己对自己的分析……

谁说这儿没有别人?！——一条手臂伸进了她盖着的毛巾被下，搂住了她腰那儿。接着，一个身体也钻了进来。那身体的前胸紧贴她的后背……

她刹那间吃惊得屏息敛气，全身僵住，动弹不得。

噢老天啊！我……我怎么会和一个男人睡在一张床上?！

是的，和一个男人睡在同一张床上——这的的确确是中国偏远小县城县中的初中女红卫兵三十四年后头脑中闪过的第一道惊恐电火。

为什么一想，就先自想到了是和一个男人，而非一个女人呢?

是一切女人一觉醒来发觉自己原来和别人睡在同一张床上都会这么想呢，还是只有三十四年前的红卫兵肖冬梅那种年龄的女孩儿们才会这么想呢?

抑或单单是红卫兵肖冬梅自己才本能地这么想?

如果只有她自己才本能地这么想，那本能对于她——一名三十四年前的初一女孩儿究竟意味着意识中的一些什么青春期的内容呢?

如果三十四年前的肖冬梅们，是红卫兵的也罢，不是红卫兵的也罢，斯时斯刻都难免会这么想，对于她们总体的青春期意识又意味着些什么内容呢?

三十四年后的今天，肖冬梅的同龄女孩儿们也会这么想么?

抑或一切女人都难免地会本能地这么想?

倘确乎是她们的本能意识，她们又为什么会有这样的一种本能意识呢?

我……我怎么会和一个男人睡在同一张床上?!——总之红卫兵肖冬梅是先自万分惊恐地这么想的。

总之她斯时斯刻不是这么想的——我和哪一个女人睡在同一张床上?

如果这么想，不是就大可不必万分惊恐了么?

也不是这么想的——我和谁睡在同一张床上?

这样想太是孩子的想法。孩子只要觉得一觉睡得好，不在乎究竟是和男人同床还是和女人同床。也太是男人的想法。男人无非和男人睡在同一张床上，或者和女人睡在同一张床上，无论熟悉的或陌生的，两种情况都不至于使男人万分惊恐……

但是红卫兵肖冬梅很快就凭自己的身体感觉到——搂在自己腰那儿的手臂，以及侵犯人自己棉线被之下的身体，似乎不太像一个男人的手臂男人的身体。那手臂分明对她自己的身体并无任何企图，而且丝毫也没有攻击性。它是多么的温柔啊！它只不过轻轻搂在她腰那儿。除了证明着一种亲密的甚至可以形容为亲爱的关系，根本不再值得作另外的怀疑。那紧贴着自己后背的胸脯和身体也是多么的温柔啊！那胸脯多么的富有弹性啊！那高耸的肌肤之下所蕴生着的弹性，难道不是一对丰满的乳房才有的么?

那么，我不是和一个男人同睡在一张床上，而是和一个女人同睡在一张床上了？——她对此点一经确定无疑，心中的万分惊恐顿时一扫而光。全身仿佛凝固了的血液，也似乎刷地恢复了正常循环。

这个女人是谁呢?

她的头在枕上缓缓地缓缓地朝后侧转，同时睁开了双眼。她看到的那张既陌生又眼熟的女人的脸，一下子激活了她的记忆，昨晚是怎样来到这里的以及在步行街上的遭遇，全都清清楚楚地想起来了。多么值得庆幸的昨晚呵！多么好心的“大姐”呵！庆幸加感激，使身旁这个昨晚以前还根本不曾见过的女人的脸，在她看来不但是那么的眼熟，而且那么的可亲。

“大姐”也微微睁开了眼睛。手臂却仍搂在她腰那儿，身体仍紧贴着她的身体。她非但心内惊恐一扫而过，而且觉得，被“大姐”的手臂那么温柔地搂着，与“大姐”身体紧贴着身体的那种感觉，竟是非常受用非常惬意的了。

“大姐”小声说:“嗨哎……”

那是她从未听过的一种表达亲热的中国语言。她只听到过人们互相说“嗨”或者“哎”，真的从未听过有人将这两个字连起来说，并且将“哎”字拖成若有若无的滑音。

“大姐”将“嗨哎”两个字小声说得很好听，很悦耳。

肖冬梅便也学着说：“嗨哎……”

说得也很好听，也很悦耳。

“宝贝儿，昨晚都忘问你了，你叫什么名字？”

“肖冬梅。小月肖。冬天的冬。梅花的梅。”

“很有性格的名字！”

“大姐，你呢？”

“胡雪玫。古月胡。霜雪的雪。玫瑰的玫。”

“还是大姐的名字好。有诗意。”

“你可真会讨人喜欢！”

胡雪玫搂在她腰那儿的手臂朝上一移，放在了她肩头，接着轻轻一扳——肖冬梅领会了她的意思，顺势翻身，于是她们胸贴胸，面对面了。

胡雪玫放在她肩头那只手，像一只蚌的柔软而细润的“舌”，滑过她的颈子，将她耳边的头发朝后拢了拢，随后抚摸在她脸颊上了。

“宝贝儿，你知道么？你很漂亮呢！”

“大姐，你更是个美人儿！”

胡雪玫微笑了：“说你会讨人喜欢，你就越是专捡我爱听的话说，谁教会你这些小伎俩的？”

“大姐，我可不是想故意讨好你！”肖冬梅脸红了。

“得了，别解释了。你脸红什么呢？我收留了你，还把你当成一个小妹妹对待，你用话讨好我几句也是应该的。何况我这人爱听别人说讨好我的话儿……”——胡雪玫亲了她一下，又说，“从姓名看，咱俩可能还真有点儿姐妹缘。我的姓字有个月，你的姓字也有个月；我的名里有雪字，你的名里有冬字；梅花嘛，又是我特别喜欢的花儿……”

肖冬梅很乖地用自己的脸颊偎着胡雪玫的手，眨着眼问：“那你当初起名时为什么不选用梅花的梅呢？”

“名字是一生下来父母给起的，我有什么办法！”

“那大姐就把玫瑰的玫也改成梅花的梅吧！雪梅，冬梅，听来不更是姐妹了么？”

红卫兵肖冬梅，的确是在有意识地讨好着身旁这个叫胡雪玫的美丽的女人。因为她的确有此动机，所以胡雪玫说她故意讨好时，她才倏地脸红了。但是她的动机并不怎么卑鄙。无非是企图为了她和姐姐和两名红卫兵，依靠住一个可以信赖的人的帮助。

“宝贝儿，那是件挺麻烦的事儿呀！”

胡雪玫又亲了她一下。

“大姐，我对你有个请求。”

“说。”

“别再叫我宝贝儿了行么？我不是已经告诉你我的名字了么！”

“行，宝贝儿！”

肖冬梅就佯装生气，一翻身，背对着胡雪玫了。

胡雪玫自然看出她并没真生气，却也懒得再说什么，一只手臂又搂在她腰那儿，片刻，接着睡着了。

肖冬梅轻轻将她的手臂从自己腰那儿放下去，打算先起床。不料弄醒了胡雪玫。

她睡意蒙眬地说：“起那么早干吗？陪我接着睡。记住，睡回笼觉是美容妙法……”

并且，她的手臂再次搂在了肖冬梅的腰那儿。同时，胸脯更紧地贴着肖冬梅的背，将她的尖下颌儿也托在肖冬梅的肩窝儿那儿了。

肖冬梅不仅不敢擅自起床，甚至也不敢改变身姿了……

她的目光又望向那被镶在大相框里的一丝不挂的裸女子。她忽然觉得她对那女子也是十分稔熟的。奇怪呀，怎么竟会有此印象呢？——她……老天爷！她不正是大姐胡雪玫么！

不错，那正是胡雪玫的裸体彩照。

这是一个多么……多么……多么……红卫兵肖冬梅一遍遍在头脑中搜寻语文课堂上学到的，以及自己全部课外阅读所获得的词汇，竟然找不到一个字句能用来恰当地形容睡在她身边的女人……

三十三年前，“现代”这个词，在她这名初中女生的语文理解力的范围内，是一个只有和“化”字连在一起才有专指意义的词……

三十四年前，“前卫”两个字，还根本没在中国的任何印刷品中出现过，因而是普遍的中国人所根本不明所言的两个字……

最后，红卫兵肖冬梅只有作如是想：这个叫胡雪玫的大姐，八成是个患有精神病的女人吧？

但她患的又是一种多么高级的精神病啊！以至于表面正常得无可怀疑，以至于自己若怀疑她患有精神病是一种非常罪过的怀疑似的！

怎么会有表面看起来像她这么正常的精神病患者呢？

而一个不是精神病患者的女人，难道会把自己一丝不挂的样子彩印到那么大的一张纸上，镶在那么大的一幅框子里，并公然地挂在自己家的墙上么？

这要是来个男人发现了，张扬出去，她还有脸出门么？

不是精神病患者的女人，断不会做如此发疯之事的呀！

又是谁替她搞的呢？是男人还是女人呢？想来断不会是女人吧？

女人何以会支持女人做如此发疯之事呢？那么必是男人啦？是怎样的男人呢？和她又是什么关系呢？一个男人不仅支持而且帮助一个女人做如此发疯之事，那男人肯定不是什么好东西呀！而且大姐胡雪玫若和他的关系不深，她也不会接受他的帮助的呀！明摆着，没有男人的帮助，她是做不成如此发疯之事的呀！大姐这么善良的女人，怎么会和不是好东西的男人搅在一起了呢？红卫兵肖冬梅一想到她的好大姐在不是好东西的男人面前脱得一丝不挂的情形，脸上便一阵阵替她的好大姐发烧……唉唉，可怜的女人，她是因为有精神病了才不知羞耻了呀！

这么一想，红卫兵肖冬梅又非常地怜悯收留了她的胡雪玫了。

她继而想，我肖冬梅应该以德报德，以恩报恩啊！

此时她的心理发生了变化，仿佛自己已不再是一个渴望理解和同情的小女子，反倒是一个有资格有义务理解别人同情别人的人了似的，反倒对于别人是一个该充当起善良的大姐身份的人了似的。那一种善良渐渐濡开，片刻充满在她心灵里。

她用自己的一只手，轻轻抚摸着大姐胡雪玫搂在她腰那儿的手，也学大姐跟她说话那种亲爱的口吻在心里暗暗对大姐说："宝贝儿，宝贝儿，现在好了，现在你有我肖冬梅在你身旁了，我肖冬梅会很好地负起照顾你的责任的！再也不会让你做出任何应该感到羞耻的事了……"

但是那相框中的大姐，真是美极了呢！女人裸体的全部美点，被她那种看去似乎随随便便自自然然的姿态展现得多么令人销魂啊！

那相框中的一丝不挂的大姐，使红卫兵肖冬梅望着得出了这样的结论——如果一个女人的容貌和身体确实是美的，那么也许无论多么美的华服丽裳，都比不上她裸体的时候更美吧？

这结论一经在她头脑中形成，把她自己吓了一跳。因为这结论是与她自幼接受的全部女性的羞耻观念相违背的。

我——红卫兵肖冬梅的头脑里怎么会产生这种荒唐的思想?!

在家乡那座小县城里，"文革"以来，上了中学的女生们，不是都不敢穿短过膝盖的裙子么？不是连衣袖短了点儿，手臂裸得长了点儿，都被视为羞耻之事么？

然而红卫兵肖冬梅还是忍不住呆呆地望着那相框中的大姐。并且，越望竟越觉得美。渐渐的，她意识之中产生了一种欣赏的态度。甚至，也还产生了几分羡慕其美的心理了……

快到十点钟时，胡雪玫才第二次醒过来。

胡雪玫稍一动，肖冬梅赶紧闭上了双眼。胡雪玫轻轻推了推她，她才装出睡眼惺忪的样子“醒”来。

“宝贝儿，你也又接着睡过去了？”

“嗯。大姐，你不记得我对你的要求了？”

“什么要求？”

胡雪玫臂肘支在枕上，一手托腮，俯视着她若有所思地问。

“想想。”

“想不起来。”

“使劲儿想。”

胡雪玫一边用手指拨弄着她的鬓发玩儿，一边认真地想。想了一会儿，摇头道：“使劲儿想也想不起来。”

“我不是要求你别再叫我宝贝儿么？”

“你指这个要求哇！瞧你严肃样儿的。叫你冬梅我还真有点儿叫不惯呢！”

“那也得叫我名。”

胡雪玫笑道：“是抗议么？”

肖冬梅绷着脸说：“就算是吧。”

胡雪玫故作沉吟，以一种近乎谈判的口吻说：“这是正当的要求。那么，尊敬的冬梅小姐，如果您也睡足了，躺够了的话，我们是不是可以考虑起床了呢？……”

……

趁胡雪玫在洗漱，肖冬梅迅速穿上了她自己的衣服。那身衣服已在“逃亡”中脏了，她本是想洗的。但她从胡雪玫昨晚给她的衣服中，竟没选出一件适合自己穿的。不是因为那些衣服她穿着太过肥大，而是她嫌那些衣服穿上了裸臂裸腿的，身体暴露的部分未免太多了。

她迅速地叠起了线被。叠得见棱见角的。与一名女兵叠得一样整齐。自幼和姐姐比赛，看谁叠得更好。而且正是以兵们的内务标准做标准的。七八年后，成了她能做得最出色的一件事。

接着她拉开窗帘，用自己的手绢将哪哪儿都擦了一遭。

待胡雪玫洗漱罢从卫生间出来，见她端端正正地坐在沙发上，闭着双眼，口中念念有词。

胡雪玫问：“哎你那是干什么呢？”

她口中仍念念有词，不回答。

胡雪玫走到她跟前，又问：“干什么呢？”

她还是不回答。

胡雪玫无奈，耸耸肩，一边扶着椅背做健美操，一边看着她奇怪。

她终于睁开了眼睛，期待表扬地问："还有什么需要我做的吗？"

胡雪玫说："看到了！线被叠得很整齐，哪哪儿也都被你擦过了。但是请问小姐，你刚才那是在干什么呢？"

她庄重地说："我在背毛主席语录。"

胡雪玫高高踢起一条腿说："那我问你话，你也得回答一句呀！"

她更加庄重地说："一个人背毛主席语录的时候，别人是不应该打断他的。他也不应该停止了回答别人的话。"

"这难道是一条法律么？"

胡雪玫的口吻很是不以为然。

"不是法律，但是常识。"

肖冬梅眨了几下眼睛，那种表情的意思是——难道你连这样的常识都不知道么？

胡雪玫从她脸上读明白了她的表情语言，一时不知再说什么好，也自叹弗如地眨起眼睛来。

肖冬梅却笑了，有意扭转似乎过于严肃的话题，三娘教子般地说："大姐你快穿上点什么吧，多难看呀！"

话一出口，自知失言，唯恐胡雪玫生气，一时表情又变得极不自然，扭捏不安。

"难看？我真难看么？"

胡雪玫起床后并未穿衣服，身上只有乳罩和三角裤。而且都是丝织的，接近着透明。

肖冬梅赶紧又说："大姐你千万别生气啊……我不会说话，我的意思是，万一住对面楼的哪个坏男人正朝咱们窗户望着呢？"

胡雪玫踱到镜前，左右侧转着身体，自我欣赏地说："对面楼离那么远，谁的眼睛也望不到咱们屋里。在自己家，大夏天的，我想什么时候穿衣服，就什么时候穿衣服。以往就我一个人，我还喜欢光着身子呢！你在家里没自由自在地光着过身子吧？……"

她问时，回头看肖冬梅。

肖冬梅的目光却不知该往哪儿看才好，用极细小的声音说："我要是也那样儿，那就是我疯了。"

胡雪玫说："放心吧小姐，我不是精神病。"凑近镜子细照了片刻，忧郁地嘟哝，"妈的，眼边出了一条皱纹。"——说罢转身指着肖冬梅命令，"把你那身衣服脱了！"

肖冬梅慌了，连连摇头："不，不，好大姐求求你了，我可不习惯像你那样！”

胡雪玫又笑了：“我不是要强迫你和我一样！我是让你穿上我给你的哪一件，把你那身脏衣服换下来。即使你偏喜欢穿你那身衣服，也得洗洗再穿呀！”

肖冬梅望着被自己叠好、放在床上的那些衣服，装出犯愁的模样解释：“你那些衣服我穿着都不合身。”

“胡说！”——胡雪玫走到床边，将那些衣服又翻乱了，选出一件浅紫色的，抛向肖冬梅，再次命令道，“哪件儿都合你身，这件也不例外，今天就穿这件！”

那是一件连衣裙。但是在肖冬梅看来，是一件没完工的连衣裙，因为只一边有肩。她茫然地望着胡雪玫。

“小姐，那么看着我干吗呀！我能给你件半成品的衣服穿嘛！别不识货，那是件正宗的法国晚礼服裙！是我上初二时爱上的一位法国小伙子去年从巴黎寄给我的！他没想到十几年间我的身材差不多蹿高了一尺！……”

胡雪玫说罢，走过来，督促着肖冬梅脱下她那身衣服，帮她穿上了那条裙子。然后将她推到镜前，自己往沙发上一坐，叠起腿，修长的手臂往沙发背上左右一展，看一盆从花市买回家里的花似的看着肖冬梅，以推销员那么一种口吻说：“小姐，难道你穿着不迷人么？”

肖冬梅望着镜中的自己，觉得自己怪怪的，什么地方有点儿不对劲儿似的，又不愿扫胡雪玫的兴，所以也就只有闷声不响。

“真不喜欢？不至于的吧？我的审美眼光就那么离谱儿？……”

胡雪玫说着从沙发上站起，绕着肖冬梅前看后看，终于发现了问题——那裙子无双肩，右边的前后两部分上裙片缩窄为两条带子，可在右肩头结成任意的花样。而左肩，则是无遮无掩一无所有地完全裸霹着。但她帮肖冬梅穿上时，并没让肖冬梅把小花胸兜脱下，结果小花胸兜的一角不伦不类地显现在左边了，所以使肖冬梅照着镜子觉得自己模样别扭却又道不出所以然来……

于是胡雪玫又帮她将那条裙子脱下……

“把你那花兜兜也脱了！”

“不嘛。”

“多大了，胸前还吊着个花兜兜！脱了！……”

“那……那我胸前也不能什么都没有哇……”

“叫你脱了你就脱了！”

胡雪玫转身去找什么时，肖冬梅服从而又不怎么情愿地将花胸兜脱下了。胡雪玫从衣物抽屉里找出的是乳罩，递给肖冬梅时，见她双臂交叉胸前，两只手护着左右乳部。

胡雪玫在她一只手臂上狠狠拧了一下，拧得她哎哟叫起来，垂下了手臂。

胡雪玫教训道：“我说小姐，再别在我面前装出羞答答的模样行不？听着，这也是我对你的正当要求！难道我不是女人？难道我是男人变的？我身上什么样儿，你身上就什么样儿。你身上没什么使我惊奇看起来没够的东西！这乳罩我没戴过，戴上！……”

可怜红卫兵肖冬梅，虽生为女儿身，虽已初中生了，却并未听说过乳罩为何物，更没见过。乳罩戴在胡雪玫胸前，虽使她感到奇异又美观，但是若也往自己胸前戴，则觉得完全是另外一回事儿。仿佛挑在胡雪玫指上那乳罩被施了魔法，一经戴在胸前，就永远摘不下来了。且足以使她也着了邪魔，会变得从此像胡雪玫一样，在家里不着衣裙而习以为常……

“不，我不……”。

肖冬梅有些惶恐地连连摇头。

“你不什么？不也不行！”——胡雪玫用小手指尖儿朝她一边的乳房上轻轻点了几点，调笑道，“小姐，你发育良好！两只桃子都这么成熟了，还用胸兜兜罩着也太委屈它们了。美的东西要用美的东西来衬托，懂不懂？”

胡雪玫不管肖冬梅愿意不愿意，一边说一边已将乳罩替她戴在胸前了。

第十五章

待她第二次替肖冬梅穿上那条裙子，见肖冬梅眼泪汪汪的，几乎要哭起来。三十四年前，在中国，在红卫兵肖冬梅家乡那座小县城，即使青年和成年女性，也都按习俗胸前罩兜兜罢了。自打新中国成立后，全县最大的商店里，仅进过一次乳罩，在柜台里展示了许多日子，却一副也没卖出去。只不过引得些个好奇心强的大姑娘小媳妇，仨一帮俩一伙地结伴儿去商店里看稀罕。一本正经地看，出了商店门就嘻嘻哈哈地笑作一团。多么古怪的东西呀！女人将它戴在胸前将是多么滑稽的事儿呀！何况七八角钱呢！七八角钱能扯二尺平纹布了！……

那时肖冬梅尚小，不知本县这桩关于乳罩的历史事件。

胡雪玫见肖冬梅眼泪汪汪的，甚是奇怪。

“哎我说小姐，又怎么了？”

肖冬梅不言语，将脸扭向别处。初戴乳罩，她觉得那么不舒服，眼泪竟吧嗒吧嗒地掉下来了。

“你这孩子，倒被我惯出娇毛病来了！你当我口口声声叫你宝贝儿，称你小姐，就得每时每刻拿你当宝贝儿哄着，拿你当小姐宠敬着呀！你给我刷牙去！……”

胡雪玫板起了脸，在红卫兵肖冬梅屁股上不轻不重地拍了一巴掌，之后将她从跟前推开。

肖冬梅就乖乖地去到洗漱间刷牙了。她一边刷牙，一边想——可也是，大姐明明一片好心，自己怎么像受欺负了似的掉起泪了呢？是自己不对呀！

她听到胡雪玫在客厅里大声地又说：“先别洗脸，刷完牙就给我出来！”

她又困惑了——不许洗脸了？这是什么意思？难道是对自己的一种惩罚方式？不许洗脸就不许洗脸吧，惩罚就惩罚吧，谁叫自己不对，惹大姐生气的呢？

她走出洗漱间，见大姐已坐在了餐桌旁，仍未着衣。而桌上，已摆好了两份早餐。

“过来，坐下吃饭！”

在胡雪玫的注视之下，肖冬梅乖乖地走过去坐在胡雪玫对面。

早餐很简单，无非牛奶、面包、一人一个摊鸡蛋，还有一盘两人共享的糖拌西红柿，一盘水煮花生，一小碟榨菜。另外两个小碟里，是红的和黄的两种糊状的东西。肖冬梅猜不出是什么，也不想吃。

胡雪玫却已拿起一片面包，朝上遍抹了些那红的东西，又遍抹了些那黄的东西，之后用另一片面包一夹，默默递给肖冬梅。

肖冬梅一声不响地接过，因为不知那红的黄的究竟是什么，不敢下嘴。

“吃呀！”

胡雪玫见她那犹犹豫豫的样儿，仿佛不知该怎么侍候她这位“小姐”才好，又皱眉道：“我没往面包上抹毒药！抹的是果酱和奶油！我还敢药死你呀？”

果酱和奶油，肖冬梅虽未见过，却是知道的。在她所读过的几本外国小说里，西方的资产阶级们，吃面包通常是离不开果酱和奶油的。而西方的无产阶级们，之所以爆发革命，通常也无非是为了面包果酱和奶油。

这个资产阶级女人！不但一个人住如此宽敞的房子，不但把家搞得如此资产阶级化，连顿早餐也吃得如此资产阶级口味儿如此复杂！面包、牛奶、鸡蛋已够他妈的奢侈了，还要有果酱！还要有奶油！——红卫兵肖冬梅一辈子也没吃过样数这么全这么“奢侈”的一顿早餐！

尽管红卫兵肖冬梅对胡雪玫这位大姐的收留之情心怀感激，但还是替自己，进而替家乡的父老乡亲们，再进而替全中国的广大革命人民群众心理很不平衡。

妈的，你能过上这么好的生活，那钱即使不是你剥削来的，也肯定是你父亲你爷爷们解放前剥削来留给你的！不吃你白不吃你！不喝你白不喝你！……

妈的，吃！

她张开大口，一口咬下了一大块。

妈的，喝！

她端起杯子，一气儿饮下了大半杯牛奶。

她的吃相把个胡雪玫吓得目瞪口呆，连说：“慢点儿小姐，慢点儿小姐，别噎着，别呛着……”

肖冬梅也确实饿极了。她一边大口大口地吞吃着夹了果酱和奶油的面包，两眼一边盯着胡雪玫的杯子看。

胡雪玫说：“我这杯里不是什么更好喝的东西，也是奶，只不过加了咖啡，你也要加点儿咖啡么？”

肖冬梅费劲儿地咽下一大口面包，端起杯，将剩下的小半杯牛奶一饮而尽，接着，不客气地自己拿起一片面包往上多多地抹奶油，多多地抹果酱，同时回答了一个字是——“要！”

胡雪玫煮了两袋奶，分成一杯加咖啡的和一杯没加咖啡的，听肖冬梅说“要”，只得起身再去煮……

待她端了兑咖啡的奶回到餐桌旁，但见餐桌上除了那一小碟水煮花生和一小碟榨菜，其他一概凡能吃的，都被肖冬梅吃得一干二净。

她不禁“呀”了一声。

她长到三十三岁，从没亲眼见过谁能以那么快的速度吃光那么些东西。尽管每样都不太多。

肖冬梅口中还嚼着什么，一只手却正捏着最后一小片面包，在擦盛果酱的小碟。听到胡雪玫的惊讶之声，便抬头看她，一点儿也没因自己扫荡式的饕餮而觉不好意思。她毫不犹豫地将手中那一小片面包塞入口中，因口中还嚼着，噎得翻起眼白才统统咽下去。

胡雪玫又坐在她对面，目光一直没离她脸。她将手伸向兑了咖啡的那杯奶时，胡雪玫打开了她的手，把她当一个三岁小孩儿似的说："烫!"

于是她的眼瞟向盛过糖拌西红柿的盘子。西红柿是被她吃光了，但还有满满一盘底儿糖水。她吃得口干，急需喝点儿什么润润嗓子。

胡雪玫又说："你若把那点儿糖水也喝了，就不许再喝这杯里的了。不是舍不得让你喝。是为你好。怕你两样都喝了闹肚子。"

肖冬梅的目光从盛西红柿的盘子转向了那满满一杯冒着热气的咖啡兑奶。她自小就喜欢吃糖拌西红柿。但那对她来说，毕竟不是什么稀罕的东西。而咖啡兑奶，却是她从没喝过的，并且从外国小说里知道，是很"资产阶级"的东西。

她立刻指着杯表态："那我喝这杯里的!"

红卫兵肖冬梅，正是从这一顿早餐开始，对于"资产阶级生活方式"所提供的享受来者不拒的。当然，她是这样想的——吃你们，喝你们，穿你们的，用你们的，但是我红卫兵的一颗红心永远不会属于你们！正如佛家弟子们破戒时的坦荡想法：酒肉穿肠过，佛祖心中留。

胡雪玫似乎看透了她的想法，慢条斯理地说："小姐，你别觉得不好意思。只要你自己不怕变成一个剥壳鸡蛋似的白胖小姐，你是无论多么能吃，也吃不穷我喝不穷我的。我的收入供你这么吃这么喝一辈子绰绰有余。"

肖冬梅迟豫地问："大姐，你是……"

"说下去。你以为我是什么人？别吞吞吐吐的!"

"你父亲曾是多大的一个资本家?"

"……"

"或者你父亲那一代已经不是，你爷爷那一代才是？他们给你留下了多大一宗财产呢?"

"哈！哈!"胡雪玫双手向左右空中伸展开来，随后很响地拍在一起，接着将两肘支在餐桌上，双手又分开来托着下颌，以研究的目光望着肖冬梅，忍笑道："你头脑中为什么总爱产生一些胡思乱想呢？他们要是给我留下过什么财产，那我就永远把他们的像供着，每天烧三遍香了！实话告诉你吧，我是出生后就被父母遗弃的苦命人儿。是养父母把我抚育大的。现在他们也都去世了。我在这个世界上没有一个亲人了……"她的口吻淡淡的，略带感伤还有那么几分无所谓的玩世不恭，目光将四周环视了一遍颇为自豪地又说："我不随地吐痰，遵守交通规则，对人义气，诚实纳税，是大大的良民。这个家以及家里的一切，都是我当模特挣来的！不是用什么不正当的手段得来的。”

“当什么？……”

肖冬梅没听说过“模特”一词，但是这一词中那个“特”字，使她对胡雪玫顿生戒心。她以为“模特”是模范特务的简说。难道那种兑了咖啡的奶也会使人醉么？否则她怎么会连自己不该暴露的特殊身份都暴露了呢？看起来她随随便便的并不神神秘秘的，不太可能是美蒋方面的模范特务啊！那么是我们自己国家的模范特务了？因为是模范特务，国家才允许她以这种非常“资产阶级”的生活方式公然存在？她觉得如此推断才符合逻辑。当胡雪玫正要开口向她解释什么是“模特”，她竖起一只手制止道：“大姐你别说了，我不想对你知道得那么多。”

胡雪玫一怔，眯起了眼睛，一时不明白她的心理又发生了什么变化。

“现在不烫了，你喝吧。”

胡雪玫的下巴向那杯咖啡兑奶点了点。

肖冬梅缓缓伸手将杯取过，缓缓举至唇边，品尝性地先呷了一小口，觉苦，也怕醉，眼望着胡雪玫，犹豫不决。

“苦了就加点儿糖。”

在肖冬梅的年代里，糖是按票供应的。而在她家乡那个小县城，凭票也往往一年到头无处买糖。她自幼视糖为宝贵的东西之一。如果此种宝贵的东西是别人提供的，且又允许自己不限量地享用，那么当然多多益善了！她五指并抓，将小碟里的五六块白方糖都抓了起来，并且一总放到杯子里去了。这下，杯里的咖啡奶便往外溢了。她赶紧端起杯就喝。方糖未化，一块块随奶入口，吐在杯里又太没个样子，索性嚼着吃了下去……

胡雪玫看着又好气又好笑，收了空盘子空碟干脆离去。待她手拿抹布回来擦餐桌时，发现那只空盘子里的糖水，也被肖冬梅喝尽了。

她皱眉道：“小姐，你闹肚子我可不负责啊！”

肖冬梅却一笑之后反问：“大姐，是只今天不许我洗脸了，还是连续几天都不许我洗脸呢？”

胡雪玫又皱眉道：“我不许你洗脸干什么呢？我是让你吃完饭再洗脸。”

“可谁都是先洗脸后吃饭……”

胡雪玫将抹布往桌上一摔：“我自有我的道理！哎你他妈的烦不烦人？”

肖冬梅识趣而又明智地一声不吭了。

胡雪玫一指抹布：“你擦！记住，这也是以后你该做的！然后你给我把手脸都洗得干干净净的！”

……

“过来，坐这儿！”

待肖冬梅从洗漱间出来，胡雪玫指着化妆镜前的一只小凳对她这么说。

她也不敢再问什么，乖乖地走过去坐下了。见小凳周围铺了报纸，又见胡雪玫将一条绸巾围在自己颈上，并接着操起了剪刀，才明白胡雪玫究竟要对自己干什么……

她用双手护住了头："大姐，求求你……"

"把手放下！要不先把你十个手指剪掉！"胡雪玫的话十分严厉。

她不敢执拗，双手刚一放下，耳边但听"咔嚓"一声，洗脸时编扎起来的一条短辫已应声落地，仿佛带着一部分生命，微微蠕动了一下，散开地"死亡"了……

她双唇刚一抿，被胡雪玫从镜中发现，厉色警告："敢哭！只要你掉一滴眼泪，我就把你剪成个秃头！……"

被人家在走投无路的情况下收留了，吃了人家的，喝了人家的，身上还穿着人家的，正所谓人在屋檐下，怎敢不低头？

罢、罢、罢，一头乌黑好发，在"文革"中自觉剪到了符合红卫兵形象那么短，现在却又惨遭毒手，肖冬梅心里很不是滋味儿。哪个到了爱美年龄的女孩儿不爱惜自己的头发呢？转而又一想——他妈的随你这位"模范特务"摆布吧！反正是头发而不是头，剪光了几个月之后仍可长出……

这么一想，她就真的忍住了泪。而且，索性闭上了双眼，听之任之……

剪发之声阵阵，不绝于耳。

接着有一股热风，呼呼地伴随着一阵电器飞转的声音直往头上吹……

再接着大姐用手指往她额间、鼻梁和两腮抹了点儿什么，之后大姐柔软的双手对她的脸进行抚摸，抚摸得她脸上很舒服……

"宝贝儿，你眉毛很秀气，但是那也得修整修整才更好看……"

于是肖冬梅觉得胡雪玫用什么东西一根根拔下了她十几根眉毛，分明的，随之又为她描了眉……

她又觉得胡雪玫用什么东西弄她眼睫毛，并为她描眼边儿……

现在，有滑润的东西涂在她双唇上了，那感觉也很舒服。红卫兵肖冬梅长那么大第一次涂唇膏，而且是由别人往自己双唇上涂的。仿佛女性滑润微凉的手指从她双唇上轻轻划过，那一种舒服从她双唇传达到她心里，使她心里荡起了从未体验过的，难以形容和言说的，微妙又温柔的反应……

"宝贝儿，真乖。湿湿嘴唇……"

于是她伸出舌尖儿，轻轻舔了舔上下唇……

绸巾从她颈上摘下来了……

"宝贝儿，睁开眼睛。"

肖冬梅不敢。她怕一睁眼睛，会从镜中看到一个稀奇古怪，复原乏术的自己。

“你倒是睁开眼睛呀！”

胡雪玫的嘴凑在她耳旁，爱意绵绵地说，语调中充满诱惑。显然，为她忙了半天，是使她能看到一个惊喜。

“睁就睁！”

肖冬梅在心里恨恨地说，猛睁开了双跟。与她想象的结果恰恰相反，镜中的自己并不稀奇古怪，而是变得特别的妩媚俏丽了——她的头发被剪得很短很短，短得像一名初中男生的发式。在她家乡那座小县城里，普通的初中男生们是留偏分头的，升入高中以后，才开始留分头。那似乎是初中男生和高中男生的区别，也似乎是一条不成文的法。倘一名初中男生竟也留起了分头，他的男同学们和女同学们，一定会一致地认为他心里产生了某种不可告人的心思了，而老师们则会有根据怀疑他思想意识成问题了。

“才上初中，分的什么头？明天去理发店把你那头发理短了！否则别来上学！”——他必将受到这样的警告。

倘他不在乎这样的警告，那么他必将被从学校驱逐回家。

没有人曾解释得清楚明白——一名初中男生一旦留起了分头，怎么就意味着他思想意识成问题了？

但是普遍的初中男生和女生，以及他们的老师和家长，都宁愿接受这一共识。“一边倒”使一切初中男生们看起来仍是些头脑里只有分数和贪玩两件事的男孩子；分头则似乎标志着他们已由男孩子成长为青年了。他们凭了已留起分头这一种资格，可以和他们的高中女同学们眉头传情了。家长或老师即使发现了这一种隐私，也往往充聋作哑，不予干涉。因为，在那小县城里，十之七八的高中生们，毕业后是不打算考大学的，往往毕业后一二年就工作，紧接着就结婚了。而且，夫妻关系又往往是高中的同学关系。故中学男生们企盼着自己也早日留起分头来，也确乎是少年维特式的心思。分头使高中男生们一个个看去开始有点儿男人味了。那是普遍的初中男生们特别羡慕特别向往的。初中毕业考试一结束，一个月至一个半月内，是县城里几家理发店最冷清的时日。些个初中男生们都迫不及待地留起分头来，谁还进理发店呢？……

红卫兵肖冬梅从没想到过自己这名初中女生的头发也会被剪成分头。当然胡雪玫替她剪的并不是分头，而是正被中国大城市里的女孩子们热衷为时髦的一款青春发式。这一款青春发式，在对女性时尚追求有研究的专家学者们那儿叫做“赫本短发”。因为据说早期世界级电影明星赫本率先冒天下之大不韪地剪了极短的短发，并让她的形象摄影师拍了几幅丽照登在许多国家的画刊封面上。那发式一反女性过分讲究发式的古久传统，简单得无须每每顾及，而且使女性增添了几分少年的英俊气质。女性的妩媚与那一种仿佛少年的英俊气质相结合，俏丽女性的美点便更加显得天真烂漫生动可爱了……

红卫兵肖冬梅望着镜中的自己呆住了——那是我么？那怎么可能是我呢？她自幼便意识到自己是一个漂亮的女孩儿。上中学以后，她也曾多次地偷偷照镜子欣赏自己。后来她就学会尽量地掩盖自己的漂亮。因为漂亮太容易使别的女生觉得她和她们不一样，也太容易引起男生们对她理所当然的想入非非。而这两点加在一起的结果对她将是极为不利的。她会因此失去女生朋友。男生们对她的想入非非，仿佛也不仅仅是他们自身的罪过，也有她的责任似的了。

尽管她自幼便意识到自己是一个漂亮的女孩儿。却从没想象得到，自己竟会变得像镜中那么俏丽！对女性形象设计很有一套审美经验的胡雪玫，在自己身上实践的兴趣已经不怎么高了。确切地说她对在自己身上实践已经多少有些厌倦了。她试图从肖冬梅身上重新唤起那一种兴趣，她达到了目的。

她使一名三十四年前的女中学生，变成了二〇〇一年人们司空见惯的又酷又俏的靓妹。客观地说，她对红卫兵肖冬梅那张原本秀丽的脸儿的化妆浓淡相宜，一点儿也没过分。她为肖冬梅削剪成的极短发式，看去的确也特别青春。但是一名三十四年前的女中学生的清纯和红卫兵的心理傲气，却是被她彻底地“加工”掉了。几乎只有肖冬梅眼中那种对自己的新形象所感到的茫然不知所措和羞涩，还证明着她仍是三十四年前的她自己。

“俏么?”

肖冬梅点点头。

“满意么?”

肖冬梅不太自信，犹豫未答。

“走到街上，准酷倒一大片！”

肖冬梅不明白“酷”是什么意思，侧转脸困惑地看她。

她也不解释，将肖冬梅轻轻扯起，推向一旁，如同工艺师将自己完成的一件工艺品摆在一旁似的。接着便弯腰卷地上的报纸。肖冬梅想插手，被她用肩头阻止住了。

“宝贝儿，别弄脏了手。”

“宝贝儿”的叫法，并未因肖冬梅的郑重要求而废止，且又多了“小姐”的叫法。肖冬梅无奈，只有由她爱叫“宝贝儿”便叫“宝贝儿”，爱叫“小姐”便叫“小姐”。她倒想通了，能被人当“宝贝儿”宠着，当“小姐”敬着，感觉上也怪不错的呢！

胡雪玫用报纸卷走了落发，回到客厅找了一个小本儿和一支笔递给肖冬梅，对她说她应该开始学会些起码的生活常识。

她一一指着电视机、影碟机、音响、电脑、传真机、空调，以及热水器、饮水机、空气加湿器，不厌其烦地传授开关和使用的正确方法。肖冬梅边看边听边记，觉得自己宛如在什么车间里。

她想，资产阶级这不是自讨苦吃么？把他们所喜欢享受的资产阶级的生活方式，搞到了如此复杂的地步，怎么就不觉得活得累呢？

但是资产阶级的电视真他妈的好看！资产阶级的影碟机真他妈的奇妙，怎么塞入一个薄圆盘，电视里就会出现外国电影呢？资产阶级的音乐也真他妈的好听，虽然听不懂，但却直听得人想要跟着叫、喊、蹦、扭！资产阶级的电脑真好玩儿！怎么按几个键屏幕上就会出现一个字呢？他妈的居然还可以一个人和它打扑克！

资产阶级怎么就这么聪明呢？怎么发明了这么多古古怪怪莫名其妙的东西呢！难道他们的大脑和无产阶级的大脑天生就不一样？她暗自替无产阶级感到沮丧。胡雪玫传授完，她记完时，已经密密麻麻一二三四 ABCD 记了数页。仅插头一项，就记了二十几个！

在胡雪玫家三室两厅一百三十多平米的空间里，对红卫兵肖冬梅来说有着太多太多新事物。她没见过牙刷头是三角形的牙刷。她从没用过洗发液、洗浴液之类。在一九六二年她是小学生时，整整半年里她和姐姐和妈妈甚至舍不得用肥皂洗头，而用碱水洗。那半年里她全家只珍惜地使用着一块香皂，而且香皂是父亲的老友从大城市寄来的……

还有冰箱、微波炉——唉，唉，家里要是也拥有这两样资产阶级的东西，妈妈将会感到多么的方便啊！妈妈常因夏天的剩饭菜馊了变味了而心疼，也常因起来晚了全家人都顾不上吃早饭而内疚……

“都记明白了么？”

“记明白是记明白了，可……”

“又吞吞吐吐的，说！”

“要熟练掌握，就得反复操作，是不大姐？”

“那当然！”

“我什么时候想练习着操作都可以么？”

“这还用问！”

肖冬梅心中暗暗一喜——他妈的，那就可以随便看资产阶级好看的电视和影碟了！不看白不看！她相信凭自己有一颗忠于无产阶级的红心，那是中不了资产阶级那点子毒的。即使中毒了也不要紧呀，灵魂深处爆发革命，斗资批修呗！

胡雪玫从衣架上扯下自己的小包儿，拎着，另一只手拉着肖冬梅的手，又将她带到了餐桌那儿。

“坐下。”

肖冬梅乖乖坐在她对面，眼瞥向冰箱。她已经知道，好吃的东西都在冰箱里，以为胡雪玫又会从冰箱里取出什么好吃的东西奖赏她的乖巧。尽管她已经觉得胃胀了。

“眼睛看着我。”

肖冬梅收回目光，卑顺地望着胡雪玫。

“现在，咱们谈谈工钱。”

“大姐，什么工钱呀？”

“从今天起，我正式雇你做阿姨。”

“雇我？……”

“对。”

“做你的……阿姨？……”

“对。开个价吧。”

“做你的阿姨……你还要给我钱？不不不，这怎么行呢？你不是说你把我当妹妹一样看待了么？我叫你大姐，你再反过来叫我阿姨，那成了怎么回事儿了呢？……”

肖冬梅糊涂极了。

“我简直是在对牛弹琴！我是让你做帮我干家务的阿姨，不是让你在辈分上做我的阿姨！有时我也会叫你阿姨，但那不等于我是在把你当一位阿姨叫！……懂不？……”

胡雪玫越想简单明了地解释清楚，却反而使肖冬梅越听越糊涂。

她摇着头诚实地说：“不懂。大姐，帮你干家务我是非常愿意的……但那您也犯不上非得叫我阿姨啊！……”

“算啦，不懂就先不懂吧！这并不妨碍咱们谈工钱问题。你说你每月要多少钱吧！”

“一分钱也不要。”

肖冬梅这会儿忽又想到了姐姐，想到了李建国和赵卫东。尽管眼前这位资产阶级傻大姐对自己可以说是太好了，但亲姐姐和战友们下落不明，凶吉未卜，自己怎么能给她做什么“阿姨”呢？一找到了姐姐们，说走就得走哇！报答总归是要报答的，方式很多嘛！

“别假惺惺。我也不愿承担剥削的罪名！头一个月先给你四百，行不？……”

肖冬梅顿时瞪大了眼睛。

“大姐，你……你……疯啦……”

父亲和母亲商商议议，节俭度日，十几年来也不过存下了四百多元钱！

“我怎么疯了？嫌少？好，再加给你一百！五百行了吧？听明白啊，半年内就给你这个工资了！”

胡雪玫拉开了包，抽出五张百元钞，一张又一张分散开来放在肖冬梅眼皮底下。

红卫兵肖冬梅从未见过百元钞。她怀疑那是假的。但是上面的四位伟人头像，她却是一眼就认出来的。毛主席、周总理、朱总司令……多亲切的头像啊！

可夹在朱总司令和周总理之间的又是谁的头像呢？……咦?！那不是“党内头号走资本主义道路的当权派”刘少奇的头像么?！

不是假钱可怎么解释呢?！

使用假钱是犯罪的，这一点她明白。

大姐她哪儿来的假钱呢？

哦，对了，对了，她不是说过她是“模特”也就是“模范特务”么？工作性质需要吧？

难怪难怪，假钱她当然给得大方啦！

但她还是觉得新奇，拿起一张，将刘少奇的头像用一根手指挡住，以无限崇敬的目光注视着另三位伟人的头像。

胡雪玫有一个习惯，不论前一天晚上洗过澡没有，第二天早晨都是要进行冷水淋浴的。她相信那是保持苗条身材和皮肤光洁的好方法。

“你那么看干吗？我会给你假钱么？”

胡雪玫嘟哝着，便起身淋浴去了……

她从洗漱室出来，见肖冬梅面对电视机，紧闭双眼坐在沙发上。肖冬梅一感觉到她走近前来，连忙双手捂脸，同时急切分辩：“不是我偏要看那个，大姐，不是我偏要看那个……那个偏……我也没办法呀！……”

胡雪玫发现她脖子都红了。甚至，连裸露着的上胸白皙的肤色，也因充血而泛红了。再看电视，明白她为什么那样儿了——原来她趁胡雪玫淋浴时，自己塞入了一盘碟，自己开机观看。那是一盘美国三级片，片头一过就是赤裸裸的男人和赤裸裸的女人椅上做爱的画画。慌乱中她按错了键，结果那个画面定住在电视机屏幕上了……

胡雪玫见她羞得可怜，忍不住扑哧笑了。她从“宝贝儿”手中夺下遥控器，关了影碟机，也不说那事儿，转身坐在肖红梅坐过的小凳上，开始对自己的脸进行细微的化妆。一改往日习惯，这一天她化的也是淡妆。妆罢，仍穿昨日那件旗袍。接着找出一件绿色的钩织小衫，命肖冬梅穿上。肖冬梅见她不提那件使自己难堪至极的事，也明智地不再替自己辩白。胡雪玫又找出一只精巧的小坤包，命肖冬梅搭在肩上。

“宝贝儿，过来。”

肖冬梅走到镜前，小鸟依人地偎站在她身旁。

“是不是更像姐妹俩了？”

肖冬梅赶紧取悦地点头。

的确，镜中的她们，那么的像一对姐妹佳丽。

“我带你出去认识认识我的朋友们，也熟悉熟悉这座城市。”

于是她们就双双逛街去了……

第十六章

在胡雪玫的带领之下，肖冬梅又到了步行街上。依然是一个阳光明媚的好天气，而且是星期日，在步行街上悠然闲逛的人比昨天更多。“姐妹”俩频频招致回望的目光。肖冬梅被望得一路不自在。她觉得某些男人望在自己身上的目光长着钩子似的。她一被望，立刻低下头，同时将胡雪玫的手握得更紧。仿佛一个怕生的小女孩儿，唯恐手一松，被大人丢了，接着有可能被坏人拐去。

每当这时，胡雪玫就悄悄嗔怪地对她说：“抬起头！没点儿回头率，我不是白在你身上下工夫了么！”

胡雪玫看出了“大姐”的自我感觉非常之良好，也不需要“大姐”进一步讲解，就明白了“回头率”这一闻所未闻的新词儿的意思。她联想到在家乡那座小县城里，自己和亲姐姐冬云双双走在街上时，“回头率”也是挺高的。既然自己招致回望从来都是一个事实，那么也就很正常了。

这么一想，别人回望她，她也就勇于迎视着人家不再低下头去了。如果是年长于她的女人回望她，她便报以礼貌的稍许有点儿羞涩的微笑；如果是和她年龄差不多的青春女孩儿们回望她，她就学“大姐”早上的语调友好地对人家说“嗨哎……”，结果呢，她们反而低下了头去，反而显出羞涩的样子。她颇能理解她们为什么那样。那是自愧弗如的表现啊！这时她的心理就变得有点儿复杂了，一方面产生一种形象居上的优越感；一方面很体恤对方的自愧弗如，同时暗暗责怪“大姐”，不该将自己改变得如此彻底如此青春勃发魅力四射。这多“脱离群众”呢？倘回望她的是男人们，尤其是些大男人们时，她就会微微翘起下颌，显出一副庄重又高傲的模样，迎视过去一种近乎冷峻的目光。她那种目光里有“话”。那“话”的意思是——可劲儿看吧。看也白看！只是千万别耽误了您的行走……结果，他们无一不赶紧望向别处……

重新出现在步行街上，并且改变了红卫兵形象，根本不必担心有人会认出自己来了，还频频招致“回头率”，还无师自通地掌握了一套迎视“回头率”的技巧，她的感觉也渐渐自信，渐渐良好起来。心情和脚步，渐渐变得悠闲了……

她敢于公然地向街两边那些昨晚使她一望之下顿时脸红心跳的广告望而又望了。并且，它们似乎不能再使她感到惊恐了。甚至，她有点儿欣赏起来了。广告上那些男子多英俊啊！那些女子多美丽啊！她们的长腿、她们的秀足、她们的玉手、她们的红唇、她们的媚眼、她们的丰乳、她们的纤腰、她们的瀑发，一经放大，多么的迷人动人啊！昨晚没看到广告上那些字，现在她看到了，也就明白了——那些广告上的女人以及她们的面容或身体之某一部分的特写的作用了。

胡雪玫见她左看右看，像第一次进动物园的儿童似的，不扯她一下就忘了跟着自己走，终于忍不住板起脸说："没见过呀！"

肖冬梅一愣。这红卫兵迅速在头脑中进行了一番思考，之后明智地回答："见过呀。"

"见过？"

肖冬梅脸红了，仿佛一个人的谎话被怀疑着了。但是她转而又想，回答见过毕竟比回答没见过好。倘自己做了后一种回答，那不等于在强调自己不是当代人了么？何况，从前没见过，昨天晚上却是见过的啊。即使大姐一时较真起来，也不能算自己撒谎呀。这么一想，她脸上的红晕，瞬间褪了。表情同时恢复了自然。

胡雪玫把她研究地看了几秒钟，什么都没再说，轻轻抓起了她的手，领着神经有毛病的孩子似的往前走。虽然什么都没说，心里却不免犯了一阵嘀咕——胡雪玫胡雪玫，现如今的社会究竟复杂到什么程度你可是一清二楚的，鬼灵精怪的小女子编身世编遭遇把人骗得如坠五里雾中的荒唐事儿还少么？这个小女子秀秀丽丽，文文静静，动辄脸红，不是简直可爱到了不真实的程度了么？究竟是你在家门口"捡"了她，还是她心怀鬼胎接近到你身边来，你真的像你自以为的那么胸中有数么？你呀，你呀，你可以由着你的性子喜欢她，像喜欢一条可爱的小狗或一只可爱的小猫那样，但是你绝不可以完全丧失了对她的戒心！难道你没看出，她是多么的善于察言观色揣摩人意啊！现在的她与昨天夜里相比，甚至与今天早上相比，哪儿还能看出半点儿精神有毛病的样子哟？如果确乎没有，那她昨天夜里和今天早上为什么要装？……

"姐，你怎么不说话了？"

胡雪玫一边走一边扭头看肖冬梅，见她也正一边走一边侧着脸，翘着下巴看自己。肖冬梅眼中有一丝本能的不安。那本能是在十几小时内形成的。也确乎如胡雪玫所认为的，在十几小时内，她还形成了另一种本能，那就是察言观色揣摩人意的本能。这两种本能反应在她眼中和脸上，怎么会是胡雪玫看不出来的呢！只不过胡雪玫当成是她的狡黠罢了。

胡雪玫笑笑，还是不说话。

"姐，你一不说话，我就以为你不高兴了。"

胡雪玫还是不说话，抓着肖冬梅的手走下了过街通道。

二人从通道上来，肖冬梅又说："姐，你是不是生我什么气了？"

三十四年前的小女红卫兵是太在乎她的"姐"的情绪了。因为她觉得她对自己的命运已经完全丧失了把握的能动性，只有彻底被动地依附于这个“姐”了。所以她难免动辄处于惴惴不安，小心翼翼甚至低声下气的可怜兮兮的境地。

胡雪玫却就是不再开口跟她说话。她一刻不放地抓着肖冬梅的手，在比肩接踵的人流中快步前行，仿佛一条鱼在鱼群中自如无碍地游弋。我们都知道的，无论鱼群多么密集，也无论鱼群忽东还是忽西，任何一条鱼都是决然不会撞着另外一条鱼的。天空上即使黑压压一片飞翔着的鸟群也是这样。鱼和鸟的这一种本领是高超于人类的。胡雪玫正是以那么一种高超的本领快步前行着。她是步行街上的常客，几乎每天一次地那样子走在步行街上。也可以说是“训练”有素了。但肖冬梅却是从未经过和她一样的“训练”的。肖冬梅不断撞在别人身上，或被别人迎面撞着。不管是自己撞了别人还是别人撞了自己，她都说对不起对不起。不断地撞了别人或被别人撞，不停地说着对不起对不起。那情形好比是被胡雪玫用链子牵着的一条小狗，由于行人密集，看不见主人的身影，只能跟着感觉走……

在一家门面装修十分讲究的冷饮店前，胡雪玫终于驻足。可怜肖冬梅已是气喘吁吁，额头鬓角挂着细小的汗珠了。她掏出手绢正想擦，手背上被胡雪玫的手打了一下。不待她的手臂从眼面前垂下，胡雪玫已从她手中夺去手绢，一边替她轻轻拭着汗珠，一边以教训的口吻说：“记住，化了妆的脸出了汗，是不能把手绢当毛巾那么擦的。那么一擦，不变成花脸猫才怪呢!”

胡雪玫将手绢塞在她手里之后，又严肃地说：“一会儿你将见到我的几位朋友，而我要向他们郑重地介绍你是我妹妹……”

肖冬梅说：“难道我不是你妹妹么?”

“别打断我的话!”

胡雪玫的语调爱恨交织。肖冬梅原本便是聪明伶俐的少女，命运向她开的玩笑，使她的内心反应更加快速而细致了。她当然听得出胡雪玫语调中所包含的每一种成分。也当然能从仅仅十几小时的接触得出相当接近事实的判断——对方是因独身生活的寂寞而忽然需要自己；是因自己几乎对这个时代一无所知而对自己发生兴趣；是因自己惹人怜惜的容貌而喜欢自己；是因自己身无一文举目无亲的处境而同情自己的。这种种因素使对方愿意将自己留在对方的家里，并充当身份优越的保护人的角色。而对方恨自己，哦，不，那也绝不是恨，只不过是厌烦。对的，正是厌烦。而对方厌烦自己，显然的，乃因自己的仿佛神神秘秘的来历。这一种仿佛神神秘秘的来历，同样显然的，给对方的感觉是装傻充愣，弄虚作假。于是肖冬梅清醒地认识到，自己变成了人家“妹妹”的结果，其实并不比流落街头举目无亲食宿无依强到哪儿去。因为成了人家“妹妹”便须时时处处取悦于人家的那份儿自己并不情愿的卖乖，对她而言，是和向人乞怜乞讨同等卑下的……

红卫兵肖冬梅深隐起内心的屈辱，脸上作出了一种与内心感受相反的天真又愚钝的笑。她想，也许，装得愚钝点儿毕竟要比显得太聪明对自己有利吧？

不料胡雪玫双目睁得圆圆地瞪着她低声说：“别装傻笑！你以为你傻笑我就会认为你真傻呀？你他妈的要么是一个天外来客成心戏弄我，要么是经江湖高师指点的小人精，打算由我这儿得一份诈骗有术的优良考卷，自鸣得意也给你高师些欣慰！但不管你属于哪一种情况，我都将留你在身边，陪你演戏演到底！总之你这个来历不明高深莫测的妹妹我是认定了，直至你的真实来历和企图彻底暴露为止！”……

红卫兵肖冬梅默默听着文艺个体户胡雪玫的话，内心的屈辱渐增十倍。她对此姐也是爱恨参半的。在这一座举目无亲又给她以强烈的光怪陆离印象的城市里，对方是她唯一可以一爱的人。如果迫不得已的乖顺的依赖心理算是一种爱的话。至于恨，内容则相当复杂了。它首先包含对一位“模范特务”所享受的未免太高级了的生活待遇的气不忿。她家乡的小县城里有一位老红军，为革命落下了一级伤残，每月也不过享受三十几元的“光荣津贴”。一比就比出了不公平嘛！当然还包含着对一位“模范特务”的优越感的气不忿。有什么了不起呀，无非是“模范特务”而已嘛！党给你这一份不寻常的“工作”，你更应该言行谨慎，身份深藏不露才是啊，何必动辄在人前颐指气使，大摆不寻常的架子呢？……

肖冬梅内心里对胡雪玫的看法的这另一面，胡雪玫是完全猜想不到的。实际上她对肖冬梅这个捡来的小丧家犬般可怜又可爱的“妹妹”一点儿都不设防。除了防偷，她不认为对肖冬梅另外还该有什么设防的必要。她判断人的经验告诉她，肖冬梅既不是那种想偷东西也不是那种想行骗的女孩儿。她刚才那番刻薄言语，纯粹是她一向的本色。那么说觉着嘴上一时痛快罢了。她是典型的刀子嘴豆腐心的一类女人。至于优越感，在肖冬梅面前自然是有些的。哪个自愿的监护人在被监护者面前没有几分心理优越感啊？但架子，她是丝毫也不曾摆过的。买房子和买车差不多花去了她挣的大部分钱。她得赶快再挣钱，否则就坐吃山空了。她已经是一个过气了的三流歌星了，已经很难获得参加“走穴帮”的机会了。连在大饭店里唱唱，都要靠面子了。而作为模特，就差几个月三十四岁的她，已经面临着将遭淘汰的窘况了。曾有一位筹备投资拍电视剧的“大款”信誓旦旦地向她承诺，可以让她在一部二十集的什么“现代心理恐怖”剧中演女配角，哄她同床共枕了几次，事情却不了了之了。“大款”推说不识“大款”抬举的导演拒绝她。而导演骂“大款”是王八蛋，摄制班子都凑齐了，资金问题竟还没落实。后来她进一步了解的真实情况是——那“大款”根本不是什么“大款”，而是大大的吹牛皮大王。靠吹牛皮混吃混喝混人缘儿，偶尔得计，也会“混”到二百五女人身上去。了解了真实情况，她只有自认倒霉，自认是二百五女人。她是个内心深处越暗暗地忧虑，表面上越要装出活得潇洒活得快乐的女人，也是个越挣不到钱的日子里花钱越大方的女人，总之是个死要面子的女人。正因为死要面子在这座城市里才维护着最后那一种贬值得薄薄的面子……

胡雪玫扯着肖冬梅的手儿走进那一家冷饮店，立刻有一个四十多岁的秃顶男人发现了她们，起身大声地旁若无人地打招呼："嗨，玫玫，我们都在这儿呐!"

在凭窗处，两张餐桌摆在了一起，已有四个男人一个纤小的女子坐在那儿。胡雪玫继续扯着肖冬梅的手儿走了过去，先自坐定于两把椅子中的一把。

肖冬梅却并没与"姐姐"同时落座。她望着那纤小的女子近乎浓妆艳抹的脸一时望得出了神，暗猜对方究竟芳龄几何。她从对方的脸不能一下子自信地得出结论，于是目光转移向对方那一双小手儿上。对方那一双小手儿的十个指甲也涂得鲜红。一只的指间夹着烟，另一只拿着钢勺，一勺一勺刮起冰淇淋埋着的半颗同样鲜红的樱桃。而那樱桃陷在乳白的冰淇淋中，如从对方的某一指上拔下来的鲜红的指甲。它一时被冰淇淋埋住，一时又因乳白色的冰淇淋的滑淌重现它的诱人的鲜红。肖冬梅也自有一种判断人的年龄的经验，那就是从人的手得出的结论。对方那双白皙的小手儿告诉她，对方的年龄与她的年龄不相上下，肯定只有十六七岁。她暗暗惊讶于一个十六七岁的女孩儿竟把自己的脸搞到那么让人不忍看的地步，也暗暗庆幸"姐姐"没把她的脸也搞到那种地步。她未留意到，当她望着别人的脸的那会儿，四个男人的目光，也都被她齐刷刷地吸引着了。这一点自然逃不过胡雪玫的眼，她拽了肖冬梅的手一下悄悄说："给我坐下。"

红卫兵肖冬梅这才省悟到自己那么盯着别人的脸是多么的无礼。她不好意思起来，红了脸款款地刚一坐下，刚才向她们打招呼的男人便问胡雪玫："介绍介绍，这位靓妹是谁呀?"

"难道你就看不出来?"——胡雪玫从侍者小姐手中接过及时送来的一盘冰淇淋，以考察对方智商的口吻反问着。

"魅力四射，耀花眼了，实在看不出来。"

"我妹妹。"

"你还有一个妹妹?"

"好俏丽的一个妹妹!"

"像你！太像十几年前的你了!"

四个男人的目光仍胶着在肖冬梅身上，使她感到一种伤害。她只得低下头，掩饰地开始吃自己面前那一盘冰淇淋。此前她从未有过被四个大男人的目光一起侵犯般地近距离盯住了看的体验。以她的年龄，在她所处的年代，这一种情形是不太容易发生的。她所处那个时代的大男人们，和今天的男人们相比即使在本质上没什么区别，表面的正经也还是要装得过去的……

“你妹妹还在读中学吧？”

“小瞧人，已经大学了！”

“已经大学了？不像不像！小妹，在哪所大学读书啊？……”

红卫兵肖冬梅没想到“姐”会当着她的面胡说八道，更没想到会被觉得不安全的男人口中亲亲昵昵地也叫着小妹那么问……

“在……”

她一时不知如何回答才好，更加不敢抬头。

“在电影学院。”

“姐”随口代言地就替她回答了。

“电影学院？哪个电影学院？”

“问得奇怪，当然是北京电影学院！”

“姐”又替她回答了。

于是男人们齐发一声“呀”，仿佛话语已不足以表达他们对她的刮目相看。

不料坐在她斜对面的小女子不屑地说：“现在想真正学点儿表演的才不上电影学院呢，都热衷于报中央戏剧学院了！”

“是吗？”——胡雪玫的目光冷冷望向那小女子，接着如数家珍地道出一串在媒体中被炒得两面儿全焦的影视演员们的名字，然后以记者较真发问那种口吻说：“他们不都毕业于电影学院么？至于中戏嘛，我妹妹去年也同时被中戏录取了。是我决定她最好还是进电影学院的。她在大事上一向靠我作主，是吧小妹？……”

肖冬梅低声说：“是……”

她认为自己必须抬起一次头了。否则，她觉得男人们一定会对“姐”的话产生怀疑了。于是她抬起头粲然一笑。她的目光首先接触到的是斜对面那个妆化得有几分妖冶的小女子的目光，对方轻轻哼了一声，将脸转向了窗子。她看出对方是由于被四个男人的目光和话题冷落而生气了，便立刻又不知如何是好地低下了头。

而“姐”似乎更加信口开河。“姐”一本正经地说她这位妹妹虽然还没毕业但已经片约不断了。说连美国都有一位常驻中国的广告商对她的形象和气质极为欣赏，打算在她寒假时，重金聘请她到美国去为福特汽车公司拍广告。重金之外，还要送她一辆福特汽车……

美国?！——美帝国主义呀!！

多么可怕的两个字，岂是可以在公开场合谈论的么？她甚至忐忑不安得屏息了几秒钟。但一想到“姐”的真实身份是“模范特务”，一颗心才又安定下来。

接着那几个男人就一一向“姐”献策——他们的话她听不大明白，但总的意思还是明白的，都是在替“姐”出怎样才能轻松容易地赚几笔大钱的主意。“姐”一会儿显出感兴趣的样子盯着对方的脸侧耳聆听，一会儿摇头淡然否定地说没意思。红卫兵肖冬梅听着心里直困惑。她暗想“模范特务”还需要自己挣钱么？活动经费不是要由国家安全部门暗中支付的吗？生活费不是包括在活动经费里的么？……

后来四个男人之中有一个男人提议到哪儿去玩玩，于是她随着“姐”们离开了冷饮店。“姐”们将她带到了一处保龄球场。此前她从未听说过保龄球这一种球，更没有亲手抓起过。每次掷出的球都撞不倒几只瓶。于是四个男人都热心地来充当她的教练。而“姐”似乎正乐得自玩自的。“姐”保龄球打得很出色，姿势优美，得分也高。那个妆化得近乎妖冶的小女子显然无法忍受被四个男人一起冷落的滋味儿，撇下一句“今天玩得没劲”，就索然而去了。

“姐”分明一切都看在眼里，一切都正中下怀，却还要煞有介事地问：“咦那小破妞儿怎么说走就走了？”

一个“破”字，道出了“姐”比十分还多二分的轻蔑，和因那女孩儿遭到显然的又没有心理准备的冷落而感到的幸灾乐祸。肖冬梅比较能理解“姐”对那女孩儿的轻蔑，却不怎么理解“姐”的幸灾乐祸。她自己甚至对那女孩儿暗生歉疚。因为她也看得分明，在她和“姐”没到来之前，四个男人肯定都是竭力取悦于那个女孩儿的。而此时四个男人却说：

“随她去！”

“别谈她。谈她败我们的兴，我们继续玩儿我们的！”

“人比人，比死人。有咱们小妹在眼前，她简直就一点儿气质也没有，让人觉着俗不可耐了！”

“就是。咱们小妹多有气质，多清纯，多超凡脱俗。”

男人们的褒贬，使肖冬梅一阵阵地替那女孩儿难过，也一阵阵地又难为情又别扭。此前从没有男人这么讨好她。她不习惯被些个大男人这么“赞美”。那些赞美的话语在她听来不仅肉麻，而且居心不良。她不明白“姐”为什么不呵斥他们，反而高兴他们那样似的。在她所处的时代，倘四个大男人一起对一名初中女生甜言蜜语大献殷勤，那将不但涉及他们的思想意识问题，而且极可能被定成一桩性质严重的事件。怎么这座城市的这四个大男人敢于如此的肆无忌惮呢？他们都是些什么人呢？那女孩儿又是个怎样的女孩儿呢？……她内心狐疑种种。

在四名“教练”的指导之下，她很快也能连获高分，引起他们的阵阵喝彩了。她刚上瘾，“姐”却累了。

一个男人看了一眼手表说：“那咱们就吃饭去吧！”

于是她随着“姐”们一行人，又到一个挺高级的饭店吃海鲜。红卫兵肖冬梅的家乡是一个山区小县，在她所处的年代，只有每年的春节才能吃到几顿鱼，而且是凭票供应，而且一向是“刀鱼”。家乡的人们叫带鱼是“刀鱼”。事实上她只见过两种鱼。一种是“刀鱼”，一种是金鱼。金鱼是她在她所处的年代，比她家乡的同龄人们多见到过的一种鱼。因为全县养金鱼的人家只有几户，都是颇有地位的人家。而她家是那几户人家之一。她家曾养过的四条金鱼，乃是爸爸的老友们从省城给她家带来的，也是她家曾收到过的一切礼物中最为珍贵的。从没见过金鱼的她的同学们，曾三五成群地要求到她家里去观赏金鱼。许多同学还将自己第一次看见金鱼的新奇感受写成了作文。生物老师还命她将她家的鱼缸捧到学校里去过，为的是使全班同学都能对鱼类知识开开眼界。如果说在她所处的年代，在她的家乡，她和她的姐姐以及某些同学们还见过第三种鱼，那么就是鲤鱼了。在她所处的年代，鲤鱼被特别普遍地印在年画上，通常的画法是被一个极白极胖的男娃娃抱在怀里，取“富富有余”的吉意。至于虾，指真的虾，在她所处的年代，在她家乡的那个地处山区的小县城里，她和姐姐以及所有她的同龄人们，是只听说过而决然没见过的……

她随姐姐们所去的饭店是“海味斋”。大堂四周一排排巨大的鱼缸里，养着各种各样的鱼、虾、蟹、鳖、蛤、蚬、贝。对于红卫兵肖冬梅来说，那情形简直是叹为观止的，以至于她忘了自己是随着“姐”们前去吃的。她仿佛去到的不是什么“海味斋”，而是“水族馆”。她从紧靠门的第一排鱼缸绕着大堂四周看将过去，“姐”连唤她几声她都没听见。以至于“姐”不得不走到她身旁去扯她，同时低声告诫她：“别露怯！别忘了你是见过世面的，是北京电影学院表演系前途远大的学生！”

红卫兵肖冬梅出生于这个世界上十六年以来，第一次品尝到了那么多道鲜美的海味儿。唯一使她犹犹豫豫不太敢吃的是“醉虾”。那些初浸于酒的虾，更加的活蹦乱跳。四个男人都说，吃的就是眼见着的那一股生猛劲儿，并且边说边都下手抓起来剥嚼嘬咂。那情形仿佛将硬壳虫当成香酥糖的非洲土著人似的，直看得个肖冬梅目瞪口呆。她以为“姐”是断不会像四个男人们一样忍心下嘴而且吃得不成体统的，斜眼朝“姐”一乜，但见“姐”呢竟也是争先恐后双手齐下地大快朵颐着。

“姐”发现了她那一乜，嗔道：“别装斯文，你不是一向最爱吃这一口的吗？”

于是男人们的目光也都一齐定格，同时奇怪地看她。

红卫兵肖冬梅的头脑之中随即自然而然地出现了一条毛主席语录是——“想知道梨子的滋味儿吗？那就要亲口尝一尝。”

她寻思——不吃，必被四个男人怀疑到底是不是北京电影学院表演系的学生。若是，在北京，“醉虾”总会是吃过的吧？红卫兵敢上九天揽月，敢下五洋抓鳖，还怕餐桌上的些个小小虾子么？何况是醉了也不会蹦到人身上咬人的些个小小虾子。这么一寻思，明智加蔑视，便陡生一股英雄主义气概，脸上可爱地微笑着，伸手抓起了一只……

一个男人鼓励地说："这就对了。大哥们都是你姐的亲密朋友，那么你也就是我们的小妹妹一样了。你太斯文，我们反而不知如何是好了！"

"姐"那会儿已剥光了一只，二指轻轻捏着，正一下反一下，两面儿都沾了佐料，佯装出一脸慈母般的爱意，捏着便朝她嘴里塞，还一边说："我这小妹从小娇惯了，吃包子只掏馅儿吃，吃什么要剥的东西都是家人替她剥……"

肖冬梅吃下了那一只醉虾，顿觉其鲜其嫩妙不可言。而男人们听了"姐"的话，一只接一只将剥光了两面儿都沾过了佐料的虾往她的小盘里放。她渐渐吃得上瘾。男人们看着，不，也可以说是欣赏着她那一种贪馋的吃相，一个个显得十分高兴。一个男人竟召来侍者小姐又专为满足她的需求添了半斤……

经历了粮食困难时期，上中学以后口粮定量才二十八斤半，且副食极其匮乏的她那个年代的中学女生，神经系统所遭到的"饿"字的破坏尚未得以恢复，胃口普遍比今天的中学女生们大得多。她吃了不少醉虾，竟还能津津有味儿地吃别种的海鲜。这也不免使男人们对她有点儿目瞪口呆起来。

"姐"的手暗在她腿上拧了一下。

"姐"说："我妹今年以来又贪长，要不一个女孩儿家哪儿像她能吃这么多！"

正巧上来了鱼肉水晶包儿。"姐"的话使她意识到了自己的失态。失态就容易又引起怀疑啊。自己得为"姐"的谎话负责到底啊。于是她赶紧再往回找娇娇小妹的那份儿感觉，那份儿感觉也是她此前没体会过的。因为她的亲姐姐肖冬云只比她大两岁，她在亲姐姐面前从不娇，在父母面前也从不娇……

她用筷子夹起一个水晶包儿，小小地咬了一口，然后放在盘儿里，然后将筷子伸入"洞"去，将成丸的馅夹碎，再然后一筷子一筷子弄出来吃。那样儿也就不像是人在吃包子，而像小猴用树枝从蜂窝里往外沾蜜了……

"姐"什么都不吃了。"姐"饮了一口啤酒，以赞赏的目光默默望着她进行表演。四个男人，也都看着她那么吃包子看得饶有兴趣……

她终于将一个包子掏空，将小盘往"姐"面前轻轻一推，低语娇声地说："姐你替我吃皮儿吧。"

"姐"笑了。笑得那么高兴。"姐"期待的正是她这最后的表演。

"姐"重操筷子，一边夹起那包子皮儿，一边以数落的口吻说："唉，小妹呀小妹，你这毛病可什么时候才能改呢？愁死我啦！"

四个男人便都笑将起来。

其中一个说："别愁别愁。以后只要有我们中的谁在座，只要小妹又吃的是包子，保证都会乐不得地替小妹吃包子皮儿!”

二十一世纪初年的中国男人，十之八九那是狗嘴吐不出象牙来。每个人肚子里的“黄段子”，比前两年更荤。接着他们就喝着酒轮番地向外抖落起来。隐晦些的，肖冬梅自然想听懂也听不懂；而那一套一套过分露骨甚至直接涉及男女羞处的，她是想装得听不懂也装不像。她以为“姐”定会抗议。不料“姐”非但不抗议，而且显然的自己肚子里也有许多，自己也板着脸往外抖落。仿佛那四个男人也是女人。仿佛她是在和“她们”谈厨房里煎炒烹炸一类的话题。尤其令她暗暗讶然的是，“姐”讲的最露骨最臊人。“姐”却丝毫也不觉得害臊，不但板着脸，而且简直是一脸的严肃。倒是四个男人听得都不大自在了。他们的不自在中，还包含着小巫见大巫，班门弄斧的自愧弗如。起初肖冬梅还能命令自己低了头面红耳赤地坐着，后来实在听不得，起身说了句“姐我看鱼去”，走为上策……

她听到一个男人在她背后说：“我看你妹太纯，咱们污染她了吧？”

也听到“姐”这么说：“当我妹妹还在幼儿园啊？她那双耳朵什么黄色的段子没听过？她肚子里黄色的段子多着呐！别忘了她是从北京回来看我的！我们讲这些，都是人家北京人早几年讲得不愿再讲的边角料……”

她暗想“姐”一定是喝多了，醉了。暗想人怎么还不如虾呢？虾醉了起码不下流。

她恨不得返身回去，朝“姐”脸上啐一口，骂她：“真不要脸！我才不像你说的那样儿呢！也不许你公开诬蔑伟大的红色首都的革命人民！……”

却又情知那么做是万万使不得的。

倘那么做了，今晚自己睡哪儿？明天吃谁的喝谁的穿谁的呢？……

而一排排大鱼缸里是些多么好看的鱼啊！

她看着看着，灌入耳中的污言秽语似乎都消失了，心理和生理也重新归于纯净。

她在鱼缸前呆呆看鱼，大堂柜台后的两名侍者小姐呆呆看她——她们交头接耳地议论，瞧这年头的新新女孩儿，看去还像初中生，却已经开始和些个身份可疑的大男人们成熟地厮混在一起了，吃饱了喝足了打情骂俏够了，却又跑大堂来装三五岁的女孩儿看鱼！这儿鱼缸里的鱼都是供人吃的，有什么可看的呀？……

不知何时，“姐”找来了。

当“姐”说：“喜欢鱼好办，哪天咱们姐俩去买回个大鱼缸来。观赏呢还是要观赏热带鱼，这些鱼傻头傻脑黑不溜秋有什么可看的!”——她才发觉“姐”已站在身旁了。

她问：“姐，咱俩都离开了不好吧？”

“姐”说：“那些臭男人已经走了。”

"臭男人"三个字，使她顿生满腹狐疑，愣愣地看了"姐"片刻，不禁嘟哝："可他们都一再向我表明是你的亲密朋友……"

"姐"从小包里取出小镜和唇膏，将双唇重新涂红后不屑地说："都是我的亲密朋友不假，都是臭男人更是事实。"

"姐"说罢，将小镜和唇膏递向她，也让她重新涂红她自己的唇。

涂红嘴唇已是出生以来第一遭，还要在公开场合再涂一次，使她感到自己未免堕落得太快也太过分了。她心虚地左顾右盼，见柜台后的两名站台小姐正望着她……

她小声地几乎是哀求地说："姐，我就别了吧？"

"姐"却命令般地说："叫你怎么你就怎么！出门前脸是化过妆的，现在嘴唇不涂涂成什么样子？出门若遇见个熟人，我一介绍你是我妹妹，人家笑话你的同时也会笑话我这当姐姐的！"

肖冬梅无奈，只得接过了小镜和唇膏。她向鱼缸跨一步，装成是看鱼的样子用那小镜照自己的脸，但见自己喝过了一杯啤酒的脸粉若新荷，而双唇原本涂过的唇膏虽已由于一顿海鲜不存颜色，却似乎比涂唇膏时还红润了。

她又说："姐你看我还有必要再涂一次么？"

"姐"眯起一双醉意蒙眬的眼，凝视了几秒钟，终于一把掠过小镜和唇膏，开恩地说："不愿意就算了，年轻真他妈好！"

"姐"一转身扬长而去。

她又愣了愣，赶紧追出门。

路上，她讨好地对"姐"说："姐你刚才的话我就不明白了，你也正年轻着呀。"

"姐"不无沮丧地说："那要看跟谁比了，跟大妈大婶们比我是正年轻着，跟你比我已徐娘半老啦！"

她立刻明白这个话题是顶容易使"姐"心情不好起来的话题，想要岔开话题，一时又不知该往哪方面岔。闷声不响地随在"姐"身旁走了一段路，又觉出二人之间那一种沉默似乎更不对劲儿，于是没话找话地问："姐，他们都是些什么男人啊？"

"姐"仿佛心不在焉地回答："有钱的，有权的，在本市有名的，既有钱又有权又有名的。"

"那……那个赌气走了的女孩儿呢？"

"专傍他们那样的些个男人的女孩儿。"

"傍……是什么意思呢？"

"吃他们的喝他们的穿他们的哄他们心甘情愿地为自己大把大把花钱的方式。"

“那……就是坏女孩儿的意思了?”

“也不能这么下结论，一种活法而已。”

“那种活法也太……太不光彩了!”

她原本想说的其实是“可耻”一词。

“姐”仿佛猜到了她的话为什么中间停顿一下。“姐”看也不看她一眼，直望前方，不紧不慢地边走边说:“你知道光彩的活法是什么样的活法么?”

她张口便说:“见先进就学，见后进就帮;见困难就上，见荣誉就让;生死关头奋不顾身，平常日子艰苦朴素……”

“还有么?”

“总而言之是离一切的享乐远远的，越远越好。”

“姐”不往前走了。“姐”站住了。“姐”又一次眯起双半醉半清醒的杏眼，定定地将她看了足有半分钟，看得她心慌意乱，唯恐“姐”突然当街大耍酒疯，使她们大显其丑……

“姐”却冷冷地问:“你打算追求那种光彩的人生么?”

她不敢再回答什么话，默默地而且是诚实地点了一下头。

“姐”又说:“那是百分之百傻瓜的人生。你达不到那种人生的境界的。因为我看你还没傻到百分之百的程度。”

“姐”一说罢，又大步朝前走……

她以为跟着“姐”是一路往家走，“姐”却将她带到了一家电影院，也不问她想不想看，包办代替地就买了票。电影是她爱看的。她出生以来没看过几场电影。因为在她十一岁以前，家乡的山区小县城根本就没电影院。十一岁那年的国庆前才盖起了电影院。第一场放映的是一部国产的老片子《钢铁战士》。当时的情形可谓盛况空前。县公安局的警力几乎全部集中了去维持秩序，但没买到第一场电影票的人群还是冲破警戒线洪水般涌入了电影院。1960 年到 1963 年因为是饥荒年，饿得前胸贴后背的人们没看电影那份心气儿了。电影院一年到头关门不开。1963 年到 1965 年间她看了十来部电影，其中三部是苏联电影。“文革”一开始，电影院不是放电影的地方了，而是召开大型批斗会的场所了。李建国的父亲和她自己的父亲，就几次在电影院里同台被批斗……

她跟着“姐”走入电影院，电影已经开演。借着银幕的反光，她看出座位几乎全空着。这里那里，影影绰绰的有几对搂抱着亲嘴的人影。那是一部关于一艘豪华巨轮在太平洋上触撞冰山沉没的电影。银幕上的灾难场面令她惊心动魄。男女主人公的爱情使她泪流不止。惊心动魄之际她不由自主地紧紧抓住了“姐”的一只手。“姐”却厌烦地训斥:“你干什么呀!”——原来她将“姐”从瞌睡中弄醒了。她左右看看，那一排座位上仅有她和“姐”。而身后不时传来亲吻的呜咂之声。这一点使她好生的困惑——如此吸引人又如此感人的电影怎么没几个人看呢？难道花钱买票的人仅仅是为了一双双一对对坐在这儿于黑暗之中搂搂抱抱？……

电影结束灯亮时，“姐”看着她说：“瞧你花脸猫似的，至于流那么多泪么？”——并掏出手绢亲自为她擦拭泪痕。

她由衷地说：“苏联电影就是好。尽管他们的国家不好，变修了。”

“姐”却说：“别又跟我来疯话，是美国电影。”

“美国电影？现在中国可以放映美帝国主义的电影了?!”

依她想来，一部电影是外国的而且是欧洲的，除了是苏联的，还会是哪一国的呢？

“现在咱们中国人几乎离不开美帝国主义了。”

“姐”扯了她手便往外走。

到了外边，“姐”指着广告说：“看清楚，别再误以为是苏联电影了！”

果然，广告上醒目的大字写的是“美国巨片”。

“姐”又说：“记着，你的苏联已经解体了，不存在了。”

她不明白“解体”是什么意思，却忍住满心糊涂不问。

“姐”还不回家。

“姐”又带她逛商场。商品丰富得无法形容的商场使她惊异万分，暗想已是身在共产主义了。

“姐”不厌其烦地指着一样样商品说：“这是美国货，这是美国货，这是这是这也是这还是……”

从吃的到喝的到穿的到用的，从电器到药品到化妆品到玩具，商标上比比皆是地写着“美国原装”的字样。想到“姐”说“中国人几乎离不开美帝国主义了”，暗自寻思可也是的……

后来“姐”又带她去喝咖啡。喝咖啡时她鼓起勇气大胆地问了“姐”一个问题：“姐你也傍请咱们吃海鲜的那种男人么？”

于是轮到“姐”发愣了。然而“姐”只不过愣了几秒钟，一点儿都没生气，还微笑了一下。

“姐”平静地说：“从前我当然也傍过他们。不只他们，另外还傍过几个男人。”

“从前？从前是什么时候？”

“像你这么大年龄的时候，没考上大学，连高中也没考上，又不心甘情愿过一辈子没出息的生活，父母根本指望不上，你说我不靠傍男人如何才能混出个人样儿来？”

“姐”依然微笑着，但那一种微笑在嘴角已变得有了苦涩的意味儿。

“姐……”

“嗯？……”

“那……你现在不用再……”

“现在我已经没有从前那种资本了。但如果遇到为难的事了，请求他们帮点儿钱以外的事儿，他们还是肯给些面子的。现在我也不能认为自己完全不必再靠他们什么了。所以我还得花时间花精力继续维持和他们之间的老关系……”

“怎么维持呢？”

“比如像今天这样。由我打电话约他们，一起吃顿饭，喝喝酒，扯扯淡。我只消在电话里说久不见了，想他们了，他们都会挺高兴地赴约。还会觉得我有情有义，没忘了他们。反正照例是由他们中的谁买单，我不搭上什么，何乐而不为呢？……”

“姐，听你的话，你好像对他们并不反感……”

“他们人都不坏，引不起我太大的反感。”——“姐”说着，从对面伸过一只手，轻轻抓起了她的一只手。

红卫兵肖冬梅一时觉得，吃进胃里那些鲜嫩的海味儿，每一样都具有某种肮脏的成分似的，她感到一阵反胃。

“小妹，你刚才看电影时流了不少眼泪，那么证明你大受感动了是不是？”

“姐”的手不停地把玩她的手指。

“是。”

她声音低低的。虽然，对这位“姐”她内心里开始产生了一种轻蔑，甚至可算是鄙视。但也恰在此时，除了被容纳那一种感激，除了寄人篱下那一种迫不得已又唯恐遭嫌弃的相当矛盾的依赖，确乎的，竟觉这位“姐”有那么点儿可亲了。因为，终于的，“姐”自己平静而坦率地道出了自己人生并不那么优越的一面。原来，“姐”的优越只不过是物质方面的。那物质方面的享受兴许还是由身体换得的。这使她从两人的关系中找到了一种似乎的平等。毕竟，我的身体是干净的，我的精神也从未堕落过。红卫兵肖冬梅这么一想，便认为自己实在也没太大的必要在这位“姐”面前过分的自卑了……

“姐”再问：“告诉我，是什么感动了你？”

她以肯定的语气回答：“是爱。”

“说具体点儿。”

“那青年为了他所爱的姑娘，宁肯自己被冻死在海水中。”

“你信？”

“信。”

“你爱过？”

“没有。”

“那你根据什么信？”

“相爱的人如果不能做到为救对方死而无憾，那还相爱干什么?”

“这一种观点是从小说中读来的?”

“我没读过几本纯粹写爱情的小说。”

“那又是怎么进入到你头脑中的呢?”

“这……”

第十七章

红卫兵肖冬梅不由得耸了一下肩。事实上她回答不了。因为她自己也不知道怎么进入到头脑中的。反正据她所知，爱应该是神圣的。哦，对了，不是有这么两句诗么？——“生命诚可贵，爱情价更高”谁的诗呢？想不起诗人的名字了。相对于生命而价更高的爱情，所以才神圣呀。这个道理不是明摆着的么？总之她虽不曾爱过，却非常的自信，倘自己爱上一个人，自己是能做到为救对方死而无憾的，并且丝毫不怀疑，爱自己的人同样能做到……

“耸肩干什么？回答我。”

“姐我一时无法对你说明白。”

“那就是不明白。不明白又绝对相信，就是迷信。现在让我告诉你爱情的真相只不过是怎么一回事儿……”

肖冬梅胃里突然一阵翻腾，大张了一下嘴，差点儿呕吐起来……

她跟随着“姐”回到“姐”的家里，已经快四点了。“姐”一进家门就找胃药，找到后亲自替她从饮水机中接了一杯水，看着她服下去才显出安心的样子。“姐”怪她不该贪吃那么多只醉虾，她抱枕趴在床上说不是因为吃醉虾才恶心的……

“你有胃病？”

“没有。”

“那怎么回事儿？”

她自己认为纯粹是由于心理作用——是由于明白了“姐”与那几个男人实际上的肮脏关系，才觉得她吃下去的鲜嫩海味也有肮脏的成分。一想到吃了不少他们的手为她剥的醉虾，尤其感到胃里不舒服。当然她并没这么说出来，怕照直说出来太伤“姐”的自尊心。何况，究竟是因为贪吃了那么多只醉虾，还是由于纯粹的心理作用，她自己也不能肯定……

“可能由于喝了一杯啤酒吧。姐我出生以来第一次喝酒。”

“都十六岁了，喝了一杯啤酒不算学坏。”

“姐”翻着了一本书，抛到她身旁说：“这整本书写的都是爱情现象。我话没说完，你就要吐了。现在我也懒得给你上什么爱情课了。你要是不想睡，就自己看吧。我可是特别困，得睡一觉……”

“姐”一说完便走入她的卧室，并将卧室的门关上了。

那是一本美国人写的书，书名是《爱的真相》。

第一章的标题立刻就引起了红卫兵肖冬梅极其强烈的心理抗议，因为那标题是——“爱的真相之一是交换”。尽管心理抗议着，还是怀着同样强烈的好奇看了几页。那几页中居然分析到中国人的爱情观，说中国人一向特别羡慕的“郎才女貌”说穿了就是一种交换式的爱，所以才演变为中国人今天婚姻观方面的“郎财女貌”……

她一点儿都不了解“文革”三十几年后普通中国人的爱情观和婚姻观的巨大变化，所以看得一头雾水。虽然心理强烈抗议着，却又觉得美国佬的道理也有几分是合乎逻辑的……

第二章的标题更加使她认为是对人类神圣爱情的亵渎了，因为那标题居然是——“真爱又如何？——真爱的‘寿命’也只有三十个月”。此章大谈爱是人类中的化学反应，那一种化学反应最长维持三十个月的双方陶醉的状态。三十个月后炽热降温，卿卿我我归于平淡，耳鬓厮磨的缠绵显得多余，于是真爱也只不过靠双方性要求的满足来延续了……

此章文字颇多直接涉及性的常识、经验和男人女人的性感受，她看一会儿便不得不因脸红心跳而合上书，然而双手仿佛不是自己的了，它们不害羞地一再又将书翻开。虽然，她已经因按错了遥控器的键而将一盘录像带中男女做爱的情形定格在电视上了，但当时那情形一出现她就捂上了双眼啊。手中的书使她联想到了那情形。一行行文字似乎比影像呈现的情形还使她脸红心跳。她一边看一边还在想——哦天啊天啊，中国怎么了啊，中国人怎么了啊，如果中国和中国人连这种事都当成寻常之事看待了，那不是变修了还能得出另外的什么结论呢？……

爱情跟化学可有什么关系呢？

美国佬的科学研究成果多让真爱的人们沮丧啊！

究竟从哪一天开始的，美帝国主义对于中国和中国人不再是美帝国主义了呢？

怎么就没有人发动第二次“文化大革命”救救中国呢？

可变修了的中国的这一座城市，是一座多么繁华的城市啊！那一幢幢雄伟的高楼大厦，显然是变修了以后才盖起来的呀！而且人们分明的并没受着二茬罪呀！人们似乎都在及时行乐地享受着资本主义和修正主义的生活方式嘛！美国咖啡的滋味也是多么的浓香啊！……

思想是一件既容易使人亢奋又容易使人倦怠的事。当它明晰而顺畅之时人就亢奋；当它纠缠不清而疑惑多多之时人就倦怠。对一个人如此，对一个民族一个国家亦如此。一个人求解而不可得就困；一个民族那样就萎靡不振；一个国家那样就涣散自卑。

不知何时，红卫兵肖冬梅不知不觉地伏在枕上也睡着了。睡着了的她，手中仍拿着那一本美国人写的《爱情的真相》……

她是被“姐”推醒的。睁开眼睛但见窗外天光已暗了。“姐”告诉她都快七点了。“姐”的脸又化过一次妆，发式变了样，穿的是一袭袒胸露背的长裙子，还戴着一串黑色的项链。项链衬得“姐”的颈和胸更加白皙了。

“姐”催她快去冲个澡。

“姐”自己刚冲过不久，热水器没关，这使她对于家电的拒绝心理有所免除。轻轻一拧，温水就喷洒出来了。

舒舒服服地冲过了澡，“姐”将她按坐在梳妆台前，命她自己用吹发器吹干头发，命她自己化妆。

“最多给你十五分钟的时间。”——“姐”坐在沙发上瞧着腕上的手表，仿佛教练员在严格地监督一名运动员的体能训练。

不一会儿她就从椅子上站起来了，转身向“姐”有点儿得意地问：“怎么样?”

“姐”望着她勉励地说：“提前了三分钟。不错，及格。”

下午逛商场时，“姐”为她买了几套衣服，都是她随着自己的喜欢挑选的。“姐”命她换上一套，于是她换上了一套海魂衫裙，使她看去像少女时期的冬妮娅似的……

“姐”说：“我带你刷夜去。”

她没听说过“刷夜”一词，却以自己的聪明猜到了是什么意思。现在她已经不怕离开“姐”的家门了。非但不怕，而且挺高兴出去。如同一只被主人牵着遛过的小狗，觉得所见的人们对自己并没什么恶意了，便希望每天都能被多遛几次。

“姐”是开自己那辆车带她“刷夜”的。

路上，“姐”问她翻了那本《爱情的真相》没有？她说仅看了几页。“姐”又问她看了哪几章的哪几页？她不由得支吾起来，不愿被“姐”继续问，更不愿被“姐”问得太具体，因为那定会使自己害羞啊。

“说呀!”

“第一章和第二章的几页……”

“究竟几页?”

“加起来十四五页……”

“那也就算接触到点儿爱情的真相了。有何感想?”

“不喜欢那本书。”

“不喜欢那本书就是不喜欢实实在在的爱情。”

“反对！姐你要是将来爱上一个人，你打算向他交换些什么呢?”

“我的要求很低。一幢高级别墅，一辆‘宝马’……”

“马论匹。再说男人们哪儿去替你找宝马？别忘了宝马只在神话中才有！”

“你懂什么？‘宝马’是世界名车。再要二百万存款。再要每月一万元零花钱。如此而已，仅此而已。”

“还而已！你们现在的中国人，钱都论百万百万地存了么?!”

“聊天嘛。说心里话嘛。你一惊一乍地干什么？还‘你们’起来了！你自己不是中国人呀？”

“我……我是和你们现在的中国人不一样的中国人！”

“这我承认。你是应该被拎着双腿甩回到‘文革’前的中国人。”

“回去就回去！你当我不想回到‘文革’前去呀？你当我羡慕你们现在的样子现在的活法呀？老实说我一点儿都看不惯反感透了！”

“你一个人回去那叫花岗岩脑袋不开窍。一个国家回去那叫历史的倒退！”

“别批判我。话题是你引起来的，说你自己。你又要高级别墅又要世界名牌汽车又成百万成百万地要钱，可你拿自己的什么与男人交换？”

“拿我自己呀。”

红卫兵肖冬梅不禁侧脸看“姐”——她并不愕然于“姐”的话本身。“姐”的话所表明的一种人生态度，在那一本书中也列举了，并且分析了。她委实的是很愕然于“姐”的接近着无耻的坦率。是的，依她想来，一个女人向往过寄生虫的生活已够糟糕，竟还无遮无掩地宣布给别人听，岂不是已经思想堕落得不可救药了么？在她所经历的年代里，谁若持“姐”那么一种人生态度，倘不被批判十次以上，是断不会承认的呀！中国，中国，难道已变得人人头脑里愿怎么想就怎么想，嘴里愿怎么说就怎么说的地步了么？已经没有专门的一批人负责监控人的思想了么?!

“姐”朝车前镜瞥了一眼，从镜中发现了她那副愕然的样子，有几分感到好笑似的问：“你那么看着我干什么？”

“……”

“是不是觉得我的身价开得太高了呀？”

“……”

“姐”沉默良久，叹口气又说：“我有自知之明。以我三十大几的年龄，也许真的开始掉价了。但我可以转移目标，撇开青年的中年的财郎们，在财大气粗的老男人们堆儿里物色啊。只要是财大气粗的，老光棍我嫁，鳏夫我嫁，做二奶我也干。总之六十五岁以下的都在我的条件内……”

“姐你……你已经有人选了么？”

“正加紧搜索呐。”

“你当真这么打算的？”

“骗你干什么？难得能和谁说说心里话嘛。和别人，套我的心里话我还不说呢。和你说我愉快。”

“还放心是吧？”

“姐”又朝车前镜瞥了一眼：“什么意思？”

“和我说我不会出卖你呀？”

“出卖？出卖我什么？怎么出卖？”

“比如把你头脑里的思想写封信向有关方面汇报……”

“哈！哈！……”

“姐”笑出了声。

“你就当真不怕？”

“除了怕歹徒，我怕谁呀我！这年头，谁还管我一个女人后半生打算怎么活的问题。谁像你说的那么做，谁会被当成精神病人的。只不过我懒得和别人说，就是说别人也懒得听。你听得认真。我觉得无论我说什么你都听得认真，而且我看出你那么想听，所以和你说我感到愉快。这年头有人还能够像你这么认真地听自己说说心里话，已经是一种奢望一种幸运了……”

“姐”的一只手离开方向盘，用手背碰了碰她脸颊，亲昵地又说：“我喜欢你能认真听我说话这一点。你又想听又能认真听我说话时的模样特可爱。像小猫啦，小狗啦，鹦鹉啦什么的听主人说话时显得那么可爱。总之像宠物听主人说话。我认为大多数情况之下主人的话它们是听不大懂的。但它们那时的神态证明它们起码在尽量理解，努力理解，虔诚地争取理解……”

“姐你好好开车……”

“姐”的那只手绕过她的脖子，抚摸她另一边脸颊。她歪了一下头，将“姐”那只手拨回方向盘。“姐”以宠物比她使她倍觉受辱，暗生恼火。

然而她脸上却呈现着得宠般的笑……

红卫兵肖冬梅明智地适应着这一座原以为是北京的城市，尤其明智地适应着“姐”这位具体的临时监护人的好恶。也在不到二十四小时内，学会了怎么样违心又不动声色地投其所好，讳其所恶……

“姐”首先带她去看了一场时装表演。那是一支由中外模特混杂组成的模特队。红卫兵肖冬梅自然是出生以来第一次看时装表演。模特们优美的“魔鬼身材”以及她们高傲得仿佛目空一切的气质，令她看得目不转睛，着迷极了。不仅仅着迷，还嫉妒，还自卑。因为在那一种浪漫又绚幻的情调和气氛之中，没有一双男人或女人的眼睛向她身上投注过目光。人们的目光全都被T形台上踱过来飘回去的仙女般的模特们所吸引了。她出生以来第一次领略到了女人优美的身体和专为她们所设计的别出心裁的服装之间，能达到一种抒情诗般和谐的美境……

她也直到那时才彻底摆脱了一个头脑中的大疑惑——原来“姐”不是什么“模范特务”，而曾是她们的同行……

“姐，她们是……真的人么？……”

“嘘，别犯傻。让人听到了多笑话……”

“外国女郎怎么也能到中国来表演呢?”

“中国人还到外国去谋事业呢，有什么奇怪的。”

“她们……她们一定挣很多的钱吧?”

“反正不少。挺可观的。”

“那……究竟多少呢?”

红卫兵肖冬梅忍不住悄悄地刨根问底。曾经蹿红一时而已红运雾散的“姐”不知是根本没听到，还是听到了装没听到，总之未理她。“姐”用一只手掩着嘴，而且不是用手心是用手背那样子。手指呢，微微分开地自然地下垂着，唯小指翘着。“姐”的一支小臂斜过胸前。“姐”的那一种样子特优雅，也特俏。

肖冬梅专执一念地悄悄地又问:“她们每个月能挣几万?”

“姐”对她的话还是没反应。“姐”反而站起来了，反而缓缓地转身离开座位，低着头，手背仍掩着嘴，脚步快而轻地朝表演厅外走……

肖冬梅对“姐”的异乎寻常的表现不明缘由，徒自发了半会儿呆，也离开了座位……

“姐”刚走到表演厅外，肖冬梅便紧随到了表演厅外。

她继续问:“姐你怎么了？为什么不回答我的话?”

“姐”那只手的手背还掩着嘴，用另一只手的中指，朝肖冬梅脑门使劲戳了一下，转身又走……

肖冬梅又愣了半会儿，心里真是奇怪极了，她一时找不着北地只有再跟着“姐”。这一跟，就跟入了女洗漱间。

“姐”一入洗漱间，倏地向肖冬梅转过身……

肖冬梅吃了一惊，不禁后退一步……

“姐你……我又哪儿不对了呀？你是不是也感到恶心呀？……”

“姐”那只手终于从嘴上放下了……

“姐”哈哈大笑起来，直笑得弯下了腰……

肖冬梅竟一时被“姐”笑得有些发毛……

在“姐”的笑声中，一位和“姐”年龄差不多的女人冲出厕位，神色惊慌地从“姐”身旁绕过，并一直以看精神病人那种目光看着“姐”。连洗手时也扭头看，顾不上关水龙头，两手湿淋淋的逃去了……

“姐你到底怎么了呀？到底笑什么呀？姐你别吓我呀！……”肖冬梅已被“姐”笑得极度不安，一副可怜兮兮的模样，快哭了……

"姐"终于止住了笑。"姐"直起身，庄重了表情望着肖冬梅说："你呀你呀，你也开始对钱感兴趣了不是吗？我不笑别的，就是笑的这一点。我还以为你傻到了不知钱对一切人意味着什么了的程度呢！既然你也开始对钱感兴趣了，这就好，这就好。这就证明你还没傻到不可救药！别人问我那种问题我是不会笑的，但你问，我怎么能不感到可笑？……"

听了"姐"的一大番解释，肖冬梅恍然大悟，自己也不禁无声地笑了。

她在心里对自己说：肖冬梅呀肖冬梅，你出生以来，何时问过别人挣多少钱？可你现在却一味儿地追问起和自己完全不相干的人们能挣多少钱了！唉，唉，比比皆是的资产阶级的生活现实真是太厉害了，它在我肖冬梅浑然不觉的情况之下，便已经将我头脑里的思想改变了！从前的我什么时候对与钱有关的问题发生过兴趣呢？……

"姐"俩刚出洗漱间，在走廊里迎面碰到了一名年轻的保安。保安以研究的目光上下打量着"姐"俩问："洗漱间里没发生什么事儿吧？"

"姐"说："天花板吊着一具血淋淋的女尸！"

保安说："请严肃点儿女士，我是在向您进行公务盘问。"

肖冬梅赶紧赔笑道："同志，洗漱间里什么事儿也没发生。真的。别听我姐胡说八道。她跟什么人都爱开玩笑！"她一说完，搂抱着"姐"的一只手臂将"姐"带走了……

那时表演厅双门大开，时装表演已经结束，人流涌出……

"姐"乘兴将她引到了一家酒吧。

在幽幽的烛光中，穿超短裙头戴花环的侍者小姐们用托盘端着各种酒、饮料和小食品梭行不止。各个角落都有她们吴侬软语的问话声：

"先生还要添酒么？"

"饮料呢？"

"小姐来点什么？"

"愿意为您服务……"

酒吧的侍者小姐们，使红卫兵肖冬梅想起了印象中通向着步行街的那个大门洞，以及在门洞里卖煎炸香肠的头戴有兔耳朵的纸帽、裙后有毛茸茸的兔尾巴翘着的姑娘们。于是又想起了她和亲姐姐以及两名红卫兵战友昨天在这座城市的历险。她由于担心他们的命运，神情顿时戚然。

"姐"看出了这一点，低声问："宝贝儿，你怎么不开心了？"

乐台上，三个长发两个秃头青年组成的一支摇滚乐队，正手舞足蹈忘乎所以地长嘶短吼。架子鼓配合着轻金属乐器重金属乐器，敲击出一阵阵猛烈的震耳欲聋的混合音响。仿佛是在蓄意地为男人女人们提供充分得不能再充分的耳鬓厮磨贴面吻腮的理由似的。因为在那一阵阵音响中，凑首而语不但是必然的，也的确是与耳鬓厮磨贴面吻腮难以区别了……

肖冬梅懒得回答“姐”的话，双手捂耳将头扭开了。

“姐”的手背又触到了她脸上。“姐”的手软润得如贝类的肉体。接着“姐”的手绕过她的后颈，缠绵不休地抚摸她另一边的脸颊，就像“姐”一手把着方向盘时那样……

“行，姐认个错儿。不该还叫你宝贝儿。小妹，告诉姐怎么忽然不开心了？……”

“姐”的唇凑近得紧贴着她的耳朵。分明的，她觉得“姐”的两片比手更加软润的唇衔住了她的耳垂……

“我担心我亲姐姐她们了……”

“原来是这样……我不是向你保证过了吗？——我已经求人四处去找了呀！又不是三个孩子，有什么可担心的呢？说不定他们这会儿也在哪儿享受人生呢……”

“可他们身上都没有多少钱……”

“那也许他们都会碰到像我这样的好心人啊！比如你亲姐姐碰到了一位好心的大哥，而你那两位红卫兵战友分别碰到了两位像我这样的好心的姐……”

“姐”的双唇不衔着她的耳垂儿了。“姐”轻轻一搂，她的头便又靠向“姐”的怀了。“姐”在她脸上亲了一下，又亲一下……

“一想到你亲姐姐，就好像我这位姐与你毫不相干了似的，多伤我心呀！我再向你保证一次，他们谁都出不了什么事儿的。也许明后天我求的人就会有确切的消息通告我们的。来，喝一小口酒，兴奋兴奋心情……”

“姐”的手搂住着她的头，不由她不顺从地张开嘴。可刚一张开嘴，坏了，“姐”趁势将半杯洋酒全灌入她口中了，而且被她在没有心理准备的情况下全吞饮了……

“姐”放下高脚杯，也放开她的头，又用牙签扎起瓜片送入她口中……

幽幽的烛光下，看不清那一种洋酒是什么颜色的。只觉从喉到胃一阵灼热，苦涩麻辣不堪受用。也没看清“姐”送入她口中的是什么瓜片儿。幸而口中有了那一片瓜片，她才没发出上了一大当的愤怒的尖叫……

“姐”却计逞意得地笑着。笑得狡黠又快感。甚至可以说笑得那么的坏……

在胡雪玫，一直不信肖冬梅这个可爱而又来路不明的女孩儿有什么亲姐姐，当然更不信她还有两名红卫兵战友了。她始终认为肖冬梅神经有点儿毛病。她认为那该是错乱妄想型一类的毛病。她对精神病人并不嫌弃。她唯一的哥哥就患过二十几年的错乱妄想型精神病。清醒时与常人无异。一犯病就说自己是外星人，期待着有飞碟来接他离开地球。他有一天早晨冲着彤红的旭日纵身迎去，结果掉下六层楼的阳台摔死了。她很爱她的哥哥。她对一切的精神病人深怀同情。对肖冬梅自然也是。多纯多可爱的女孩啊！倘神经没有毛病，这女孩儿将来的人生中会注定了多少和怎样的种种幸运及幸福呢？她也自信有相当丰富的与错乱妄想型精神病人相处的经验。她说已经委托人替肖冬梅去寻找亲姐姐和两名红卫兵战友了，那完全是搪塞。她很自信的经验之一便是——无论精神有毛病的人错乱于哪一方面，都应好言好语地顺着他们的病态思维给他们以病态的希望。她认为错乱妄想型精神病人，尤其女性精神病人，尤其肖冬梅这么温顺可爱的精神病女孩儿，是断不会强烈地立即地要求自己的妄想兑现了的。正如一切精神病人不可能具有正确地主张自己权利的意识。顺水推舟的搪塞话语往往会岔开他们的错乱妄想，也往往会使他们的错乱妄想转移开去……

而在肖冬梅，对胡雪玫这位“姐”却是很信赖的。在不到二十四小时里，不，现在应该说，在二十四小时多一点儿的时间里，她是越来越依赖此“姐”了。她当然是一个有头脑的初中女生。以她的聪明，左思右想，那也还是猜测不到“姐”有什么必要既收留了她，还骗她。“姐”对自己多好多大方啊！那么，“姐”反复地一再地说了已求人替自己去寻找亲姐姐和两名红卫兵战友了，干吗非不相信非怀疑不可呢？不但不应该怀疑，也不应该太着急呀！着急有什么用呢？不是着急就能一下子遂了自己愿的事儿啊。也许真会像“姐”说的，自己的亲姐姐和两名红卫兵战友，分别都遇到了“姐”一样的好心人，正被带领着，在这座城市的别的什么地方“刷夜”吧？凡事为什么不可以朝好的方面多想想而偏要朝坏的方面想呢？……

于是红卫兵肖冬梅的情绪不那么黯然了。

“刷夜”多快乐呀！

吃着、喝着、听着、看着，而且还有一位“姐”呵护于旁！最主要的，兜里一分钱都没有也没关系。“姐”付钱呀！

第十八章

在这一个晚上，在这一个时刻，三十几年前的这一个中国山区小县的初中女红卫兵，吃着的喝着的听着的看着的，几乎全是她出生以来根本不曾吃过不曾喝过不曾听过不曾看过的。尤其不曾听过不曾看过的，一阵比一阵猛烈地冲击着她的视听器官，使她内心里涌起着一阵阵莫名其妙又难以抑制的冲动。其时整个乐队在乐台上反复不休地只唱短短的三个字："我爱你！我爱你！我爱你！……"唱得情炽如焰加声嘶力竭，使人听来仿佛恶狠狠似的。若不细听，极容易将"我爱你"误听成"我害你"。留长发那三个队员的头猛烈地前仰后合着。猛烈的程度与猛烈的音响挺合拍的。仿佛三头伴着打击乐做颈椎操的雄狮。而那三名"和尚"队员，一忽儿将海狮般光溜溜的秃头密议阴谋似地聚在一块儿，就像三只打了蜡的鳖壳被摆在一起似的；一忽儿又骤然三分，仿佛被三条看不见的线扯的。而每一次分开，都伴着一通锣鸣和一通鼓响……

对肖冬梅而言，他们的形体动作比他们的唱比他们近乎疯狂的击打所奏出的混合音响更精彩。她看得有意思极了。是的，是看得有意思极了而非听得有意思极了。因为她对听重金属摇滚乐还觉很不适应。因为她出生以来，还没接受过此方面的"培养"。

她差不多是喊着问"姐"："姐，他们出名么?"

"姐"将嘴凑在她耳上，以同样大的，仿佛要喊醒一个植物人般的高声回答："在全国数不上他们，可在本市大名鼎鼎！我认识他们，他们都叫我姐!"

红卫兵肖冬梅不禁对"姐"又一次刮目相看起来。

"姐"用手势招来了女侍者，对女侍者比划了几下。女侍者会意地离去。肖冬梅不懂"姐"比划那几下的意思，也懒得费嗓子问。

她忽然觉得她所看着的情形，自己从前确曾看见过似的。究竟在什么场合什么情况之下看见过呢？肯定是看见过的！于是她就努力地回想，想啊，想啊……

刹那间，歌唱和乐响顿停——酒吧里一时显得肃静极了。只有空气仿佛还在震颤着。

肃静中这儿那儿响起了轻轻的掌声……

掌声中"姐"接过女侍者送给她的一束花，起身迈着模特那种优雅的步子走上乐台去，向那些乐队队员们献花。"姐"并没虚夸，他们显然真的认识"姐"。而且，显然与"姐"的关系还很熟稔，很友好。"姐"什么话也不说，仿佛首长进行照例的接见似的。区别是，首长接见是一一握手，“姐”的接见方式是一一拥抱他们，并与他们贴脸。她看出“姐”的接见方式是他们所欢迎的。因为“姐”望向谁，谁就迫不及待地伸出双臂，脸上浮现出愉快的笑……

她听到她身后有一个女性的声音低问：“上台献花的是何许人？瞧那副君临天下似的派头！”

一个男人的声音悄悄回答：“别小瞧了她。曾经是本市文艺圈的‘大姐大’。可有过一阵子号召力呢！别人拉不齐全的‘走穴’班子，只要她一出头，都得给点儿面子的。现在是不行了，‘过气’了。只有台上那帮二十几岁的小青年还在乎她的捧场，互为利用呗……”

肖冬梅不禁循声扭头，以狠狠的目光朝那一对儿私议“姐”的男女瞪去。她对自己那一瞪特别满意。认为毕竟可算自己很侠义地小小地报了“姐”一次恩。经她狠狠的一瞪，那一对男女再没出声儿。在这种地方，居然有人分明地惧自己三分，她不唯对自己特别满意，甚而有些暗自得意了。

但她其实也挺感谢那一对男女的私议——因为通过他们的私议，使她了解了“姐”从前的“历史”。而这是她暗自希望有所了解的。她觉得仅仅知道“姐”从前也曾是模特很不够。她时时刻刻感到着自己和“姐”的缘分带有太大的偶然性。甚至可以说带有太大的戏剧性。当然也带有她一直疑惑不解的荒诞性。她明白与“姐”相处的日子不会太多。离别也许是很快很快就将面临之事。一想到这一点她甚至有几分惆怅。她愿在离别以后思念这位“姐”，并且在对别人，比如对自己的亲姐姐谈起这位“姐”时有的可谈。而不是一问三不知……

她猜“大姐大”的意思那一定是指一个女人很“牛”；她猜“过气”的意思那一定是像从前的女人们说一件衣服或一床被单的布质“过性”了一样；但“走穴”是怎么一回事儿她就无法猜到了……

二十四个小时多的时间里，她已从形形色色人们的口中听到了不少自出生以来从没听说过的单词话语——比如“酷”、比如“秀”、比如“碟”、比如“网”和与“网”有关的系列单词“网虫”“网友”“网吧”，等等，等等。

她以为“网虫”是蜘蛛或蚕一类的地球上新发现的，而且像蟑螂一样寄生于人家的新虫子……

她以为“网友”可能是指经常结伴张网捕鱼的人们之间的关系……

她以为“网吧”就是“王八”，不解人们谈到“王八”为什么像谈到龙凤似的一脸神秘兮兮的表情……

她以为“伟哥”是本市一位破过世界纪录的体操全能冠军；以为“伊妹儿”是什么连环画上的学龄前女童，就像她自己所知道的“三毛”和“小虎子”一样。而大人们也谈论“伊妹儿”，纯粹是由于他们的孩子或小弟弟小妹妹们的需要而相互邮寄那一册连环画……

或是连环画家们好像又另外创造出了一个“三毛”，并且是冲着大人们的喜欢创造的？

“爱之病”又是一种什么病呢？——正如她将“网吧”误听成“王八”一样，她也将“艾滋病”误听成“爱之病”，还以为本市的人们普通话的标准发音方面有待进一步提高……

“股”大约是某种“菇”么？“菇”可以是一道单炒的菜么？为什么人们一谈起这一道菜，有的眉开眼笑，有的垂头丧气呢？难道菜还有论一支一支的么？难道居家过日子菜炒的不好还罚款么？否则为什么谈“菇”的时候必谈钱呢？心疼钱就别吃“菇”这一口菜算了么！如今又不是“三年自然灾害”的年头了，怎么还有炒了“垃圾菇”充饥的可怜人呢？……

忽然她大叫：“我回忆起来啦！”

于是，台上的“姐”和那些长发的秃头的小伙子们，以及周围的男男女女们，一齐将目光投射在她身上了。

她终于回忆起来，她在看电影时看到过和刚才台上的情形相似的演唱情形。所看的那一部电影是《怒潮》，是为了号召批判“反党的毒草电影”而看的。前边加映的是中央新闻电影制片厂的新闻片，内容是赫鲁晓夫访问美国与尼克松拥抱。内容还介绍了美帝国主义社会腐朽的方方面面，包括腐朽的所谓的文化和文艺——其中便有长发的光头的或白或黑的男人疯狂歌舞的镜头……

“姐”那会儿正与最后一名光头队员拥抱，欲吻他的光头。听到她在台下叫，“姐”不由得扭头呆望她……

她自知失态，难为情地低下了头。

然而“姐”还是放开了双手捧定的那一颗光头没顾上吻一下，匆匆踏下台回到了座位。

“姐”小声嗔怪地问她：“你叫什么？回忆起什么来了？”

她更加不好意思了，唔唔哝哝地说其实也没回忆起什么值得大惊小怪的事儿，只不过兴奋得想叫……

“姐”又问：“真兴奋？”

她佯装诚实地点点头。

“姐”继而说：“在这种地方，兴奋了叫一声也没什么难为情的。别这么不好意思。想唱歌么？”

“想啊！”

“会唱些什么歌儿？”

“会唱的多啦！”

在这一点上她倒是特别的诚实。因为她本是红卫兵宣传队的独唱演员啊！“姐”灌入她胃肠中那半杯洋酒的酒精，已遍布于她的血液之中，并开始在她的神经系统中作祟着了。那一点儿微量的酒精，足以使她彻底忘掉了她一向恪守的端庄。虽然她此前已领教了饮出生以来第一杯啤酒那一种飘飘欲仙昏头昏脑的晕眩……

不料“姐”起身大声宣布：“现在，我这一位是电影学院表演系学生的妹妹，要为诸位献一首歌……”

“姐”又饮得醉意醺醺了。

跃跃欲试又那么矜持地，半推半就地，她已被“姐”牵着手儿领到台上了……

居然没人鼓掌。男男女女们以漠然的甚而不屑的目光望着她……

长发的秃头的乐队队员们早已下了台，分散地坐在台下饮着酒和饮料，或吸烟……

人们的漠然和不屑使她好生恼火。于是她引吭高歌唱起了《大海航行靠舵手》，那是她自己认为最能体现她高音的歌。她也的确唱得特别嘹亮……

人们还是无动于衷，都非常奇怪地望着她。这也使她觉得人们的表情都怪怪的……

然而“姐”为她大鼓其掌。在一片似乎充耳未闻的带有故意的安静中，“姐”并不左顾也并不右盼，目光专注地只望向她，旁若无人地鼓掌不止。仿佛是在用自己的掌声对那种故意的安静进行高傲的破坏。仿佛她是只唱给“姐”一个人听的。“姐”的样子仿佛还是在用掌声证明，唯自己一个人对歌唱的欣赏是卓尔不群的，也是绝对权威的……

于是长发的秃头的二十几岁的摇滚乐队队员们，也相继鼓起掌来，并纷纷作粗门大嗓的喝彩：

“好！……”

“靠舵手！……”

“再来一首！……”

感到十分尴尬的肖冬梅本欲红着脸踏下台的。但“姐”的掌声以及“姐”的支持者们的掌声和喝彩，将她阻拦在下台的台阶口了。她明白，如果她不唱了，下台了，那么等于是自己摆脱了尴尬，而将“姐”以及“姐”的支持者们置于尴尬境地于不顾了。她不仅明白这一点，还明白那些小伙子们的掌声和喝彩，其实所支持的不是她的歌唱，而是“姐”的孤单……

她不忍心下台了。她想，如果自己那样做了，自己就太不义了。

于是她又开始引吭高歌，唱道：“我们的共产党和共产党所领导的八路军、新四军，是革命的队伍。我们这个队伍完全是为着解放人民的，是彻底地为人民的利益工作的。”

此段唱，乃“文革”中最广为流行的语录歌之一；也是毛泽东的“老三篇”中《为人民服务》的开篇两句。尽管在场的男女大都是“文革”中才出生甚至

"文革"后才出生的人，却显然的都对此段唱不陌生。

"姐"以及"姐"的支持者们用掌声为她伴唱。

然而她唱的不止于那两句，她仍接着往下唱："张思德同志就是我们这个队伍中的一个同志。……村上的人死了，开个追悼会，用这样的方法，寄托我们的哀思，使整个人民团结起来。"

她接着唱出来，就分明的是那些在酒吧里"刷夜"的男女们闻所未闻的了。在她看来，人们的表情更加怪怪的了。她的唱牵动了人们的回忆——《为人民服务》曾是小学语文课本中的一篇课文呀！包括"姐"在内的人们，十之七八在小学时代是学过的呀！难道台上这穿海魂衫裙的小妞儿，竟要而且竟能将《为人民服务》从头唱到尾么？

是的是的，她不但要那样，而且能那样！

在"文革"中，毛泽东的《为人民服务》一篇，不但被当年天才的作曲家从头谱到了尾，而且曲子谱得节奏明快，旋律酣畅，宛如行云流水一般。当年像她一样能从头唱到尾的红卫兵，又何止千千万万！

她是越唱越嘹亮越发的情绪饱满了！

"姐"以及"姐"的支持者们，不再用掌声为她伴唱了。一方面，"姐"们只顾惊讶地听着了，已忘记了鼓掌。另一方面，他们完全不清楚后边的曲子，捕捉不定那曲子特殊的节奏感了，没法儿继续用掌声为她伴唱了。

待她一气唱罢，掌声重新响起，鼓掌的可就不仅是"姐"们了。所有的男女都鼓起了掌。而且那掌声一旦重新响起，似乎就有点儿要经久不息的意思了。

"好！……"

"来劲儿！……"

"还听！还听！……"

乐队中的一个秃头小伙子跃上台，将"姐"献给他们的那一束花献给了她，也不管她乐意不乐意，搂抱住她就在她脸上亲出了声响……

他放开她后，拦在台阶口不许她下台，并且大声替她义务报幕："感谢诸位鼓励，再露一手！下面接着唱的是……"

他吊胃口卖关子地停顿不说了……

人们纷纷着急地跺脚……

"下面接着唱的是《纪念白求恩》……"

他识趣地刚一蹦下台，她的歌声随即响起："白求恩同志是加拿大共产党员，五十多岁了……"

从头至尾唱罢，人们仍不依不饶，一再要求她唱《愚公移山》。而"老三篇"的这一篇，到她和她的亲姐姐以及两名红卫兵战友开始她们的"长征"那一天，作曲家劫夫还没来得及通篇谱完曲。在"文革"中业已流行的，仅是此篇的几段罢了。但“文革”时期的某些红卫兵，具有一种简直称得上杰出的“革命才能”，那就是可以即兴地移植和编辑业已流行的一切“革命歌曲”的旋律，将一切文字当成歌词而大唱特唱——包括“两报一刊”所发表的洋洋万言的大块批判文章和社论。红卫兵肖冬梅便具有那样的才能。她起初一愣，随即镇定自如了。

她谦虚地说：“还没有人将《愚公移山》一篇从头至尾谱完曲。所以我恐怕唱不下来。不过我可以试一试。唱不下来时只求大家别笑话我……”

言罢又唱：“一座叫做太行山，一座叫做王屋山……”

除了她在台上唱着，再无任何人口中发声。人们听歌星唱流行歌曲早觉不新鲜了。而且经常到那个酒吧刷夜的男女，基本上都能唱得挺中听。但是从头至尾地唱文章，在他们听来简直堪称一绝啊！他们对于台上的肖冬梅都不同程度地有那么点儿着迷了。这小妮跟谁学的那一手呢？她唱得特别的庄重。她的庄重是基于本能的崇敬。然而人们，包括“姐”以及那些二十多岁的摇滚歌手，却以为她分明的是在以一种“黑色幽默”的风格在唱着。而且她说了，《愚公移山》没人谱完过呀！她是即兴地在台上边谱边唱呀！“黑色幽默”那是多么高境界的演唱风格啊！小小的年龄，她怎么竟能将“黑色幽默”这一种高境界的演唱风格把握得炉火纯青呢？……

人们不但开始对她着迷，也开始欣赏她了。

她由气氛，由人们的表情感受到了这一点。她的虚荣心获得到空前的满足。是的，在那一个夜晚，在那一个时刻，在那一个酒吧里，这初一女红卫兵的虚荣心高潮到了顶点。而虚荣心是这样一种心理现象，倘不被关注或反过来遭到嘲笑，它带给人的是自卑和痛苦；倘有人鼓掌有人喝彩有人欣赏有人为之着迷，则那虚荣便会膨胀为极端的自信和亢奋。它以一种不真实又似乎挺真实的状态，使人那会儿变得意气充沛神采飞扬。甚至可以使人那会儿变得漂亮起来……

本就清秀俏丽的她，在膨胀的虚荣心和酒精的混合作用下，字正腔圆地将《愚公移山》从头至尾有板有眼有韵有律地唱完了，其间仅仅换了几口气。

她在比前两番更持久的掌声和集体的喝彩声中连连鞠躬致谢……

“姐”急步匆匆地到台上来了。

“姐”扬起双手替她制止着掌声和喝彩声，坚决地说：“不唱了不唱了，到此为止！为你们唱坏了我小妹的嗓子我们太不值得，你们谁又能负得起责任？……”

“姐”搂着她肩陪她回到座位，以心疼般的语调说：“哎呀我的宝贝，哎呀哎呀，你可真行！你也太给姐长脸啦！姐哪儿能想到你还有这一手儿呢？你让姐服气死啦！……”

“姐”差两三分就醉到十分的地步了。

“姐”将一只杯擎送到她唇边又说：“快喝几口果汁润润嗓子！……”

她接过杯一饮而尽……

不料想那杯中不是果汁，是洋酒。

她不由得伸出舌头，也顾不上斯文不斯文的，赶紧伸手抓了块冰塞入口中嘎嘣嘎嘣地大嚼起来。然而冰的沁凉只能舒服她的舌喉，并不能镇灭她胸中的酒焰。

她觉得心里在熊熊地烧着一把火似的，看“姐”的脸一会儿远一会儿近地直晃。

此时有一位戴眼镜的中年男人走了过来，弯下腰礼貌之至地说：“小姐贵姓，能否给我个联络方法？……”

“姐”醉眼乜斜地瞪着他拒人千里地问：“想干什么？”

他说：“我是演唱公司的业务部经理，我认为你妹妹很有歌唱前途，如果能与我们公司合作，经我们包装后隆重推出，有望成为一颗耀眼的歌星呀！……”

“姐”说：“别啰唆，拿名片来！”

那人赶紧掏出一张名片双手呈递。

“姐”掠过名片，凑近烛光看了一眼，立刻喜笑颜开地又说：“明明知道我是她姐，有话干吗不先跟我说？从现在起，我就是她的经纪人了！咱们开诚布公谈谈条件吧！”

那人笑道：“这儿哪是谈正经事儿的地方呢？”

“姐”说：“那你找个清静的地方，边吃夜宵边谈。你买单！”

那人巴不得地说：“最好最好，当然当然……”

“姐”和那人说话时，红卫兵肖冬梅撑持不住头脑晕眩，双臂往桌上一叠，将脸伏在手臂上了。“姐”和那人说了些什么，她是一句也没听入耳。

红卫兵肖冬梅在那家酒吧掀起了一场“文革”歌曲大家唱的热潮。先是摇滚乐队队员们以摇滚风格唱了《东方红》和《三大纪律八项注意》，接着男男女女们或单独登台或结伴登台，你献唱语录歌，他献唱诗词歌；语录歌诗词歌都不会唱的，便唱“革命样板戏”。人们那么唱时，似乎是在受一种全体的怀旧心理的左右。其实那根本谈不上是什么怀旧心理的表现，只不过是全体地默认了一种亦庄亦谐的娱乐方式。太庄则就不成其为娱乐；太谐也就接近着闹腾。而彻底的闹腾又不是那种场合人人都能接受的。亦庄亦谐仿佛怀旧，正符合着那一些男女们那一时刻所选择的宣泄分寸……

演唱公司的业务部经理开着门，“姐”架伤员似的架着肖冬梅刚离开不久，酒吧经理前来视察了——他望着台上人们的如醉如痴，耳听着《鬼见愁》之类的“文革”歌曲，纳闷儿地自言自语：“今晚我这儿是怎么了？都抽的哪一种风呢？……”

“姐”醉成那样儿，居然还能认出自己的车。

演唱公司的业务部经理说：“您就别开车了，请你们姐俩坐我的车吧？”

“姐”横眉瞪眼地说：“坐你的车？我看你居心不良！”

他说：“您多心了。不是您要求我先找个清静的地方初步谈谈条件的么？你们姐俩等着，我去把车开过来……”

等他将他的车开到“姐”的车旁，“姐”已伏在方向盘上昏然大睡了。而肖冬梅较“姐”要睡得舒服多了，她蹲腿侧躺在后座，嘴里还一味嘟哝着：“刷夜真好，刷夜真好，姐不回家嘛，还刷嘛还刷嘛……”

车内充满了“姐”俩口中呼出的酒气，那当经理的男人打开“姐”的车门，刚伸头进车门说出一个“请”字，立刻被酒气逼得缩回了他的头。酒这种东西的气味儿是这样的——打开瓶盖是香的，斟在杯里是香的，饮在口中也是香的，但若进入胃肠气味儿再从口中呼出，则就不香了。无论多么高级的酒都是这样，它的气味儿也无论从男人的还是女人的口中呼出都是这样……

幸而那当经理的男人是位正派男人。他想她们姐俩都这样了还谈什么呀？又想这姐俩若是没人管，就这么昏然大睡在车里也不是个事呀！他有心将她们送回家，又不知她们住哪儿。车门从外边是锁不上的呀，连车门都不锁她们的情形可太不安全了呀！这个对女人挺讲道义感的男人灵机一动，不避嫌疑地翻起“姐”的挎包来，“姐”的一个小电话本儿正巧带在包里。他就翻着电话本儿，用自己的手机一一按上边的号码给别人打起电话来：

“喂，先生，对不起，您不认识我……您认识一位三十多岁的身材高挑的女士吗？对不起，我也说不上她的名字……但我知道她就是本市从前文艺圈儿里那位大姐大呀……”

“喂，小姐，对不起，您不认识我……”

幸而他不厌其烦，遭到对方怀疑性的训斥也不在乎，终于联系上了一位古道热肠的男人……

半小时后那男人乘出租车赶到，两个男人一见面竟认识，是毕业了就没见过面的大学同学。后赶来的男人在晚报当文艺部的记者。他坦言他是“姐”的好友……

当经理的男人心领神会地笑道：“不管你是不是她好友，反正咱俩认识，我就百分之百地放心了。否则，来一个陌生男人，我还真不知究竟该不该把这车的钥匙交给他。我决定明天上午代表公司与她们谈合作问题，到时她姐俩出了问题我可向公安局检举你！……”

当记者的男人伸手接过车钥匙时，有意无意地看了一眼手表，那会儿已是夜里两点多了。

他一本正经地说：“我和她只是朋友而已。她看重的是我的为人。我们关系很纯洁的。”——说完，打开驾驶室那一边的车门，小心翼翼地将过气的“大姐大”横抱了出来，宛如横抱出一只古董花瓶。当经理的男人，已将另一边的车门替他打开了。他绕过车头，重新将胡雪玫放入车里。好在她苗条，醉睡如泥，臂腿软垂着，怎么摆布怎么是，抱出放入的就格外顺利。当记者的男人心特细，见车内有垫，又将一个垫儿塞在她颈后，使她的头往后靠得舒服些。

当经理的男人也一本正经地说："我看出来了，你对她是真不错。我也得心疼这个小的，也许这个小的以后就是敝公司那一片天空上的星了！"——于是将另一个垫儿替肖冬梅垫在头下了。

"哎你结婚没有？"

"光棍一条。"

"说清楚，是二茬光棍，还是原始光棍？"

"当然是原始的。想做媒？"

"你这位大记者，还用我做媒？"

"我这个圈子里的女性，有几个真瞧得起我们记者的。她们只不过经常得利用我们罢了。"

"她也没结婚吧？既然你们是朋友，她又看重你的为人，何不把她套牢？"

当记者的男人苦笑道："我倒想，可她哪儿容我得逞啊！"

两个各有动机的怜香惜玉的男人，又聊了几句男人们之间那种不咸不淡的话，说分手就分手了……

肖冬梅是被"姐"的叫声惊醒过来的。

她醒前正做着梦。先梦到自己是模特，在绚幻的灯光中，身上不断地变换着霓裳彩衣般的时装，迈着优雅如仙女般的步子，在T型台上走来走去。而T型台上阵阵地飘着浓雾似的瑞气，使她看去像是驾云的人儿。而她自己仿佛分成了两个人。一个走在T型台上，一个坐在观赏座间。而且，观赏着的自己，竟对表演着的自己心生出无比强烈的嫉妒……后来T型台又成歌唱台了。自己又不是模特而是歌星了。为自己伴奏的，正是那些长发的或秃头的小伙子……怎么他们都戴着红卫兵袖标呢？咦，自己怎么也戴着红卫兵袖标了呢？而且，自己穿的是无袖的演出裙。红卫兵袖标戴在裸臂上多难看呀！她一边唱着"抬头望见北斗星，心中想念毛泽东"，一边想用另一只手将裸臂上的红卫兵袖标扯下来。然而无论怎么扯都扯不下来。奇怪呀奇怪呀，红卫兵袖标是用什么别在裸臂上的呢？也没发现有别针呀！难道是用线缝在裸臂上的么？看不出针角呀！难道是用胶帖在裸臂上的么？可袖标和手臂之间竟能伸过另一只手！手一攥，袖标就皱在手里了。手一松，"红卫兵"三个字又呈现着了。扯时一点儿不疼，但却鲜血流淌。袖标和自己的裸臂，仿佛组成着一种魔环和魔棍之间的关系。别人要想将它们分开简直是痴心妄想，魔术师却能眨眼间就轻而易举地将它们分开，而自己却不是娴熟地掌握那奥秘的魔术师……听自己唱歌的人真多真多啊！人山人海！千千万万条手臂不停地挥舞着。咦，咦，怎么人们的手臂上也都戴着红卫兵袖标呢？“姐”不是始终不相信自己是什么红卫兵么？“姐”不是说“文革”早成历史了么？“姐”不是说今年已经是二〇〇一年了么？难道又一茬“文化大革命”爆发了?！那不是“姐”么？“姐”怎么也成了剪短发穿一套绿衣裤的红卫兵了？她身旁那不是自己的亲姐姐肖冬云么？亲姐姐身旁那不是自己的两名红卫兵战友赵卫东和李建国么？“姐”和亲姐和他们都在喊什么呢？他们似乎在喊“万岁！万岁！”——怎么听起来像是在喊“反对！反对！”呢?！千千万万的人也在一边挥舞着手臂一边喊，声浪此起彼伏，忽远忽近，忽强忽弱。这一阵听来像是“万岁！万岁！”那一阵听来像是“反对！反对！”……

忽然许多人向台上冲来。最先跃上台的是“姐”、姐和两名红卫兵战友——呀！呀！他们手中明晃晃的都拿的是什么呀？那不是一把一把的剪刀么？拿在他们另一只手中的瓶子里装的又是什么呢？是洋酒么？他们喝醉了么？红卫兵是可以耍酒疯的么？……天啊天啊，他们怎么剪起为她伴奏的长发青年们的长发来了？她正欲阻止，长发青年们的长发已纷纷落地，好像并不全是被他们剪下来的，也有被他们生生扯下来的……他们手中的瓶子里装的原来是墨汁呀！他们对着酒瓶饮酒似地含一口墨汁，向她的伴奏者们喷一次——于是她的伴奏者们的脸全都黑了。比她从画报上从新闻电影中见过的一切黑人的脸更黑……接着自己的亲姐姐和自己的两名红卫兵战友，以及随后跃上台的一些人们，团团围住了自己那位曾是“大姐大”的“姐”——姐们围着她大跳忠字舞。“姐”害怕极了，惊恐地瞪大双眼，咧嘴无声地哭。她想冲过去护“姐”，但自己仿佛被定身法定住了，站在原地动弹不得。“姐”被许多手高高地举起来了，那些手似乎要将“姐”抛下台去……“姐”终于尖叫了一声：“小妹救我！……”

那一声叫惊神泣鬼……

她就在那一时刻梦醒了——睁开双眼，四周打量了一遍又打量一遍，才算渐渐忆起自己人在何处。口干舌燥，头疼欲裂。挣扎起瘫软的身子，慢慢走到饮水机那儿接了杯冷水一饮而尽，方觉清醒。坐在沙发上呆呆回忆，继而回忆起了一夜的荒唐一夜的自我放纵，但那是些不大能连缀得起来的片片断断的回忆。至于怎么回到“姐”家的，则一片空白了……

她听到“姐”的卧室里传出“姐”的声音，像是梦中的呻吟。知“姐”也回到家里了，遂安其心。自作自受！谁叫你喝那么多酒，这会儿不难受才怪了呢！还用酒灌我，使我也忘乎所以起来，活该受点儿惩罚！……她笑了。“姐”梦中的呻吟使她解恨。但“刷夜”的快活和放纵的快感又使她回味无穷。那是她出生以来最放纵的一个夜晚。最？……此前她根本就没稍微地放纵过自己啊！中学也罢，小学也罢，学龄前也罢，她可一直都是循规蹈矩，言行谨束的好女孩儿好女生呀！“文革”开始以后她也并未张狂啊！越细细地回忆，越觉昨夜的自我放纵太有堕落的意味儿。但是……但是堕落的感觉多么来劲儿多么的好哇！……

她想，如果人的身体，尤其青春勃发的人的身体，有时需要剧烈的体育运动来证明它的能量无限的话，那么“堕落”一番或者也是其所需要的刺激性的“运动”吧？……

她这么想时，深觉自己昨夜确实是“堕落”过一番了。既为自己的“堕落”感到可耻，更为自己的想法感到可耻。甚而，认为自己的头脑之中竟产生那么一种可耻的想法，简直是意识的丑恶了。

但理念的风车一经转动，所形成的思想的风就不会自行停止了。她越是命令自己悬崖勒马别再想下去，越是感到继续想下去的可怕，越是无法勒住她的思想的缰绳……

“文化大革命”是不是一场红卫兵们的精神所需要的刺激性的“运动”呢？否则为什么整整一代的青年陷入了空前的亢奋？将社会这辆车子的全部车轮疯狂卸下，当成自己喜欢玩的滚环一样，是不是也能证明红卫兵们红小兵们的精神能量无限？是否更意味着是一件刺激的事，而实际上与“三忠于四无限”并没什么内在的关系，革命口号只不过是疯狂的借口罢了呢？……

她不但因自己的思想感到可耻和可怕，而且也感到万分的罪过了。

多么反动的思想啊！

不许再想不许再想不许——她的身子离开了沙发靠背，坐得极为端正，并且紧紧闭上了双眼，为的是使那理念的风车停止转动……

而她这样对自己的头脑确起到了一点点作用。思想的速度渐缓，嗅觉开始变得灵敏了——什么味儿？酒味儿！哪儿来的？……

她仍闭着眼睛，东闻西闻，觉得酒味儿是自身散发的。不很浓，但无疑是酒味儿。抬起一只手臂闻了闻，仿佛每一个毛孔都往外透着酒味儿。当然，她昨夜饮那点儿酒，并不足以使她如此。只不过她醉意一过，对酒味儿又恢复了特别灵敏的反应罢了。那也不纯粹是酒味儿，恰当地说是包含有微微的酒味儿的汗味儿。房间里没开空调，一身一身的热汗，是被弄回家以后醉睡之中出的……

一名毛主席的红卫兵，一名初中女生身上竟有酒味儿！堕落呀堕落呀，可耻呀可耻呀……

她一跃而起，冲入了洗漱间——对于刷夜的好回忆，刹那间被破坏了……

正在莲花头下冲着冲着，猛听一声呼叫：“小妹！……”

是“姐”在呼叫。

“小妹！……小……救我！……”

“姐”又呼叫！

她像一只正在戏水的水獭一样快速地蹿出了洗漱间，冲入了“姐”的卧室。

她看到的情形使她大吃一惊，也使她一时呆住了——“姐”身上骑压着一个男人。那男人的一只手将“姐”的双手同时按住在“姐”的头上方，另一只手捂住“姐”的嘴。“姐”的身子在那男人的身子下扭动着，“姐”的两条修长的腿乱踢乱蹬，但一下也不能踢蹬在那男人身上。那男人完全地赤裸着，“姐”也是……

他朝她扭头一看，凶恶地吼：“滚出去！”……

她浑身一抖，双手本能地捂上了眼睛，并不由自主地往外倒退……

“小妹别离开！救我！……”

“姐”趁那男人一分神，终于完整地喊出了两句话……

红卫兵肖冬梅顿时变得勇敢无畏，她垂下双手，睁开眼睛，四下里寻找可以打击那男人的东西……

“姐”的卧室里没有任何可打击人的东西。连只花瓶都没有，连台灯也没有。灯全是镶在墙里的，用不着座儿。

但她还是发现了一件“武器”。一经发现，迅速用以实施愤怒的打击。她将她全身的劲儿都集中在那件“武器”上了。她将它高举起来，斜砍下去，仿佛它是一柄斧。

那男人呻吟一声，从“姐”身上栽倒了。“姐”补一脚，他滚下床去。他脸朝下趴在地上，死了似的……

红卫兵肖冬梅还准备进行第二下打击的手举着“姐”的一只高跟鞋，僵在空中。她手中的高跟鞋已经无跟了，在击中那男人的后脑的同时，掉在床上了……

“姐”扯起床单将自己下身围起，跳下床，推肖冬梅离开了卧室……

“姐”坐在沙发上猛吸几口烟，抬头看着她说：“穿上件衣服！”

她这才意识到自己一丝不挂也像“姐”刚才一样赤身裸体着，而且浑身上下水淋淋的。

她赶紧抓起搭在椅上的海魂衫裙穿，由于心慌，将裙当成了衫。

“姐”又吸一口烟，比较地镇定了，小声说：“谢谢你。别慌。慌什么？慢慢穿。”

她终于穿好。浑身哆嗦。哭了。

“你哭什么？”

“姐我害怕……他要是死了，我不是成罪犯了么？”

“别害怕。不管出了多大事儿，由我来顶着。因为你是为了解救我。”

“姐他……他是怎么进来的？……”

“我哪儿知道。我倒是认识他。从前和我关系还不错……起初我以为我是在做梦……这王八蛋！从前和我关系不错也不可以对我那样啊！我要是不反抗我成什么了我？！我一反抗……他却凶恶起来了……打死他也活该……”

“姐咱们赶快报案吧！……”

“案是必定要报的，但不应该是这会儿。”

“那还等什么呀？……”

“我总得冲个澡，穿上衣服吧？……”

“姐”说着站起身，除去床单，裸着走入洗漱间去了……

“姐”刚洗了没两三分钟，肖冬梅也裸着身子又进了洗漱间……

“你怎么又进来了?!”

“我一个人呆在外边怕……”

“你！……”

“我一身肥皂沫儿没来得及冲掉……”

“姐”谨慎地将门把手按了一下，反锁上了门。犹豫一下，又将拖布放在近处以防万一……

两个轮着冲洗的当儿，“姐”嘱咐地说：“如果他真死了，我就承认是我打死他的。他要强奸我，我合理自卫。而你可千万要一问三不知。你就讲你看见他时，他已然趴在地上了。我报案前，你只负责一件事儿，把我那只鞋擦几遍，而后我要搞上我的指纹……”

“姐”的仁义决定使肖冬梅大受感动。

她也仁义地说：“姐还是由我来承担后果吧！我年龄小，服十年刑后才二十六七岁……”

“姐”同样大受感动，凝视她片刻，忍不住搂抱着她脸上肩上前胸亲了她好几下……

两个小心翼翼地出了洗漱间，各自迅速穿好衣服，一个手握一把切瓜刀，一个手提一只啤酒瓶，轻轻推开卧室门，却见那男人已不见了……

她说：“姐他没死!”

“姐”说：“看来王八蛋是没死……”

二人放心大胆地进了那卧室，四只眼睛仔细看，发现那男人的短裤搭在灯罩上……

她指着说：“姐那一定是他的!”

“姐”说：“不是他的还能是我的么?”

“他怎么……把它……搭在灯罩上？……”

“怕着急穿时找不到吧？这符合他的性格，想占别人便宜时也是胆怯又心细……”

一“姐”一“妹”对视一眼，同时哈哈大笑。笑得都扑倒于床，搂抱在一起翻来滚去的……

笑够了，肖冬梅问：“那姐咱们现在是不是还得报案啊?”

“姐”说：“还报案干什么呢?”

“要是他去报案了呢?”

“他报案?那不会的!他怎么说?”

“那……这件事儿就这么算了?”

“也只能就这么算了……张扬出去对我有什么好?”

“可也是……那你们以后不定在哪种场合又见着了,你拿他怎么办?”

“我能拿他怎么办呢?他如果装得还是个正人君子似的,我也只有装得还和他是朋友呗……”

“太便宜他了!”

“他也没能得逞。再说你那一鞋跟也够他记住一阵子教训的。”

“姐”坐起身说饿了。

她说她也饿了。

于是“姐妹”俩各自吃了两片面包,喝了一杯奶。

之后,“姐”说她还困,肖冬梅同样觉得没睡够。发生了刚才的一番惊险,分明的,二人的神经都很需要充分的休息。

“姐”说她不愿还睡自己的床了。说觉得自己那床那卧室以及卧室里的空气,已被那王八蛋男人污染了,得彻底消一番毒心理上才不觉脏……

于是“姐”也到她的房间去睡。她的房间有两张单人床,是为了方便客人偶尔留宿才设的。二人重新躺下以后,相互没说几句话,又都睡着了。

惊魂甫定后入睡的肖冬梅,竟没再做什么噩梦。她睡得很沉,甚至打了几声轻微的鼾。

当她再次醒来,已快十一点了。倘不是“姐”将她弄醒了,她也许会昼夜颠倒地一直睡到下午。“姐”不知何时到了她的床上。是“姐”将她挤醒的……

她虽醒了,却不睁开眼睛,浑身懒倦地问:“姐几点了?”

“姐”小声说:“你既不必上学,也不必上班,问几点了干什么?”

她又问:“姐你不睡了呀?”

“姐”说:“我睡够了。”——“姐”的一只手臂搂在她腰间,“姐”还企图将另一只手臂从她颈下伸过去……

她说:“姐你别闹我。我还困着呢。睡懒觉真好!”

她说着,朝墙那一边翻过身去……

“姐”说:“那你就继续睡……”

但“姐”的一只手臂,又从后搂在她腰间了。这一种合睡一床的亲昵,乃是她所习惯的。因为自幼她和亲姐姐就同睡一个房间。刮风下雨打雷的夜里,她一旦害怕起来,便会要求姐姐睡到她的床上去。是初中生以后,关了灯,姐妹俩常说一会儿话。无非各自班里师生之间的关系,或对各自班里某些男女同学的看法。有时各自都说得欲罢不能,姐姐便会挤到她的床上来。或者,“姐”

在自己的床上读一部什么小说给她听，她听得有兴，也会挤到姐姐的床上去。姐妹俩在一张床上合睡至天明不但是常事，而且姐姐的手臂，也每从后搂在她腰间，就像这会儿这一位“姐”的手臂从后搂在她腰间一样……

这一种亲昵既是她所习惯的，甚至也是她所自幼愿意接受的，会使她心底产生被爱的愉快……

是的，她正是怀着这一种被爱的愉快，往又懒倦又舒服的绵绵睡意里游……

然而“姐”的手臂并不像亲姐姐的手臂那么安安分分地搂在她腰间。“姐”的手开始抚摸她的身子。起初是从她的肩头顺着她的臂抚摸下去。“姐”的手心那么细润，轻轻地一遍一遍地抚摸在她身上，使她觉得自己接近着享受……

她任之由之，又快睡着了。

然而“姐”的手也不止于应该有限制的抚摸，竟开始冒犯她的腿了……

这在她心底引起了不想明说的反感，因为她那会儿实在是又困极了。

“姐你别闹嘛，让我再好好睡一觉……”

“姐”一扳她肩，她由侧卧而仰卧着了。

“姐”顺势伏在她身上了……

“姐”俯视着她的脸说：“宝贝儿，我喜欢你。”

她说：“这我明白。我也喜欢你呀姐。”

“姐”亲她脑门儿，她一动未动，任之由之。

“姐”又想亲她嘴，她的头在枕上左躲右躲，没让“姐”达到目的。

“姐”笑了……

她也笑了。但她的眉已同时皱起……

“姐”说：“你太可爱了。真的。我越来越觉得你可爱……”

她说：“姐，别胡闹了，行行好让我睡吧！”——她的话已带着请求的意味儿了……

然而“姐”却不肯“行好”。

“姐”的身子往下一缩，将头缩到了她胸脯那儿。她胸前戴的是“姐”给她的乳罩。“姐”一扯，她的两只白白的乳房暴露出来了。乳罩勒在它们下面，使它们看去是更丰满更耸挺了……

“姐你干什么呀?！……”

她脸红得都快渗出血了。而她周身的血由于害羞都快沸腾了——她本能地用双手护她的乳房……

“姐”的双手各抓住了她的一只手。分明的，“姐”企图制服她的双手，就像那王八蛋男人企图制服“姐”的双手。也分明的，“姐”企图制服她的双手，为的是要亲吻她的乳房……

这位“姐”是怎么了?！

接下去这位“姐”还会对自己如何?!……

“讨厌！……”

她由害羞而愤怒了。那是一种被侵犯时的本能。倘对方是男人，那么它体现为惊恐。倘对方是女人，才体现为愤怒。她踡收双腿，正如武侠小说里写的那样，“兔子蹬鹰”似的，运足气力，一下子将“姐”蹬到了地上……

她只听到了“姐”落地时发出的跌声，没听到“姐”叫。这使她的心一提——怎么没叫呢？那王八蛋男人脸朝下趴在地上的情形立刻浮现眼前，可别刚刚虚惊一场，接着又面临桩严峻事件呀！何必用那么大的劲儿一蹬呢？于是大大地失悔和不安起来。微微睁开一只眼朝床下瞥，见“姐”坐在离床三米远处，上身后仰，双臂撑地，一条腿斜伸着，另一条腿高高地跷着，仿佛才做完不及格的翻滚动作……

“姐”亦窘亦怔地望着她……她觉好气又好笑，索性不予理睬，复面朝墙侧过身去……

第十九章

突然门铃响了。响得有节奏，却持续不断，响两秒，停一秒，再响……

“姐”一声不吭地起身离开了卧室……

片刻，“姐”又回到了床边，捅她：“是公安局的！……”

“公安局”三字使她如被电击，全身一激灵，猛地坐起……

“骗人!”

“不骗你。我从‘猫眼’看了，确实是公安局的……”

“你不是说他不会去报案么?”

“我怎么知道那么……反正公安局的已经在门外了，还不快穿衣服！……”

说话间，门铃一直在响。

“姐”高叫：“等会儿！……”——也转身找衣穿去了……

待两个都穿好衣服，“姐”表情异常郑重地说：“别忘了我叮嘱过你的话!”

开了门，门外果然站着三名公安人员，为首的一名问“姐”：“姓胡？叫胡雪玫?”

“姐”默默点头。

对方望着肖冬梅又问“姐”：“她是谁?”

“姐”低声回答：“我小妹。”

这时，从三名公安人员背后闪出了红卫兵肖冬云。肖冬云还穿着自己那身草绿衣裤，头上仍戴着军帽，臂上红卫兵袖标犹在。总之红卫兵肖冬云看去依然是三十几年前的红卫兵。

为首的那名公安人员指着肖冬梅再问肖冬云：“也许我们的线索错了，她不可能是你妹妹吧?”

肖冬云近了一步，一脚门里一脚门外望着自己的妹妹，失望地摇头。

肖冬梅却一眼认出了姐姐，兴奋地叫起来：“姐！……”

肖冬云眼一亮，细看肖冬梅，认出了是自己妹妹。然而她张着嘴，一时愣得说不出话——肖冬梅匆忙之间，穿在身上的是“姐”的紫色睡裙。她穿着太长，胸部也就暴露得甚多……

公安人员们面面相觑，不明白为什么一个摇头，另一个不管不顾地叫“姐”……

肖冬云却已几步跨到了肖冬梅跟前，挥起手臂，狠狠地扇了妹妹一耳光……

胡雪玫抗议道：“你凭什么打人?!”

肖冬云倏转身，又狠狠扇了胡雪玫一耳光，振振有词地怒斥：“我妹妹怎么变成了这副样子?!肯定是你把她给腐蚀了!”——当过模特的胡雪玫个子高，肖冬云扇她那一耳光时，双脚跳起了一下。

胡雪玫自出生以来，从未被谁当众扇过耳光，她捂着脸一时发懵。

肖冬梅也气极了，双手一推，姐姐被推得倒退而出。

她指着姐姐大声说：“不错，你是我姐姐，但她也是我姐姐，你凭什么连她也打?!”

“好啊，好啊，腐蚀你的人居然也成了你姐姐！你照照镜子，你还能认出你自己么?!”

“我把头发剪得这么短是我愿意的！我穿这件睡裙是因为我喜欢！实话告诉你，姐，我还喷香水了呢，我还涂眼影了呢，我还抹口红了呢，昨天晚上我还刷夜刷了个通宵呢！怎么？不配是你妹妹了？你要是觉得不配是你妹妹了那咱们就干脆脱离姐妹关系！……”

肖冬梅气得泪眼汪汪了……

肖冬云也气得泪眼汪汪了……

姐妹俩谁都没想到，她们分开了三十小时左右再见到时，竟会剑拔弩张。

胡雪玫此刻也不干了，她冲公安人员们嚷嚷：“你们敲开我的家门，究竟有何贵干？她挥手就打人，你们眼看着都不管，你们不是怂恿是什么意思？今天你们非得给我个说法不可，否则我闹到你们公安局去！……”

为首的公安人员息事宁人地说：“安静，女士们请安静！胡女士，我们首先得请您多多原谅。我们闹开您的家门，实在是因为公务在身啊！她动手打人当然是不对的，可她……这么着吧，我们替她请罪了，就算打在我们脸上了行不行?”

“明明我挨了一耳光，就算打在你们脸上了？不行!”——胡雪玫双手叉腰，柳眉倒竖。

“胡女士，事情比较的……我也是老公安在执行新任务，缺乏经验，缺乏经验。我想，我们必须单独谈一谈……”

他说着，将胡雪玫从室内扯到了室外。尽管她不停地抗议着，还是被扯下了楼梯，扯出楼门，推进了停在楼外的公安局的车里……

“胡女士，事情是这样的……”——他吸了几口烟，以从头讲一个传奇故事那种神秘表情开始就他了解的情况细说端详……

当胡雪玫重新回到她的家里，肖冬梅姐妹俩已经在另两名公安人员的劝解下和好了。

姐姐肖冬云重见胡雪玫，不免难为情，满面愧色地说；“你好心收留了我妹妹，我本该谢你的，反而……我是因为太难以接受我妹妹刚才的样子了……”

胡雪玫心不在焉地说：“没什么。既然已经有人替你解释清楚了，我不计较。”

尽管嘴上这么说，心里却仍糊涂一片的。三十几年前的红卫兵又活过来了——她比肖冬云难以接受自己妹妹刚才的样子更难以接受这种事儿。但一位公安局的处长亲口讲给她听的，而且是当成重要任务执行着的事儿，又是不容她怀疑的啊。

而肖冬梅则在一旁嘟哝：“我刚才的样子怎么了？难道我刚才的样子吓人啊？……”

她已经在姐姐的命令下，换上了红卫兵时的衣服。她对镜旋转着身子，继续嘟哝：“女孩子穿这身衣服究竟有什么好的呢？我可不愿意与众不同。如果中国真的已经没有红卫兵了，那我也不当红卫兵了……”

肖冬云板起脸喝道：“住口！说话前要掂掂轻重！”

胡雪玫走到肖冬梅面前，想说什么，张了几次嘴，竟一句话也没说出来。

她转身茫然地望着公安人员们……

“那我们就别再继续打扰胡女士了吧！”——为首的那位处长率先朝房门转过了身……

肖冬云拉起肖冬梅的手小声说：“快谢谢人家。”

肖冬梅看看胡雪玫，看看姐姐和公安人员们，犹犹豫豫地说：“要是还把我关回到那个大院儿去整天学语录、斗私批修、早请示晚汇报的，那我可不干！那我还不如留在这儿！……”

一名公安人员笑道：“那哪儿能呢！当时对你们那样，完全是为了你们好嘛！保证不会再那样就是了！”

肖冬梅沉吟半晌，又说：“如果骗了我，那我就再逃跑！”——

她望着胡雪玫问：“姐我如果再跑回到你这里，你还会收留我么？”

胡雪玫倍感欣慰地说：“当然会的呀！”

肖冬梅仍有点儿对胡雪玫这位“姐”和胡雪玫的家依依不舍，她要求坐胡雪玫的车，由胡雪玫开着亲自将她送回到跑出来的那个地方。她的模样看起来竟有几分招人可怜了，仿佛被接回家过了些日子的精神病人不情愿再回到精神病院去。我们都知道的，精神病人全那样。

胡雪玫怎么能不答应她的要求呢？她对肖冬梅也有点儿依依不舍的呀。

公安局的那位老处长也想坐进胡雪玫的车里，肖冬梅说：“对不起，我还有些不愿被别人听到的话打算在车上对我这位姐说。”

老处长笑了：“理解，理解……”

于是胡雪玫的车在后，公安局的车在前，一路保持着相隔不远的车距由市内向郊区开去……

路上，胡雪玫说："小妹，我舍不得你走。"

肖冬梅说："姐我知道。"

"我已经没有亲人了。父母去世了。哥哥也不在了。不但没有亲人了。而且，连个自己真心喜欢的人也没发现。总算一不留神捡了你这么个小妹，总算渐渐地喜欢你了，却没法儿留住你……"

"姐，只要我仍在这座城市里，我一定经常回你家看望你……"

"回咱们的家。"

"对。回咱们的家。咱们的家多好啊！如果我不得不离开这座城市，那么无论我到了哪里，都会经常给你写信的……"

"但愿。"

"姐我到了别处，我会想你的……"

"我信……小妹，千万别因为你把我蹬下床那件事儿瞧不起我……"

"姐，咱们都忘了那件事儿吧！"

两人说着话的过程，车内一直回荡一首流行歌曲：

见到你真的不容易
仿佛隔着几个世纪
我们之间还能拥有的
只是越来越远的距离
也许分手才是最好的结局
这样的话我还是我你还是你
有些事我早已不在意
有些过去你也该慢慢忘记……

车内回荡着婉约缠绵的歌唱，如诉如泣，使人联想到最后一场洗刷秋叶的霏雨，虽细细地下着，虽滴滴满含着雨对叶子一向的柔情，而那一树树的秋叶，却再也没心思附丽于斯了，纷纷地无声无息地飘落，宁肯铺向湿漉漉的石径或无路的土地……

音响开关是经肖冬梅的手轻按的。她对"姐"那辆车本身的兴趣远不及她对车内音响装置的兴趣。至于音响里传出什么内容的歌唱，她倒是不太留意听的。三十几年前的这一名初中女红卫兵，对于三十几年后演绎少男少女初恋情怀的歌唱，是不怎么发生共鸣的。设若她也成了一名发烧友或追星族，那是很需要经过一番时代的改造的。她甚至不愿认真听一听歌唱者究竟是男是女。她的头随着那婉约缠绵的歌唱扭来扭去，只不过在辨听声音到底是从哪个部位发出的。就情歌而言，她更喜欢听三十几年前的《敖包相会》或《在那遥远的地方》一类……

所以，当她终于发现“姐”脸上流淌着泪水时，她是多么的惊讶啊！

“姐你又怎么了?”她问得疑惑也问得不安，并用一只手抚摸了一下“姐”把握方向盘的手。依她想来，“姐”应该开心才是。毕竟的，她又和亲姐姐在一起了。眼前这一位“姐”，不但了却了自己强加给她的一份义务，而且也从此摆脱了自己一筹莫展的依赖啊！

“姐”任泪水在脸上流淌着，低声说：“我舍不得让你离开我。”

她这才明白“姐”脸上的泪水证明着什么。本以为“姐”刚才那番依依不舍的话，是相互有了点儿感情的人们即将分别时照例都要说的，想不到却是“姐”如此真心实意的话！

她一时沉默，反不知自己该说些什么好了。再听那歌唱，似乎是专为她和“姐”的即将分别而如诉如泣着了。

及至车开到她所熟悉的那所院子的大门外停住，望着写满院墙的红色标语，以及院中那一尊挥招大手的毛主席塑像，红卫兵肖冬梅自己脸上，也不知不觉淌下了泪。亲姐姐肖冬云坐的那辆公安局的车在“姐”的车前停住，亲姐姐肖冬云和三名公安人员已下了车，在等着她俩也下车。

“你就是从这儿逃出来的?”

“嗯。”

“这地方还挺好的。把墙上的标语粉刷了，把毛主席像移走，再把周边环境好好改造一番，我看值得投资办一所疗养院，或者开发成一处度假村。再不建成封闭式管理的私立中学也不愁招不到生员……”

“不好……”

红卫兵肖冬梅想到的却是在那院子里度过的数天数夜，半军事化的生活，闻号作息的严格时间制度，要求自己不能这样不能那样的实违各自性情的自觉，以及早请示、晚汇报、斗私批修、政治学习、批评和自我批评……

“不好?……我以为只有这种地方才更适合你呆……”

“姐”奇怪地转脸看她。

“可……可现在我觉得这种地方一点儿也不好了。”

红卫兵肖冬梅快哭了。离开那所院子还不到两整天，她已经非常的不愿回到那所院子里了。

从院子里走出了穿白大褂的“老院长”及两名“军宣队员”，他们和公安人员们说些什么，公安局的人指了指“姐”的车——于是“老院长”朝“姐”的车走来……

“姐”的双手这才离开方向盘。“姐”刚用手绢擦去脸上的泪痕，“老院长”

们已走到了车旁。

“姐”用爱莫能助的目光看着她，低声说：“下车吧。”

她不得不打开了车门。那一时刻，泪水盈满了她眼眶。

她刚一下车，“老院长”就将她拥抱住了，亲切和蔼地说：“孩子，肯定受了不少委屈吧?”

红卫兵肖冬梅哭了……

“别哭，别哭，你这不回来了么？这不又和你的红卫兵战友们在一起了么?”

她真的觉得委屈了，哭得更厉害了……

她推开“老院长”，转身投入“姐”的怀抱，求助似的小声说：“姐，我可怎么办啊？……”

“姐”什么都不说，又将她推向了“老院长”那边。之后，“姐”一转身坐入车里去了——她觉出“姐”已将什么东西塞入她手心……

公安局的那位处长对“老院长”说：“人我们找回来了，移交给你们了。没我们的事儿我们该回去了。”

“老院长”说了几句感谢的话，他们先后上了自己的车。那位处长上公安局的车前，犹豫了一下，走到“姐”的车旁，弯下腰打开车门对“姐”说：“怎么，还不走呀？我看她对你倒比对她亲姐姐还亲了。透露透露，怎么和一名红卫兵的关系搞得如此难舍难分？我对她们可一点儿好感都没有。三十几年前我父亲是公安局的处长时，没少被她们折腾……”

“姐”将脸一扭，未理他……

肖冬梅随着姐姐肖冬云及“老院长”们进了那所院子，铁栅门自动关上了。她落后一步，展开“姐”塞在她手里的纸条偷看，见纸条上写的几行字是——要是不愿呆在那地方了就给我打电话，我赴汤蹈火也会赶来把你营救出去的——并清清楚楚地写着“姐”的手机号码……

她转身隔着铁栅门朝外望，“姐”的车仍停在那儿。车窗摇下了，“姐”正向她招手……

四名红卫兵战友重新相聚在一起，似乎彼此间都变得很陌生了。话不投机的情况经常发生。每每辩论甚至争吵得面红耳赤。

顶数肖冬梅最具有“造反”精神。她坚决地声明自己永不再早请示、晚汇报，永不再三敬三祝，至于批评和自我批评，那也得看别人究竟错了没有，自己究竟错了没有。她毫不讳言自己已不能整天不想别的，只一味儿像从前似的在“灵魂深处斗私批修”了。她甚至坦率又大胆地承认自己的灵魂已堕落了……

对她最有批判权的当然非她的亲姐姐肖冬云莫属。

肖冬云问她已经堕落到了什么程度?

她就大谈跟“姐”在一起的种种开心。

末了说：“反正我不想再呆在这种鬼地方了！”

亲姐姐肖冬云就恨不得又扇她耳光。

和妹妹正相反，肖冬云一再表明自己丝毫不曾堕落。她诚实之极地汇报自己与红卫兵战友们分散后的经历。当她讲到那个伪装好人的男人怎样企图侵犯她，以及那个半好半坏的司机怎样对她心生歹念乘人之危时，红卫兵战友赵卫东和李建国一再打断她，板着脸口吻严肃地询问得很细。似乎不询问得细，不听她讲得一清二楚，便有可能被她含糊交代蒙混过关。而那些经历，一则是她不愿重新回忆的，一则是她一个女孩儿家极不好意思明明白白地讲的。她既不往明白了讲，赵卫东和李建国自然就觉她讲的有破绽，也自然就对她的丝毫不曾堕落存有几分正当的怀疑。

肖冬梅从旁听着他俩对姐姐一句推进一句的，细密不露的，简直就等于是审问的讯问；看着他俩一忽儿严肃得可谓冷峻，一忽儿侧目而视，眼神乜斜，分明是在揣度的表情，以及姐姐一心想要交代得清清白白，却又难免有所遮掩，不便掰开了揉碎了细说端详的窘态，早已按捺不住沉默的定力，一迭声地高叫：“抗议！抗议！我替我姐姐抗议！”

不料姐姐反瞪着她大加训斥：“你不悄没声儿地反省，叫什么叫？抗的什么议?！我该不该抗议我自己还不知道么？用不着你替我抗议！滚回宿舍老老实实反省去！……”

赵卫东却说：“别叫她滚回宿舍去。叫她亲眼目睹我们之间这一场灵魂和灵魂的短兵相接刺刀见红，对她有特别的教育意义。兴许有助于我们将她已堕落不堪的灵魂拯救过来”。——他对肖冬云这么说完，倏地一转脸，猝不及防地问肖冬梅：“那么我们给你一个机会，谈谈你抗的什么议吧！”

肖冬梅就理直气壮地说：“你俩，有何权力监察别人的灵魂？我们四个民主选举你俩是什么非常工作组了么？我们四个离散后，两天里各自当然都会有一番经历的，谁爱讲便讲，不爱讲的也算不上是隐瞒罪过。干吗一句句盘问加逼问的？干吗非将一件好玩儿的事儿搞得大家都神经兮兮的？心理都有毛病了呀？……”

肖冬梅说此番话时，肖冬云竟没打断她，甚至是在静静地、全神贯注地听她说。但一次次不由自主地将双眼瞪得更大，将两条帅气青年那种英眉高高扬起，以表明她愕异的和并不被影响的立场。直至妹妹说罢，一分多钟的集体的沉默中，她还是没开口。她实在不知该说什么好。她真的觉得两天之内妹妹的变化判若两人。她当然认为妹妹的话是完全错误的。究竟错在什么地方，究竟该从哪一个角度予以批判，又是她的认识能力和理论水平所达不到的了。对于自己所受的盘问加逼问，她不仅觉得委屈，其实也是反感的。只不过她要求自己认为，委屈是不对的，反感是不对的。要求自己认为，赵卫东和李建国两名男性红卫兵战友，当然是有盘问自己加逼问自己的权力的。至于他俩为什么有那样的权力，她心里又感到说不清道不明的糊涂一片了……

像赵卫东暗恋着肖冬云一样，李建国也是暗恋着肖冬梅的。赵卫东暗恋肖冬云是不彻底的保尔·柯察金式的。而那不彻底的部分，是维特式的。两种截然不同的方式所复合成的初恋心理，使他对肖冬云既不可能如保尔·柯察金抗拒冬妮娅迷人的蓝眼睛那么“原则”，亦不可能如维特那般一心幻想着怎么取悦于夏绿蒂的芳心。前一种不可能乃因他只不过是保尔·柯察金的中国模仿者。模仿者相对于事物的原状必然是不彻底的。后一种不可能则是时代的文化背景造成的。在三十几年前的中国，所谓“维特式的烦恼”，是根本不允许公开言说的一个话题，是整整一代人中的“维特”们的集体的隐私，仿佛是一种不存在的事实。尽管这名高中红卫兵的性格，其实很接近着维特的内向和忧郁……

李建国之暗恋肖冬梅，就没赵卫东爱肖冬云那么矛盾了。他爱得相当简单，以不致引起反感的取悦为方式。也爱得不失原则。那原则便是——会使肖冬梅不高兴的话不说；会使肖冬梅不高兴的事不做；会使自己直接站在肖冬梅对立面去的态度，那是一定不能明确地表达出来的。哪怕肖冬梅所说的话所做的事，是他很想反对的。在这一点上，他往往显得特别的好脾气。两天前他对她的大声斥责，以及他砸了临街橱窗的冲动行为，是由于他受到的刺激超过了他的自制力。那是一次“反常”。他正因而失悔。

所以，听了肖冬梅那一番抗议的理由，李建国表现得相当平静。他随口背了一段毛主席语录是——“一个正确的认识，往往需要经过由物质到精神，由精神到物质，即由实践到认识，由认识到实践这样多次的反复，才能够完成。这就是马克思主义的认识论，就是辩证唯物论的认识论。”

背完，就郑重地表过了态似的，不再出声了。在那样一种时刻，背那样一段毛主席语录，莫说使赵卫东和肖冬云感到莫名其妙，连肖冬梅也不由连连眨眼，不解其意。

赵卫东的目光像钟表的秒针，将三名红卫兵战友的脸当成刻有时间的并列的钟表盘似的，匀速移动了半分钟。这使他们都明白，自己们的“思想核心”又要开始长篇大论的教诲了。

果然，赵卫东以从容不迫真理在胸的语调说：“刚才，亲密的红卫兵战友肖冬梅同志，向我们谈到了所谓灵魂问题。并且以强烈的抗议的态度，对我们是否有权关注和过问自己亲密战友的灵魂状况表示了她的异议。我首先声明三点：一，我认为她的问题提得好。这个问题，本是应该由珍惜自己灵魂之革命纯洁性的人提出的，既然我们还没来得及提，被亲密的战友肖冬梅同志首先提出了，所以好。因为正确的思想以答辩的而非宣战的方式体现，更有益于证明其正确性和真理性。二，我们视她为我们亲密的红卫兵战友，仍称她为我们亲密的红卫兵战友，乃因我认为，在目前的情况下，每一个曾经与我们思想一致的人，对我们都显得异乎寻常的重要。进一步说，当革命处在低潮时期，每一粒革命的种子都是宝贵的。三，亲爱的战友肖冬梅同志这一粒革命的种子，现在而论，显然的，不如她从前那么饱满了。好比一粒麦种或树种浸水了，受湿了，将会有不茁壮的株苗在不适当的节气生长出来了。这不应当成为一件引起我们憎恨的事情。同志们，同志们啊，这首先是一件值得我们痛心的事情啊！心痛而情真。这个情，是红色的情，是革命的情，是治病救人的情，而绝不是其他任何庸俗的情。以上三点，我认为，应是我们对亲密的战友肖冬梅同志的基本立场、基本态度、基本的继续所持的友爱原则。当然，如果她讳疾忌医，那就是另外一回事了。但只要她不公开成为我们思想的敌人，我们还是要只痛心，不憎恨，争取将她重新团结到我们中间来……”

在赵卫东娓娓而谈的时候，他的三名红卫兵战友，都保持着习惯了的静默。并且，都注视着他。他们都曾是特别尊敬他的。而肖冬梅对他的尊敬，更是比肖冬云有过之而无不及，甚至可以说她相当崇拜他这位红卫兵兄长。只要他一开口，她就仿佛被催眠着了。他刚刚度过男性的变声阶段，嗓音初定，青春期的沙哑已完全被年龄的筛子滤去。唱起歌来像圆润的嘹亮的小号，说起话来像萨克斯管，像箫。而她听他唱歌就像欣赏演奏，听他说话就像听他唱歌。爱听得要命。听不够。用当今的讲法是，他的声音很性感。起码对她如此。

但此时此刻，她恨不得双手严严实实地捂他的嘴；恨不得扼住他脖子；恨不得揪住他的舌头，将他的舌头从口中拽出来，一截截扯断，并且扔在地上踏扁碾碎。对于她，他说话的声音已不再悦耳动听。恰恰相反，如铁皮一阵阵蹭在玻璃板上，刺激得她脑仁颤疼。以前她认为他口中说出的每一句话都代表着一种无比正确的思想，都在真理的不可怀疑的范围以内。现在，她则根本听不明白他究竟在说什么了。尽管他的话一如既往地说得明明白白，却越是明明白白越使她不知所云。她很想大发脾气，因为他将她比作“一粒”种子。“粒”字使她感到他将自己比得轻乎又轻，小而又小。哪怕比作“一颗”种子，她也爱听点儿。又觉得自己实在没来由发脾气。因为他同时还认为她是“宝贵”的。还视她为“亲密的战友”。还对她怀有“红色的”“革命的”那个“情”。一方面她从他的话听出来，他显然已将她归于“另册”，也就是不珍惜自己灵魂之革命纯洁性的人一类；另一方面，他又确确实实在用他的话语表明，他对她仍怀着深深的，听来令人感动的，无比高尚的友爱……

是的，他的话仿佛是咒语，使她处在一种特别生气而又特别不能生气的境地。她知道，显然的，她一旦发作，她就使自己变得不可理喻了似的。她比听李建国滚瓜烂熟地背那一段毛主席语录时还尴尬，嘴上像被贴了封条，只有呆瞪着“思想核心”张口结舌不停地眨巴眼睛的份儿……

姐姐肖冬云和李建国都以十分同情近乎可怜的目光瞧着她。仿佛她是一个极端浅薄而又极端不自量的、在老方丈面前斗法，才三言两语就懵里懵懂地彻底被斗败了的小和尚……

赵卫东继续以温和之至的、诲人不倦的口吻说："下面，请允许我再粗陋地谈一谈我对灵魂问题的一贯看法。同志们，亲爱的红卫兵战友们，我们是马克思主义的信徒，故我们是无神论者。我们是不承认宗教迷信所宣扬的那一种可以脱离肉体而存在，可以重新转世投生的所谓灵魂的。在我们马克思主义的信徒这儿，灵魂即精神。一个人的灵魂状态即一个人的精神境界。我们整个革命队伍的精神境界，是由每一个具体的革命者的精神境界组合成的。红卫兵者，何许人也？革命者队伍的后备军耳。所以，一名红卫兵的灵魂状态的革命纯洁性怎样，绝不仅仅属于个人问题，而是关系到中国革命和世界革命成败与否的大事情。这个事情大得非同小可。所以我们每一名红卫兵，都有着神圣的权力和责任监察另一名以及一切红卫兵战友的灵魂状态。同时自己的灵魂也必须受到任何红卫兵战友的密切关注和监察。这乃是互为的权力、互为的责任。神圣而又天经地义，责无旁贷。靠着互为的权力和责任，我们足以使我们灵魂的革命性像蒸馏水一样纯洁，像水晶一样透明，只要有一点点私心杂念，有一点点享乐主义的细菌，有一点点非革命性的七情六欲的存在，都理应受到严肃的批判和彻底的消毒。试问，不如此，一个崭新的理想的世界，又怎么能由我们去创建？我们红卫兵为了革命二字连死都不怕，难道还怕袒露我们的灵魂么？我们应该是没有隐私的人。是的，我们当然有灵魂，但我们需要隐私干什么？对革命我们何隐之有？对主义我们何私以怀？我们要响亮地回答，无隐，无私。因而，我们无隐无私的灵魂，实际上应该是共有的，公有的，你的即我的，我的即你的。我关注你的灵魂，也是在关注我自己的灵魂；我监察你的灵魂，也是在监察我自己的灵魂。我这一种特权不是我强加于你的，而应被理解为你赋予我的。故它在这一特殊的意义上尤其神圣。你的灵魂绝不应因为被我关注被我监察而惴惴不安。恰恰相反，倘我不对你的灵魂时时刻刻事事处处履行神圣又高尚的权力和责任，你才应该有惶惶不可终日的表现，仿佛你的灵魂已变成了不值得别人一瞥的东西。因为那意味着我对你已不负丝毫的责任了，就像农夫不再对一粒种子负任何责任一样。那你就要进行深刻的自我反省了，就要自己问自己一个为什么了。而且，那时，只有那时你的抗议才是积极的抗议。因为你那时只有经过强烈的抗议，才可能重新争取到自己的灵魂共有和公有的资格，才可能重新获得别人关注和监察你自己灵魂的真诚责任。同志们，红卫兵战友们，灵魂这个东西，倘不属于革命的性质，那么，迟早有一天注定了会属于反革命的性质，迟早有一天会被修正主义、资产阶级和反革命所共有和公有，除了这根本对立的二者它别无选择。而这一点是早就被革命的主义、革命的哲学、革命的辩证法所一次次地证明了的……”

赵卫东的语调温柔极了。他的温柔乃是由真情实感产生的，不是伪装的。因为对于他，肖冬梅不但是一名红卫兵战友，还是他所爱的姑娘的亲妹妹。当着他所爱的姑娘的面，他一再提醒自己对肖冬梅的批判帮助应该是循循善诱的，和风细雨的。他很自信，一向特别满意自己分析问题的红色理论的水平和循循善诱的能力……

他语调温柔地喋喋不休着的时候，肖冬梅渐渐地眯起了双眼，渐渐地由眯而闭着了。她的脑仁儿也就是中医所指的“百会”那儿，以及两边的太阳穴是更加疼了。那是一种针扎也似的疼。赵卫东的话语宛如一柄长长的带倒钩的针。蝎尾也似的，一次次扎穿她的耳膜，扎向她脑神经无形的敏感处。她为了减轻那一种无法形容的痛感，就暗自做深呼吸。不知什么原因，呼气反比吸气少。而这就使她的头脑开始缺氧。结果她坐得不正了，身子不由自主地轻微地摇晃起来……

姐姐肖冬云望着赵卫东那双明澈的大眼睛里却异彩呈现。那是由于崇拜的缘故。她觉得他对于灵魂问题的阐述何等的精辟何等的好啊！什么问题一旦由他来言说，一下子就变得清清楚楚明明白白了。他头脑中的思想，怎么就总能一贯地正确着，总能与革命的思想红色的真理那么的吻合呢？她又一次暗生自卑了，也又一次暗觉幸福着了。而且又一次在内心里对自己说——被这一位红卫兵兄长所爱是多么的幸运，暗暗地也爱着他又是多么值得的事！他将来如若不是一位红色的革命理论家才怪了呢！……

见妹妹那种心不在焉的样子，她严厉地问：“你注意听了没有?!”

肖冬梅以极小极小的声音回答：“姐，我注意听了……”

“听进心里去没有?!”

“听进心里去了……”

“那你复述几句来证明。”

“假如他不对你的灵魂状态密切关注和监察，那么你就要进行深刻的自我反省，就要问自己一个为什么了……”

“还有！关于灵魂性质那几句重要的阐述，你一句也没听是不是?！……”

“听了……”

“说。”

“灵魂这个东西，灵魂这个东西……”李建国见肖冬梅分明说不上来，赶紧从旁提示：“灵魂这个东西，倘不属于革命的性质，那么，迟早有一天注定了……”

“那么，迟早有一天注定了……”

肖冬梅虽经提示也还是复述不上来。

赵卫东微笑了一下，以更加温柔的语调又说：“我的话不是‘最高指示’，只不过是我学用革命哲学的一点点心得体会。无保留地畅谈出来，他人能听进心里去一两句，对我便是荣幸了。快别逼冬梅复述了。但是我还想强调一点，我所言之‘你’，不是专指谁的。即不仅包括我自己在内的咱们四名红卫兵战友中的任何一人，也是针对一切对灵魂问题存在各种各样糊涂观念的人……”

于是肖冬云主动要求重新交代自己两天里的经历。

她说：“听了卫东关于灵魂问题的阐述，我深受教育。我承认我刚才有些地方交代得不明不白，是由于害羞心理在作怪。现在，让我的害羞心理见鬼去吧！……”

于是赵卫东为她的态度鼓掌。

于是李建国也鼓掌。

肖冬梅仍闭着双眼，相随鼓了几下掌。其实，赵卫东和姐姐又说了些什么话，她一句都没听入耳。

她的头脑昏晕得只想躺倒身子便睡……

肖冬云既让自己的害羞心理见鬼去了，那重新交代的过程也就不再受到赵卫东李建国的盘问加逼问了。一个人一旦丝毫也没有了羞耻感，再要将一件原本很害羞讲的事讲清楚，便容易多了。由于她讲得过细，直听得赵卫东李建国两个一阵阵脸红。他们一阵阵脸红却又都不能低头，也都不能转脸望别处。那样肯定会被认为听得不认真。更可能被认为自己们思想意识不良。否则低头干吗？否则脸红个什么劲儿？所以他俩互相谁也不看谁，四只眼睛全目不转睛地望在肖冬云脸上。好在一旁的肖冬梅闭着眼睛强撑精神坐在那儿，不知他俩一阵阵的脸红。肖冬云自己则望着远处，边交代边告诫自己什么细节都别绕过去，也没太注意他俩脸红不脸红的。在肖冬云方面，逻辑是这样的——只有交代得甚细才证明袒露灵魂的虔诚；只有态度极其虔诚才不致再被怀疑什么；只有不被怀疑什么了，才足以最终证明自己灵魂的丝毫也不曾堕落。两个二十四小时的离散啊，在如此漫长的一段时间里，在如此一座处处存在着对人的灵魂的诱惑，简直可以用声色犬马灯红酒绿来形容的城市里，灵魂这东西是完全可能接连地堕落多次的呀！不甚细地交代，自己的灵魂又怎么能真正过得了红卫兵战友的监察关呢？

她说，当这座不可思议的城市里的坏男人打她的坏念头时，她首先想到的是自己女儿家的处女贞操。她说，首先想到的竟是这一点是多么惭愧的事呀！相对于自己一名红卫兵的灵魂的纯洁性，她女儿家的处女贞操又算什么呢？身体不过是一己的，正如赵卫东所阐述的，灵魂却是具有共有性和公有性的。即使自己被强奸了，那也不过是自己的身子受到了糟蹋，而身子不过是受灵魂附寄的嘛！她说她首先应当勇敢捍卫的，断不该是什么女儿家的处女贞操，而该是自己那共有且公有的红色的灵魂……

李建国听糊涂了，忍不住要求她将她的意思说得更明白些。

于是她举例说，好比谁家失火了，自己的孩子被火困在屋里，自己要冒死冲进火海抢救的。但，在那一刻，倘闪念于头脑的，竟是孩子的生死以及与之相关联的养老送终问题，思想境界就未免太低俗了；而如果闪念于头脑的，乃是中国之革命世界之革命多或少一个接班人的问题，才见境界的高。看起来都是大人救自己的孩子，但支配行为的动机有高低之区别。此例相对于自己而言，虽然自己面对坏男人勇敢无畏了，但将自己的处女贞操放在第一位去捍卫，而对自己灵魂的是否完好却连想也没想，也是一种境界的高低之分呀。如果首先想到要捍卫的是灵魂，那么即使肉体被强奸了，灵魂也等于被捍卫住了。反之，虽然坏男人们的坏念头并未得逞，但自己将自己的灵魂摆在了肉体之后，甚至根本忽略了灵魂的结果是否完好，也意味着自己降低了自己灵魂的红色等级……

李建国还是听不大明白，较起真来，还要问什么。

赵卫东却似乎早已完全理解了肖冬云的意思，举手示意李建国别再问，赞赏地点头道："冬云能这么严格地解剖自己，很难能可贵的。革命的哲学有时体现为一种普及的大众化的哲学，有时则体现为一种特别高级的理论，只有随之进入特别高级的革命逻辑中去，才能有所领悟。"

李建国便有几分不悦地嘟哝："好好，算我理论水平低……"

肖冬云被他的样子逗笑了，思考片刻，又解释道："其实我想说的是，我太看重自己的处女贞操了。而这也就意味着我太看重自己的女儿身了。如果有一天革命需要我牺牲它，我会不会怕死舍不得呢？我们不是常讲自我解剖自我批判要自己和自己刺刀见红么？我正是这样要求自己的呀！……"

赵卫东终于转脸看了一眼李建国，以评论的口吻说："冬云讲得还不够明白么？"

李建国嘟哝："她早那么讲，我早就明白了！"

肖冬云是被那个自称是画家的男人护送回来的。

赵卫东就这一点又评论道，此点证明着这所院子以外，仍有对红卫兵心怀好感，可以去进行发动的革命群众存在着。

肖冬云说，"老院长"暗中告诉她，那个自称是画家的男人其实是精神病患者，而且患的是有暴力倾向那一类精神病。她居然没遭到严重伤害，实在是一大幸事也是一种奇迹……

赵卫东问："他何以知道那个男人是精神病患者？"

这高二的红卫兵，这四人"长征小分队"的"思想核心"，言谈语述之中，每用文言古话。"何以"啦、"试想"啦、"休矣"啦、"然"啦、"否"啦、"哉"啦，等等，等等，不一而足。它们与三十几年前普遍流行的红色话语体系相结合，形成一种堪称独特的红卫兵语言风格。谁对此种语言风格驾轻就熟，似乎证明着谁的革命理论之修养的层次便不一般。赵卫东自然是“相结合”得挺有水平的。所以在他们的“长征”过程中，他的三名红卫兵战友才唯其马首是瞻。那能使一名无论男性或女性红卫兵平添魅力的语言风格，并不包含有什么真正算得上修养的文化成分，不过是几分妄自尊大加几分意欲置人于死地而后快的攻击性再加几分武断和玄谈式的逻辑色彩罢了……

肖冬云听赵卫东那么问，据实相告——这所“囚禁”他们的院子，最先是结核病防治院，后来一个时期内曾是精神病疗养院，将她送回到这里的那个男人，曾在此地住过院。所以他一讲这里的周边情形，他就明白该往哪儿送她了……

赵卫东追问：“难道你的那位‘老院长’，曾和那个男人是精神病患友么?”

两天以前，他对“老院长”是心怀敬意的。因为那时对方告诉他们这座城市是北京；他们是以毛主席的远方客人的身份住在北京郊区；住地是无比关怀他们的“中央文革小组”的首长们指定的；而对方自己，是受毛主席和“中央文革小组”的首长们之命，专门为他们服务的……而两天中的经历，虽然并未使他明了许多，却起码清楚了一点，那就是——对方们骗了他们。故他开始认为，以所谓“老院长”为首的对方们，既不但是根本不值得他们信赖和心怀敬意的人，而且都是目的阴险的人了……

肖冬云被问得一愣。

李建国及时点拨：“卫东他还是在问你，自称是‘老院长’的老头儿，怎么知道送你回来那个男人是精神病患者?”

和赵卫东一样，他对“老院长”的态度，也发生了根本性的转变。

肖冬云对这所院子对“老院长”的看法却是与赵卫东和李建国不同的。她两天中的经历虽有惊无险，但仍心有余悸。她觉得，毕竟的，她是回到了一处较为安全的地方，是回到了一些不至于危害她的人中间。“出逃”的经历，甚至使她一回想就后悔后怕，甚至使她感到这所院子及“老院长”特别亲切了。

她又据实相告——“老院长”乃一位精神病医学专家。在此地是精神病疗养院的几年中，确曾任过它的院长。

“送我回来那个男人，是过去他的重点病人。”

“你何以对他了解得如此之多呢?”

“他亲口告诉我的。”

“什么时候?”

“我第一个回到这里的时候。”

“你信他的话?”

“我……为什么偏不呢?”

“信到什么程度?”

“这……反正我觉得他是个好人。”

“觉得？……根据什么？……”

“……”

“动辄觉得觉得，是政治上不成熟的表现。革命的敌人和革命的反对者们，往往将我们革命者和同情我们的人诬为疯子。这是反革命们的惯技。这个历史的经验值得注意。”

李建国附和道：“对，对。”

于是气氛顿时又变得凝重了。

“战友肖冬云同志，让我们握一下手。”——赵卫东伸出了他的手，一脸严肃。

肖冬云如坠雾中地轻轻握了一下他的手。

赵卫东没容她立刻将她的手缩回去。他的一只手一经握住了她的一只手便不放松。他向她俯近了身子，与她眼睛注视着眼睛，另一只手拍着她那只手的手背，和颜悦色地说：“亲爱的战友哇，刚才我又连续追问了你几句，但那绝不意味着我又对你不信任了。事实上我非常地信任你。无论怎样的反革命伎俩都休想将我们的战友关系离间开。我们的心永远是相通的，对么？”

肖冬云默默点头。

“我追问你，是因为我有责任更多地了解情况，更细地分析形势，更准确地判断我们的处境，更及时地拟定我们应采取的对策。你理解我么？”

肖冬云默默点头。她不再试图缩回她的手了。她不由得也将他的手紧紧握着了。

“现在，我要告诉你，我为什么要握住你的一只手呢？这是我祝贺你的意思，也是我感激你的意思。祝贺你什么呢？感激你什么呢？祝贺你立了一功。因为你发现了一个可能被我们争取为同志的人。在这一座周围充满了敌意和阴险狡猾的城市里，他确乎地存在着。而这使我们知道，我们四名红卫兵战友并不空前地孤立着。是的，我们并不空前地孤立着。以后我们将要寻找机会去接触他，用我们红卫兵的造反精神去影响他……”

第二十章

自从他暗恋着他的同校初三女生那一天起，他还从没有机会长时间地握她的手。她的手柔软极了，润泽极了，指肚的皮肤滑溜溜的，而手心热乎乎的。在她不遗细节地讲述那两个坏男人企图对她怎样怎样时，他心底就渐渐产生了想握住她手的欲望。他竭力抑制它，而它越被抑制则越强烈。他头脑中一次次闪过了数种握住她手的理由。他觉得这最后一种选择意味着最正当的最无可指责的理由。他当然明白他的话说得越多，他握她手的时间也就越久。所以他尽量说得慢条斯理，尽量使他的话语不中断地延续下去……

"那么我又感激你什么呢？不，不，用'我'这个词是不准确的，应该用'我们'一词。即除了你以外，我和冬梅战友和建国战友。因为你是第一个回到这里来的。因为只有你才能提供我们离散的确切地点。而这是我们分别被找到的前提。尽管他们一定要找到我们必然另有目的，但毕竟使我们四名战友又重新在一起了。我们重新在一起了，我们的革命豪情就起码坚定了四倍……"

肖冬云又有点儿被赵卫国迷住了。他渐渐地开始处于一种近乎忘我的境况了。而她更是。他们互相凝视着，仿佛那时那刻只有他们两个人存在着了。如果将他们的情形实录下来，并且抹掉赵卫国的话语，提供给影视演员们去配音，则配音者们肯定会认为，那情形当然是一对热恋着的人儿在表达海誓山盟的心迹。如果允许配音者们自由配音，则他们也许会替赵卫国不停诉说着的口型配上一首莎士比亚缠绵婉约的十四行爱情诗，或现今周星驰在《大话西游》中对盘丝洞美丽又痴情的妖女说的那种神经质的情话……

李建国突然咳嗽起来了。相对于他方才替赵卫东问肖冬云的及时性，他的突然咳嗽是那么不合时宜。他一咳嗽起来就似乎没个完了。仿佛患有严重哮喘病的人，从温暖的屋子里一步迈出，而外边是一派冰天雪地是零下四十度的严寒气候，连呛了几口凛冽的寒风……

赵卫东终于不舍地放开了肖冬云的手，神情一时别提多么的不自然。

肖冬云倒是不觉得难为情。因为她当时的"灵魂状态"是很纯洁的。她所着迷的是赵卫东的话语，以及他热烈的目光。他的话语内容既然是革命的，那么他热烈的目光所流露的，自然便是革命的感情。他们两只手的紧握，自然也便是纯粹的革命性质的握手。头脑之中有着这样一种逻辑解释自己的着迷现象，她甚至感到他们两只手紧握着的那一段时间，乃是各自内心里的革命坚定性和革命豪情得以最充分体现的时间。

赵卫东一放开肖冬云的手，李建国立刻不咳嗽了。

他对肖冬云说："让我也握着你的一只手。"

她奇怪地看着他，不将手给予他。

李建国执拗地又说："让我也握着你的一只手。"

于是肖冬云转脸望赵卫东，那意思是寻求明白人的一种解答：他怎么了？

李建国一本正经地说："亲爱的战友肖冬云同志啊，我内心里对你的感激，那是只能通过我自己的手握着你的一只手才能表达的。别人握着你的手说的那些话，最多只能代表我的感激的一小半儿。另一多半儿不表达出来，我心里很不舒服。"

赵卫东的神情这时已恢复了自然。

他若无其事地问："所以你就咳嗽起来了？"

李建国简明地回答："对。"

赵卫东向肖冬云无奈地耸了耸肩，又表示理解地点了点头。于是肖冬云只得不那么情愿地将自己的一只手朝李建国一伸。

不料李建国得寸进尺："我要握着你的另一只手。你这只手他刚才握过了。"

肖冬云有些生气了，蹙眉道："那又怎么了？难道卫东的手脏不成？难道我这只手也被弄脏了不成？你怎么提无理的要求？到底握不握，不握拉倒。我才不管你心里舒服不舒服呢！"

李建国却无比庄重地申述道："我哪儿会那么想呢！同一只手被握久了会麻的呀。我是为你考虑。"

肖冬云严肃之至地说："你以为我会同意你握住我的手很久么？"——她伸出的手犹犹豫豫地想缩回去。

李建国也严肃之至地说："不要求很久。说多长时间的话，握多长时间的手。我只要求你对待我和对待他是平等的，使我心里对你那一多半儿感激有个着落就行。"

赵卫东又开口了。

他说："战友们，别忘了我们是在开重新聚在一起的第一次会。凡事在枝节问题上纠缠不休，是思想方式狭隘的表现。而思想方式狭隘，那是很容易导致行为的庸俗的。"

他的话显然是针对李建国进行批评的。但是在肖冬云听来，似乎是批评她的话。她虽觉得委屈，却乖乖地缩回了伸出的那只手，将另一只手伸向了李建国。

李建国并未立即握住她的手。他先将自己的一只手在衣服上揩了揩，然后手心向上，讲经的如来那么水平地举着；再接着用另一只手轻轻抓住肖冬云伸向自己那只手，将它放在自己的掌心上。他对她的手的抓法很特别。只用拇指和食指，两指悬钳似的小心翼翼地卡在她的内腕和外腕，就那么一“吊”，她的手便到了他的掌心上，仿佛她的手是极薄的玻璃做的……

他握住她的手时，闭上了自己的双眼。

他说：“现在，该我讲讲我俩的经历了。”

赵卫东以批准的口吻说：“由你来讲也好。我作补充和总结。”

于是李建国就闭着双眼讲起来。

他和赵卫东在两天内的经历，那简直可以说是充满了大义凛然的斗争性的。赵卫东本打算由自己来亲口讲的。但李建国既然争这资格，他也不好表示反对。若反对，必有维护特权之嫌。他不愿给他的任何一名红卫兵战友那种不良好的印象。他继而一想，由李建国的口来讲，效果比由自己亲口来讲更佳。因为李建国讲什么事儿都是喜欢夸张的。自己讲得夸张了，有自吹自擂之嫌。别人讲，无论多么夸张，都是不至于损害自己正面形象的呀。而且，若谦虚几句，还能获得别人对自己意想不到的好感。这么一想，他也就乐得休息一下自己的唇舌了……

李建国果然讲得起伏跌宕，悬念迭起，热热闹闹。只把个肖冬梅听得惊心动魄，口中不时发出“哎呀”“哎呀”的骇声。

李建国和赵卫东被拖入冷饮店后，赵卫东又挨了一顿拳打脚踢。他倒是一下也没还手，只喊：“要文斗，不要武斗。”保安们以为他有精神病，出够了气，将他铐在暖气管上。他就悲壮地唱“抬头望见北斗星，心中想念毛泽东”。被电棍击昏过去的李建国，几分钟后苏醒过来，见他被铐着，又叫骂起来，扑向一把椅子，还想高举着砸什么。保安们制服他比制服赵卫东多费了不少力气。最终他也被铐在暖气管上了。他们就一齐唱“抬头望见北斗星”。唱罢，又背毛主席语录。你背一段，我背一段，专背那些最能体现革命英雄主义的。比如——“这个军队具有一往无前的精神，它要压倒一切敌人，而决不被敌人所屈服。不论在任何艰难困苦的场合，只要还有一个人，这个人就要继续战斗下去。”比如——“成千成万的先烈，为着人民的利益，在我们的前头英勇地牺牲了。让我们高举起他们的旗帜，踏着他们的血迹前进吧！”

冷饮店的承包老板闻讯赶来，见整面墙那么大的进口橱窗玻璃“变”成了一地玻璃颗粒，店内桌倒椅翻，星期六晚上的黄金营业时光，除了两厢站立迎候自己的服务员及保安员无一消费者，怒发冲冠的程度可想而知。正训骂着服务员及保安员，又闻店堂之后有人朗诵语录，倍觉火上浇油。几步踱到店堂之后，瞪眼审视着赵卫东和李建国，连连顿足，一迭声地说：“倒霉！倒霉！……”

一名保安讨好道：“老板，让他们赔偿就是了！若赔不起，就罚他们在店里做工！”

赵卫东和李建国也不理睬他，口中仍念念有词不止。

那老板心知肚明地说："赔个屁！无论公了还是私了，我跟俩疯子能有什么理可讲？罚俩疯子在店里做工，我这店还开不开啦？给派出所打电话，让所长亲自来！……"

那讨好不成的保安喏喏而去……

在步行街上有买卖的人，那怎么也算是黑红两道都吃得开的人，与地段派出所的关系当然混得稔熟，处得火热。不一会儿派出所所长果然带着几名下属匆匆驾到。双方见了，少不得拍肩握手，称兄道弟一番。那种亲密的情形，赵卫东李建国睁睁地看在了眼里。

李建国就说："中国修了！确实修了！连'老板'这种称呼都重新时兴了，事实上的奴婢还能不存在么？卫东你瞧那当老板的，分头油光，皮鞋锃亮，还戴副墨镜，真像解放前资产阶级的买办！你再瞧那派出所所长，脑满肠肥，不是民脂民膏撑成那样才怪了呢！对那老板点头哈腰唯命是从的样子多么下贱……"

赵卫东未正面回答李建国的话。他低声背了一首诗，是闻一多的《红烛》：

红烛啊！
既制了，便烧着！
烧罢！烧罢！
烧破世人的梦，
烧沸世人的血——
也救出他们的灵魂，
也捣破他们的监狱！

派出所所长斜眼望着他俩说："我看不但是一对儿疯子，而且是一对儿不满现实思想反动的疯子。"

老板同意地点着头说："请你亲自来处理，是要当面告诉你——既然明摆着是俩疯子，我也没什么别的打算了，自认倒霉了。但你们得替我出口气，疯子撒野，也须给点颜色嘛！……"

"对，对。让疯子记住点儿扰乱社会治安的教训，同样是我们的职责啊。老弟尽管放心，气我是肯定会替你出的。这条步行街自从剪彩，没发生过如此公然又恶劣的事。这也等于往我脸上抹黑呀！……"

派出所所长说着，转身冲赵卫东和李建国吼："一会儿叫你们吃不了兜着走！……"

于是将他们铐住在暖气管上的铐子打开，两个被押上了警车。这几十步的过程里，呵斥、恐吓、推搡、三拳两脚自然是免不了的事。

两人被押到派出所，又被铐在一间小屋的暖气管上。此后便没人"打扰"

他们了。也没人送水喝，没人送口吃的。喊过叫过背过唱过的他们，早已是口干舌燥，嗓子冒烟。是夜闷热，那小屋也没扇窗，只门上方的铁条间，有混沌的空气里外流通。那是走廊里的“二窖”空气，吸入时一点儿新鲜的感觉也没有。两人一身身地出汗，汗都将衣服湿透了。他们终于是不喊不叫不背语录不唱“抬头望见北斗星”了。抗争的豪情锐减，肉体和精神都有些疲惫不堪了。从那小黑屋里只传出一种声音，各自的手掌拍在脸上、脖子上和身体上的啪啪声。小黑屋里蚊子多极了。啪啪之声一阵响过一阵，天亮方止……

一只手拍蚊子，占上风的必是蚊子。当蚊子们不进攻了，隐蔽起来了，两个脸上，脖子上，身上和那只用以消灭蚊子的手上，已被叮出了不少红包，奇痒难耐。那自由着的一只手挠不到的痒处，便只能靠蹭墙来解痒……

李建国流泪了。

赵卫东以为他懦弱了，便强打精神娓娓地给他讲革命志士们的事迹——说有一位革命志士，在敌人的严刑拷打之下宁死不屈。敌人就将他拖入一间小黑屋。那小黑屋是敌人繁殖蚊子和跳蚤的地方。黑暗中伸手一抓能抓一把蚊子，身子一滚能压死一片跳蚤。革命志士被铐在了床上，结果等于是提供给蚊子和跳蚤的美餐，三天后死时，全身上下没一寸皮肤没起包的。但革命志士至死也没屈服……

李建国说：“你别跟我讲这个，我有足够的革命斗志，用不着谁鼓励。”

赵卫东问：“那你为什么流泪？”

李建国坦率地说：“我想我父亲了。咱们离开家乡时，我父亲也正被关在牛棚里，真正的牛棚。怕他畏罪自杀，反捆了他双手。你想真正的牛棚里夜晚蚊子还会少么？双手都被反捆了他可怎么办呢？我不但想他，这会儿简直还心疼死他了。他毕竟是我父亲呀……”

赵卫东就教育他道：“你应该这么看问题，你与你父亲的关系，首先非是什么父子关系，而是为毛主席革命路线而战的红卫兵小将与顽固‘走资派’的关系。‘走资派’是社会主义时期中国共产党和中国人民的头号敌人。我们不从肉体上干净彻底地消灭他们，对他们已经是特别的人道了……”

李建国讲到这里，赵卫东插言道：“不错，我当时是那么教育建国的。我要求自己表现得比建国更坚强。因为，我是你们的队长。在严峻的考验面前，我应该做到威武不能屈，富贵不能淫，美人不能动。”

都道是一心不可二用，此话未必不谬。比如红卫兵李建国，那会儿便正一心二用着。他嘴上讲述着引以为荣的经历，心里想的却是他暗恋的人儿肖冬梅。像赵卫东那一天以前从没那么久地握过肖冬云的手一样，他那一天以前也从没握过肖冬梅的手。不，别说握没握过了，就是连碰也不曾碰过的。但这并不意味着他不想。事实上这位小县城县长的儿子，性意识方面的觉醒是很早的。而且是一名常在被窝里以手淫自慰的少年。倘他的少年时期非是三十几年前的火红年代，而是官僚特权膨胀泛滥的年代，那么他必是纨绔子弟，偷香窃玉的能手，甚至可能是摧花折蕾的恶少。或者已是少管所经常的“回头客”。什么都可以是一种时髦。“革命”也可以。尤其当一个少年只须戴上袖标便几乎有了专革他人之命的特权，而自己则不必担任何“革命”风险的情况下，“革命”不仅是时髦，且是大快乐。它转移少年对所恋的异性的亲近渴望的作用，比任何事的作用都灵。李建国是断不敢向肖冬梅提出握一握她的小手儿的要求的。他那样做的结果只能使肖冬梅视他为“流氓”，起码被斥为有“流氓”之念于是从此轻蔑他。既然赵卫东堂而皇之地说出了一套“革命”的理由得以久握肖冬云的手儿不放，肖冬云还那么的愿意，他当然也要一借那“革命”的理由的光了。不过他感兴趣的非是肖冬云的手，而是她妹妹肖冬梅的手。他闭着双眼，嘴里讲述着引以为荣的经历，一边想象自己紧握着的是肖冬梅的一只手，进而通过对那只手的持握，想象自己正对肖冬梅的整个身体的享有。尽管他的语速是从容不迫的，他夸张性的用词似乎证明他的心无旁骛全部投入，其实他的每一根神经都由于持握着的“肖冬梅”的手儿而激动而战栗而亢奋……

他继续讲述他和赵卫东天亮后怎样被派出所移交到了公安分局，在公安分局怎样受到审问，怎样被怀疑是一起未遂的爆炸事件的策划者，以及他俩如何如何表现得一身浩然正气，如何如何以亲眼目睹的事实和亲身遭遇批判种种中国变质的现象……

此时在四个人中，有一个人是最被忽视的，明明存在着而又仿佛并不存在似的。

这个被忽视的人就是肖冬梅。另外三个人谁也没注意到她脸色越来越苍白，呼吸越来越短促，已经双手抱头一动不动地坐在那儿很久了……忽然，肖冬梅身子一歪倒下去了……三个这才慌乱起来……

两小时后，“老院长”在会客室召见他们。陪同“老院长”召见他们的，还有一位三十多岁的，陌生的白面男子。“老院长”介绍说，那陌生男子是去年才从美国留学归来的人类生命学博士，姓乔。博士学位是由美国纽约大学授予的。目前在中国担任人类生命学研究所副所长。“老院长”强调说，乔博士是专程从北京赶来的……

“孩子们，现在到了我们不得不，也应该告诉你们真相的时候了……”

赵卫东打断了“老院长”的话，他认为对方不配称自己们“孩子们”……

“我们是毛主席的红卫兵，毛主席和江青妈妈才有资格称我们‘孩子们’，连周总理也要称我们小将的！……”

他抗议的口吻是那么的明显。

“老院长”微笑了一下，以特别宽厚的语调说：“好，我就称你们小将……”

赵卫东第二次打断了“老院长”的话，说那也不行。说自己们没法相信对方是“同一战壕的战友”；说给他的感觉是，对方倒是与被“美帝国主义”用金钱收买了的人物关系挺亲密的。他这么说时，连看都不看一眼肖冬云或李建国，自信他的每一种态度，都在资格上绝对地代表着两名红卫兵战友。尽管他的两名战友，就紧挨着他坐在他一左一右。

肖冬云和李建国，用庄严的沉默承认他绝对地代表着他们的权利。

“老院长”与乔博士对视一眼，沉吟地说：“没想到称呼问题在你们方面也成了一个问题，称你们‘先生’和‘女士’如何，总该能够接受的吧？”

他说更不行。说“先生”和“女士”，那是不折不扣的资产阶级之间的称呼。若称他们“先生”和“女士”，明摆着是对他们的侮辱……

“这……”

“老院长”一时被难住了。

“请问，你们读过《红岩》这一部小说么？”

乔博士开口说话了，问得彬彬有礼。赵卫东被问得愣住了。他当然是读过的，却不知道肖冬云和李建国是否也读过。而且，据他从各类红卫兵战报上了解到的情况是，《红岩》的两名作者已被定成了“叛徒”，他估计不到乔博士接下来会就那一部小说再问什么，更没法预先在头脑之中储备下回答的话。事实上他心里认为，连那么激情地宣扬革命精神的小说都被禁了，还有另外的什么小说配在中国存在呢？但这一种疑问一说出口，便会招来不堪设想的政治祸殃。所以《红岩》对这一名高二红卫兵，是一个讳莫如深的话题。

他只有沉默。并且冷笑。以冷笑掩饰他的被动。

乔博士又说：“如果我理解得不错，那么你们的沉默，意味着你们都是看过的。在《红岩》这一部小说中，徐鹏飞称许云峰‘许先生’，称江雪琴‘江女士’。许云峰和江姐，那是何等坚贞不屈的革命者！可他们在敌人面前，是并不在称呼问题上显示其革命立场的。毛主席和周恩来，也被蒋介石称过‘毛先生’和‘周先生’，他们也都当面称过蒋介石‘蒋先生’。故我认为，称呼问题说明不了谁革命与否的立场问题。何况，我们并非你们的敌人。也不视你们为敌人。我们之间根本不存在什么你死我活势不两立的斗争关系。我从北京专程赶来，完全是为着如何想方设法使你们健康地活下去的人道主义责任。这一点一会儿你们就会清楚的。时间对我们相当宝贵。你们的一名战友的生命正等待着我去参与抢救。我们在这里浪费时间就是对她的生命的漠不关心。所以我建议三位还是随便接受一种称呼，使我们得以赶快切入正题……”

乔博士的话说完，赵卫东更加不知该说什么好了。他内心里倏忽间生出一种大的自卑。这名高二的红卫兵，心向往之的其实是悬梁刺股成名成家的人生道路。“文革”一开始，他就以优异的学习成绩被嫉妒他的同学们谤为“走白专道路”的学生典型了。高考制度的宣布废止，又完全阻断了他成名成家的志向追求。所以他只有要求自己的言行特别的革命，以彻底改变自己从前的公开印象，以图其人生有另外的转机。真的面对一位博士了，他是没法儿不暗生自卑的。看去对方才比他年长六七岁呀，居然是一位博士了！而且居然是一位博士生导师了！自己呢，连大学的门还没迈进去过。他一向很得意于自己的口才，认为是他的另一天赋。然而对方一番反驳有据的话，锋芒藏而不露，语调友友善善地就将他置于哑口无言的尴尬之境了。这使他不仅自卑，甚至头脑里一片空白，更不知该怎么好了。

偏偏在这种时候，肖冬云从左边悄语：“同意。”李建国从右边小声说：“我也同意。”

肖冬云希望快点儿知道妹妹的情况；李建国则想立刻就明白自己们“健康地活下去”何以似乎存在着危机了。

赵卫东打鼻孔里哼了一声，只有继续沉默。

幸而“老院长”及时打圆场。

他说：“如果几位已经接受了乔博士的建议，那么，红卫兵先生，红卫兵女士们，我们就首先请乔博士介绍一些与你们的命运相关的科学知识吧。在这方面他是处在前沿的专家，比我有权威性的发言权。”

于是乔博士站起来说：“那我就不谦虚了。”

“老院长”拍了一下手，遮掩着一面墙壁的白色帷幔徐徐分开，显出来一块投影屏，同时室内的灯熄了。

投影屏上出现的第一幅画面，是人体蛋白细胞的显微图像。

“红卫兵先生，红卫兵女士们，我想，你们在生物课堂的挂图上见过类似的东西。它们就是构成我们生命的最主要的东西。我们说一个人身体健康，生命旺盛，那就是说一个人体内的蛋白细胞的总数量和总质量是正常的……”

黑暗中，乔博士吐字清晰语调平缓，他简略地从生命的诞生开始讲起，三言两语就转到了生命的死亡现象，再三言两语就讲到了生命的冷冻事例……

“红卫兵先生，红卫兵女士们，据我们所知，三十几年前，你们四位进行了你们红卫兵的所谓长征。在你们翻越岷山的途中，你们不幸遭遇了大雪崩。雪崩过后，你们都被埋在了一米多厚的雪下。这一埋，就埋了三十余年。也可以这样说，在三十余年中，你们是死了。是的，按照现代医学脑死即人死的理论，你们的心脏停止了跳动；你们的呼吸器官中断了呼吸；你们的脑因供血不足而停止了一切思维活动；你们的血液凝冻在血管里，就像水结冰在水管中一样；你们各自的身体冻得邦邦硬，请原谅我打一个很不敬然而很恰当的比喻，就像冷库里的牲畜的尸体一样。诸位，你们千真万确的曾经是死亡人。而且已死亡了三十余年。你们中某一位的日记告诉我们，你们死亡于一九六七年十一月十二日的下午，具体时间大约是三点多钟。现存的气象资料告诉我们，在那个时间，岷山气候恶劣，三点多钟起连续发生多起雪崩。红卫兵先生，红卫兵女士们，今年是二〇〇一年，我要强调指出，诸位是幸运的。因为不久前你们被一支登山训练队发现了。他们发现你们时，覆盖在你们身上的一米多厚的雪已不存在。三十余年间，埋住你们的雪每年都被风刮走一部分，每年都蒸发一部分。登山训练队发现了你们那一天的上午，岷山地区狂风大作，结果你们就彻底从雪被底下呈现出来了。当天傍晚你们冻僵了三十余年的尸体就被抬上了直升机。可以这样认为，从那一时刻起，千方百计使你们活转来，便成为了我们的由衷愿望。'我们'是指每一位在这个院子里参与此事的人。'我们'主要是由教授、学者、科学家组成的。比我还年轻的，也无一不是责任感特别强，水平特别高的实验员分析员。'我们'也是一批志愿者。我坦率向诸位承认，我们最初的动机中，包含有获得科学成果的功利思想。但当我们竟奇迹般地使你们活转来以后，功利思想便从我们头脑之中一扫而光了。因为我们太珍惜你们的生命了！因为你们这么年轻！尽管你们有使我们感到种种不可爱的地方。你们今天活着，不等于你们明天后天会继续活下去。告诉你们这样一个事实是很残酷的。但是为了你们能更主动地配合我们，我们一致决定还是告诉你们为好。死神随时会再度夺走你们的生命，我们是在尽我们的全力，替你们与死神进行较量。我们有时很有信心，有时又不那么有信心，甚至会感到沮丧，尤其当你们处处视我们为敌的时候。红卫兵先生，红卫兵女士们，我就先将我们共同面对的情况介绍到这里，下面请诸位发问吧！……"

乔博士讲时，黑暗的室内静极了。他插入投影底片时发出的轻微的声音，在三名红卫兵听来，仿佛是故意为了渲染他话语效果的阴风所啸，令他们的神经一阵阵的悸栗。最后一幅投影画面是一具黑青的难辨男女的尸体。它皮包着骨头，那一层皮褶皱得像一件拧死了麻花状并且就那么晒干了的脏衣服。眼窝深陷，双眼还在，恐怖地大瞪着，似乎怀着一万种怨恨和遗憾而不甘心其死亡。

那画面在投影屏上停止了半分钟后，灯亮了。

赵卫东和李建国脸色苍白如纸，而肖冬云的双手紧捂在脸上。

没有了插入底片时发出的轻微的声音，室内是更静了。

赵卫东突然失态地大叫："拉开窗帘！拉开窗帘！"

"老院长"刚一起身，乔博士已走向了窗子。当窗帘哗啦哗啦地拉开，傍晚时分有些发黄的阳光开闸潮水般泻入了室内……

赵卫东又冲乔博士嚷："你不能轻点儿吗?！……"

他嚷时，一只手在分衣领搭钩。他一向总是很注意形象的庄严的。不但从来也不会敞着衣领不扣第一颗扣子，而且衣领搭钩必然是钩着的。不知为什么，他不能像睡觉前脱衣服那么容易地分开搭钩了。他那只手使劲儿扯着衣领，两根手指探入衣领，试图将衣领撕掉似的。而他的脖子伸长着，头一次次后仰。看去他仿佛窒息得快喘不过气来了……

在那一种令人难耐的静中，他的呼吸粗重可闻。

乔博士拉开窗帘后，并没立刻离开窗口，他转身背对窗口，将一只臂肘平放窗台上，站那儿了。

他从那个角度斜望着赵卫东，抱歉地说："对不起，我想不到拉窗帘的声音会使你受惊……"

"诽谤！诬蔑！攻击！我根本没受惊！"——赵卫东霍地站了起来，向乔博士投射出恶狠狠的目光。他衣领的搭钩还是未分开，他那只手却仍扯着衣领。

乔博士脸上的表情基本没什么变化，只不过双眉微蹙了一下。他一声不吭地将目光向窗外瞥去……

"老院长"低声说："诸位，请原谅，我得吸支烟……"

说罢，自己批准自己地掏出了烟盒……

李建国的目光始终在望着投影屏幕……

肖冬云的手也始终捂脸，冷似的，双肩一阵阵颤抖。

李建国忽然将目光从投影屏幕上收回，一跃而起。好像投影屏幕上出现了只有他一个人才看得见的文字，对他产生了某种启发，使他头脑里有了什么高明的想法。他昂首挺胸走到房间正中，横叉双腿，摆了一个无懈可击的骑马蹲裆式。接着，一路路一套套地打起拳来。一忽儿是猴拳，一忽儿是醉拳，一忽儿是从武打片学的花拳绣腿，并不时从丹田吼出"嗨""嗨"之声。

除了肖冬云，乔博士、"老院长"和赵卫东，都惊诧不已地看他。

他卖弄得兴起，干脆一边击拳扫腿，一边脱了上衣和背心，裸脊献艺。亢奋之际，大翻筋斗。他是自幼学过武术的，自忖三位"看家"都没长着内行的眼，煞是来劲儿，舞舞扎扎的卖弄得还挺唬人，也确实使三位看家眼花缭乱。

他收了拳脚之后，又像一位健美冠军，一手叉腰，一臂弯曲，凸起了一块大臂上的肌肉，自己个儿瞧着，高声问："博士，看见了么？"

乔博士不动声色地回答："看见了。"

"那是什么？"

"那是……"

"怎么样？"

"挺结实的一块……"

李建国得意地笑了，垂下手臂，坐到沙发上，也不穿衣服，盯着乔博士继续问："博士，您刚才讲了那么半天，在下却还有不明白处。斗胆向博士讨教了——我这么棒的身子骨，究竟有什么神秘的东西，明天后天就会索了我命去？唵？"

他一脸的不以为然。尤其最后的一声“唵”，流露出大的不信任和大的嘲讽。

乔博士和“老院长”对视起来。“老院长”摇头，乔博士犹犹豫豫地欲言又止。

“博士，您倒是赐教呀，我这厢洗耳恭听呢!”

赵卫东这时冷冷地说：“我的战友，代表着我。”

“既然如此，那我也没什么必要顾虑重重了。我认为，神秘的东西是存在着的。一切尚未被科学所认知的事物，对人都是具有不同程度的神秘性的。现在，我首先要反问两位红卫兵先生一句——你们是否仍怀疑你们确曾是死亡人，而且死亡了三十余年？如果你们仍怀疑着，我的回答就没有前提意义了。”——乔博士不管“老院长”的眼色和暗作的手势，决定直言不讳了。

李建国和赵卫东也对视了一眼。对于自己们确曾是死亡人，而且已死亡了三十余年这一点，他们心里都不再怀疑了。也可以说不得不暗自承认那分明的是一个事实了。他们能够这样，归功于乔博士。此前他们心理上是特别难以接受这一点的。因为这一点显然对普遍的人性构成莫大的压力。谁愿意相信自己死亡了三十余年又活转来了呢？这太容易使人觉得自己很诡异了。但乔博士刚才在黑暗中的解说，以及这座城市对他们造成的种种认知方面的冲击，使他们开始循着一种比较合乎逻辑的思路分析和判断自身了。尽管承认那事实几乎等于承认自己是“出土文物”，非常的失落、不知所措而又万般无奈……

赵卫东正襟危坐，目不旁视，尊严感特别强烈地说：“我们不怀疑又怎样？”

乔博士仍不动声色地说：“你们不怀疑了我很欣慰，证明我刚才没白白浪费我的和你们的时间。现在，我有前提回答你们的问题了——近半个世纪以来，世界各国都有一些科学家，希望成功地进行生命冷冻的试验。冷冻器官，冷冻细胞，冷冻精子，这些问题科学家们都已解决了。但冷冻活人的试验，全世界还没有一位科学家敢进行的。虽然有愿将生命当试验品的自告奋勇者，但科学的原则是不能拿生命冒险。人体在冷冻过程中，依然会受到体内体外的细菌的危害。某些危害人体的细菌，具有极强的耐寒力，在零下二百多摄氏度的冷冻情况之下，能依然活跃。此情况之下人体的一切免疫力都丧失了，于是人类反而成了那些细菌侵食和繁殖的天堂……”

赵卫东和李建国乜斜着乔博士，两人都是一副听歪道邪说的表情，仿佛心不在焉，左耳听，右耳冒。其实，各自都在全神贯注地听着，并且反复咀嚼着乔博士的每一句话……

肖冬云的手也不知何时从脸上放下了，她目不转睛地望着乔博士，如同一个在法庭上聆听法官对自己进行宣判的人。

“红卫兵先生，女士们，你们的情况尤为不同，尤为特殊，也尤为严峻，尤为令我们忧虑不安。对于你们，岷山这个天然大冰库，不是无菌地带。你们不是按照科学的步骤和科学的条件被进行了三十余年无菌冷冻的人。事实是，在你们长眠的三十余年中，有多种寒冷地域的细菌侵略了你们的身体。我们对你们的医学检查和抽血化验表明，某几种细菌已经在你们的脏器里安营扎寨，已经进入了你们的血液，并且存在得异常旺盛和生动。遗憾的是，我们这些科学家目前对它们还所知甚少，有的甚至一无所知。我承认'神秘'，只不过意味着我承认这样一个事实。红卫兵先生们，女士们，你们好比是冷冻了三十余年的果子。这样的果子一旦处在常温下，几小时前还色泽鲜艳，几小时后可能就会变软、流水、迅速开始腐烂。冷冻保鲜是有时限的。科学只能使其时限长久一些，但绝不能使其时限成为无限……"

"您的意思是说，我们的命运随时都会像……冷冻了三十余年的果子？……"

肖冬云颤声低问。

"任何比喻都是有缺陷的。正因为你们非是冷冻了三十余年的果子，你们的生命得以复活的同时，你们的自身免疫力也幸运地开始了作用。但仅靠这一点，你们的生命是战胜不了那些无名细菌的。要战胜它们，你们需要我们的帮助，而我们也在竭尽全力地研制帮助你们战胜它们的药物……"

"你们研制成功了么?"——还是肖冬云在问。

乔博士又一次与"老院长"对视，"老院长"表情嗔怪地直劲摇头，然而乔博士转脸望着肖冬云，诚实地回答:"没有。到现在为止还没有。但我们的信心还在。"

"你们……有几分信心？……"

"我们起码有成功和失败半对半的信心。"

"才半对半的信心……还……是起码的？……"

肖冬云的声音小得几乎只有她自己才能听到。

在相望着对话的过程中，乔博士的语调虽然并没什么改变，目光却是渐渐的温柔了。那是一种发自内心的同情使然。这位二十世纪七十年代才诞生的博士生导师，这位年轻得令人嫉妒的人类生命科学家，这位中国改革开放新时期的直接受益者和幸运儿，对"红卫兵"的全部了解，无非是从书、报、刊和过来人们的口中间接形成的。在他那间接的认识中，红卫兵们不但个顶个是凶恶冷酷的，而且其凶恶冷酷是从脸上就看得出来的。于他而言，红卫兵又是一概的皆有脸谱的。一种与面皮长在了一起的脸谱。一种京剧脸谱中从没有过的，然而在特殊年代千千万万的中国人，尤其千千万万的红卫兵视为第二生命的。他想那是比清朝人的辫子对人还重要的。他想那脸谱要是果真以油彩而显示标识意义的话，那么它应该是红色的。而且是从鼻梁正中向两边的面颊涂开去的。就像京剧小丑的脸谱一样。在一次各界精英荟萃的联谊会上，他曾挺认真地问一位老京剧演员可曾有过红色的，从鼻梁正中向两边的面颊涂开去的脸谱。人家当然回答他没有。当然也同样认真并奇怪地反问他为什么会想象出那么一种脸谱？他当时笑而未答。可眼前这一位叫肖冬云的初二的女红卫兵，却是一位看去性情多么文静温良多么有教养的姑娘啊。她是那类气质鲜明的姑娘。对方只要看她一眼就立刻能感觉到她身上所具有的那种特殊的气质。就像不管是谁只消看一眼文竹，就立刻会联想到不争无妒的谦谦君子一样。而她的气质，依他看来，是可以用“朴素”“干净”“心地纯正”一类大白话来形容的。他甚至认为她的模样使人看上去缺心眼似的。博士和后来的中国男人们在有一点上是完全相同的，那就是既认为二十一世纪的中国姑娘们既风姿可人了，又心眼儿太密太多了。所以他对看去缺心眼儿似的姑娘，会生出一种没什么道理的好感。他觉得红卫兵肖冬云如同歌曲 MTV 里的“小芳”。这么好的一位姑娘，怎么竟也会是红卫兵呢？他不仅同情她，进而有些怜花惜玉起来了。毕竟，在面前的三名红卫兵中，她是最没有“唯我独革”的讨厌气概的。倘她明朝性命不保，那么他一定会难过得流泪的……

他从窗口那儿走到沙发前，面对着肖冬云站住，弯下腰，双手轻轻按在她肩上，自己的脸凑近她的脸，自己的眼睛凝视着她的眼睛，以希望获得信任的口吻说：“姑娘，你应该知道……”

他原本想说的话是——“你应该知道，你的信任和配合，对我们意味着多么重要的成功因素啊！”

而肖冬云也正凝视着他，屏住着呼吸听他说的话。如果自己要依赖于对方的努力成功才能活下去，那么在对方以异常郑重的态度和自己谈这个严峻问题时，谁又能不屏住着呼吸来听呢？

赵卫东又霍地站了起来。他猛地将乔博士的一只手从肖冬云肩上打落，接着当胸推了乔博士一掌，横眉竖目地喝吼：“你干什么？我看你居心不良！姑娘是你叫的么？你怎么敢对她如此放肆?！……”

乔博士被推得连退数步才站稳。然而他倒也没感到尴尬。他看也不看赵卫东，仿佛什么令人不快之事也没发生，只望着肖冬云由衷地说：“如果你也觉得我刚才冒犯了你，那么我愿意现在就向你道歉，请求你的原谅……”

在他，称赵卫东和李建国“红卫兵先生”，本是念存讽机，语含诮锋的。这也本是双方心照不宣的事。将肖冬云捎带着也称为“红卫兵女士”，却很违背他的本愿，乃不得已的姑且之事。

他其实是想通过“姑娘”这一种叫法，将自己对三名红卫兵人道主义以外的态度划开一道线，并且希望她能明白，在他眼里，她和赵卫东和李建国是不同的。

肖冬云明白了。

第二十一章

凭她那个年龄的女孩儿们本能的感觉明白的，也挺愿意接受他那种不值得猜疑什么的好意。

所以她对赵卫东不满起来，有点生气地说：“卫东你怎么这样?!”

她的声音并不大。但在赵卫东听来，则等于是训斥了。而且是当众呀！

他难以容忍地叫嚷起来：“不要叫我卫东！别忘了我是你的长征小分队队长！在我们共同的政治敌人面前，你应称我‘队长同志’！而且，我不那么样，又该怎么样?！难道看着他对你轻佻，我该视而不见?！……”

“你！……”

肖冬云顿时满眶泪水……

“老院长”啪地一掌拍在茶几上，隔着数步距离，怒色满面地坐指赵卫东道：“我看你才放肆！时时处处事事地关怀你们，无微不至地体贴你们，希望获得你们的信任和配合，甚至违心地迎合你们，取悦你们，最终还不是为了救你们的小命！结果还是你们的政治敌人！不可理喻！实在是不可理喻！就你们，连今天的中国和世界发生了什么样的变化都一无所知，也配有政治敌人？什么东西！还莫如就让你们在岷山上风化成干尸不弄你们回来！……”

“老院长”郁结胸中的种种不快，喷溅而出。这个在“文革”中因不堪忍受红卫兵的折磨凌辱而跳楼自杀过的人，对抢救活三名货真价实的红卫兵这一件事的心理，本就是挺矛盾的。“院长”是因为年长被临时推举的。

赵卫东一时呆若木鸡。

自从他臂上也戴了红卫兵袖标，没人敢这么对待他。他那张脸一直红到了脖子。他又使劲揪他的衣领了……

乔博士赶紧转身劝“老院长”：“您何必大动肝火呢，他们不可理喻，也不能完全怪他们呀。再说比起‘文革’中那些凶恶冷酷的红卫兵，他们不是还比较的理性，并没有动辄往我们脸上泼墨水，剪我们的头发，用皮带抽我们逼我们双膝下跪承认莫须有的罪名么？……”

乔博士不劝则已，如此一劝，“老院长”更加怒不可遏了。他又拍了一下茶几，连吼：“他们还敢！他们还敢！……”

赵卫东仍呆着，脸由红而白，而青。

李建国也仍没穿上衣服。他又从沙发上一跃而起，双脚齐蹦，两手握拳且高举，连连大叫：“够啦！够啦！都他妈的安静！老子还有一个问题非问不可！……”

不知是他的大叫起了作用，还是他的失常之状起了作用，总之室内霎时又静极了。仿佛别人都是无端吵闹的孩子，仿佛他是被孩子吵烦了而大发脾气的家长。“孩子们”皆彼此躲避目光，羞愧也似的缄默着。

他却专盯着乔博士一个人问：“最后那个是什么意思？”

乔博士耸耸肩：“我不明白你的话。”

“就是幻灯映出的……那个最后的……”

他将投影机视为三十几年前的幻灯机来说。

博士反问：“你指最后那张投影画面？”

“对。你为什么就那个画面一句都没作解释就结束了你的报告？”

博士有意缓和气氛，微笑了一下回答：“我哪里作什么报告了，我只不过受命于我们的科学小组向你们……”

余怒未消的“老院长”打断博士的话，大声说：“对他们你值得表现谦虚么？那当然等于是一场针对他们作的专题报告！”——话锋一转又说，“小子，问得好。那么你就洗耳恭听，让我来告诉你——那就是你们可能变成的样子！如同从地下挖出来的棺材里的尸体，一旦暴露在阳光之下几小时就起腐烂反应！……”

“你的意思是说，如果你们对我们的命运束手无策了，我们也会死得那么……丑陋？……”

“正是！”

博士制止道：“院长同志，您把话题扯得太远了！”

“老院长”眼望着三名红卫兵，连头都不向博士转一下，只竖着手掌，将一只胳膊朝博士的方向直伸过去，仿佛以掌推开着一件无形的物体似的。

“别叫我院长！我算什么院长？此地又算的什么院？难道不都是为了他们的好感觉此地才叫院而我扮演院长的么？我不过是一个临时科研小组的组长！窗纸都彻底捅破了我还装个什么劲儿？我也根本没把话题扯远，难道类似的下场不正逼近着他们么？……”

“但是您不应该……”

“恰恰相反，我认为我应该！”

李建国又大叫：“你俩别他妈的废话！……”

他几步跨到“老院长”跟前，以审讯般的口吻追问：“你的意思是说，如果那命中注定是我们的下场，还会特别迅速地发生在我们身上？”

“正是！”

“明白了。终于彻底明白了。明白了……”

李建国退一步说一句，直至退回到沙发那儿，颓然地跌坐下去了，口中仍喃喃着“明白了”……

他的神情已与“献艺”显示健壮时判若两人，像一个梦游人似的，仿佛浑然不知身在何处，也仿佛处于似梦非梦似醒非醒的临界状态怕惊怕吓，一旦被惊吓了就会精神失常似的。

突然，门开了——一名“护士”探头进来慌慌张张地说：“院长，博士，那女孩儿的情况严重！……”

“老院长”一下子站了起来，同时将目光望向乔博士。不待他俩谁说什么或有什么进一步的反应，赵卫东也一下子站了起来……

他大叫：“谎言！谎言！一派胡说八道！完全是你们策划的政治阴谋！是卑鄙无耻的恐吓！……”

他一边大叫一边向外冲去，出门时几乎将门外那名“护士”撞倒。而那名“护士”，其实是从一所名牌医学院借调来的副教授。

“老院长”和乔博士显然的都已顾不上理会他怎样了。博士一边向“老院长”走去，一边望着肖冬云婉言安抚道：“姑娘，千万别绝望，一定要好好配合我们，一定要充分相信我们啊！……”

李建国引吭高歌起来：“下定决心，不怕牺牲，排除万难去争取胜利！下定决心，不怕牺牲，排除万难去争取胜利！……”

在李建国的语录歌声中，乔博士挽着“老院长”快步离去。

肖冬云愣了几秒钟，起身追到了走廊上。她紧跑几步，超在乔博士和“老院长”前边，一边倒退着走一边恳求地说：“我相信！我相信你们的每一句话了！真的啊！如果我们竟使你们觉得那么的可恶，那么的可憎，我愿代表我的战友们向你们道歉，向你们请罪！可我也请你们救救我们，我们都不想死，我们都没活够啊！我们都是想正常地活下去的呀！……”

然而乔博士和“老院长”都不知该对她说什么，也顾不上对她说什么。

在走廊尽头一个房间的门外，他们站住了。

“老院长”低声对乔博士说：“这姑娘还不可恶，更不可憎。怪可怜的，你替我安慰安慰她吧！”——说罢，进了那门。那扇门里其实是抢救室。四名红卫兵其实便是在那个房间活转来的。它等于是他们的“产房”。

此时的肖冬云早已是泪流满面。

她双膝一软，跪了下去，抱着乔博士的腿，仰望着他泣不成声地说：“博士，无论救活我妹妹需要我的什么，我都是肯的。我的血，我的五脏六腑，我的五官和四肢，我的皮肉和骨骼！我想开了，我自己怎样都无所谓了，死活也无所谓了！救活我的妹妹吧！你不知道我有多么爱她！……”

乔博士心为之碎，容为之动。他赶紧扶起她。他情不自禁地拥抱了她一下，并且双手轻轻捧着她的脸儿在她眉心正中吻了一下……

他无限柔情地说："姑娘，上帝作证——我发誓，我将尽我的全力。因为能使你和你的妹妹活着，我会觉得我的人生更美好……"

"希望……也包括我的两名战友……"

"当然。当然也包括他们。我不会，不，我们全体，其实都不会对三十几年前的你们今天的言行太计较的。你们被变成那样不仅是你们的问题……"

他又在她眉心正中吻了一下，之后也匆匆进了那个房间。

在长长的走廊的另一端，有人也为博士两次吻肖冬云而心碎而动容——那就是赵卫东……

他将自己的头在墙上狠狠撞了一下……

肖冬云双手捂脸蹲在地上哭……

赵卫东怀着满腹强烈的妒恨奔下楼梯，奔到楼外去了……

李建国还在独自不停地唱："下定决心，不怕牺牲，排除万难去争取胜利……"

妒恨的痛苦有时超过对死亡的恐惧。

赵卫东也流泪了。

夕阳温情脉脉的余晖，又一次慷慨地照耀这个不久前才被神秘地命名为"疗养院"，并且以接近高干疗养般的规格仅服务于四名红卫兵的地方。毛主席塑像、刷在墙上的语录、"服务"人员臂上印有"革命造反派"五字的袖标，以及胸前形形色色的毛主席像章，虚假地，戏剧化地延续着过去的一段非常年代。那一切如同一皿盘底片中混有一张三十几年前的老照片底片，并且被不经意地冲洗在别的照片相纸上了……

这个地处郊区的神秘的"疗养院"，与二〇〇一年被商业时代的浮华包装得纸醉金迷的城市，形成着甚是荒诞的对比。之间十几里公路两侧，有几大片被水泥栓和粗铁丝圈起来的，并被高竖的牌子显示为"经济开发区"的土地。在那几大片土地上，处处堆放着建材、砖和沙石；拔地而起的楼房的框架，像种种类类盼望着人为它们制作了皮肉进而才能获得生命的巨兽的骨骼。也有一排排门面低矮简陋的小店铺，外墙刷成浅粉或米黄的颜色。墙上还写着醒目的商品广告。字距和字行之间，按下着完整或不完整的脏手印，以及成心蹭抹得很长的横着的或斜着的脏鞋印。红卫兵赵卫东猜想到，如果他有机会近看，肯定会发现干了的痰迹或手指抹鼻涕的证据。那缘于恶劣的习惯和另一种妒。一排排小店铺意味着是小家小户赚钱积财的实体。底层人发泄妒火的传统方式便是吐痰和抹鼻涕。红卫兵赵卫东对那一种妒非常了解。因为他是全校学习成绩特别优异的学生，他的照片总是贴在或名字总是写在各科考试的状元榜上，而他的照片和名字也曾被多次吐过痰抹过鼻涕。相对于成人所主宰的社会，中学生高中生们也全是底层人群。他们三十几年前发泄在校园里的嫉妒的方式，与成人社会底层人群发泄嫉妒的方式是一样的。正因为他们也是底层人群，所以他们最容易被号召起来造反，并且最乐于接受“造反有理”的口号。十几里的公路两侧，除了“经济开发区”和一排排小店铺（它们使人联想到穿着旧布新染的外衣，但衬衣衬裤没换，线缝隐藏虱子的儿童），还有仿佛连绵不断的摊床。一有车辆停住，摊主们雇的些个农家姑娘或少女，便蜂拥而上招徕生意。有那成本拮据的摊主，也干脆鼓励自己的女儿们浓妆艳抹了去守摊儿。

十几里公路两侧，也像城市的步行街两侧一样，涌动着商机和欲望。只不过与城市的步行街相比，十几里公路两侧，涌动着的是原始的商机和人初级的欲望。

城市日渐旺盛日渐亢奋的生命力，通过公路向郊区野心勃勃地膨胀，刺激着公路两侧原始的商机和初级的欲望别出心裁不择手段地共生共存又激烈竞争……

赵卫东站立在“疗养院”中那尊毛主席像下，望着城市的方向，自哀自怜的程度，犹如冤魂站立在通往阴曹地府的“望乡台”上，索望着自己被索命小鬼用铁链牵拽而来的阳间家园。

他在心理上强烈地排斥那一座城市的存在。他完全不能理解，在一座很难看到一条政治标语，几乎触目都是经济口号和商业广告的城市里，人们怎么竟生活得那般无所谓似乎又那般的习以为常？倘整个中国都已变得像那一座城市一样了，那么他也完全不能接受中国的现实。

在他想来，一个国家政治内容少，那就像空气中的氧成分稀薄一样的呀！

怎么普遍的人们会不感到缺“氧”呢？

不整天呼吸政治这一种“氧”，人们的头脑又为什么而进行思考呢？在头脑严重缺“氧”的情况之下，人的头脑又何谈进行有意义的、积极的、严肃的思考呢？人的头脑倘不用来思考政治，那么人岂不是像动物一样，只需长着一颗头就够了，而不需要有头脑这么高级的东西了么？

红卫兵“长征队”之队长的头脑，对“政治”一词及其所代表的范畴时时处处的迫切需要，是“文革”开始以后才形成的心理现象。“文革”前他是全校出名的“走白专道路”的学生。“走白专道路”也就是不关心政治。所以“文革”一开始，他不得不明智地要求自己——得比全校乃至全县一切学生都更加关心政治，也得表现出比别人们高涨十倍百倍的政治热忱。唯此才能在政治面貌方面争得和别人一样的资格。他最初只想争取到那样一种资格罢了，并不敢奢望再多获得一点儿什么。然而出乎他意料的是，政治尽管对别的某些人很残酷，对他这个解放前小业主的儿子却似乎特别的慷慨和宠爱。他的口才使他不久便当上了县“红代会”的常委。而且，他的家庭小业主的成分，也由县“红代会”重新派人调查，重新划定为“贫农”了。多好的成分啊！与工人阶级平起平坐的成分啊！解放以后，他的父母因了“小业主”这一成分，人前矮三分，整天低三下四地过日子。可现在简简单单地就改过来了！既然他已经是县“红代会”的常委了，那么他的家庭成分当然应该是贫农而非小业主。事后他知道是省城一位“造反派”大首领指示必须那么做的。因为他是全县第一个公开刷出标语支持对方所率领的“造反派”夺省委的权的。他那样做仅仅是凭着一种像对考题一样的敏感反应及时地表现“革命”而已，本不存在什么非分之目的。而对方竟派了一名曾是省委中层干部的“联络员”，秘密来到在省里不起眼的小县城寻找到他，单独与他会谈了一番。那“联络员”三十六七岁，曾是前省委的一位处长，与李建国任县长的父亲同级。两个人会谈的全过程，心理上都是那么的不自然。在县“红代会”常委赵卫东这一方，坐在对面的不但是一位成年人，而且是他在当时那个年龄所见到的身份和地位最高的一个人；在对方，他是全省最大的一派“造反派”的首领所重视的一名红卫兵小将。他前途无量，不定哪一天便会平步青云，扶摇直上，成为省里叱咤风云举足轻重的一位大权在握的政治人物。所以他对那“联络员”诚惶诚恐，显得受宠若惊；而那“联络员”也对他恭敬有加，显得有意巴结。那“联络员”告诉他，省委已被夺权，原班人马皆成永世不得翻身的“走资派”，命自己秘密前来的人，不久将成为新省委的第一二把手。还告诉他，未来新省委的第一或第二把手，希望他再有一些突出的政治表现，以作将来接管新县委大权，并进而到省城去为新省委担当重任的资本。“联络员”离去后，由“白专道路的典型”而红卫兵而“红代会”常委，因是“红代会”常委了，便由“小业主”的儿子而“贫农”的儿子的高三学生，彻夜难眠。他从而一百八十度地转变了对政治的态度。他想政治可真像一双钉鞋啊，若被一般的人穿了，不要说跑了，就是走一般的路，比如柏油马路、铺砖人行道、土路和山路，那也将是多么的不舒服多么的累脚的事啊！而且肯定会脚踝跌跟头磨出双脚泡的吧？但若被不一般的人穿了，情况却是多么的不同哇！只要是走在一条绝对正确的跑道上，即使不跑，即使只是装出坚定不移地走下去的样子，竟也会有意想不到的人生惊喜在各个转弯处向人招手！斯夜这高三的红卫兵更加认为自己是不一般的个人了。既然自己是不一般的个人了，为什么不索性大胆地穿上政治这双钉鞋，以不一般的姿态走出自己不一般的人生呢？被将要成为新省委的第一或第二把手的人所看重，难道还不证明自己是不一般的人么？由此从前一向闻政治二字忐忑不安，“文革”开始以后对政治不得不表现积极活跃的他，打算全心全意地紧紧拥抱政治了。怎样才能再有一些突出的政治表现，积累配担当重任的政治资本呢？抄家打人构织政治罪名进行政治迫害那类事，是他的天性所不愿干的。他本质上毕竟非是恶人。他既惊喜于“天降大任于斯人也”，又挺信服恶有恶报的民间传言。左思右想，终于形成了也要长征一次的念头。当年的红军因长征而一举威名天下扬，彪炳史册；红卫兵之长征，不也等于是“文革”中的英雄好汉了么？他越思越想越觉自己的念头英明，越感到头脑里产生如此英明的念头的自己不是一般的个人。便再也躺不住，爬起来穿戴整齐，豪迈地大声朗诵毛泽东诗词《长征》，使他的父母闻而惊骇……

他组织的长征之所以是秘密的，乃因他唯恐小小的县城产生太多的红卫兵英雄好汉。红卫兵英雄好汉太多了，自己的政治资本的分量不就减轻了么？而肖冬云之所以成了长征小分队的一员，乃因他对她的暗恋。他希望她也能沾一点儿自己的政治光，使她的父母再沾一点儿女儿的政治光，早日从政治另册上除名。肖冬梅之所以成了长征小分队的一员，乃因姐姐的什么事儿瞒得过父母瞒不过她。李建国之所以成了长征小分队的一员，乃因肖冬梅虽然谈不上多么喜欢他，但他却几乎是她唯一的男生朋友。像许多花季少女一样，一个自己不太喜欢却也不太讨厌，但非常喜欢自己，肯被自己呼来喝去的男生朋友，是她心理上所需要的。在人前她对他特别冷淡，带搭不理的。那也是一种虚荣，蒙眬模糊的性虚荣，能使她比较容易地获得某种满足。在人后她有时也对他挺温柔的，乐于将自己的一些秘密透露给他，以抵消自己在人前对他的冷淡。而李建国这名带头起劲儿地大造自己“走资派”县长父亲的反的红卫兵，一听说有长征这等继往开来的大事件在秘密策划着，那还能不踊跃要求参加么？他是向赵卫东递交了“血”书的。不过那“血”是用红墨水制造的。他的真诚当时使赵卫东极受感动。

赵卫东之所以也批准了李建国加入长征小分队，不仅由于极受感动，也还由于良心使然。他想若自己将来接管了新县委大权，那么李建国的父亲李县长就只能永远地靠边站了。他心底里其实同意全乡大多数民众对李县长的看法——基本上是一位热忱为人民服务的好县长。但县一级干部都被打翻在地了，竟仅留下一位县长是好县长，革命也没法儿向民众解释呀！“革命不是请客吃饭，不是作文章，不是绘画绣花，不能那样雅致，那样温良恭俭让”嘛！只要是为了革命的大局，亏待了一位好县长就亏待了一位好县长吧！亏待了一位好县长，给予他的儿子一种获得政治光荣的机会，不也算挺对得起他了么？尚未接管新县委大权的这一名高三红卫兵县“红代会”常委，当年认为自己很是具有些政治韬略了。

他一旦紧紧拥抱政治，一旦义无反顾地往脚上穿了政治的钉鞋，他的一切思维就越发地政治化起来了。确切地说，是越发地“文革”方式起来了。最初体现为主观服从客观。逐渐地体现为客观完全地主导主观了。也就是说他的头脑中再没有一丁点儿高三学生从前的和自己的一般思想痕迹一般思维特征了，百分之百地是“文革”方式了。他那么思维便不再像从前似的时有困惑和时不自信了。他觉得全盘接受“文革”的也就是当时的狂热思想和狂热思维方式，判断起现实中的一切人和事来，一下子变成简单明确的事了。用“革命”的、“不革命”的和“反革命”的三把尺子来分人分事，论人论事，对于他比用“代入法”解一元一次方程还容易。进而认为走政治人生比走“白专”道路容易多了……

他们这支红卫兵长征小分队，每到一地，尤其是那些偏僻山村，既不但被待为贵客，而且往往被奉若神明。毛主席的红卫兵呀！不欢迎他们还欢迎谁们呢？怎么可以不心悦诚服地接受他们的“文革”指导，聆听他们的政治说教呢？而每到一地，他也带头宣传“文革”的伟大必要性，慷慨激昂地号召当地村民，擦亮双眼，密切关注少则几十户多则百多户人家之间的“阶级斗争新动向”。当那些村民也相互揭发和批斗甚至分成势不两立的“阵线”了，他们便带上他们认为是“革命”的群众送给他们的鸡蛋、红薯白薯、干粮咸菜和水，高唱着“造反有理”的歌又踏上长征之路了……

他们的“革命”事迹，他全都桩桩件件地记在日记本上。当作“备忘录”妥善保存。他甚至独自想象过，他的日记，也许有一天会成为县文史馆的宝贵“革命文物”……

然而这一切今天突然都没了意义！

仅仅因为他们的生命所不曾经历的三十几年的时间，就变成了荒唐似的历史！

那么一场史无前例的，轰轰烈烈的，冲决堤坝一泻千里的红色狂澜般的“无产阶级文化大革命”，怎么可能在三十几年后的中国没留下一点儿痕迹似的呢？

它又怎么会是荒唐的呢？

当年千千万万的红卫兵们到哪里去了？

不可能被后来反对“文革”的人一批批消灭了吧？

看不出中国三十几年中经历了大清洗大屠杀的什么迹象。

那么千千万万的红卫兵当然还存在着了？

他们怎么能够容忍他们也像自己一样被视为不可理喻愚顽可笑的人呢？难道他们就没有为捍卫自己们的正确进行过任何斗争么？毛主席不是说阶级斗争、路线斗争，一言以蔽之政治斗争“过七八年来一次，规律基本如此”么？

三十几年是四个七八年啊，他们不搞政治运动他们都干了些什么呢？不搞政治运动对于中国而言难道还有别的更重要的事值得搞的么？或者他们也搞过，但复辟了的“走资派”们的势力太强大，他们一次次的都失败了？

也许他们中有人转入“地下”了？……

也许他们中有人上山打游击了？……

在中国，哪一座山头是红卫兵们占据的红色根据地呢？

……

从公路拐向“疗养院”岔道的路口，传来各种车辆杂乱的喇叭声。那儿一辆拖斗车的车斗掉在路旁的沟里，而车头横在公路上，造成了堵塞。一阵阵汽车喇叭声搅得赵卫东更加心烦意乱。其实，在他和他的三名红卫兵战友间，他自己第一个明白时代发生了巨变，而他们四个所熟悉的中国已变成了一页翻过去的历史上的中国。只要不是白痴，这一点明摆着。但是他不清楚自己们怎么就被那巨变的过程搁置在一旁了。听了乔博士的讲解，他终于解惑。然而他绝对地不相信他的生命正面临着什么危害，尽管他恐慌到了极点。

他因发现不到适合自己存在的空间而恐慌，哪怕是小小的条件低劣的空间。他觉得自己“历险”过的那一座城市里不会有适合自己存在的空间。他与它格格不入。它也显然排斥他。那么这个叫“疗养院”的地方就适合自己存在了么？倘中国竟为自己保留了这么一处占地颇大，环境不错的地方，那倒是自己的幸运了。院子里有几十株粗壮的杨树，在其间踱步和思考绰绰有余；沿内墙栽种的各种花开得也正美艳，足以赏心悦目；还有篮球场单双杠，可供锻炼身体。更主要的，这里有他曾打算终生紧紧拥抱住的政治的元素。但——“疗养院”不是疗养院啊！这里呈现的政治元素全是假的呀！正如《西游记》里的假西天不是西天。若离开此地自己可该到哪里去呢？就算自己宁愿留在这不真实的地方，又凭什么资格像寄生虫似的生活？他觉得自己好比一撮毛，被从一张皮上抖落了。而那张皮不再是从前的皮了，它改变毛色了，并且连每一个毛孔的生理状态也改变了。他附着不上去了。即使勉强附着上去，他的毛根也扎不进那张皮现在的毛孔里去了。而他又寻找不到另一张皮可以附着可将毛根扎进毛孔，通过吸收皮下血液滋润自己的色泽和柔韧度。是的，他首先因此而恐慌。这一点也是他最大的恐慌。其次他恐慌于他可能失去他的三名战友。确切地说，他恐慌于他可能失去他的同类。不，不是可能，失去几乎是肯定的了。既然他不相信自己会说死即死，当然也不相信他的三名同类会那样。他并不因将会在生命关系上失去他们而恐慌，乃因将会在政治依存关系上失去他们而恐慌；只有三名战友啊，只有三个同类啊，失去一个就少了三分之一啊！肖冬梅不是已经等于失去了么？才短短的四十几小时里，她就被院墙外的现实“洗脑”了，似乎与长征小分队这个曾何等紧密团结的政治集体话不投机半句多了！而且敢于公然反驳、抢白和顶撞他这位“思想核心”了！而且还认了一位干姐姐！而且与那位干姐姐难舍难分了！他竟恨恨地想，她果真丑陋地死去才好！既然不再是自己的同类，既然背叛了自己，那么他又何必浪费自己的感情关心她的死活？他一路上之所以像关心小妹妹一样关心她，乃因那是政治关系的要求、责任和义务。非政治关系的责任和义务，也配再是责任和义务么？也值得再是自己对自己的要求么？李建国分明的也靠不住了。瞧他吓成那种歇斯底里的样子吧！显然，只要给他一粒小小的药丸，对他说：“忏悔吧！忏悔了，这粒药丸就能保你的命！”——那么他准会激动万分，不但忏悔，而且大骂“文革”和红卫兵是罪恶横行！肖冬云呢，这个他暗恋的初三女生呀，这个他唯一认为可以也值得在政治关系所确定的感情之外，再多给予些俗常的男女感情的姑娘，她怎么竟容忍别的男人将双手放在她肩上?！怎么竟容忍别的男人用那么温柔的目光望着她用那么温柔的语调和她说话?！甚而竟容忍对方拥抱了她吻了她?！……

他在走廊里看到那一幕时，他的唇霎时火烧火燎地疼痛起来。从他那个方向，只能望到肖冬云的背影。他见她被乔博士拥抱时，双臂软软地下垂着。她的头向后微仰，但那并不意味着是躲闪对方的吻，而似乎是主动地翘起下巴，以便将整个脸庞奉献给对方。她那种姿态的背影，使他认为乔博士吻了她的唇！

所以他感到自己的唇火烧火燎地疼痛……

她为什么那般的顺从呢？

为什么不推开对方呢？

为什么不狠狠地扇对方两记耳光呢？

啪！啪！左右开弓，响亮的两记耳光——那才是他应该看到的情形应该听到的声音啊！

第二十二章

如果说关于中国现在怎样怎样了，关于当年的红卫兵们现在怎样怎样了，是他头脑中的主要思想，那只不过曾是而已。是他被关在公安分局的小黑屋子里，一段段背毛主席语录和一遍遍唱“抬头望见北斗星”时的想法。

此刻他头脑里没那些想法了。

此刻他想的是——如果中国没给自己留下一处适合自己生存的空间，自己将怎么办？如果三名战友也就是三个同类一个一个地背叛自己离自己而去，自己将怎么办？三人中顶数肖冬云的背叛性质严峻，那意味着他将同时失去爱情。

他从未怀疑过他对肖冬云的暗恋会结出甜美的爱情之果。恰恰相反，他自信得很。他的私密的个人想象，绝大部分是与她联系在一起的——他们公开相爱了以后她会变得怎样；他成了她丈夫以后她会变得怎样；婚后的她留怎样的发式会使他觉得更好看；经常穿怎样的衣服会使他更喜欢；等等，等等。

他迟迟未向她倾吐暗恋之情与勇气无关。其实他认为她的心房早已接纳了他，而他也早已在精神上占有了她。他只不过感到自己对她宣布“我爱你”这句话的时机还没成熟。也可以说前提条件还不具备——因为她的父母还被双双划在政治的另册里，而这一点会妨碍他的政治人生……

可现在，连他从前的私密的想象也似乎成了历史。当然他仍有进行从前那一种想象的权利，但是从前那一种想象会顺理成章地变为现实的链条似乎已发生了断裂……

现在他有了一个最明确的敌人那就是乔博士。他认为对方已经明摆着是他的情敌。起码蓄意成为他的情敌。因而他也同时怀着强烈的政治敌意妒恨对方。如果对方不是他的情敌他未必非视对方为政敌不可。乔博士从不谈政治。他连对方头脑中究竟有没有或可叫做“政治思想”的思想都根本不晓得。但是对方既已经明摆着是他的情敌了，那么对方头脑中肯定存在着某种最最反动的政治思想无疑。这种典型的当年红卫兵们的逻辑暗示他，如果他要捍卫住他的爱，那么他必须在政治方面与对方势不两立。即使对方莫名其妙也不是他的责任。只要他自己不莫名其妙就行。

他在心里对自己说——赵卫东赵卫东，你只能而且必须在政治思想方面争取比对方显得高大，因为对方在学历方面已是你根本无法与之相比的！

他妈的中国从什么时候起开始设博士学位了呢？

怎么好事都让后来的中国人赶上了呢？

对于赵卫东这名三十几年前曾一心走“白专道路”而被“文革”铲断了此路的高三学生，博士学位不但是别人脑后烁烁耀眼的光环，而且是令他无比愤慨的。他恨恨地想，如果自己也有毛泽东那么伟大的号召力，那么一定要发动第二次“文化大革命”或名曰别的什么革命运动，而且首先不从文化方面首先从教育方面“轰开”缺口，将一概的博士们和正读着博士的以及一心准备成为博士的男男女女统统打翻在地划入另册，叫他们在中国永无出头之日。男的都发配到边疆和农村去苦力地干活，女的都留在城市里扫马路或掏厕所……如果他了解到“文革”“革”到后来对大小知识分子几乎就是这么干的，他一定会因“英雄所见略同”而高傲而更加觉得自己不一般的……

那一天夕阳在西边的天空上滞留的时间很长，仿佛不甘轻易地落下去。它一天里最后的光像老年人表达爱的方式，温柔而矜持，照在杨树们肥大的叶子上，使那些由于肥大而似乎慵懒的，甚至不情愿在习习微风中多摇动一下的叶子，看去油亮油亮的。若是黑色的，那么如同从前的女人抹了头油之后梳得板板的头发……

赵卫东站立得累了，便将身子往毛主席像的像座上靠去。这一靠不打紧，竟将整座毛主席像靠得一晃。他因之一惊，立刻伸张开双臂扶抱。不留神脚下被一道绳索一绊，扶抱变成了扑抱，结果将整座毛主席像扑倒，他自己也随之倒下，身子压在毛主席像上。原来那毛主席像是在他们到来之前，临时请两名雕刻石狮子的工匠加紧赶制的。用的是最廉价的材料——硬泡沫块。一块块粘起，雕成后涂了两遍铜粉，又进行了一番必要的做旧处理，看去像经过风雨的铜像。倘无一尊毛主席像，恐他们四名三十几年前的红卫兵“造反有理”。但是在二〇〇一年，莫说在那一城市，就是在那一省份也寻找不到一尊毛主席的高大铜像了。用铜现铸或用石现雕是肯定来不及了。也实在没有那么认真的必要。于是“老院长”决定用硬泡沫块赶制。此决定使那件事变得容易多了。但泡沫块毕竟太轻了，怕立得不稳，所以将底座用土埋了一部分。使之看去像是铜重压陷下去的。在赵卫东们擅自“逃”出“疗养院”的前一天，李建国曾郑重指出，毛主席像座必须完全呈现在地面以上，否则会使人联想到“埋”这个字，是对毛主席他老人家的大不敬。“老院长”岂敢不严肃对待，赶紧派人找来附近农村的两名民工另想稳固的办法。接着就发生了红卫兵们失踪的事件，人们一时顾不上两名民工在做的活儿了。两名民工只对对付付地往地里钉了一截桩，拉了一道绳索，便径自而去。赵卫东正是被那道绳索绊倒的。他和毛主席的像一倒，绳索将那截木桩从地下扯出来了……

幸而毛主席的像不是铜的，没伤着他。弄倒了毛主席的像，他感到非常的罪过。双手一拥，没想到非常容易地就拥起来了。本能地四下里看，见院子里没人，罪过不至于被当场指证，那一颗惴惴的心才算安定了。

“嗨，那个人！……”

他循声望去，见院门外一个穿背心的光头男人，将一只手臂从铁栅之间伸入院子指着他。那只手满是油污。

他望着对方一时发愣。

“跟你说话呢小哥们，请把那只锨递出来，借我们使一下行不行？使完保证还！……”

一把锨就插在毛主席像后的草坪边。是两名民工插在那儿的。

赵卫东扭头看了一眼那把锨，再回转头瞪望院门铁栅后那光头男人，不动地方。

“哥们儿，小哥们儿千万给个方便，帮个忙……”

他还是不动地方。

“哥们儿，请吸支烟！……”

对方用另一只油污的手从裤兜里掏出了盒烟，也从铁栅之间伸向他。于是，那人的两支手臂就隔着铁栅都伸到院子里了，像乞丐哀哀行乞似的。

红卫兵赵卫东仍不动地方。

“哥们儿，全给你了，接着！……”

油污的手将那盒烟抛向了他。他没接。烟盒落在他脚旁，扁而皱，显然内中烟剩不几支了。

“你这人怎么这样啊！我已经低三下四说了多少句好话了呀！……”

那人的语气和表情变得愤愤然了。

赵卫东缓缓抬起一只脚，朝烟盒狠狠踏下去。踏住了，使劲儿往地里碾……

“嗨，你他妈王八蛋！不借锨把烟还给我！还糟蹋我的烟干什么?！……”

他将那烟盒碾得烂碎，转身走向那把锨，拔出来，双手横操着，冷笑着，一步步向院门走去……

“哥们儿，我道歉。刚才我是一时来气，就算骂我自己了！……”

秃头男人双手伸得更长，也讪笑起来，一心以为马上就会接锨在手了。然而随着赵卫东一步步接近他，他看清楚赵卫东脸上的笑不是好笑了。不但是冷笑，而且分明怀有着令他不解的敌意，甚至是恶意。

他谨慎地将他的两支手臂缩到铁栅外去了。此时赵卫东也一步步走到了院门前。他猛举起锨，朝那人的光头拍了下去。

随着铁与铁拍击发出的响声，光头男人往后跳开了。若无铁栅隔着，光头男人不死亦残。他跺着双脚，怒不可遏地大骂起来。红卫兵赵卫东则依旧的满脸冷笑，一次次挥锨拍在铁栅上。他满心企图通过毁坏什么进行发泄的强烈欲念！锹头哨唧一声断了，掉在地上。他继续用锹柄击打铁栅，直至累了才住手，在光头男人的谩骂声中，呼呼喘息。

光头男人的谩骂，从堵塞的道路那儿，招引来了七八个男人。他们都是司机，都等着排除堵塞等得没了耐性。秃头男人一向他们说了自己借锹的遭遇，那些司机也一个个捋胳膊挽袖子，在院门外叫骂不休起来。

赵卫东弃了锹柄，若无其事地转身就走。刚走几步，站住了——他看见肖冬云和乔博士在楼口那儿。肖冬云的身子紧偎在乔博士怀里，头扭向着他，目光充满悸怕地望着他。而乔博士，双臂揽抱着肖冬云，也望着他。只不过目光中没有悸怕，有的是嫌恶。乔博士仿佛随时准备迎他而走，挡住他的去路，不使他接近肖冬云似的……

在院外司机们的叫骂声中，双方久久地对望着。不，那不仅是对望，更是心理的对峙。三十几年前的高三红卫兵和三十几年后的博士导师之间的心理对峙。

司机们不但在院外叫骂，还往院中扔石头。

一块石头击中赵卫东后脑，他双手反捂着后脑蹲下了。

“卫东！……”

肖冬云终于克服了对他的悸怕，朝他跑过去。没等她跑到他跟前，他又猝然站了起来，瞪着她低声说：“可耻的叛徒。”

她只得站住，苦口婆心地说：“卫东，别再胡闹了！再胡闹下去对我们四个有什么益处呢？我们都年纪轻轻的，我们都希望活下去不是么？除了我们四个，这院子里的别人，都是我们的救命恩人啊！没有他们的努力，我们能活转来么？虽然侥幸地被发现了，那还不是四具冷僵三十几年的僵尸吗？……”

肖冬云又流泪了……

赵卫东却并没听她说些什么。他在看自己双手，他双手上沾了血。

肖冬云又鼓起勇气走上前，从兜里掏出手绢，打算替他包扎。

赵卫东双掌一推，肖冬云连退数步，还是没能站稳，跌坐于地。

她一手撑地，张了张嘴想说什么，却什么话也没说出来。她泪眼汪汪地望着他，满腹苦衷地摇头不止。

乔博士也快步走过来了，一边走一边躲避着仍往院子里扔的石块。他走到肖冬云跟前，扶起她，将她掩在身后，尽量用平静的语调对赵卫东说：“还想挨一石头么？快进楼去找护士处理伤口！……”

赵卫东却冷笑着说：“这只不过是一点儿小乱子，你就怕了？你怕我不怕，乱只能乱了阶级敌人！‘四海翻腾云水怒，五洲震荡风雷激’的革命局面还会重新到来的！……”

他话没说完，脸上已啪地挨了一记耳光。明明是肖冬云扇了他一耳光，他却用一只沾血的手捂着一边脸一时懵懂地呆瞪乔博士。

乔博士对肖冬云责备地说："冬云，你这是干什么？他头上还有伤啊！……"

赵卫东这才明白，扇他耳光的不是乔博士，而是他三名红卫兵战友中最亲爱的一名战友，而是他深深暗恋着的人儿。要正视这一点，对他而言，比接受现在的年代已经是二〇〇一年还痛苦还茫然。

他不禁地问肖冬云："是你扇了我一耳光？真是你扇了我一耳光？而不是他？……"

肖冬云颤着双唇不知说什么好。

"而且，你不但允许他将双手拍在你肩上，不但允许他拥抱你，吻你，还允许他叫你冬云了？……"

乔博士不得不以声明般庄严的口吻说："赵卫东，你多心了。希望你能以较正常的心理想某些事。"

肖冬云也忽然大声说："你以为你是谁？是我的上帝？你我的关系，不过是三十几年前同校初中女生和高中男生的关系，不过外加一层关系都是三十几年前的红卫兵，一起长征一起遭遇了雪崩！但现在已经是二〇〇一年了。我们的关系和中国的'文革'运动一样，早已成为历史了！你什么时候能头脑清醒，彻底明白这一点？……"

轮到赵卫东颤着双唇不知说什么好了。

他霎时泪盈满眶。

他觉得肖冬云的话语像刀子，一句一下，将他的心切碎了。

而肖冬云说罢，一转身跑入楼里去了……

乔博士安慰道："你别生她气。你们之间，难道不比我们之间更容易沟通么？你应该主动找她……"

赵卫东口中咬牙切齿地吐出一个字是："滚！……"

此时，有一名司机翻过院门跳进院里，接着将院门打开了——于是司机们一拥而入，吵吵嚷嚷地朝赵卫东围来。看样子他们要教训他一顿……

乔博士挺身上前，横身双臂加以阻拦，并厉声喝道："站住！你们也不先问问这是什么地方！此地岂容你们撒野放肆！……"

司机们倒真的被镇住了。一时的你望我，我望你，皆噤声不再敢造次妄动……

"老院长"率着一队不同年龄男男女女的"白大褂"自楼内匆匆而出——此事最终以和解了结。司机们不仅得到了工具，还得到了人力支持。"老院长"自掏腰包，给了那名光头司机一百元赔他半盒烟。他说他耳朵可能被震聋了，于是又为他检查了耳朵，开了诊断，确保他的耳朵没问题……

赵卫东却在交涉过程中独自回房间去了……

四名活转来的红卫兵都住单间。一则房间多的是。二则在最初的时日里，也就是在他们都必经的昏迷阶段，由于他们各自不同的状况，需要极为细心的，二十四小时不间断的分别观察和分别护理。所以住单间的“待遇”便继续下来了，没有什么改变的必要。

赵卫东进了自己的房间，见李建国顺条笔直地躺在他的床上。李建国立即明智地坐了起来，关心地问：“你打针了没有？”

赵卫东不理他，接了一杯纯净凉水，一饮而尽。

李建国一时觉得被冷淡得怪没意思的，就挺识趣地起身往外走。走到门口站住了。犹犹豫豫地转过身，又问：“我怎么你了你连我也不理？跟我来的什么劲儿呀？”

赵卫东仍不理他，也顺条笔直地往床上一躺，两眼呆瞪天花板。

李建国嘟哝：“你不理我，我还偏不走了。”——嘟哝着，就当然而然地坐到一只沙发上去了。

房间里没电视。没电话。只有单人床、一对沙发、三十几年前木制的老式衣架和书架。书架上摆着小型的毛主席石膏胸像、选集，以及一些三十几年前的报刊。刊是从资料馆借来的。报是请印刷厂专为他们按三十几年前的几份大报的内容板式重新印刷的。总之三十几年前不该有的东西都没有。该有的一般都有了。至于热水器，那是今天才增加的。既然真相已经说明，假戏不必再演下去，省得仍指派一个人专为他们烧热水了。

李建国第三次发问：“你怎么就忍心不打听一下肖冬梅的情况呢？”

肖冬梅的不良反应已经得到了有效的控制，这使李建国和肖冬云的情绪都大为好转，起码对各自面临的生死问题乐观了些。再加“老院长”和乔博士又分别推心置腹地与他俩谈了一番话，使他俩的思想方式更现实了。

赵卫东继续装聋作哑。

李建国终于火了，大声嚷：“赵卫东你死了？没死你给我听好！三十几年前我李建国尊敬你，不仅因为你是咱们红卫兵长征小分队的队长，还因为你是县‘红代会’的常委！而我，是县里头号‘走资派’的儿子！实话告诉你，我尊敬你那是违心的，形势所迫的，不得已装的！为的是向你们红卫兵靠拢，混进你们的组织里，取得你们的信任，或者能对解放我爸爸起点什么积极作用？否则你一名当年连团员都不是的高三生，有什么特别值得我尊敬的地方？我刚入校，‘文革’还没开始那会儿，你见了我这个县长的儿子，难道没一副巴结的讨厌模样，搭搭讪讪地主动套过近乎吗？现在已经是二〇〇一年了，‘文革’早成为历史了！中国大变样了！刚才‘老院长’告诉我，连‘右派’们都一律平反了！连地富成分都取消了！那么咱们之间的关系已经平等了！我这个‘走资派’的儿子已不是什么‘黑五类’子女了！你‘红代会’大常委的政治资本也等于是臭狗屎了！连我们三个初中生都不难明白的道理，你这名高中生怎么偏不明白?！……”

赵卫东听着听着坐起来了。

三十几年前，当他刚升入高三，李建国当由小学生而中学生时，他这个“小业主”的儿子，对李建国这个县长的儿子，确乎是心存巴结之念的。这是一个不争的事实。不是李建国的诽谤，而当他成为‘红代会’的常委以后，情况反过来了。李建国开始巴结他了。这也是一个事实。对李建国的巴结，他是进行过政治分析的。他之分析的结论，与李建国自己三十几年后的今天所“坦白”的，完全一致。但，两个事实，经由李建国的口，大声嚷嚷地说道出来，还是使他感到万分的震惊。在人和人之间，某些虚伪关系不撕破，人和人之间还可靠另外的关系维持表面的亲和甚至亲爱。而一旦撕破，就会使双方陷入僵冷。就会使双方都觉得，连另外几重关系，哪怕是双方都企图维持住的关系，也会变得虚伪了，变得仿佛利刃划肤一样皮开肉绽触目惊心了。此时，双方都会感到心里疼痛。区别在于，仅仅在于，主动撕破关系给对方看的一方，可能并不尴尬。反而快感。而对方却会在心里疼痛的同时，尴尬得几乎无地自容。

李建国正是那么的快感着。三十几年前，他多想像今天这样对赵卫东大声嚷嚷地说出刚才那番话啊！但三十几年前他哪敢？今天都二○○一年了，他怕什么呢？他觉得他不但被在岷山的雪下埋了三十几年，连他撕破虚伪扒开真相给赵卫东看的勇气，也被粗暴地压制了三十几年似的。他觉得再不说出那番话，他的勇气就会由于长期憋在心里而变质了。他觉得自己好傻——“文革”成为历史了对自己有什么不好？中国大变样了对自己有什么不好？城市里到处吃喝玩乐的地方了对自己有什么不好？如果自己真能顺利渡过眼前面临的生死关，当年的同代人都四十多岁五十来岁了，而自己却仍是一名初二男生对自己有什么不好！这一切加在一起对自己多好哇！可自己却仍傻兮兮地跟着赵卫东的感觉对抗二○○一年的中国！是的，是的，他对抗那一座城市里的现实，对抗二○○一年，很大程度上是为了表演给赵卫东看的。是为了给赵卫东这么一种深刻的印象——在政治上他是绝对可以信赖的……

然而现在他急切地要摆脱赵卫东对他的思想的左右；急切地想要了解今天的中国；急切地想要了解二○○一年；急切地想要知道，在自己们死了的三十几年中，是他祖国的这一个国家经历了怎样的一些事件怎样的一些转折？……

他的话不但使赵卫东尴尬极了，也憎恨极了。尴尬和憎恨掺兑成的那一种震惊，如同液体毒药迅速地流在他的血管里，并通过血管注入他的每一脏器。他觉得他的身体内部在处处燃烧。他似乎能听到燃烧的嗞嗞声。似乎能感到烟和腥焦味儿一阵阵从胃里从肺里直冲口鼻。仿佛，毒药就下在他刚刚喝的那一杯水里；仿佛是李建国诱骗他喝的；仿佛李建国只不过在反反复复地说着同一句话：我下的毒，我下的毒，我下的毒……

他头脑里只剩下了一个意识——开始了！众叛亲离开始了！先是一记耳光，

然后是毒药……

“你究竟真不明白还是装不明白？你看你刚才，多习惯地就接出了一杯凉水呀！那是什么水？那不是自来水！那是纯净水！那东西叫饮水机！一按红色的龙头出热水，一按蓝色的龙头出凉水，你看一眼想当然地就明白了是不是？可其实你第一次见识到了饮水机，第一次喝了一杯纯净水！三十几年前有那东西吗？你享受着二十一世纪的成果你却偏要与二十一世纪对抗到底似的，你怎么回事？我们有何功德？你有何功德？配被高干似的对待着？再看这些报，是专为我们印刷的！要花钱的！谁欠我们的债还不起，必得如此讨好我们么？你知道为了使我们活过来，为了使我们继续活下去，已经花了多少钱了？‘老院长’扳着手指头向我算了一笔账，一百万都不止了！接下去还要花多少钱没法儿估计！……”

李建国的这一番话，简直等于在训斥了。每一句都像一枚钉子，一枚接一枚“射”入赵卫东耳中，洞穿耳膜，钉入头脑。如果将赵卫东的头脑比作一块木板，那么它上面是已经被钉子钉满了。

赵卫东表现得异常静。他离床开了门。

李建国奇怪地问：“你开门干什么？”

赵卫东说：“让那些自称为我们服务，自称为我们花了一百万都不止的人们听听。你多么激动地充当他们的口舌啊。这证明你已经是他们的人了。他们不但应该信任你，还应该向你颁奖章。我不敞开门也让他们听到，你不是邀功无据了么？”

李建国一下子跳起，冲到赵卫东跟前，反指着自己心窝，脸红脖子粗地说：“我不是为了讨好他们！我是为了你别再糊涂下去。”

赵卫东以小学生在课堂上提问那种口吻问：“我糊涂不糊涂，是我个人的事，与你有何相干？”

李建国诲人不倦地说：“虽然我们不再是红卫兵战友了，但我们毕竟还是老乡，而且是同命运的人！”

赵卫东冷冷一笑：“我，你，无论我们过去和现在，谈得上什么同命运？”

李建国也冷冷一笑：“起码我们现在是同命运！都只不过是僵尸复活。说得好听点儿，都只不过是‘文革’的活化石！”

“你说完了？”

“今天到此为止。”

“那么，滚吧。”

“别忘了，这个房间并不是你家……”

“滚！”

李建国悻悻而去……

李建国气呼呼地走到自己房间门前，手已搭在门把手上了，却不立刻推门进屋。他因不被理解而特别委屈，一转身又去找肖冬云。肖冬云仍独自在房间里落泪。李建国问她怎么了？她就将看见赵卫东挥舞铁锨朝铁栅栏门发泄，以及自己如何扇了赵卫东一耳光的事，抽抽泣泣地说了一遍。李建国便将自己刚在赵卫东房间里劝了些什么话，以及赵卫东竟用“滚”字下逐客令的经过，也细述了一遍，末了问：“他是不是……”

肖冬云抬起泪眼望他，静待他说下去。

“他是不是……是不是那个那个……神经错乱了呀？……”

李建国本欲说“疯了”，但又不愿那么说。吞吐之间，终于想起“疯了”的另一种较好的说法。

“胡说！再不许这么说他。”

肖冬云当即对赵卫东的正面形象予以严肃的维护。

“那他是怎么回事？”

“……”

“我劝他那些话有什么不对么？”

“你那是劝人往明白处想的话么？我要是他，你对我说那些话，我也用‘滚’字往外赶你！”

“就算我的话说得太坦率了，那总比扇他耳光强吧？”

“所以我正后悔呢。”

听肖冬云这么说，李建国也多少有点后悔了。

二人相对着默默无言地坐了一会儿，肖冬云长叹口气，自言自语地又说：“也许，他真的有理由蔑视我们？”

李建国听得不大明白，低声“请教”：“他指谁？我们是我们四个，还是我俩？”

肖冬云又叹口气，心存内疚地说：“他除了指卫东，还能指谁呢？我们当然首先指的是我俩，也可以包括上我妹妹。”

李建国板起脸问：“他凭什么？凭什么轻蔑我们？”

“与他比起来，我们是多么轻易地就放弃了信仰啊！”

“信仰？什么信仰？”

“就是我们在‘文革’中几乎天天发誓的那种信仰啊！‘刀山敢上，火海敢闯，头可断，血可流’，‘三忠于’，‘四无限’，‘文革’中我们不是几乎天天这么发誓的么？发誓时还热泪盈眶，还写血书……可现在呢，不须上刀山；不须下火海；不须断头；不须流血……我们只不过好比睡了一长觉，一睁眼时代变了，我们就思想落后了似的赶快跟着变。别人认为我们当时荒唐，我们也马上觉得自己当年可笑。扪心自问，我们又是怎么回事儿呢？他就不像我们，他起码还表现得是一个坚持信仰的人。仅就这一点而言，你总得承认他比我们可敬几分吧？……”

由于肖冬云说到了“血书”二字，李建国的脸红了一阵。

他也学赵卫东的口吻问：“你说完了？”

肖冬云点头。

“呸！”

李建国的唾沫溅了肖冬云满脸。

“当年那也叫信仰？”

“……”

“我问你，别人把你妈妈的头发剪成鬼发了，往你爸爸脸上泼墨汁，狠踢他腿弯逼他跪下，你看着时，内心里真的拥护那种革命吗？”

“你倒是回答呀！”

“我……”

“我什么我？你们姐俩其实和我李建国没什么区别的！心里在恨恨地想——他妈的，不怕你们闹得欢，就等将来拉清单！凡是呸过我父母，凌辱过我父母，打骂过我父母的人，我将来都要一一替我父母算总账！……”

肖冬云被诬蔑似的叫起来：“你胡说，那不是我们姐妹的想法！纯粹是你个人的想法！我们当年的想法和你的想法根本不一样！……”

“不一样？怎么不一样？说出来听听嘛！”

“我们姐妹想，想……我们的父母，肯定是有罪过的，要不‘文革’不会革到他们头上……”

“可你们父母第一天被批斗时，你们姐俩在家里相抱着哭作一团过，我到你家去安慰过你们，你能否认有过这件事么？那又怎么解释?！……”

肖冬云忽然往床上一扑，呜呜痛哭。

李建国顿时慌了，坐到床边，轻轻推着她肩，变换了一种赔罪似的语调说：“你哭什么呀你哭什么呀？我只不过是和你讨论讨论嘛，这也不能算是欺负你吧？……”

肖冬云边哭边叫嚷：“你走你走你走！滚！滚！……”

李建国也像肖冬云刚才那样，长长地叹了口气。接着，又长长地叹了第二口气……

他不胜忧伤地自言自语：“你还哭，我就不走。唉，还动不动就互称战友呢，才由僵尸变成活人不久，就俩俩的话不投机半句多了。再过些日子，还不谁瞧着谁都不顺眼了呀。现在的人们也是的，何必多此一举把我们全都救活呢？倒莫如让我们还在岷山上做僵尸，也省得你烦我恼的了……”

肖冬云猛抬起头嚷：“你才是僵尸呢！你愿意再做僵尸，自己回到岷山上去！

没人拦你！……”

嚷罢，复埋下脸哭。

李建国苦笑道：“我一个人回去多孤独啊，要回去，也得动员冬梅陪我一起回去……”

肖冬云又猛地抬起了头……没等她口中说出什么话，或对李建国怎样，门一开，乔博士一脚迈了进来。乔博士见他俩那种情形，一怔，之后连说：“对不起对不起，事急忘了敲门了……”

随着乔博士关门退出，肖冬云由伏在床上而坐在床上了。

乔博士在门外轻轻敲门。

肖冬云赶紧掏出手绢擦泪，而李建国则去开门。

乔博士重新进屋后，也不坐，连连又说:“我有失礼貌了，请原谅，请原谅……”

肖冬云大不自然，扭头一旁，不吭声。

乔博士站在门口，望着李建国说：“你欺负冬云了吧？”

李建国也大不自然起来，讪笑道：“我没欺负她。我欺负她干吗呀？我刚才只不过和她讨论问题来着。”

乔博士也笑道：“既然是讨论问题，而一方哭了，那就证明另一方的态度值得反省了。关系亲密的人之间，讨论问题更要心平气和。”

李建国觉得乔博士误会了什么，澄清地说：“我和她没什么特殊的亲密关系。我和她妹妹是一对儿。而她和赵卫东是一对儿。”——说完还看着肖冬云问：“是这样吧!”

肖冬云不但大不自然，而且大窘了。她怎么说都不妥，狠狠瞪了李建国一眼，面红耳赤起来。

李建国又说：“你脸红什么呀！都二〇〇一年了，谁喜欢谁，谁爱谁有什么不能公开的呀？我不澄清一下，让博士心里误会着，就对啦？”

乔博士又笑了。他说：“其实是你误会了。我没误会。我知道你喜欢冬梅，赵卫东喜欢冬云。我说的亲密关系，指的是你们一块儿长征的关系，不是指你们谁喜欢谁的关系。”

乔博士说这番话时，肖冬云抬头看了他一眼。她本想偷看他一眼的。不料他的目光也正望着她，她脸更红了，头也垂得更低了。不知为什么，她心跳加快了。她自然是每每暗自承认，她和赵卫东之间，是存在着一种特殊的亲密关系的。即使不一块儿长征，那关系也是明明存在否认不了的。但毕竟是第一次有人把他们之间的关系当着她的面，用“一对儿”“喜欢”“爱”这种她觉得禁讳的词说出来。她尤其不愿乔博士认为她和赵卫东是一对儿，并认为她喜欢他爱他。不仅因为他的某些言行和表现使她大感牵连性的耻辱，似乎也还因为别的。还因为别的什么呢？她自己对自己一时尚不能分析清楚。何况她不觉得有什么分析清楚的必要。她本能地认为有些事还是模糊着好。至于李建国和妹妹的关系，照李建国的说法，仿佛他和她的妹妹已经是一种大人之间的恋爱关系了！一个才初一，一个才初二，亏他说得出口！何况他李建国凭哪方面配和自己的妹妹是一对呢？如果不是乔博士在房间里，她定会扇李建国几个大嘴巴子……

她暗问自己：肖冬云啊肖冬云，你可究竟是怎么了呢？从前你是一个多么好性情的初三女生啊！别人成心气你，故意逗你恼火起来，都是不容易做到的事，现在你怎么动辄想啐人想骂人想扇人耳光呢？你的两名当年的红卫兵战友，怎么竟成了最惹你心烦的人了呢？他俩在长征途中是多么关怀你和妹妹，多么照顾你和妹妹呀？怎么他俩的每一句话你似乎都不爱听了呢？你其实是动辄想啐他俩想骂他俩想扇他俩的耳光呀！难道在你看来他俩竟是一无是处的两个人了么？那么你自己在别人心目中，比如在乔博士心目中，就不是和他俩一样的人了么？乔博士……你为什么在乎你在乔博士心目中是怎样的人呢？……

肖冬云不禁呆呆地坐着，低垂着头，陷入了自己对自己的迷惘与困惑。因为乔博士在，仅仅因为他在，她竟打算一直不抬头了。乔博士说他刚才去了赵卫东的房间，亲自请赵卫东去打预防针。而赵卫东闭着眼睛仰躺在床，似睡非睡的，根本不理睬他。

李建国说："我也刚从他房间出来。他肯定正生我气。"

乔博士就问为什么。

李建国再次将自己对赵卫东说过的一番话重复了一遍。

乔博士连连摇头道："你不对，你不对。你怎么可以说那些话呢？那样说多破坏你们之间的感情啊！"

李建国只得连连认错："好好好，算我不对。算我不对。"

乔博士又望着肖冬云试探地问："冬云，我的想法是，你看你能不能去劝劝他呢？他不听我的，但也许会听你的话吧？"

肖冬云终于抬起头，望着乔博士为难地说："他肯定也生我的气。我在院子里扇了他一耳光，这您是看见的呀。"

乔博士说："是啊是啊，我当然看见了。你那样对待他，也太冲动了。对亲爱者，尤其要有雅量……"

肖冬云的脸倏地一下子又红了。她打断乔博士的话，低声而态度明确地说："我不是他的亲爱者，他也不是我的。"

李建国口中"友邦惊诧"地"咦"了一声，眯起眼瞧着肖冬云大摇其头，那意思是进行着无言的谴责——这就不够实事求是了……

肖冬云随着他那一声"咦"，迅速将头朝他扭过去，目光很是严厉地瞪着他，显然在用目光进行警告：你"咦"的什么？我在和别人说话的时候，尤其我在说我和赵卫东的关系时，你少插嘴！

李建国识趣地低下了头。

肖冬云随即又将目光望向乔博士，仿佛也在用目光对乔博士说：没有调查研究就没有发言权。在原则问题上我可不是一个态度暧昧的人！

那时的她嗔而不怒，羞而不窘，尽管脸红着，但红得并不尴尬。目光坦坦率率的，脸也红得煞是好看。

乔博士迎着她的目光微笑了一下。他歉意地说："既然你表示反对，那么我承认我用词不当，收回我的话。不过我还是希望你能去劝劝他。我对你两个都讲了打那种预防针的重要性，你两个也都打了。如果他不打，对他意味着什么，你两个都清楚。"

肖冬云又低下了头。

乔博士接着说："你有考虑之后再决定的权利。但我的责任要求我必须等着你的答复。而且，只能容你考虑五分钟。"

博士说完，就抬起手腕低下头，看手表。

毕竟事关赵卫东的生命。李建国听"老院长"讲了，那种预防针是对付一种腐蚀人的肉体的凶恶病毒的。它们进入血液，药力对它们还能起杀灭的作用。而它们一旦进入人脑，药力就拿它们没办法了。它们会在一小时内裂变为千万，将人的大脑噬食得千疮百孔。那么人只有一个下场了——成为植物人。

李建国虽然是县长的儿子，也没有一块手表。他曾为他们四个从家里偷出过一只叫"马蹄表"的闹钟。其实就是表壳之上有自行车铃那种双铃的闹钟，响起来特别扰耳。但在长征路上遗忘在一个村子的一户老乡家了。所以他望着乔博士的脸，一手按着自己的脉搏判断时间。

一会儿，他说："过了一分钟了。"

而乔博士眼望着手表说："一分半了。"

又一会儿，他问："过了两分半了吧？"

乔博士说："已经过了三分钟了。"

李建国大为急躁，猛地站起来，一边往外走一边说："肖冬云，你如果不去，你就等于见死不救了。赵卫东要真成了植物人，我也会替他恨你的。"

李建国赌气而去后，乔博士不看手表了，抬头看着肖冬云了。

他以请求的口吻低声说："好姑娘，我知道你是特别仁爱的。也知道你是特别懂事的。别再呕小孩儿气了。快去吧，啊！……"

肖冬云并非在怄气。她实在是觉得为难。在院子里扇了赵卫东一耳光，这事儿过去还不到一小时，她觉得简直没勇气面对他，也不知出现在他面前后该怎么劝他，万一他更加轻蔑地对待自己，自己可如何是好呢？但博士的催促，不容她再顾虑下去了。从前她觉得赵卫东一开口对她说话，她就被催眠了似的。

甚至今天上午他的话语对她还有那样的魔力。但此时情况变了。似乎博士一开口对她说话，她就被催眠了。她觉得博士的话语，才是她所熟悉“文革”中又渐忘了的一种话语。一种在异国听到了久违的乡音似的话语。一种属于人类的话语。博士除了在讲解他们的命运时，对她所说的话语，句句都像糖水滴进干渴的口中。其实博士并没有企图通过自己的话语向她表明自己是一个温柔多情的男人。他基本上是以很平常的语调和她说话。只不过有时为了安慰她，必须把话说得温柔一些罢了。在博士，那一种温柔是责任，是义务，是起码的道义的要求。而在肖冬云，他的话语仿佛是天堂之国的语言，使她听了有一种受感动的感觉。因为，自从“文革”一开始，另一种话语成了时代的主流话语。它一出自“造反派”们之口即咄咄逼人，强硬得具有明显的霸悍的意味儿。在一般情况下也是冷漠的，目空一切的。在不一般的情况下，则便是呵斥的，气势汹汹的了。相对应的，产生了另一种话语。它是卑怯的，忐忑不安的，甚至是惊慌失措的，低声下气的。更甚至是罪人认罪式的。它是普遍的“文革”之革命对象们的话语。他们明智地那样说话，他们的日子就好过一点儿。他们若逞一时之勇不那样说话，那么他们所沦的境地就更悲惨了。即使在革命“造反派”们之间，以及红卫兵们之间，只他们所配的话语，亦即第三种话语，也是表演性的。戏剧台词式的。起码不是自然的。是刻意的。甚至是矫揉造作的，装腔作势的。仿佛彼此那样说话，乃是一种语言特权。好比十七十八世纪的欧洲，只有贵族才配才有资格说法语，哪怕说得语法蹩脚，也是一种身份的荣耀。成分问题，政治立场，划清界限或者“同流合污”，使夫妻之间、父母子女之间，亲戚朋友之间，兄弟姐妹之间，乃至同校同班同学之间，以及街坊邻里之间，都不能再操他们出生以后所惯用的日常语调说话了。

是的，乔博士的话语，对肖冬云而言，确乎是一种久违了的，更喜欢听的话语。相比之下，赵卫东的话语怎能不失去魔力呢？她一想到就在今天中午，赵卫东还曾以从前那种话语关心自己的灵魂，就不能不因自己对他的话语的入迷而暗羞。

多么装腔作势的话语啊，自己怎么竟会对那么一种话语入迷呢？

但是她又不免的内疚——才几个小时过去，自己与自己所一度暗暗崇拜的，也明知暗恋着自己的人之间，竟彼此嫌恶起来了。不，不，不是彼此嫌恶起来了。他并没有嫌恶自己，他只不过是妒火中烧。而是自己嫌恶起他来了。连他的话语都不能再忍受了……

这么快的感情的背叛，难道是道德的么？她又不由得在内心里审问着自己了。乔博士的手臂不横贴在胸前了。那自然意味着五分钟过去了。他脚步无声地走到她跟前，又一次将双手轻轻按在她肩上。而她扭向一旁的头转正了，不但抬起，而且微微地后仰着了。她知道那样他们的目光是会注视在一起的。她忽然非常渴望那样。非常渴望被他注视着眼睛，听他用温柔的语调说话。哪怕是告诉她关于她命运的无法改变的劫数。

“考虑好了吗？”

她本想说“我去”的，却没说，点了点头。

不吱声是为了听他对自己多说一句话。

“那么，去，还是不去？”

“……”

“即使你还是不去，我也不会对你不满的。确实，你刚刚扇了他一耳光，你有理由在乎自己面对他时的感觉。”

“……”

“只是，连你都不去劝他，我会很失望的。那么谁劝他，他还听呢？他不打那种预防针不是等于不想活了么？”

她终于开口说：“李建国认为，他精神错乱了。我不许李建国再背后这么议论他，可我心里，也……也不由得这么想……”

乔博士慢言慢语地说：“我可以保证他的神精并没有错乱。你禁止李建国是对的。精神错乱四个字是不可以随便往别人头上安的。”——略作沉吟，又说，“面对毫无心理准备的现实，每个人的思想状态是不同的。受教育程度越高的人，思想转变过程往往越痛苦，越长。他是高三生，他在‘文革’中的思想陷入的激情投入自然比你们三个要深要多。即使三十几年后的今天，中国也仍有某些人的思想固定在三十几年前的‘文革’时期。只不过绝大多数人的思想跟着时代了，适应着时代了，没有他们聚合思想的空间了，所以他们明智地沉默着了……”

这一点是肖冬云怎么也想不到的。她忍不住问：“真的？”

乔博士说：“真的。以后我们可以找时间长谈。谈‘文革’，谈现在，谈政治，谈爱情，谈毛泽东，谈蒋介石，谈谁谈什么事都行。但这会儿，我们必须解决如何让赵卫东打预防针的问题。”

“博士，您再允许我发问一次。”

“此时此刻的最后一次。”

“谈蒋介石也可以？”

“我不是说过了么？当然可以。比如我就认为，蒋介石和孙中山毛泽东一样，也是中国近代史上的重要人物。没有他打着孙中山‘三民主义’的旗号统令割据八方的各路军阀，中国共产党要建立中华人民共和国是会更有难度的。”

肖冬云听得瞪大了眼睛。

她又忍不住贸然地问：“博士，您是党员么？”

乔博士平淡地说：“我永远不会加入任何党派。尽管各民主党派，包括共产党，都热情地动员我加入过。我对政治不感兴趣。我最讨厌政治企图渗透各个领域的现象。”

“可你……你已经在发表危险的政治言论了……”

“发表政治言论是我的权利和自由。谁企图因此而把危险强加在我身上，那我是要和谁斗争到底的。不管是谁。”

肖冬云的眼睛瞪得更大了。

“我觉得，你其实已经答应了我的请求，是么?”

博士的语调又温柔起来了。

“是的。我心里早就决定去了……不管他怎么对待我……”

于是博士的双手从她肩上放下了……于是她站起来了。

“真懂事。”

博士的口吻，听来像夸奖小女孩似的。肖冬云心理获得满足地微笑了。她缓缓走到门口，不由得回头望博士。那一种目光，如同第一天入托的孩子回顾爸爸妈妈……

博士鼓励地说：“我就在你房间里等结果。”

第二十三章

肖冬云轻轻敲了几次赵卫东房间的门，房间里无人似的静。她一推，门没插，被推开了。但推开的程度并不大，仅能容她侧身而入。她也不将门再推开些，就那么闪进房间去了。

赵卫东在床上平躺着，全身笔直。他双手叠放于胸，仿佛伟人们死后被摆布成的样子。闭着眼，但显然非是在安详地养神，而是在剪不断，理还乱地左思右想着什么。因为他眉峰之间，拧挤出了一条很深的竖纹。

肖冬云小声说："是我。"

赵卫东一动不动地说："把门插上。"

她困惑。然而想到"任务"，犹犹豫豫地把门插上了。

她站在门口又小声说："卫东，我……我首先向你道歉……"

赵卫东仍一动不动。

"我不该扇你一耳光。"

"……"

"乔博士批评我了。他批评我对你太缺乏理解。我觉得他比我，也比建国更能体会你的思想痛苦……"

"……"

"乔博士还……还让我来劝你打预防针……"

赵卫东一直不动，也不开口。

肖冬云站在门口，一时陷于无话可说的窘况。那一种使她极为尴尬的沉默持续了几分钟后，她倍感受辱了。她怀着一种又遭到轻蔑的委屈心情，轻轻拉开门闩，拉开门，想要离开了。

赵卫东听到了她拉开门闩拉开门的轻微响声。他终于开口了。他以冰冷的语调说："那么，是你那位乔博士派你来的了？"

肖冬云的一肩本已闪出门了。她听了他的话，反而不打算离开了。

她一肩门里，一肩门外，也以冰冷的语调说："你的话是什么意思？"

"你应该明白。你脸红了是吧？"

"我不明白。我也没脸红。"

"你来劝我打针，居然仅仅因为是他给你的任务。"

"你大错特错了。是他为你的命请求我。我很奇怪他比你自己还觉得你的一条命值得宝贵对待，而你自己似乎视死如归。”

“人固有一死。”

“你讳疾忌医而死，既不光荣也不英雄。比鸿毛还轻。”

“不成功，便成仁。我是为坚持主义而死的。即使今人嘲笑我，但我相信，总有一天，后人会高度赞美我舍身成仁的品格。”

“你要成的什么功？又能成的什么仁？你真像你自诩的那样坚持过什么主义么？”肖冬云的语调，不由得带出了嘲讽的意味。

“我究竟怎样，至少还值得分析。可你们，背叛革命誓言就像扔掉一双旧鞋换上一双新鞋。你们连值得分析一下都不配。纯粹是可怜的苟活者。行尸走肉。”

“你这话除了指我和李建国，难道也包括我妹妹么？她才多大？才十六岁不到！你要求她怎样？也为了当年那些狂热的话，对自己的生命和你取同样愚顽的态度？”

“刘胡兰大义凛然躺倒在铡刀下，也才十六岁不到。”

“你！……”

肖冬云从门口几步跨到了床边，目光向下斜投在赵卫东脸上，低声然而清楚地说：“卫东，面对现实吧。不要再伪装了。在长征途中，我偷看过你的日记。这是不道德的事。我一直想向你坦白这件事，没想到三十几年后才有机会……”

赵卫东的眼睛睁开了。他缓缓坐起了。

“你的日记告诉我，你当年投身‘文革’的激情也不是多么纯洁。你渴望拥有权力对不对？你在政治上野心勃勃对不对？你一心想取代李建国的父亲成为一县之长对不对？你还想乘着‘文革’运动的东风，被省城的‘造反派’们接到省城去共图政治人生对不对？……”

赵卫东的屁股缓缓离开了床。他不动声色地走到门口去。将门关严，并且插上了。

肖冬云继续说：“你用不着关门，更不必插门。我想没有人会来。我这么低声说话，也没有谁会听到。我觉得，与你比起来，我自己当年投身‘文革’洪流的动机倒是纯洁得多。没你那么多政治投机的成分。我当年百分之百地相信‘文革’是为了使中国不变修……”

赵卫东从门口走到了肖冬云跟前，面对面地凝视她。

而她也不眨眼地凝视着他。

“把你心里想的话都说出来。”

他的脸色已白得发青。

“说就说。你的日记还告诉我，包括你对我的特殊感情，那也是不怎么纯洁的。因为我的父母还是‘黑帮’，你就处处在人前伪装出和我仅仅是红卫兵战友关系的样子。当我的心需要一点儿安慰时，你连句有感情色彩的话都不曾对我说过。只不过善于对我讲一套一套的政治大道理，好像你是我的政治导师。我们在长征路上又都做了些什么事呢？还记得我们最后经过的那一个小山村么？尽管穷，却是多宁静的一个小山村啊！仅仅因为房东家大叔夜间偷偷到生产队的地里刨了一篮红薯，而且是为了蒸熟带给我们路上吃的，你就第二天发动全村人批斗他，还命李建国揪住他头发往后拧他胳膊……结果呢？结果我们还没离开村，他上吊了。路上我妹妹感到罪过地哭了，我也流泪了。你就在山路边批判我们的什么'泛人性'表现……三十几年前我一向认为你在大方向上是对的，一次次说服自己与你的思想保持一致。直到今天中午，我仍对你怀有最后的崇拜，觉得你还是我尊敬的偶像……可……可当乔博士他们对我妹妹进行抢救时，你说了句什么话？你从旁说——'以红卫兵的身份而死是她的光荣，用不着你们抢救她的生命！'你这算什么话？你凭什么代表她决定她的生死？你怎么不理解理解我这个姐姐的心情？你下午的表现，又是多么恶劣！乔博士他们做什么应该被我们敌视的事了？他们不就是全心全意地想使我们健康地活下去么？……"

肖冬云双手捂面，低下头泣不成声了。

"抬起头。"

她听到赵卫东冰冷冰冷的声音仿佛发自于湿漉漉阴森森的洞穴里。

然而她抬起了头。

"把双手放下。"

她将双手放下了，泪眼涟涟地看着他。

她说："卫东，算算看，我们的同代人全都四五十岁了，而我们却还处于青春时期，这其实是我们的幸运啊！继续活下去有什么不好？又有什么不对？反正我希望活下去。如果能活下去一点儿也不会觉得我是苟活。听我劝，打针……"

她的话还没说完，脸上已挨了狠狠一记耳光，扇得她身子向一边倾斜……

"这一记耳光抵消你在院子里扇我那一记耳光。"

赵卫东一副咬牙切齿的表情。

紧接着她另边脸上又挨了狠狠一记耳光，扇得她的身子向相反的方向倾斜……

肖冬云并没再用手捂脸。她的上身缓缓由倾斜而恢复正直，以自己的目光抵住赵卫东凶恶的目光。她的目光里既无惧怕，也无愕异。有的只是嫌恶。血顺着她没抿严的嘴角流出来。那时刻她看着他的样子，像看一件以前从没看清而现在终于看清了的东西。似乎那东西一经看清，就由美观而变形为丑陋了……

赵卫东又咬牙切齿地说："这一记耳光是为了惩罚你偷看我的日记！"

肖冬云将一口混合了血的唾沫啐在他脸上。

他也不擦，突然紧紧地拥抱住她。他的双臂，将她的双臂拦腰箍住。如同一副大铐子，将她那么铐住了。

他的脸是那么凑近着她的脸，之间仅能容一指切过。血唾沫从他鼻梁上和眼皮上往下淌……

他说：“既然你那位乔博士拥抱了你，那么我更有理由拥抱你！”

肖冬云并不挣扎。即使她的手臂没被箍住，她也不打算挣扎反抗。这不意味着她甘心情愿任其摆布。她更想在不挣扎不反抗的情况下得出一种结论——看他对待她，与她遭遇过的那个伪善的坏男人，与那个难用好人坏人来说清的司机有什么不同……

赵卫东又说：“既然你那位乔博士吻了你，那么我更有理由吻你！”

说罢，便用自己的嘴向肖冬云的嘴逼抵过去。可怜这三十几年前的高三学生，虽然语文学的不错，成绩与其他几门功课的成绩一样优秀；虽然也每在小说尤其外国小说中读到过“吻”这个字，但对“吻”的理解却是相当教条的。事实上，他以及整整他那一代高中生们，并不是在语文课堂上学到“吻”这个字的。尽管按照“吻”这个字的笔画，无论怎么在初中的语文课堂上也该作为生字学到了。在新中国成立以后从小学一年级到初中三年级的语文课文中，“吻”这个笔画简单的字竟是不曾出现过的。仿佛这是一个讳莫如深的绝不可以公开教学的字，而只能靠学生自己通过课外阅读去认识它。直至高二，“吻”这个字才“名流迟至”般地出现在一篇课文中。但也不是作为一个单字动词出现的。而是组成“口吻”这个双字词出现的。老师在课堂上的解释是——可以理解为语调，但又不同于语调，而指一种特殊人物关系规定前提之下的特殊语气。比如上级与下级说话的语气；将军与士兵说话的语气；尊者与卑者说话的语气；长者与幼者说话的语气等等。而学生时代是何等敏感的时代啊！他们既然从小说的情爱描写段落中读到了“吻”这个笔画简单竟不曾在课堂上学过的字，自然便会怀着有新奇发现似的怦怦心情查字典。三十几年前，普遍的学生字典上如此解释“吻”这个仿佛不光彩的字——人与人之间表示爱意的亲密举动，以唇轻触对方的唇或面颊，是西方人之间的一种亲密方式。所以当年的他们，又都单纯地以为，“吻”是与“亲嘴”不同的，是亲密程度次于“亲嘴”的一种方式。

肖冬云自然也是从小说中认识“吻”这个字的。自然也曾为加深对这个字的理解而翻过学生字典。自然也那么以为。

所以，对乔博士文质彬彬的吻，她并不特别本能地反感。相反，以她当时的心情，自己需要别人对自己的亲密举动。因为那可对她当时的心情有所抚慰。何况她对乔博士有好印象。

所以，当赵卫东说“我更有理由吻你”时，她是准备由他一吻的。不就是像乔博士那样对自己么？不就是“以唇轻触对方的唇或面颊”么？如果由他一吻之后，他便同意打那种预防针了，那又何必非反抗他不可呢？都挨了他两记狠狠的耳光了，还在乎自己的唇或面颊被他的唇“轻触”一下么？既然“轻触”面颊也等于是“吻”，那么她打算由他“轻触”的是面颊，而不是自己的唇。在她的意识里，少女的唇是比少女的面颊圣洁许多倍的。没谁传播给她这一种意识，纯粹是她很本能的一种意识。

而在赵卫东，他说的虽然是“吻”，单方面急切要实行的，却并非三十几年前的学生字典上的唇与唇或唇与面颊的“轻触”。他单方面急切要实行的乃是直接的“亲嘴”，也就是“深吻”和“热吻”。在他上午长久地握过她的手之后，他心里便产生了渴望有机会和她亲嘴的冲动。此冲动一经由握手而牵连产生，被想象反复加工着，使他的意识承受着难以忍受的煎熬。那是极为强烈的欲念。绝不是“轻触”二字所能削弱的。所以当他在走廊里望见乔博士与肖冬云“亲嘴”，他妒火中烧的程度仿佛胸腔内部全部焦糊了……

当他的嘴向肖冬云的嘴逼抵过去，当肖冬云一扭头，以牺牲自己脸颊来掩护自己唇的圣洁性的那一时刻，赵卫东心里又陡然升腾起一股怒火。先前的妒火加上现在的怒火再加长久而艰难地压抑终于压抑不住的渴望亲嘴的冲动，使他的五官看去是明显地扭曲着了。他那张本挺周正的脸上的表情，如同被拿在人手里的骨头一给一缩地惹激了的狗脸的表情了。无论多么招人爱的狗脸，那种情况下的样子也不可爱也不好看了，总是要给人以龇牙咧嘴的印象的。

肖冬云觉得，他似乎是要咬她。当然她立刻就明白，只牺牲面颊给他是不行的了。她那么的不情愿以自己圣洁的唇满足他。她的手臂被他的手臂箍住，反抗已成徒劳之事。她只有将头躲避地扭来扭去。而他的目的不能轻易达到，则更恼羞成怒了。一个在他那方面天经地义理直气壮的逻辑，演变为一种口号式的决心——那博士都可以，我怎么就不可以？我更可以！我更有权利！生死难料了，我还有什么顾忌的?! ……

他紧搂住她猛一转身，她的背朝向着床了。顺势一倒，将她压倒在床上了。她的头一挨床，不那么容易扭来扭去了。她有些被他压得喘不过气来了。脸红得就要渗血似的。而他虎视眈眈地说：“你是我的！我的！不是任何人的！更不是那个姓乔的家伙的！是我把你带出一个小县城进行长征的！否则你现在也五十来岁了，是半老太婆了！所以连你的命都应该是属于我的！……”

在他那方面，这个逻辑确乎是能够成立的。她一时不知该用怎样的话语才能一举击散他的逻辑，使之崩溃。而他一宣布完他的权利，便霸道地将他的嘴亲压在她的嘴上了，正如他的身体倾压在她的身体上一样。

她只有紧咬牙关，不使他的舌突破“封锁”伸入她口中。她想他的舌一定如扁平的肉虫一样，一旦突破“封锁”入己口中，她会恶心得将胃里的东西全部喷射出来的……

他的牙弄伤了她的唇。他脸上沾了她的唇血，又将她的唇血搞到了她脸上……

那一时刻，这名三十几年前的，高三的红卫兵，县“红代会”的常委，红卫兵长征小分队的队长，实际上等于是在对自己的一名长征小分队队员，一名女红卫兵战友，一名三十几年前的初三女生进行了强暴……

她默默流泪不止……

半小时后，肖冬云回到了自己的房间。

她的样子使乔博士大吃一惊。

他问：“他把你怎么了?!”

肖冬云答非所问：“他昏过去了……”

她说完，扑在床上痛哭起来……

几分钟后，乔博士、“老院长”，还有一名护士，匆匆赶到了赵卫东的房间。

赵卫东果然昏在地上——在他自己不能限制住自己的冲动的情况下，肖冬云不得不“帮助”了他。“帮助”的方式是——挣脱一只手，从床头柜上抓起一只瓷杯，往他后脑上使劲给了一下。

他的头被细致地检查了，居然一点儿都没破。他被往床上抬时，哼了一声。乔博士问“老院长”：“您看他没事儿吧?”

“老院长”没好气地说：“不过被只瓷杯砸了一下，能有什么事儿?严重到家了是轻微脑震荡。咎由自取!”

护士弯腰捡地上的杯片时，李建国出现了。

李建国嚷嚷着问：“他怎么了?他怎么了?他怎么一脸血?”

“老院长”对他大吼：“安静!”

乔博士说：“别替他担什么心。他哪儿也没出血。他脸上是肖冬云唇上出的血。”

“那……怎么会弄到他脸上了呢?”——李建国哪里忍得住不再问啊!

护士直起腰，也没好气地说：“要明白你就去问你那女红卫兵战友!幸亏你们各个房间里还有三十几年前的瓷杯，要是一个房间发你们一袋纸杯，你那女红卫兵战友就……”

乔博士制止道：“别说那么多了。你快去照我的吩咐做——找一个带吸管儿的饮料瓶，灌一瓶凉开水，要兑蜜。蜜有镇静作用。再捣碎一片安眠药放在瓶里……”

护士捧着杯片离去后，从肖冬云的房间又传来她的哭声。李建国像出生后即将第一次打针的小孩子听到另一个小孩子在注射室里哭，一副屏息敛气而又大灾临头般的古怪模样。他对肖冬云的哭声应该说早就习以为常了。按照三十几年前的中国好女孩儿的标准来要求，肖冬云被父母培养得几乎近于完美。父母希望她是一个榜样，处处值得她的妹妹学习。所以她在自己的成长过程中，每情愿或不情愿地委曲求全。而这也就使她的几乎近于完美同时有了爱哭鼻子抹泪的缺陷。长征路上她没少哭过。妹妹脚上起了泡她哭；李建国走累了寻开心恶作剧她哭；被毛虫或其他没见过的虫子吓着了也哭；内心里不同意赵卫东的什么主张，表面上又得坚定不移地支持以维护他的队长权威，她还背地里哭过。倘事实证明赵卫东是对的，她会因自己的表里不一而惭愧得哭；倘事实证明赵卫东错了，她会因他的权威受损而替他惭愧得哭……但这一次肖冬云的哭声那么的不同以往。以往她从没大声哭过。正如她无论在多么饥饿的情况下，吃东西却不发出嘬嘬咂舌之音。当着人的面眼圈一红，一扭身，双手一捂脸，发出极轻微的几声抽泣，最严重再连带着跺两下脚，那就算是哭了；背着人，也不过是蹲在什么墙角旮旯，双膝并耸，两支手臂横担膝上，额抵手臂，忍住没忍住地呜呜两声罢了。这一次她的哭声很响。听来那是一种完全超出了她自制极限的哭。一种蒙受了奇耻大辱的哭。一种对某事物的理想态度遭到彻底摧毁的哭。总之她的哭声使李建国极度不安。他想，即使乔博士或“老院长”明确又冷漠地告诉她，她最长再活几天，她也不会如此大声地恸哭啊！她这么哭就根本不是她肖冬云了啊！

李建国看看乔博士，看看“老院长”——二人都阴沉着脸躲避他的目光，他似乎猜到了在肖冬云和赵卫东之间发生的是一件性质很丑的事，又似乎实难理解为什么竟会导致一个大哭一个血脸乎拉昏着的难堪局面……

他想，你们俩是双方有意的一对儿嘛！当我李建国双眼皮厚一点儿也看不出来么？我心里早有数了！可你们双方有意的一对儿，为什么会把关系搞到这种地步?！赵卫东赵卫东，肖冬云她是为你好来劝你打针的呀！正是你俩和解进而相互温存的机会呀！我李建国一直寻找机会也能对肖冬梅温存一番都没寻找到呀！你可究竟是怎么糟蹋了你的大好机会的呢？你赵卫东明明比我李建国更善于笼络女孩子的心嘛！

他一转身冲出赵卫东的房间，直奔肖冬云的房间而去……

他决心打破砂锅问到底……

护士没将杯片捡尽。当乔博士弯下腰仔细地捡那些碎小的瓷片时，“老院长”以闹情绪的语气问：“你还怕扎了他的脚么?”

乔博士二指捏起他所发现的又一瓷片，放在另一只手的手心，抬头看着“老院长”说：“万一他晚上赤脚下地，扎了脚总归是不好的。”

“老院长”哼一声，又道：“别捡了。他不是幼儿，我们也不是托儿所阿姨！”

乔博士直起腰笑笑，不再说什么。他从白大褂兜里掏出一片纸，默默将一手心瓷片包了，丢入纸篓。

“老院长”几个字一顿地说：“我认为，就此事，我们有很大的必要，开一次会。讨论讨论，和反省反省，我们对他们，尤其这个赵卫东的一味迁就，是否正确。”

乔博士沉吟几秒钟，又淡淡一笑，同意地说：“那就开一次吧。”

“老院长”仿佛单等着他能这么说。一听他说完，转身便走。

乔博士补充道：“讨论讨论倒也未尝不可。但是我觉得，我们也没太多值得反省的地方……”

“老院长”站住在门前，转脸看他，一脸难以掩饰的愠怒和对博士的话心存异议的表情。

“我的意思是，也别把会议气氛搞得过于严峻罢了……”

乔博士带有重申意味地解释了一句……

第二十四章

半小时后，这名义上的“疗养院”的一干人等，聚齐在会议室了。临时雇的打扫卫生的女工和做饭的大师傅也到了。人们在聚齐之前，全都对一男一女两名红卫兵之间所发生的事有所了解了。只不过在奔走相告的过程中，某些细节与事实大有出入了。“老院长”还没宣布开会，大家便交头接耳，悄议纷纷了。

“老院长”将会议议题一说，顿时一片肃静，一个个反而都不出声了。这些人中的一半年龄在四十岁以上，都是“文革”的中老年见证人。有的自己们在“文革”中受到过冲击；有的亲友们被打入过“另册”；最幸运，也在“干校”接受过“思想改造”。皆对“文革”时代有不堪回首之感。而“文革”留给他们的最深刻也最野蛮的记忆，便是运动初期红卫兵们的种种无法无天对别人迫害成瘾的劣迹。现在，由他们来救四名三十几年前的“货真价实”的红卫兵的命，已然是历史对现实开的一个不怀好意的大玩笑了，已然充分体现着自己们宽宏大量不计前嫌从善如流的人道主义胸襟了。为着减缓三十几年后的今天的现实对四名红卫兵的心理承受力的冲击，演戏似的装扮成三十几年前的所谓“革命造反派”，又戴袖标又戴像章的，这他们也以人道主义第一，个人滑稽感觉第二的原则，顾全大局地服从了。还要要自己们毫无牢骚地奉陪着“早请示”、“晚汇报”、一日三餐“三敬三祝”，睡前“斗私批修”，这自己们也都很投入地做到了。但是动辄被是他们儿子辈甚至孙子辈的四名红卫兵一开口一段一段地用语录耳提面命地教诲和以唯我独革的神气教训着，实在是大伤他们自尊的事啊！

“我先发言！”——一位中年男人将一册三十几年前的《红旗》啪地往桌上一摔，憋闷久矣地说：“今天这会早就该开了！我们早就该反省反省了！我认为我们对他们的态度，已经等于是宠惯了！我们为什么要如此宠惯他们？他们又凭什么心安理得似的受我们的宠惯？他们是人民英雄国家功臣时代偶像？不是的嘛！不过是四名不可理喻的红卫兵嘛！……”

有人打断那位脑神经科专家的话，插言道：“你就不必强调他们的不可理喻了。当年他们不是几乎都这样嘛！我只不过觉得，他们仿佛受着上帝的保佑。既然三十几年后他们还能奇迹般地活转来，那么足以证明是上帝的安排。我到这里来是为上帝效劳的，所以即使在伪装谦恭的时候，心里边想着的也是上帝，并不认为自己是在甘当红卫兵的奴仆。”

说这番话的是一位病理分析专家。英国皇家医学院的中国籍名誉教授。一个“文革”结束后，宗教信仰的自由刚一恢复便加入了基督教的女人。

脑神经科专家瞥了她一眼，略带嘲意地说：“可惜我们中只有你一个人是上帝的虔诚信徒啊，所以你不可以用基督徒的标准来劝解我们。劝解也没用。”——他话锋陡然一转，又大声说，“诸位请不要再打断我的话，允许我把话说完啊！我认为，要反省，我们尊敬的院长先生首先应该好好反省！我来报到你接待我时怎么说的？你一边亲自往我衣袖上戴袖标，一边说：‘戴上戴上，他们还是四个孩子嘛！就当他们是我们的亲儿女吧。我们要像三十年前的一些京剧演员演好样板戏一样，演好我们的角色！’你是不是这么说的？每个人来报到时你都说过类似的话吧？否则他们能被宠惯得快骑到我们头上了么？……”

“老院长”气不打一处来地说：“我正反省着呐！”

脑神经科专家最后说：“我认为我们也要来个造反有理！造他们的反！把在我们这里被颠倒了的历史重新颠倒过来！”

他的话立刻受到了热烈的掌声的拥护。

“老院长”举起一只手说：“我反戈一击，杀回马枪！坚决支持把在我们这里被颠倒了的历史重新颠倒过来！”

他的样子十分庄严，使听了他的话觉得好笑的人强忍不笑，怕笑起来他不高兴。

“我说两句。我本不想说什么的。有什么好说的呢？……”

第二个正式要求发言的是某冻伤研究所的所长。他似乎打算站起来说，但欠了欠身，又将胖大的身躯陷坐于沙发了。

“老院长”指着他予以鼓励：“请说请说！怎么想怎么说。不扣帽子不打棍子不搞黑记录……”

不成想他的话惹恼了冻伤研究所所长。后者激头掰脸地说：“谁还敢搞那一套，我在国外报刊上骂他个狗血喷头！谁还想搞那一套谁是他妈婊子养的！……”

“老院长”表情一阵不自然，摊开双手耸肩道：“您这是从何说起呢！我是哪种思想的人你还不清楚么？……”

冻伤研究所所长努力了两番，终于成功地将胖大的身躯从沙发上站立起来了。他走到会议室中央，环视人们，目光最后落在“老院长”脸上：“别误会嘛。你是哪种思想的人我当然很清楚。咱俩是诤友关系，我能指桑骂槐地攻击你么？让我告诉大家也没什么吧？诸位，我所了解的他，国际思想方面是一位和平主义者，社会思想方面是一位人道主义者，政治思想方面，基本上是一个反动的人。‘文革’前因为贩卖美国式的民主被打成了右派。‘文革’中再受二茬罪被打断了一条腿。现在呢，他还是主张中国实行美国式的民主……”

“远啦，远啦，离题万里啦！……”

“老院长”忸怩不安起来，窘红了脸提醒冻伤研究所所长。

“咱们这次会议也只许有一个中心么？行，行。一个就一个。怎么都行。哎我说中心是什么来着？……”

冻伤研究所所长将求助的目光望向“老院长”。

“讨论，反省。主要是反省。”

有人及时替“老院长”回答他。

“又反省？反省什么？……”

毕竟是和“老院长”同辈的人了。七十六七岁了，耳背了，刚才没听清。

“反省我们对四个小狗崽子的态度问题……”

又有不甘寂寞的人替“老院长”回答着。“狗崽子”三字一经被说出，意味着许多座心理火山就要开始喷发了。

“反省我们对他们的态度？我们对他们的态度有什么可反省的？我看我们这些七十多岁的人，在他们面前低三下四点头哈腰的都快变成孙子啦！……”

“我们可比不上现在的孙子们！现在的孙子们活得多开心，爷爷娇奶奶爱的！我认为我们都快变成《茶馆》里的王掌柜了！而他们简直像……”

“对对，比得好！你说明白了我的意思。总之我在这个院子里越来越感到屈辱了，仿佛自己又回到了三十几年前……”

“毕竟比三十几年前强吧？三十几年前你隔三差五地就被批斗一次。而在这个院子里，前天你还戴着‘革命造反派’的袖标啊！”

“那也感到屈辱。因为我自己讨厌戴。再说戴着也心虚，似乎总觉得自己实际上仍被划在‘另册’里，只不过是混入‘革命造反派’的队伍里的。好几次梦里被挖了出来，醒后惊一身冷汗。诸位，三十几年前……”

于是冻伤研究所所长讲起了自己一家三十几年前的悲惨遭遇——父亲因是从美国辗转香港回国的医学教授，被批斗致死；母亲因台湾有亲属而被诬为特务，死在牢中；自己被发配到劳改农场，十余年远离专业；妻子与之离婚，改嫁给了别人……

那是一番真正的控诉。可以说是字字血，声声泪。他讲到心碎处，老泪滂沱，泣不成声。

会议由他之后，变成了控诉会，忆苦思甜的会，声讨红卫兵的会。“文革”和红卫兵的受害者们，彼此同情着。相向唏嘘着。连“老院长”也忘了开会的初衷不是那些，大动其容地讲起自己当年的悲惨遭遇来。

实事求是地说，他们皆可敬长者，绝非习惯了一味靠咀嚼伤疤活着的人。他们也都是自己专业领域的权威人物，佼佼人物。平时他们是不愿提“文革”谈“文革”的。甚至不愿回忆。谁愿回忆噩梦呢？何况他们是些最缺少时间的人。时间和精力都被专业垄断了。但在这个名义上是“疗养院”的地方，在这个天天能看见四名“货真价实”的红卫兵在眼面前无所事事地晃来晃去，并且还得以极虔诚的一丝一毫也疏忽不得的态度为拯救四名红卫兵进行“战斗”的地方，他们的心理难免会因四名红卫兵的表现而渐渐发生变化，和初来乍到时很不一样了。

世上的许多事都是有规律的。倘是一件壮美之事，哪怕早已成为历史，参与或相关的人，任什么时候都会大声说：“那件事中有我！”——而且当然的引以为豪，引以为荣。根本没参与或毫不相关的人，往往也会编造了参与的经历和相关的谎言，自吹自擂，沽名钓誉。倘是一场人为的灾难，那么几乎一切的责任人，就都要不遗余力地替自己进行巧舌如簧的辩护了。比如当过法西斯纳粹副统帅的戈林，比如东条英机，比如王、张、江、姚“四人帮”。他们连被推上被告席了，都是不肯老老实实地低头认罪的。那是一定要装出无害甚而有益的被冤枉了很值得同情的样子。

“二战”是人类历史上多么空前的一场灾难啊！

关于“二战”，全世界出了多少文学作品，影视作品，戏剧和回忆录啊！但主要是英雄们的事迹，和后人们客观性的研究，总结，评论。德国却至今还没出现过这样一部书，或某人面对采访镜头这样说——我在某集中营亲手杀害过犹太人。我的双手曾沾满罪恶的血。是的，他们才不会这样呢？他们要隐姓埋名，摇身一变，似乎成了与“二战”血腥虐犹罪恶毫不相关的人。但是成千上万的犹太人和别国的人民，非是希特勒靠自己的一双手一批一批杀害的。那是一部疯狂开动的杀人机器的暴行。有多少人充当了那杀人机器的部件啊！他们逃避被指认出来的可能，惶惶不安正如犹太人当年逃避他们的追捕和迫害。于是空前的一场灾难，只能以极少数人的被公审而画上历史的句号。

日军在中国犯下的滔天罪行也是如此画上历史的句号的。

“文革”不可能不是这样。

主要责任人都已基本上死光了。主要罪犯都已被执行判决了。中国共产党的党史上，比较客观地写入了对伟人毛泽东“三七开”的一笔。红卫兵们当年的种种暴戾行径，照例由几名他们当年风云一时威风八面的“领袖”一揽子认罪了。

但是受过迫害的人何止百千万呢？

倘再包括受政治歧视的人，那将是多么巨大的一个数字呢？

某些当年的红卫兵，虽然不曾是什么“领袖”，甚至也不曾是什么小头目，但他们挥起皮带抽人比虐待狂抽驯良无比的牲口还凶狠；他们乱剪别人的头发就像打草的孩子用镰刀削路边的草梢玩儿；他们往别人脸上涂抹墨汁甚至大便，就像没有卫生习惯的人擤过鼻涕往随便的什么东西上揩手指；他们打人骂人别出心裁地凌辱人挖空心思折磨人，就像别人们只不过是虫子；他们深更半夜闯入别人家里凶神恶煞般吆五喝六，想摔就摔，想砸就砸，那时别人的家就连公共厕所都不如了，别人们就连替他们打扫厕所的人都不配是了……

那一切一切，都是当年受迫害受伤害之人说出来写出来的。或者是见证人们的纪实。

却只有极少极少极少极少极少的红卫兵像样地忏悔过。有人忏悔，那也是因为当年的自己并不凶恶。实际上等于是在替当年凶恶的劣迹斑斑的同类们忏悔。所以那样的忏悔并没有什么忏悔的真正意义。

应该忏悔的都到哪里去了呢？

他们当然都还存活着。倘话题议及“文革”或红卫兵，他们也兴许以过来人的资格和见证人的口吻，慷慨激昂谴责一番。

于是事情变成了这样——暴戾的事件那么多那么多那么多，却似乎没有几个具体的人干过。

于是事情变成了这样——假设一名用皮带抽过别人往别人脸上涂过墨汁乱剪过别人的头发抄过别人的家的红卫兵，站在对方面前，他自己不说，对方是难以认出他的。因为三十几年的时间，早已改变了他的容貌，使他彻底地变了一个人了。他的身份还极可能使对方心怀敬意。他的待人接物还极可能大获对方好感。倘他们共同参加一个涉及红卫兵话题的座谈会或研讨会，他的发言还极可能使对方觉得深刻频频点头报以掌声……

而对于在今天这次会上先后发言的人们，情况不同了——首先他们皆受害者，此点无可争议；其次“货真价实”的红卫兵就在这里！二男二女，一共四名！

该四名红卫兵，不但“货真价实”，而且“红”果稀存！而且既已复活，仿佛又唯我独革，老子天下第一起来了！虽说两名女红卫兵不是太讨厌，但那两名男红卫兵多么的看着叫人气不打一处来啊！

于是回忆式的，以“红卫兵”三字笼统而言的控诉，渐渐演化成对现在时的具体人具体表现的愤慨声讨了……

于是声讨的火焰一再高涨，最终接近着口诛了。

仿佛三十几年前千千万万的红卫兵们桩桩件件的劣迹，终于是有了确凿无疑的元凶了……

然而会场中还有另外一些人啊。他们的年龄，或比乔博士小几岁，或比乔博士大几岁，但平均年龄不超过三十五六岁。他们学历很高。皆毕业于名牌大学。几位博士。半数硕士。有的“文革”前后才出生，记事时“文革”大势已日薄西山。有的“文革”结束了才出生，童年和少年都是在中国的好光景中长大的。他们的父母，普遍比刚才发过言的长者们岁数小，“文革”时期皆中年人，轮不上是“走资派”或“黑帮分子”什么的。即或受过些委屈，相比于直接受迫害者，那简直就可以说不足论道了。故他们本身对“文革”所持的否定态度，虽彻底，却终究不过是间接的，理念的。几乎完全没有过什么直接的切实的感受。所以长者们控诉，他们这些小字辈也只有洗耳恭听。尽量保持同情的肃然而已。即使听到“文革”的荒唐处，暗觉可笑，一个个也是强自忍着的。任何悲苦的大事件一旦变作历史，在时间的流程中和代与代的隔膜体会中，往往都接近着是“故事”了。虽然纪实，但毕竟是属于从前的，上代人的不幸。正如“样板戏”是某些上代人大为反感的，而在下代人听来，只不过是“现代京剧”，甚至还颇欣赏。

控诉和声讨完毕的长者们，开始将期待的目光投向他们这些小字辈了。他们总得逐个说点什么了，包括他们中不太爱发言的。既没有回忆“文革”的年龄资本，那么也只能就现在的四名具体的活生生的红卫兵发言了。他们很实事求是地说，比较起来，二红卫兵姐妹，给他们的印象并不多么的恶劣。为使他们活下去，他们是宁愿做些努力的。他们说，尽管那个李建国挺二百五似的。但他二百五也是他那个时代造成的呀。他们说，从前的中国人，一代代的，挺二百五的多的是呀！现在的中学生高中生群体里，就没有挺二百五的了么？还有挺混的呢！他们还难能可贵地承认，李建国也有怪可爱的一面。比如他经常主动干点儿活，扫院子啦，浇花锄草啦，拖走廊啦，帮临时女工清洁厕所啦，到厨房去帮大师傅摘摘菜刷刷碗啦……

他们这么评论时，临时女工附和道：“是的是的，起初他还主动要求帮我洗床单呐。我说有洗衣机，不用他。他说中国人怎么可以用资本主义国家的人才用的洗衣机呢？那还不使勤劳的中国人变懒了么？”

大师傅也附和道：“那孩子挺仔细的，帮我摘菜时，不好的菜叶都舍不得扔。将来是个会过的人。”

于是红卫兵李建国仿佛是“可以教育好”的红卫兵了。

但是连小字辈们，对赵卫东的印象也非常不好。他们说“极左”于他本是自然而然的事，也没什么大不了的。如果四名红卫兵连他算上都不“左”，他们倒奇怪了。他们说他们难以容忍的是他的“唯我独革”。他们说思想“极左”的人，也有对自己要求同样“极左”的。说他如果那样，也算“左”得使人没法儿挑剔，敬而远之就是了。说他们觉得，他只对别人“左”，对自己是不“左”的。比如还没买纯净水器时，有次他们中一人告诉他水房有开水了，他却说：“告诉我干什么？告诉该给我房间送开水那个女人嘛！”问他：“你连开水都不亲自打了，养尊处优来了？”他竟大言不惭地回答：“别把我当一般人对待，我是县‘红代会’常委！”

“老院长”愤然道：“听听，这叫什么屁话？摆起从前那种并不光荣的资格来了!”

他们还说，他们都觉得他有点儿阴。

“老院长”又道:“对，对，我也觉得那小子有点儿阴。”

但是谈到两小时前他和肖冬云之间发生的事儿，他们却没长者们看的那么严重了。他们认为不值得以那么一件事儿来对他说长道短。归根结底，那是他和她之间的感情过节。

“否！那是非礼!”

“老院长”又愤然起来了，语势也有点儿像老红卫兵了。

“岂止是非礼，明明是强暴行径！应该把他揪来，开他的现场批斗会!”

“我们要坚决抵制强暴事件！要刷出这样的大标语来!”

“还要出一期专题板报!”

几位可敬长者也都像“老院长”一样愤然起来。

在这个名义上是“疗养院”的地方，在这个有四名“货真价实”的红卫兵存在着的地方，在这次专为讨论和反省对四名红卫兵的态度问题的会议上，不知为什么，当年深受“红祸”苦难的人们自己，话语方式也都有点儿红卫兵特征了。

但是小字辈们在两名红卫兵之间的男女问题上，尤其显得不以为然而又心平气和。他们说究竟定性为非礼还是定性为强暴，那也不能由咱们在这儿定。得由公安局来定才具有法律的结论性。难道应该报案请公安局的人来么？当事人肖冬云不报案，咱们报案不是等于侵权代替么？何况公安局的人即使来了，也不会先听咱们的看法啊。也得先听肖冬云自己怎么讲啊！她只不过刚才在哭嘛。没一边哭一边嚷：我被非礼啦，我被强暴啦，谁主持公道呀！若她自己并无寻求法律保护的要求，咱们的正义冲动不是多此一举么?

“老院长”反驳道:“别忘了她是一名三十几年前的女红卫兵，哪有我们今天这么强的法制意识！应该有人启发她，告诉她，她是可以报案的！乔博士，这个任务就交给你吧!”

乔博士怔了一下，低问:“为什么偏偏交给我呢?”

不知为什么，他的表情看去有几分忧郁似的。

“老院长”说:“她挺愿意接近你的嘛，这大家都看得出来的啊！别推诿了，就你吧，就你吧!”

博士幽幽地淡淡地一笑，不再说什么。也不知是接受了那项特殊的任务，还是根本不予考虑。

小字辈们接着发言。他们中有人说，标语是不可以刷的，专题板报更不可以出。说那样一来，不是减少了，反而是增加了这个地方的“文革”气氛。说以大标语和黑板报的方式对没有被剥夺公民权的人实行口诛笔伐也是违法的。

咱们三十几年后的中国人，既然法律意识比三十几年前的红卫兵强，就不应该给他们做坏榜样……

博士频频点头。

博士自己并没想到，在这次全体会议上，由于他的表态举足轻重，老者们和小字辈们，都希望他能站在自己们的理念原则上看问题和发言。他的频频点头，使小字辈们觉得是一种沉默的支持，自然也引起了几位老者的不满。

脑神经科专家问："小乔，你点头代表些什么意思呢?"

博士回答："没太多意思，赞成刚才的发言而已。"

冻伤研究所所长紧接着说："乔博士当然不会和我们太保持一致啰！他多幸运啊，身上连一道从前时代的浅浅擦痕都没留下过。"

室内便静了片刻。

在那一种使人人觉得意味深长的静中，博士缓缓开口，庄重而言："如果时代留在人身上的擦痕是可见的，那么我脱下衣服，你们看到的将是伤疤累累的身体。土改时期，我的家族中有六口人被镇压了。因为我的家族三代是地主。我被镇压的最小的叔叔才二十岁。他唯一的罪行，就是在被缴获的某大学的'三青团'发展名单上有他的名字。我父亲和我母亲还没认识的时候，我就在基因学的原理方面被划入另册了。'文革'时期，我母亲在当成牢房的砖窑里生下了我。就像《洪湖赤卫队》里韩英唱的，北风呼呼地吹，一床破被似渔网，我娘把儿紧紧搂在胸口上。我在县中读初一的大哥，在受了红卫兵的凌辱后卧轨自杀了。我的小哥取消阶级成分划分以后才娶妻成家……"

更静了。一时无稍动者。

博士停顿了几秒钟，接说："赵卫东现在的表现，正是他较真实的表现。所以我并不多么嫌恶他的现在。但如果他三十几年前干下了坏事种种，那么我会向他声明——我参与救他是出于对科学的兴趣，而不是为他配再活下去。可他们连自己是什么省份的人都回忆不起来，我们目前也不清楚，又从何了解他们的从前呢？我认为，'红卫兵'三个字是一回事，具体的一个红卫兵是另一回事。正如'蛇'这个字是一回事，具体的一条蛇是另一回事……"

"老院长"皱眉道："你的话太哲学了吧？我没听明白。我看这样吧，咱们干脆举手表决吧!"

于是，以少数服从多数的原则，通过了一项旨在针对红卫兵赵卫东的决议，那就是——对其采取保守人道主义的态度。那就是——该服的药一定给你，但吃不吃在你自己。你偷偷扔了，也没人管你。该打针了通知你，该体检了也不排除你，但你拒绝，那是你自己的选择，谁也不再为你自己的选择着急上火……

会开到那时，天已快黑了。

赵卫东和肖冬云都没出现在食堂里。只有李建国独自去打饭。他显出着在人前抬不起头的样子。打了饭也没在食堂吃。端着匆匆地就走了。仿佛不是赵卫东对肖冬云怎样了，而是他似的……

他偷听了会议。

他心里既因会上还有人替自己说好话而心存无限感激；也因今人们对红卫兵的控诉和声讨而无地自容；更替赵卫东忧心忡忡。毕竟的，同类相怜啊……

他也替肖冬云打了份饭，意欲陪着她吃。或许反过来说更恰当，是希望有个人陪着自己吃那顿晚饭。他内心里感到空前的孤独，觉得像一名被开除了学籍的小学生似的。其实他最希望能陪着他吃那顿晚饭的人不是肖冬云，而是肖冬梅。如果能陪着他吃那顿晚饭的人是肖冬梅，即使她什么话都不说，甚至也不看他，甚至将背朝着他，只不过在同一时空各吃各的，他便会获得莫大的安慰，满足极了。但肖冬梅根本不可能陪着他吃那顿晚饭。因为她正被罩在一个巨型的有玻璃罩的医疗器械里，像躺在水晶棺里一样，处于冬眠状态。

是的，他内心里确乎感到空前的孤独。

他并不想对谁诉说什么。即使肖冬梅能陪他吃那顿晚饭，他同样觉得无话可说。唯希望有人陪他吃那顿晚饭而已。哪怕是他默默吃着，对方默默看着他吃。

他端着两份饭走到肖冬云房间门前，用脚试探了一下，门未关。用肩膀抵开门，斜身而入，见肖冬云闭着眼睛，蜷着腿，脸侧枕在枕上，似乎睡着了。他放下两份饭，轻轻走到床边，又见肖冬云脸上的泪痕还没干……

“你吃不吃饭？……”

“……”

“我把饭给你打来了……”

“……”

“不管在什么情况下，我们总是该吃饭的吧？……”

“……”

肖冬云的眼睫毛都没眨一下。

他没法判断她是真睡着了，还是假装睡着了。他只得从床边退开，坐在一把椅子上，拿起筷子端起碗。他吃了一口米饭，夹了一筷子菜，不禁扭头又向床上的肖冬云看去，而她自然还是那样子……

他就不想吃那口菜了，更没心思吃第二口饭了。他将菜放回盘子，接着放下筷子放下碗，起身悄悄地离开了肖冬云的房间……

而肖冬云并没睡，听着门关上，她眼睛睁开了一下，随即闭上。

于是一大滴泪，从她眼角溢出，又淌在她泪痕未干的脸颊上了……

李建国回到自己房间，插上门，仰面朝天往床上一躺，心里一阵自哀自怜，双手捂脸，也无声地哭了……

是夜“老院长”睡得比往天早。

全体工作人员正确解决了如何对待红卫兵赵卫东的态度问题，在他，如同英明的政治家的一项英明的提案，获得了半数以上的，也就是合法的支持。更如同解决了什么心头隐患似的。总之他头一挨枕，没多一会儿便酣然入睡了。

半夜他被一阵急促的敲门声惊醒，双肘撑床，欠起身问：“谁?”

“我……”

他听出是赵卫东的声音。不由得从枕下摸出手表看，已是一点三十五分了。

虽然，明明听出是赵卫东的声音，他还是补问了一句：“你是谁？……”

“赵……赵卫东……”

“什么事?”

“……”

“说话。”

“救救我……”

“救救你？你怎么了?”

“我……我呼吸困难……我感到窒息，我快要憋死了！求求您立刻给我打那一种针！否则，我想，我会死在您门外的！……”

轮到“老院长”不说话了……

“给我打那种针吧！给我打那种针吧！您不能见死不救啊！……”

“老院长”认为他的情况肯定没他自己说的那么严重。一个因为感到窒息快要憋死了的人会怎么说话，“老院长”是具有起码的辨听经验的。那样的人怎么会把话说得那么快，而且每句都说得那么完整，字字不间断呢?

于是他这么回答：“放心吧，你不会死的。起码今天夜里不会……”

“可是我觉得我会！我觉得我立刻就要死了！我的双腿已经软了！我的两条手臂在不停地抖！救我一命，行行好，发发慈悲救我一命吧！……”

“老院长”坐起在床上了。他朝门外大声喝吼：“回去睡觉！胡闹！你不会死的！……”

而红卫兵赵卫东在门外更急切地哀求：“我知道给我打那种针我就不会死了！我不想死！我想活！我强烈要求给我打那种针！给我打那种针！给我打那种针！……”

“老院长”又喝吼：“明天!”

“我现在就要求打！我现在就要求打！现在！现在！我不明天才打！……”

红卫兵赵卫东开始从外边使劲推门，分明的，企图破门而入。

“老院长”顿起疑心了。由疑心而生惕心了。他认为赵卫东是在耍阴谋企图骗他开门了，认为赵卫东显然的是怀着恶意而来的了……

他抓起电话，往博士的房间拨通了电话。博士查医学资料来着，刚躺下不久。博士抓起电话，立刻听出了是“老院长”的声音，诧然地问有什么事儿？

“老院长”以挖苦的语调说：“我的人道主义哲学家，劳您大驾，亲自起身到我的门前去侦察一下，看看那个表现最恶劣，而您仍主张以大慈大悲的心肠对待的红卫兵在我门外干什么呢？……”

“赵卫东？”

“不错，正是他。”

“他……深更半夜的，难道他想去进行报复，想去伤害您不成？”

“他说他强烈要求打那种预防针！可我觉得是他的借口。我觉得他的目的肯定正像你说的那样。我想象得出他是怎么一种表情凶恶的样子。我看他是企图破门而入了……”

“那您快别说了！快放下电话，我立刻就到！……”

“没事儿！别慌。慌什么？我虽然老了，却也不怕他。我已经把衣服架子移到我床边来了。他若真破门而入，我就将衣服架子当武器，用带尖儿的顶端，一家伙扎他个半死不活！……”

“老院长”的话却是说给他自己听的了，因为博士已挂上了电话……他真的又勇敢又不安起来——应该嘱咐博士多唤醒几个人一同前来的呀！于是又一一往别的房间拨电话，将自己门外的“敌情”通告给年轻的同志们，命他们快快援助博士，以防博士遭到不测……

博士住最后一排平房。年轻些的男性工作人员都住平房。四名“工作对象”及六十岁以上的和女性工作人员们才住楼内。所以他要赶到“老院长”房间的门外，那是必须穿过院子的。那一个深夜没有月亮。整幢大楼的窗子全黑着。博士一边穿过院子心里一边想，不对呀，“老院长”房间的窗子为什么也是黑的呢？难道那个赵卫东已经破门而入了么？难道一场较量已经闪电般的结束了么？难道……他不敢继续往下想了，眼前浮现出“老院长”受到暴力伤害后倒在血泊中的可怕情形，不由得打了一阵寒战，觉得心里发怵，毛发倒竖。他放慢了脚步，用目光四下寻找可以当作武器的物件。一时无所发现，也便顾不得自身之安危，赤手空拳地又加快了脚步。

博士进了楼，一迈数级登上三层。见红卫兵赵卫东的身影，果在幽暗的走廊的中段，“老院长”房间的门口。但赵卫东显然并没什么暴力企图。他背靠“老院长”的房门坐在地上，两条腿向前笔直地伸着。

博士一颗悬着的心镇定下来了。他脚步轻轻地走过去。然而，赵卫东还是听到了他的脚步声，向他转过了头……

博士又觉得心里发怵，驻足不前了。

赵卫东却立刻收回双腿，腾地站了起来。并且，望定他，向他走过来。

博士低声喝问：“赵卫东，你想干什么？”

赵卫东也不回答，径直走到了博士跟前。博士虽然心里发怵，却并未后退。一步也没后退。他贴墙站立，暗中防范地攥紧了双拳……

博士从赵卫东脸上看到的不是凶恶，而是绝望，而是恐惧。

赵卫东说：“博士，救救我！……”

博士从他的语调中听出了一线渺茫的希望的意味儿。

“你怎么了？我看你也没怎么啊！”

“我要死了！我就要死了！他不肯救我。不肯给我打那种针！你救救我吧！你可得发扬点儿人道主义精神啊！……”

红卫兵赵卫东说着，跪了下去，紧紧抱住了博士双腿。恰在此际，那些年轻的工作者们冲上楼来。他们个个手中握着或铁或木的棍棒。他们人人满肚子的气。对于红卫兵赵卫东，他们虽然是嫌恶的，但是毕竟没有什么直接的宿怨。所以呢，原本不像在“文革”中受过红卫兵虐待的老者们那么耿耿于怀，那么同仇敌忾似的。可谁被电话深更半夜地搞醒谁不生气呢？他们都这么想——多恨人啊！下午的会上还替他争取人权来着，到了半夜他却敢对“老院长”的房间进行袭击！这样的家伙哪儿还值得同情啊！看来还是“老院长”们的主张对，蛇就是蛇，狼就是狼呀！让东郭先生和怜蛇的农夫那种慈悲见鬼去吧！见他紧紧抱住博士双腿，他们也不知怎么一回子事儿，认定了他是打算伤害博士。于是齐发一声喊，棍棒齐举地冲将过来……

赵卫东见状，吓得将头扎入博士的两腿之间。

博士大叫：“都别激动，谁也不许碰他一下！”

而这时，走廊里住着人的房间的门都开了。“老院长”从房间里走了出来。住在二层的人也都奔上了三层。赵卫东的样子使人们大惑不解，争相询问“老院长”或乔博士究竟怎么回事儿？

而赵卫东的头仍扎在博士的两腿间。他全身抖成一团，口中不停地说：“救救我！救救我！……”

乔博士望着“老院长”，征求地问：“他的要求也不是什么过分的要求，就满足他吧？”

“那是谁都可以做的事，你看着办吧！”——虚惊一场的“老院长”，因为自己的草木皆兵，脸上一时有点儿挂不住似的，打鼻孔里重重地哼出一声，猝转身回房间去了。

博士就吩咐自己的助手：“你带他去打针。就是白天给另外两个注射过的A2药剂。”

他的助手将木棍递向别人，顺从点头。

赵卫东却不肯起身。他坚持非要乔博士亲自为他打那种针不可。正如生命垂危的病人，将活的希望寄托于权威医生。

只有一类权威在“文革”中是不曾被真正打倒的。那就是权威医生。即使他们刚刚被当成“牛鬼蛇神”批斗过，一披上白大褂，在病人心目中，转瞬又是权威了。哪怕那病人曾往他脸上泼过墨。

红卫兵赵卫东的可怜样子，再次证明了活着之对于寻常的人，是比一切革命的道理都伟大得多的“硬道理”。

乔博士并未因而鄙视他，扶起他，答应了他的要求……

为了乔博士的安全，助手一使眼色，几个人尾随着乔博士和赵卫东向注射室走去……

剩下的人们中，有一个指着赵卫东蹲过的地方问：“那儿怎么回事儿？地毯怎么湿了一大片？”

有人回答：“我看，那是尿。”

“尿？”

“对。他怕死怕得尿裤子了。”

“他刚才表现出的，是典型的心理恐惧症状。”

“唉，那他白天又是何苦的呢？……”

肖冬云和李建国那时站立在三层的楼梯口。走廊里发生的一切他俩都看到了。在人们的议论声中，他俩呆若木鸡。谁也不瞧对方一眼。仿佛身旁根本没有另一个同类的存在。

在他俩心中，连红卫兵三个字最后所包含的一点点或许还值得回忆一下的成分，彻底的变质了。如同自己们的肉体也部分地变质了。

他俩呆若木鸡。谁也不瞧对方一眼……

第二十五章

肖冬梅从玻璃罩下出来，已是九天以后了。对于她，那似乎是又死了一次又活了一次。而九天相对于三十四年，差不多等于一天和一秒的关系。“二进宫”并没使她的身体产生特别异常的反应。那有玻璃罩的东西也不是什么了不起的高科技。里边和外边的区别，也只不过是空气的洁度而已。玻璃罩里边的空气是绝对“卫生”的，而且氧成分的比例对于她的肺及脑是最适当的。同时一根导管向她的血液中输送着专为她研制的药剂。

她醒来时是早晨八点钟左右。当然的，她已经在玻璃罩外，已经躺在自己那个房间的床上了。阳光满室，很明媚的一个早晨。在她的床头柜上，还摆着一只此前不曾有过的花瓶。花瓶里插着一簇花。不是玫瑰、郁金香、康乃馨之类的花。而是从院子里剪的草花——扫帚梅、菊、鸡冠花之类。还有一盘金灿灿的，来不及结籽的向日葵。杂插一处，倒也煞是好看。

她一睁开眼睛，最先见到的是“老院长”。他坐在她床边的一把椅子上看书。

她礼貌地说：“您早。”

“老院长”的目光离开书，望向她，慈爱地微笑了。

虽然她也是红卫兵，他却渐渐地开始喜欢她了。

“你早，女孩儿！”——“老院长”合上了书。

她问：“我怎么了？”

他说：“你没怎么呀。”

“真的？”

“真的。”

“对我撒谎可不对。”——她的口吻，听来像大人在对小孩子说话。

“我没撒谎。”——“老院长”不禁又慈祥地微笑了。

“那……您为什么坐在我床边呢？”

“不可以吗？”

“当然可以。不过，一觉醒来，见您坐在我床边，我就不免犯寻思了……”

“寻思什么，女孩儿？”

“我喜欢您叫我女孩儿。”

“回答我的话嘛。”

“我寻思……我寻思……我是不是又发生了什么不对劲儿的情况，给你们添新的麻烦了？……”

“没有，女孩儿。你只不过一觉醒来罢了。而我坐在你床边，是因为……是因为……想等着你醒来，和你聊聊天罢了。”

“您？想和我聊天？这太使我高兴了。其实我也想和您聊天。但是觉得您太严肃了，怕惹您厌烦。”肖冬梅坐了起来，这才一扭头瞧见花，顿时一脸烂漫：“呀，多美的一簇花！您替我剪来的吧？”

“老院长”默默点头。一条纪律已经传达——谁也不许告诉她，她又死过去了一次。而这条纪律对于她的三名红卫兵战友，尤其是必须严格遵守的。

“您看的什么书？”

“小说。”

“您也看小说？”

“偶尔看。假如别人向我谈论时下的一部小说多么多么好，我便会挤出时间翻翻。反过来也会挤出时间翻翻。没人说好也没人说坏的小说，我是不看的。”

“那么这一部小说呢？”

“既有人说好得很，也有人说坏得很。”

“您认为呢？”

“我赞同后一种看法。或许后一种看法是错误的。但我宁肯赞同错误的看法。”

“能借给我看看么？”

“老院长”刚才随手将小说放在花瓶旁边了。肖冬梅的手刚触到书，“老院长”已抢先将书拿在手中了。

他说：“不能。”

“为什么？”

“因为，如果我有一个才十五六岁的女儿，我绝不允许她接触这种内容的书，所以对你也一样。”

“我明白了。”

三十几年前的初一女生，不觉地脸就红了。她正准备无拘无束地流露一番的好心情，如同正准备张开的贝的壳，受到了惊吓而一下子又闭上了。她有些嗒然若失也有些不知所措似的，将脸转向窗子，在明媚的阳光中眯起了眼睛。

她自言自语地说：“这阳光照得人真幸福，活着多好哇！”

“老院长”不失时机地教诲道：“所以，应该珍惜自己的生命。”

肖冬梅缓缓将脸转向了“老院长”，拖长语调说：“我很珍惜自己的生命呀！”——她那种成心拖长的语调，包含着相当明显的，对长辈的教诲表示谢绝的意味儿。其实，她更想说的是：“您怎么知道我不珍惜自己的生命？如果您不是这么以为的，您的话不是有点儿多此一举么?”

“老院长”从她的语调中敏锐地感觉到了什么，也自言自语似的说：“某些人啊，一老了，就不怎么可爱了。比如我吧，动不动就教诲下一代。而有些道理其实是起码的道理，又有谁不懂得呢?”

肖冬梅却又情绪索然地躺倒下去了。她不看着“老院长”了，望着天花板了，近乎赌气地说：“我就是一个不懂得那些其实是起码的道理的女孩儿!”

“老院长”说：“我们女孩儿可不是那样的女孩儿。我们女孩儿可懂事啦!”

肖冬梅说：“您别夸我。您夸我也不是诚恳的。”

“老院长”蒙受了不白之冤似的说：“我是诚恳地夸你的嘛!”

肖冬梅说：“您就不是诚恳的！诚恳不诚恳我听得出来。”

“老院长”说：“不讲理，不讲理。你这是不讲理嘛!”

肖冬梅说：“不打自招了吧？刚虚伪地夸了别人两句，转瞬间就暴露成见了吧?”

“老院长”大叫起来：“我？我虚伪？……”

肖冬梅也提高了嗓门儿：“我？我不讲理？……”

于是二人都不甘示弱地较量起目光来。彼此望着，都扑哧笑了。

肖冬梅说：“您千万别生气啊，我逗您玩儿呢!”

“老院长”嘟哝：“我是你可以逗着玩儿的么？再犯这种错误，一定严惩不贷!”

“那，怎么严惩呢?”——肖冬梅又坐了起来，在被单下弓起双膝，两肘支在膝上，双手捧着下颏，一副洗耳恭听的模样。这二十世纪六十年代的初中女生，确乎的，非常渴望与面前这位二〇〇一年的长者交流。但她一时又找不到一个可能是共同话题的话题。她不愿放弃此刻这种好机会，也就只有紧紧地抓住着。像小猫得着一个线团，用爪子拨来拨去，不在乎线团被挠得乱七八糟，只怕线团被人夺去了。从此地“逃”出去过以后，尤其是受了“大姐”胡雪玫的影响以后，在城市里刷过夜以后，再回到这个地处郊区的院子来，她是十二分的不情愿的。她感到非常的寂寞。觉得百无聊赖。她已经不想和自己的红卫兵战友（包括姐姐）说什么了，所谓话不投机半句多。也不回忆三十几年前的事儿了。因为靠那种回忆已根本无法消除内心的寂寞。她要知道关于今天的中国的一切新鲜事儿。正如猫儿一旦吃过活蹦乱跳的鱼，对鱼骨刺就无兴趣了。

如果现实中激动人心的事物太多太多，人就不肯再回头看过去了。对于少男少女们，这尤其是一个普遍的规律。肖冬梅又说：“怎么严惩呢?”

她唯恐“老院长”觉得和她说话没意思，应付她几句起身便走。九天如一夜。好比迷信的说法——三十几年前的事，似乎是她的“前世”经历了，被新的记忆一遮盖，变得古老又模糊了。而那新的记忆，自然便是她在城市里的短暂经历。她迫切希望在继续下去的谈话中，“老院长”能向她大谈今日之事。

“老院长”脱口道：“怎么严惩？方式多了。饿你三天，看你还逃走不逃走！”

“老院长”对于红卫兵肖冬梅的渐渐喜欢，并非由于她长得像他的什么人。不。完全不是这样的。她不像他花季年龄时期的女儿，也不像他妻子的少女时期。他渐渐地喜欢她了，仅仅因为，在“文革”后的二十余年中，他再就很少接触她这种年龄的下一代。他觉得她似乎是他生的。那有玻璃罩的医疗器，仿佛就是他孕她的子宫。而三十几年的一段历史，乃是连接着她的脐带。对于地球上的生物而言，这无疑是最漫长的怀孕期。她前后两次在玻璃罩里度过了不少个日日夜夜。在那些日日夜夜里，他曾无数次守护在玻璃罩外，关注着她呼吸的有无。连她睫毛的眨动，都在他的密切关注之下。就算她只不过是鱼缸里的一条鱼吧，倘一旦由自己千方百计地救活，那也会对之产生感情的呀。何况她是一个花季少女！

他的话音刚落，肖冬梅立刻大叫：“我饿！我要吃饭！”

“好，你等着，我为你服务！”——“老院长”说罢起身，心甘情愿地走了出去。

他忘了带走那本因内容过分色情而遭禁的书。门刚一关上，肖冬梅急速地将那本书塞到自己枕下了。

“老院长”并没给她端来一份多么像样的早餐。无非一小杯牛奶，两片饼干。

肖冬梅噘着嘴嘟哝：“就这点儿呀？”

“老院长”说：“你的胃还很弱，不能进行负担太重的消化。”

“我的胃不弱！在大姐家里，我一次能吃比这多四五份的东西！”——肖冬梅表示不满。

“别跟我提你那位大姐！从今天起，你的饭量由我控制！”——“老院长”的口吻严肃得不容商量。

肖冬梅吃着喝着的时候，“老院长”就为她读一份带来的晨报。他读道：“朝韩双方，又进行高层会晤……”

肖冬梅口嚼着饼干评论道：“好！”

他抬头问：“你一点儿都不惊讶？”

肖冬梅不假思索地说：“人家在为统一进行和谈，我惊讶个什么劲儿呢？”

“老院长”愣了愣，继续读：“美国总统就朝韩高层会晤接受记者采访……”

“有照片么？”

“什么照片？”

“现在的美国总统的。”

“有啊。”

“让我认识认识他……”

红卫兵肖冬梅接过报纸，端详地看了会儿，又发表一字之评道：“酷!”

于是“老院长”又愣了……

在那个上午，三十几年前的初一女红卫兵，与二〇〇一年的中国科学院院士，气氛很是轻松地交谈了两个多小时。不，用“交谈”一词，未免太郑重了。事实上是东一句西一句地闲聊了两个多小时。不，用“闲聊”一词，也是不太准确的。因为两个得空有闲的人，倘若意气相投，那是往往越聊越热乎的。而他们聊得却并不怎么热乎。或者这么说，那一种轻松的气氛，实际上是一种松懈的情形。明明松懈而又勉强为续，轻松的下面也就有着几分的滞重了。好比两个曾是邻居的，多年不见的老太婆，其中一个某日忽然成了另一个家的不速之客。亲亲热热的吧，从前又没有值得那样的感情基础。不亲热吧，又似乎对不大起曾是邻居的特殊关系。而不聊够一定长度的时间，双方内心里便会觉得是冷淡。尽管热乎是难求的，冷淡的气氛却更是双方都不愿出现的。所以东一句西一句的，说的尽是些多一句不嫌多，少一句不嫌少的话。其实那情形连闲聊也算不上的，只能算闲扯。对的，他们是闲扯了两个多小时。他们心里，原本都是有着与对方交谈的渴望的。交谈的渴望所以变成了不冷不淡的闲扯，双方都是要负一定的责任的。因为他们双方都是有动机的，那动机又都未免的太“个人主义”了。在红卫兵肖冬梅这方面，渴望从对方口中听到的是关于中国今天的种种新奇之事。她的潜念里，有种尽快与今天完全“接轨”的热情在涌动，在高涨。“老院长”的话一不谈今天，她听得就没劲了。在“老院长”那方面，渴望从她口中听到的，恰恰相反，是对发生在中国的，三十几年前的那一场政治灾难，有所反省有所忏悔的话语。怎么说她也曾是一名红卫兵啊！现在她已经明白她是在二〇〇一年了呀！那么她不是应该有所反省有所忏悔的么？三十几年间，除了在他获得“平反”的文件中，有那么一行几句铅印的歉意性的文字，再就没任何人对他表示过歉意。更没任何人在他面前忏悔过。他听到最多的是谴责和控诉。仿佛没谁不是受害者。仿佛那场史无前例的曾经声势浩大的政治灾难，是千千万万外星人直接参与了才成为灾难的。仿佛外星人们早已回到外星去了。即使他在谈到三十几年间中国发生的种种大事件时，目的也是非常之明确的，为的是启发眼前这一名三十几年前的初一女红卫兵，使她能结合着认识到她当年的错误。然而红卫兵肖冬梅口中就是一句反省的话忏悔的话都不说。看去她的样子也不是成心地偏不说，而是头脑里根本就没有该反省该忏悔那么一根弦。只有一次二人的交谈碰撞出了火花。那就是他在谈到克林顿与卡斯特罗的“世纪握手”时，红卫兵肖冬梅很是怀旧地唱起了曾在中国流行一时的古巴歌曲《美丽的哈瓦那》：

美丽的哈瓦那，
那里有我的家，
明媚的阳光照新屋，
门前开红花，
……
万恶的美国庄园主，
逼死了你的妈，
妈妈她刚死后，爸爸又遭毒打
……

肖冬梅唱得挺有感情，挺动听。

那首歌“老院长”也是熟悉的，便也情不自禁地跟着哼唱。唱着唱着，觉着不大对劲，晃了晃头，暗中拧了自己一下，几乎顺势漂回从前的思维，才又猛跑回二〇〇一年的现实中来。

肖冬梅唱完，一时沉默，仿佛她是一位古巴少女，哈瓦那是她自己的家乡，而且仍被“美帝国主义”侵略着似的。

“老院长”怕惹她思乡，赶紧没话找话地问了一句：“你想知道关于苏联的事儿吗?”

肖冬梅眼神儿迷惘地摇摇头。

“老院长”一时没其他的话可说，便不管她感兴趣不感兴趣，一味儿地自说自话：“苏联已经是历史了。再谈它得说‘前苏联’了。它解体了!”

他想，要是她真思乡起来，哭着闹着立刻要回家，并且使她的三名红卫兵战友也都哭着闹着要回家，刚刚稳定下来的局面，不是就又被破坏了么?

肖冬梅问：“解体怎么回事儿?”

纯粹是出于礼貌的一问。

“解体就是由一国变成几国了呀。”

“那不就是分裂了么?”

“解体和分裂不同。解体是和平方式的。”

“好。”

“好?”

“和平方式的还不好么?”

“它解体后的俄罗斯总统现在是普京……”

“……”

“普京之前是叶利钦……”

“……”

“苏联的最后一届领导人是戈尔巴乔夫。他接的是契尔年科的班。他在他的任期内实行了总统制。其后访问中国，受到了我们中国很热烈的欢迎。回国后不久便被软禁在克里米亚，是叶利钦解救了他。两人亲密拥抱后，叶利钦迫他辞职……”

红卫兵肖冬梅一手掩口打了个哈欠。“老院长”就不说下去了。

肖冬梅赶紧表白道：“对不起，我不是故意的。”

她觉有失礼貌，很窘的样子。其实她是故意的。起码有那么几分是故意的。当然也不无倦意。刚从九天休克般的状态活转来，身体各方面的系统都未免是娇弱的。但绝不至于倦到在一位可敬长者与自己说话时面对面打哈欠的程度。打哈欠的主要原因，是由于苏联的一切事引不起她丝毫的兴趣。她希望赶快换一个有意思的话题。何况，枕下还有一本对方不肯借给她看的书呢！她一觉得话题没意思，好奇心就转移到那本书上去了。三十几年前，她和姐姐看什么书这种事儿，父母也是要严加管限的。她和姐姐都知道那类书无非是怎样的内容。她们从不偷看，好奇心虽有，却没多大。然而枕下那一本书，可是今天的中国作家写的呀！这使她每想到它一次，好奇心就增长一倍。

“老院长”低声说：“没什么。”

他说完这句话，竟也有点儿窘起来。仿佛有失礼貌的一方是自己似的。他暗自觉得，“没什么”三个字，恰恰证明了他挺在乎她的哈欠似的。并且，他是那么的奇怪——这三十几年前的小女红卫兵，倘对“现代修正主义”不复存在了，以及怎样解体了的过程都不追问究竟，不感兴趣到了对面打哈欠的地步，那么她到底对这世界上三十几年中发生了的什么事感兴趣呢？

两人相互歉意地笑笑，一时无话。

“老院长”交谈的热情降温了。进而索然了。

肖冬梅看出了这一点。

她说：“再讲讲吧。您刚才讲到那个叶什么解救了那个戈什么……”

其实她交谈的热情也降温了，也觉得索然了。所以她说完违心的话后，脸红了。她感到怪对不住眼面前这一位可敬长者的交谈热情的。她暗暗谴责自己——三十几年前，“美帝”和“苏修”，可是中国的两大敌人啊！其中之一如今不复存在了，你怎么都不想听听它是怎么解体的呢？何况“老院长”他讲得多简明，一点儿都不啰唆！你却被枕头底下那一本自己不该看的书吸去了魂似的，你已变得多么不可救药了啊！……

即使她不脸红，“老院长”也看出了她是怎么回事儿。

他起身道：“我看你还没睡够。再睡一会儿吧。充足的睡眠，能使你的身体尽快健康起来。”

这话正中肖冬梅下怀，她装出特别乖特别服从的模样点了点头。

“老院长”走到门口站住了，转身回望着她说：“我没忘了什么东西吧?”

肖冬梅眨眨眼睛，肯定地回答：“没有呀。”

他寻思着又说：“我怎么觉着，忘了什么东西呢?”

肖冬梅煞有介事地这儿瞧瞧，那儿望望，还掀起被单抖了抖，然后调皮地说：“您就是有什么东西忘在我这儿了，我还能昧下么?”

“老院长”笑了：“我可没那么想。”

他刚一出门，肖冬梅就光着脚跳到地上，三步两步跑去将门插上了。她没立刻就回到床上。她站在床边，拿起枕头拍得更松软些，先竖着放了，预备靠着。紧接着改变了主意，认为还是枕着舒服，便又平放了。头一挨枕，一只手就同时伸向枕下，摸出了那一本仿佛偷来的书。那书的封面上，赫然印着两行黑体字是——“连年走红作家；惊世骇俗之著”。“走红”一词，她已经明白是什么意思了。流落于城市的那两天里，她听别人在谈论“大姐”时说过“走红”一词。只不过前边加上一个字是“曾”……

“从星期五的下午，我无时无刻不在想象自己和他疯狂做爱……”

那小说便是这样开篇的。

三十几年前的初一小女红卫兵，顿时看得血脉贲张，全身火热，连呼吸也不由自主地屏住了……

她更加放不下那一本小说了……

整个上午，另外三名红卫兵也没出过各自的房门。

他们处于“洗脑”阶段。这是救护他们活下来，并使他们成为新人的一个必不可少的步骤。如果不能使他们成为新人，也就是与二〇〇一年的时代主流思想合拍的人；或者反过来说，如果不能从他们的头脑中洗涤掉三十几年前的红卫兵思想，那么“疗养院”里他们以外的每一个人，就都会不同程度地认为，自己们的人道主义责任和义务其实只完成了一半。严格地要求，甚至也可以说是失败了。好比虽救活了人的命，被救活的人却成了精神病患者、白痴，甚至也许会对社会有危害的人。当然身负责任和义务的人们并不那么的天真，并不认为在短短的九天或再多一些的天数里，自己们能通过什么有效的方式，使他们的“中国病人”们的头脑焕然一新，完全没有了三十几年前的红卫兵思想。不，他们并不这么幼稚。所采取的也非是强迫的方式。他们只不过为另外三名红卫兵的房间里重新配备了电视机，影碟录放机，书刊画册，以及全国各地十几种大报小报，还有电脑。

开了一次核心成员会议。会上讨论得很热烈。甚至时时发生激烈的争辩。有人说为他们每人的房间里配备一台电视机不算过分，但还要配备影碟录放机的话，则就未免太那个了吧？

“老院长”倒显得特别开通。他说录放机那东西不是降价了么？便宜的不才几百元么？该花的那就得花。只要我们能做到，就应使他们尽快地熟悉新事物。

反对者说，那不是也得替他们收集一批影碟了么？

支持“老院长”的人说影碟更便宜了，盗版的十元钱能买三四盘。

反对者又说，盗版影碟里内容乌七八糟的太多了，总不能为他们成立一个审查小组吧？

“老院长”不爱听了，也不耐烦了，一锤定音地说：“别争了。我亲自审查。”

支持他的人不失时机地进言道：“其实，也应该让他们从电视里看到香港台。天线设备好解决，包在我身上了！”

“老院长”也不征求别人的看法了，“官僚主义”地批准道：“当然！香港已经回归了么！那就由你去解决！”

配备电脑的提议尤其遭到反对。

有人说他们会操作么？难道要为他们先开几次电脑操作常识讲座不成？

提议者说那有什么呀？操作说明书一份份地给他们了，保证他们半天就能操作，一天就能打字，一天半就能成网民了！

反对者连连摇头：网上多少垃圾呀，对现今的中国毫无免疫力的三名三十几年前的青少年，要是一下子从网上学坏了可咋办？

提议者就据理力争：要是上网对于他们都成了可怕的事儿，那他们将来怎么办？自杀？还是再由我们来帮他们安乐死？免疫力，免疫力，不接触“疫”，“免疫力”又从何谈起呢？

“老院长”又拍板道：“电脑，给！上网的自由，给！五花八门，三教九流，只要不是黄色的，反动的，都让他们见识见识嘛！对于今天的中国，好的方面，我们就坚持说好。不好的方面，也没必要藏着盖着！好或不好，暂由他们自己去感受，去鉴别，去下结论嘛！总之要让他们尽快了解三十几年间中国和世界的巨大变化！……”

他的话获得了他的支持者们的一阵掌声。而他的支持者们，当然皆是中青年人。散会后，他们一边往外走，一边议论，说他的表现可爱极了。说没想到他的思想竟如此开明。而他的老字辈的同仁们，却都说他的头脑“热发昏”了。说他莫名其妙，完全被年轻人们所左右了。有的居然扯住他，不让他走，质问他是否有讨好中青年人的私心杂念？否则为什么对中青年人们的提议一味支持？

而他振振有词地回答：“谁对我支持谁。”

其实，质问他的那一种私心杂念，他确乎是有的。在第一次全体会议之后，特别是在赵卫东深更半夜“滋扰”他的事件发生之后，一些关于他的胸怀问题的窃议传到了他耳中。他是个事事要求自己体现长者风范的人。身为长者，胸怀问题受到怀疑，不能不引起他的自我反省。既有窃议，必有腹诽，他再这么一想，就为自己一向接近完美的形象深感忧虑了。所以他的态度和立场，难免的在这第二次“核心成员”会议上向中青年们倾斜。矫枉往往过正，一倾斜就几乎彻底倒向了中青年们一边……

那些中青年“核心成员”们，提议或表态时的想法倒是很单纯的。他们比较一致地认为，不管三名三十几年前的人是不是红卫兵，总之首先是中国人，让对方们先享受点儿中国“改革开放”的一般成果，肯定是有益无害的……

于是赵卫东们九天里可有事儿干了。平均下来，各自每天至少看三四盘碟。除了看碟还看电视呢！于是各自房间里的电视机，每天至少有十五六小时是开着的。即使在他们翻报刊时，也是开着的。好比二十世纪八十年代初某些中国家庭的大男人们，一旦凭票或走后门买了一台电视机，虽然只不过是黑白的九寸的，却立刻就迷恋上了，一看就非看到荧屏上出现雪花为止。电脑对于他们来说更是妙不可言的东西了。上网费已替他们交了，说明书已发给他们了，他们又都不是笨蛋，那么闯“聊天室”还有何难呢？

“老院长”并没多么负责任地审查影碟，其中有些从始到终是色情内容的。那当然是他们都反复看的。肖冬云也不例外。色情内容的东西之所以厉害，正在于它是能在最短的时间内消灭人的原始羞耻感的东西。色情内容的影碟使李建国和赵卫东之间又说话了。因为他们各自要看到另一盘同样内容的东西。为了交换，李建国鼓起勇气，不怕再次被赶出门，主动来到了赵卫东的房间。赵卫东当时也正看一盘影碟，见他进门，立刻就按遥控器将电视关了。他冷冷地瞪着李建国。李建国讪讪地从怀中取出一盘影碟，讨好地说：“这盘我刚看过。怕他们收回去，你想看也看不到了，所以给你送来。”赵卫东还是瞪着他不开口。李建国只好放下盘走。才走到门口，听赵卫东低声说：“等等。”他刚一转身，赵卫东已将一盘影碟抛向他了。他双手准确地接过，如获至宝，会心一笑。回到自己的房间放了一看，果然是期望中的内容。从此，这一种交换，使他俩不计前嫌了……

李建国有时也到肖冬云的房间里去交换影碟。有次他正逢肖冬云在一边看着一边流泪。他问她好看么？她说：“不好看我能流泪么？”他说：“那好看的标准就是让人流泪啰？”

“去去去！……”她挥了挥手，不愿再搭理他。

他却不走，交抱双臂，站在她背后也看。看了几分钟，屏幕上便出现了男女做爱的情形。肖冬云看得专注，以为他已经走了，不料听到他在背后说：“现在的中国人真有福气……”

他的话刚一出口，她全身僵住了。虽已明知他没走，却哪里好意思回头呢！

想立刻就将录放机关了，遥控器又不在手边。

而屏幕上的一对儿美国男女赤裸裸地做爱不止。

李建国又说："这要是在三十几年前，那咱俩就全完了！那我就得干脆牺牲自己，承认是我勾引你和我一块儿看的了……"

肖冬云这才有所反应，猛站起来，转身指着他厉斥："你流氓！……"

李建国被骂得懵懂，眨着眼睛嘟哝："我怎么了呀？你看，我不过也站在你背后看一会儿，我怎么就流氓了呢？"

"那你……那你为什么悄没声儿地站在我背后？"——肖冬云脸红得像樱桃，眼泪都快羞出来了。

"我不悄没声的，那我反应该手舞足蹈，大吼大叫的呀？我有毛病呀？……"

肖冬云哪里容他辩白，从床上抓起枕头打他。而他，一边躲闪一边仍说："你这叫恼羞成怒，有什么呀？有什么呀？不就是现如今的中国人都看得够够的了，不稀罕再看了，十元钱买二三盘的东西，你在聚精会神地看，我也沾光看了一会儿么？……"

"反正你流氓！……"

肖冬云一直将他打出房间才罢手。并且，还是羞得哭了一鼻子。

那一盘影碟是《廊桥遗梦》……

那件事以后，肖冬云再看影碟时，便也插门了。遥控器也不离手了。一旦听到敲门声，甚至听到走廊里有脚步声向门口走来，先自神经过敏地关了录放机。因为她根本无法判断，自己正在看着的某盘影碟里，会不会又出现男女赤裸裸做爱的情形。然而此种担心，一点儿也未消减她看影碟的兴趣。即使出现了做爱情形，她也还是批准自己看的。并不自己对自己下禁令。她用枕头打李建国时，李建国一边躲闪一边说的话，竟然对她发生了巨大的影响——可不么，有什么呀？如今的中国人都看得够够的东西，我刚刚才开始看还明摆着亏了呢！……

她如此一想，就几乎能以一种天经地义的，弥补损失般的心理看着了。

是的，是这样的——无论是她，还是李建国和赵卫东，一旦接触了一点儿二十一世纪的皮毛事物，都不免的同时具有了两种相互矛盾的心理——一方面都觉得是世界上最幸运的人，三十几年前的自己的同代人们，往小了说也五十来岁的年龄了，而自己才不到二十岁，等于白赚了三十几年似的呀！另一方面，又都觉得亏得很。三十几年间这世界和中国出了多少新鲜东西啊，可自己才刚刚接触，又仿佛少活了三十几年似的。至于三十几年间这世界和中国究竟发生了些什么重大事件，他们各自倒是不大关心了。尤其不大关心的是战争事件和政治事件。

是的。事实正是这样——从三十几年前的中国巨大的政治子宫里诞生出来的他们，一旦被三十几年后的时代的皮毛事物所吸引，相比之下，政治以及一切与政治有关的事件，就似乎显得那么的没意思了。他们的同代人们，由被异化成的政治动物再恢复到社会的自然人，经历了三十几年的漫长的“转型期”，尚不能较完全地摆脱政治基因造成的种类痕迹，他们却在短短的几天内就基本完成了“转型”。虽也伴随着相应的痛苦，但那痛苦的时日异乎寻常地短。他们更像是本世纪的新生婴儿，刚满月就开始依偎本世纪这位奶娘怀抱了。至于三十几年前的经历，倒变得像胎中的梦幻记忆一样似有似无了……

在电脑操作方面，无论是李建国和肖冬云，还是他和赵卫东之间，却从来也没交流过一个字的经验。而肖冬云和赵卫东之间，其实九天内根本没说过话。有时去食堂打饭不期然地碰见了，只不过相互地点点头而已。赵卫东即使对肖冬云点头，表情也是那么的冷。倘她情绪好，则会高姿态地对他微微一笑。而他却并不以微笑回报微笑。仿佛她是一个卑鄙小人，极端可恨地暗算过他或出卖过他似的。三人在电脑操作方面的讳莫如深，好比学习成绩不分上下的三名优等生，在考试前不相互探讨解题方法一样。好学生们一向都那样。谁主动探讨，似乎意味着谁企图从别人那儿获得启发，借以弥补自己智商的不足。“外面的世界很精彩，外面的世界很无奈。”“疗养院”外面的人们，都在为生存或为证明个人价值，而在不同的能力层面上进行着激烈的有时甚至惨烈的竞争。而“疗养院”内的人，具体说是四名三十几年前的红卫兵，相比之下活得就近乎着幸福了。但人是多么匪夷所思的动物啊！在生存危机的阴影的笼罩之下，倘能活下去便是共同的也是唯一的愿望了。一旦从生存危机的阴影之下迈出，哪怕刚刚迈出一步，相互间就开始暗萌争强好胜，比高比低的意识了。仿佛这所谓的“疗养院”是一处学府，仿佛要从赵卫东、李建国和肖冬云三人中录取一名电脑专业的硕士生或博士生似的。也不知为什么，反正三人背地里钻研，较着劲儿都一心想高出另外两人一头……

有天吃午饭时，肖冬云去得晚了点儿。打了饭正往回走，听到李建国叫了她一声。她循声望去，见李建国和赵卫东二人坐在一张桌子的对面。她不知那一天他俩为什么都在食堂吃起来了。她本不想走过去的，又觉得李建国既已叫自己了，并且赵卫东也坐在那儿，不走过去实在是不好。于是冲他俩，主要是冲李建国微微一笑，走过去坐在了他俩之间。从前那种类似战友的关系是不复存在了。那已是一种消亡了的关系，而不是一种可以修复的关系了。恰如皂泡，越大，越飘得高，越容易在空气的压力下破灭。

李建国说：“刚才我俩在谈网络文学。”

肖冬云随口搭言地说：“我认真看过几篇，都挺有意思的。”

李建国就又说：“对现在的中国，我的感觉渐渐变好了。而且越来越好！网络作家这一新生事物，多么的值得为之欢呼啊！……”

肖冬云说：“是啊，是啊，在三十几年前，纯粹是幻想……”

不料赵卫东突然生起气来，瞪着李建国低声说："我警告你，你那是侵权行为！经历是我们共同拥有的无形资产，谁授权你可以用来炒作的？再说怎么轮也轮不到你！……"

他一说完，将菜盘往饭碗上一扣，佛然而去……

肖冬云一头雾水。报刊，影碟，电视，电脑，仅仅这些现在时的皮毛事物，便在短短的几天里大大丰富着他们的日常用语了。总之他们在说话方面，都已经开始变得有点儿新人，甚至新新人类的意思了。

李建国望着赵卫东的背影，把筷子往桌上一拍，也愤愤然道："要的什么大牌呀！谁不清楚谁的历史面貌怎么的呀？要说共同拥有的无形资产，那也有我的原始股份！我炒作我那一股，关他屁事啦？轮不到我？那就只能是他的特权啦？……"

肖冬云低下头说："小声点儿行不行？别招得别人都往咱们这边儿看。你俩又因为什么事儿不快了？"

李建国便告诉肖冬云，他只不过将他们四人的奇特经历，以纪实小说的形式，在网上连载。怀着喜悦的心情透露给赵卫东了，赵卫东一听，不但不分享他的喜悦，反而沉着脸指责他沽名钓誉，还指责他暗中抢先的结果，只能是将无与伦比的真实素材彻底糟蹋了……

"你？……发表网络小说了？"

肖冬云顿时显出了万分惊诧的表情。她极想装出由衷地分享他的喜悦，并且对他刮目相看的样子，然而怎么也装不出来。她觉得内心里失落落的，仿佛同是沦落人，对方却一下手就抓中了彩，并且是大彩。

"你怎么也那样的一副表情？"

李建国敏感起来，语气中流露些微的不满。

肖冬云掩饰地微笑了一下："我的表情怎么了？难道不是替你高兴的表情？"

李建国嘟哝："高兴不高兴，你自己心里清楚。"

肖冬云以攻为守地说："别以小人之心度君子之腹啊！我是你想象的那种人么？已经发表几篇了？"

李建国的脸这才明朗起来，既谦虚又不无得意地说："才三篇，每篇才两千多字，刚及格的中学生作文水平而已，才写到咱们迈出长征第一步……"

"你自己既没主页，又没加入网站，怎么在网上发表的呢？"

肖冬云刨根问底。

"我在聊天室结识了一位叫'隐身人'的网客，挺投机的。我把我的念头一向那网客公开，他就热情地向各网站推荐我。最后我就选择了一家印象好的网站与他们开始合作了……"

肖冬云心不在焉似的问了并且暗暗记住了那家网站的名称，又陪着李建国吃了几口饭，便找借口端了盘子碗先自匆匆地回到房间去了。她一放下手里的东西，转身就将门插上了。接着就在电脑前坐下，心情迫切地开了机，以飞快的速度搜索李建国说的那一家网络公司。

那是一家网上表现特别活跃的公司。不得了，李建国的纪实小说引起了网上轰动。因为他在“自我介绍”中这么写的：“我——李建国，三十几年前的初三红卫兵。家乡县城焦裕禄式的县长的儿子。我在长征路上被岷山的雪崩掩埋了三十几年。现在我活过来了！喝令二十一世纪鸣锣开道，我来啦！我下面公开的一切经历都是真的。”——他居然还在网上注明了“疗养院”的地址，欢迎对他的“纪实小说”的纪实性持怀疑态度的人前来调查，了解，核实……

但总体而言，他等于是将自己当成一块骨头抛给网上的一群饿“狗”了。而且不是那种被剔得光溜溜的骨头。是带着许多血淋淋的肉的骨头。那一群网上的“狗”们，也不仅饿，显然还很恶。那一时期网上没什么热闹可凑。没有北方人和南方人的对骂。也没有什么关于明星的绯闻和造谣。一名红卫兵的死而复生，成为网上焦点是自然而然的。如同一具吸血鬼僵尸公开的亮相。有人断定他是狂想症患者；有人咒骂他企图为业已成了历史的“文革”时代招魂；有人对他的现实真身究竟是男是女表现出病态的兴趣，仿佛如果他确乎是男的，某些女人都打算约会他进而考虑嫁给他；而他若竟是女的，且容貌不差的话，某些男人意欲引之为“红颜知己”似的。有一个男人在网上对李建国大献殷勤，亲爱的话语读来肉麻。那男人不知根据什么首先断定李建国是女性，接着厚颜无耻地声明自己正处在离婚冷战时期。而离婚的原因，又据其说是由于根本没有任何“共同语言”——“苦啊！那灵魂深处的孤独和寂寞呀，它像绞套紧紧勒住我精神的脖颈呀！但是现在，我看到我活下去的希望像曙光一般布开在我命运的地平线上了！不管你取一个多么男性的化名，我敏感的直觉，仍嗅出了你那化名所散发出的鲜奶般的女性荷尔蒙的气味儿！你正是我梦里拥抱不放的另一半呀！共同的经历决定了我们会有无限多的共同语言！三十几年的时间造成的年龄差距，又怎么能将我们同代人早已一体化的精神撕开？快把你的手从网上伸向我，让我们牵着手走下网络，让我们精神的一体化促成我们人生的一体化……”

默默读着呈现在电脑上的这一段文字，肖冬云直觉得胃里一阵阵翻腾欲呕。就好比看到一个五十多岁的男人，企图诱拐一名比自己小三十几岁的芳龄小女子。她原本只不过认为网上有些内容很无聊，说得严重些也不过就是低俗。现在她开始认为网上有些内容很猥亵了。觉得那个男人要么患有精神病，要么是在网上发情手淫。然而李建国本人似乎并没有看明白这一点。不，说他没有看明白这一点是不准确的。也许说他其实正在利用这一点才对。因为他在他后来的“纪实”中，文字竟渐渐的女性化了。而且在写到自己时，竟出现了这样的文字——“我因自己的花容月貌，在那个红色的时代常常感到莫须有的罪过。

也许我并不秀丽且温柔，那个红色的时代反而会更认同我这一名中学女红卫兵的吧？是的，它格外偏爱的女红卫兵不是我这样的……”

肖冬云终于看得反感，起身去找李建国。李建国也正在摆弄电脑。她一言不发地将他推开，只手噼里啪啦地按了一通键盘，调出了他的“纪实”，指着自己刚刚看过那一段文字问：“这是怎么回事儿？”

李建国装糊涂，反问：“有错字？不通顺？”

肖冬云生气了，批评道：“写作是一件严肃的事。严肃的事就应该严肃对待！你明明是男的，为什么要成心在网上给人以女性的印象？”

李建国就不以为然地笑。在肖冬云看来，他的笑也近乎着厚颜无耻。这使她联想到了在报上读到过的一篇关于上网的小杂文，文中有句话是——“网上的全部人际哲学总共两条：第一条是‘我是流氓我怕谁？’第二条是‘别以为我看不出你也是流氓！’……”

肖冬云又说：“你的做法是在亵渎我们共同的经历！”

李建国反驳道：“我们的共同经历是什么伟大的经历光荣的经历么？不可以亵渎的么？我亵渎了谁又能把我怎么样呢？”

肖冬云就被抢白得一时张了张嘴说不出话来。

李建国见她下不了台，心里不落忍，就又和颜悦色地向她坦白，他的后几篇“纪实”并不是他写的，是网站请人替他往下续的。

“那你就同意他们利用你的名字胡编乱造？”

“这你不懂。他们懂。他们说纪实那也是允许虚构的。虚构才能使纪实显得更真实。”

肖冬云困惑得直眨眼睛。在她听来，分明的，李建国的话是一句逻辑上很说不通的话，像中学生所造的病句。“虚构才能使纪实显得更真实。”——这算一句什么话呢？然而他已经先就特别强调地说了——“这你不懂。他们懂。”并且说得那么的肯定。如同说的是真理。竟使她不敢再正面批评了。万一自己真的不懂呢？万一“虚构才能使纪实显得更真实”这句听来逻辑上很说不通的话，真的反而包含着什么逻辑上的高明性呢？比起现而今的中国人，自己毕竟的少活了三十几年呀！在自己少活的三十几年间，中国人对于“虚”与“实”间的逻辑关系，兴许有了更深刻的一种什么认识吧？

“那，那你允许别人连你的性别都成心改变了总归是不太好的吧？”

她的话与其说是在批评，不如说是在讨教了。

“不太好？这你又不懂。咱们今天的中国人懂。他们说好得很。他们说简直好极了。他们说如今只有四十五岁以上的人的头脑，才会对‘文革’啦‘红卫兵’啦什么的做出点儿小小不言的反应。而这些人中的女人，除了当个一官半职的，全都下岗了或者快下岗了。那她们还有经济条件买电脑还有心情上网么？

可四十五岁以上的男人们就不同了，正是在各自人生的游泳池里起劲儿地扑腾呐。正在累的时候。所以要到网上去散心。那是他们解乏的方式。和泡澡泡茶馆泡酒馆是一样上瘾的。所以，他们认为我必须像女的。起码我的网上形象必须像女的。他们认为，我，一名死而复生的红卫兵，起码得给他们一种人妖似的印象，那才能通过我将网民粘在网上，好比蜘蛛网将苍蝇蛾子什么的粘住一样。人妖你明白是什么东西么？……”

李建国仿佛一位老师在给肖冬云补课。

肖冬云却对他的一番话不得要领。有一点她似乎是明白的。那就是，李建国所说的“他们”，不但指为他敞开门户的网站的人，仿佛还指一概的现在的中国人。她想，多奇怪呀，才仅仅三十几年的隔膜，只不过历史长河间的一瞬，竟使自己们谈起现在的同胞，俨然像是在谈外国人了。“他们”，这在语法上是丝毫也没错的，可听起来怎么有种特别生分的感觉呢？

她摇头道：“我不懂人妖究竟是什么东西。”

她说的是实话。虽然，“人妖”的历史已将近一个世纪了；虽然，她从报刊上，电视里和网上，已吸收了大量的新事物，如同木炭吸引一切颜色一切成分的水液一样。那一种吸收之迫切可用“饥不择食”一词形容。但“人妖”二字，确乎是她陌生的。

李建国用一根手指挠着脸腮予以解释：“人妖嘛，我刚才用词不当。人妖是不可以叫作东西的。人妖其实不是什么妖，仍是人。起初是男人。成长到少年，做一次手术，割去了生殖器，再服一个时期的雌性激素，就是使你们女人显示女人味儿的那一种人体成分，结果就变得像女人了。比你们女人还像女人。有些人妖比你们女人对男人还具有吸引力。那是一种往往比性吸引力还强的性感……”

李建国说此番话时，肖冬云的脸不禁一阵阵红。什么“性感”了，“性吸引力”了，尤其是“生殖器”了，三十几年前，若男人当着一个她这种年龄的中学女生说，那就绝对是流氓行径了。无论怎么解释都是。若一个女人当着一个她这种年龄的中学女生说，那就绝对是堕落教唆了。可李建国竟满不在乎地对她说。仿佛家庭主妇们在说萝卜白菜之类的事儿。她想，变得和“他们”，也就是现在的中国同胞们一样，其实又是多么的简单啊。首先的一条，只要自行地减少，甚或彻底根除人心里的羞耻感，那么在最基本的方面也就快接近着了吧？比如李建国，他不是已然的有点儿“现代”了么？

她心里虽然暗暗承认李建国比自己的“进步”快，嘴上还是忍不住有所保留地说：“你张口‘他们’如何如何，闭口‘他们’怎样怎样，自己就没有一点儿独立思考独立判断了么？”

不料李建国如此反问：“三十几年前我们又何曾独立思考独立判断过？独立思考固然好，独立判断固然好，但再好也不过是一种感觉上的好。人总不能光靠自我感觉活着。那不成阿 Q 了么？让我也问你一问，你认为我们和现在的中国人之间，最大的区别在什么方面？”

肖冬云便也以攻为守地反问：“那你认为呢？”

李建国以权威分析家的口吻回答：“三十几年前的中国人，头脑中太没有实惠的观念。明明什么实惠也没得到，却极端可笑地把不实惠当实惠。比如我们吧，一被尊作‘革命小将’，就不知道天高地厚了，怎么着似乎都觉得不足以证明自己的无限忠心。而现在的中国人，那是太善于从实惠不实惠的个人立场思考问题了！谁敢说这就不是一种独立思考的能力呢？比如现在的我吧，如果有谁再号召什么，想鼓动我李某参加么？那好，给我实惠。不给我实惠，玩蛋去！……”

“只要给你实惠，谁号召什么你都参加？”

“你怎么总成心跟我抬杠似的？杀人放火的勾当我当然不会参加啦！可能损害我个人利益的事我也坚决不参加。当了一回红卫兵我还不懂得总结一点儿经验教训么？一捞不到实惠，二还可能损害个人利益，那种事儿我干吗参加？我傻呀？即使我从前傻，现在还一直傻着吗？”

“反正听你的话，我总觉得你像是被‘他们’收买了。”

肖冬云将“他们”二字说出着重的意味儿。

“你怎么知道？”

分明的，李建国问得挺心虚。

“那么你果然是被‘他们’收买了？”

“别用‘收买’这么难听的词行不行？我和他们那是互利性的合作。”

“‘他们’给你什么实惠？”

肖冬云仍将“他们”二字说出着重的意味儿。

“钱。”

与她相反，李建国的声音变低了。

“钱？”

“对，钱。”

肖冬云眯起眼注视着李建国，一时目光复杂地沉默了。因为要不是李建国口中说出了“钱”字，她简直已忘记了世界上还有钱这种东西。也简直已忘记了，任何人在任何时候，只要活在这个世界上，那都是离不开钱的。三十几年前，当他们四名红卫兵悄悄离开家乡那座小县城那一天，她身上是带着钱的。总共二十三元伍角。那也不是她一个人的钱。是他们四人合在一起的钱。李建国出的那一份最多，拾元；她和妹妹各伍元；赵卫东三元伍角。他家里生活最困难。他是偷偷将家里一只传了三代的铜壶卖了，才凑足三元伍角的。二十三元伍角，当年是一笔数目不小的钱。差几角就是一名一级技工一个月的工资了。那些钱被她用别针别在内衣兜里。怕丢，一路宿睡几乎没脱过内衣。“长征”途中也几乎没花过。沿途吃老乡的，喝老乡的，犯不着花，也舍不得花……

她联想到了自己在城里坐出租汽车的遭遇——那名出租汽车司机对她递给他的三元多钱是多么的嗤之以鼻啊！

而一回到“疗养院”这个地方，钱似乎对她又变得一点儿用处也没有了。这个地方对他们周到得连牙刷牙膏都提供，完全没有了花钱的必要呀！……

“难道我们会永远在这里贵族似的住下去？”经李建国这么一问，她顿时重新意识到了钱的重要性。“难道我们离开这里的时候，还指望有谁发给我们每人一大笔钱不成？”

“……”

“现在的中国人是这么说钱的——金钱虽然不是万能的，但没钱是万万不能的。”

“……”

“说得多深刻呀！这话都成了至理名言了！报刊、小品、电影电视剧说来说去的，你就没关注到？”

肖冬云摇头。她复杂的目光中，开始流露出无法掩饰的忧虑了。

“那你对于现在的中国，整天都关注什么了？”

“我……我关注现在的中国人怎么对待爱情……”

“哈！哈！爱情？咱们现在的中国人不谈纯洁的爱情，主张即兴拥有，及时行乐！……”

“得啦得啦！”——肖冬云心烦意乱地皱眉挥手，打断了李建国的话，然后小声说，“现在我也不想跟你谈爱情。”

李建国愣了愣，以顺应的口吻说：“那随你想谈什么，我就陪你谈什么吧！”

肖冬云难以启齿似的张了几次嘴，才终于问出一句话是：“他们究竟给了你多少钱？”

李建国支支吾吾，扭扭捏捏地不肯实话实说。

肖冬云表情变得严肃了，又问出一句话是：“好几百吧？”

李建国还是不肯吐露。

“我想，我是有权利知道的。赵卫东他说的没错，那是我们共同的经历。”

李建国就斜眼看起她来。

“你那么怪模怪样地看着我干什么？我再声明一次，那是我们共同的经历。”

“你从前说到他，可从不连名带姓一并说。你从前说到他，哪一次不是亲亲爱爱地只叫他卫东？”李建国所答非所问。

“你别想转移话题！”肖冬云的双眉，由皱着，而竖着而拧着了。

“好，那我就告诉你。可你不许嫉妒。我们之间，你要是嫉妒我，那多令人难过呢！”

“快说!”

“其实他们也没给我多少钱。他们花一万元买了我的经历……”

“我们的!”

“对，对，姑且说是我们的……”

“不是姑且，原本是我们共有的!”

“对，对，总之他们出了一万元。再就是，如果能替他多吸引一名网客上他们的网，每人再给我五元钱。现在网站之间争夺网客上网的战争很激烈，他们有点儿不惜投入成本了……”

“别啰唆。那……吸引了多少？……”

“相对于咱们中国的总人口而言，不算多，才吸引了五千多网客……他们的网站前一时期几乎垮了。等于是我救了他们。所以他们挺感激我的。”

“那……你……你已经……名下拥有三万五千多元了？……”

肖冬云企图以特别平淡的语调问，可连她自己都听出来了，她的语调尽管平静，可是几乎每一个字都带着——即使不是妒意，也是醋意。

“你不问我，我也打算告诉你和冬梅的……”

“你……你不显山不露水的，就和我们三个不一样了。”

“别这么说，有什么不一样了呢？……”

“就是不一样了！你自私自利！……”

李建国又愣了愣。那样子，显然是因肖冬云说他“自私自利”而委屈而伤心了。他也眯着眼睛看起肖冬云来。两个人就像一对儿相互怀疑有外遇的夫妻，谁要再抛出一份证据，便会同时翻脸闹离婚似的。僵持了片刻，李建国首先作出了“谈判解决”的表示。

他放松了脸上的肌肉，以一种特别亲近的口吻笑道:“咱俩这是干什么呢?冲着我和你妹妹的关系，咱俩之间有什么事儿不可以好好商量呢?”

“你和我妹妹有什么关系？你别扯上我妹妹!”

肖冬云嘴上尽管强硬，毕竟的，有些难为情了。她在心里暗暗谴责自己:肖冬云啊肖冬云，你可真是的啊！你怎么一听说他名下有了三万五千元钱，就如同他偷了你自己的钱似的，要不依不饶似的呢?

李建国又笑道:“我和冬梅究竟有没有什么关系，我比你清楚，她也比你清楚。不过咱们这会儿先不谈这个。不就是三万五千元惹你不高兴了么？那咱们就先谈这三万五千元钱。其实我打算过了。我能一个人独吞么？能没有冬梅的份儿么？能没有你的份儿么？那家网站还承诺，积极与国外联系，如果被美国的什么影视公司买去了版权，那我就又有一大笔美金了。美金也保证有你和冬梅的份儿呀！咱们活过来了，是一幸事。可难道你没得出结论？现在的中国，明摆着是一个嫌贫爱富的中国呀！谁穷谁就等于是贱民呀！如果咱们成了现在的中国的贱民，那咱们死而复生还是幸事么？那还莫如一直冰冻在岷山的深雪下呢？你说是不是？……”

李建国说着说着，起初那一种油滑的笑，渐渐就从脸上化出了，语调也越说越凝重了。而肖冬云，则不由得英雄所见略同地频频点头。既然他说那三万五千元中有她和她妹妹的份儿，不管多少，总之已使她的心理获得了一定的平衡。她甚至自叹弗如起来。不再认为李建国自私自利，而觉得他是那么的高瞻远瞩了。

“这儿的这些人，自然都是对我们有恩的人。他们救活了我们，我们应该永远感激他们。但他们没有义务对我们的人生负以后终生的责任啊！现在的中国对我们也不会负那么一种责任。这一点是明摆着的，我说的对不对？……”

肖冬云又频频点头。

“你当我在网上被人诅咒，被人辱骂，我心里就舒服啊！你当我看到自己在网上的形象不男不女，人妖似的，我就感到光荣啊？咱们四人之间，不，我才不替赵卫东瞎犯愁呢！我、你、冬梅，咱们三人之间，我不下地狱，谁下地狱？我不拍卖自己，谁拍卖自己？我不牺牲自己，谁牺牲自己？牺牲了我一个，换来了我们三个的实惠，扪心自问，我无怨无悔，我是何等的心甘情愿义不容辞！……”

李建国竟声色悲壮起来！

其实，此前他根本就没像他现在说得这么无私又崇高似的打算过。他只不过是在临时编着说，专捡能使肖冬云深受感动的话编着说。编着说着，说着编着，竟仿佛由煞有介事而确有其事了，竟首先完全彻底地将自己骗了，使自己深受感动了。

他眼泪汪汪的了……

听了他的剖腹式自白，肖冬云能不深受感动么？

她目光一刻都没离开地望着他，也眼泪汪汪的了……

她不禁柔声细语地说：“建国你可千万别生我的气。我刚才太误解你了。是我不对，我请求你的原谅……”

于是两个相望着笑了。

之后肖冬云问李建国，倘那一家网络公司利用了他一番，并不兑现承诺呢？李建国说不会的。说他已要求对方们在合同文本上签了字，并在网上公开了。而且，他已下载了一份保留着了。见她仍有点儿不放心，李建国就找出合同给她看。她对合同之类，自然是外行的。三十几年前从未见识过。越是外行，就越比内行看得还认真，并且小声地反复地读着某些条款，咀嚼着那些对她来说非常陌生因而似乎非常可疑的合同文本专用词语，怕是陷阱。仿佛李建国和她是合同双方了。仿佛自己稍一疏忽必将受骗上当。

李建国见她未免太认真了，催促道：“行了行了，别看起来没完了。我都仔细研究过多遍了，没什么问题的。”

肖冬云这才作罢，以长辈般的欣慰的目光望着李建国，夸奖地说：“你成熟了。”

李建国受到夸奖，自然是很高兴的。他亦谦虚亦自负地说：“我可是觉得我还嫩得很啊！不过我一点儿都不怕。”

肖冬云又听糊涂了，就问：“不怕什么？”

李建国以慷慨悲歌似的语调回答：“不怕现在！你也不要怕。咱们要丢掉包袱，轻装上阵，后来者勇！”

肖冬云还是不明白他的话什么意思，又问：“我们已经是一无所有的人了，哪儿还有什么包袱可丢的呢？”

李建国耐心地指点迷津：“有！有！什么关心政治啊，什么关心国家大事啊，什么国家的前途啦命运啦，这都是咱们头脑里的思想包袱啊！其实，咱们哪儿懂那些高级的游戏！咱们的小肩膀哪儿担得起那些沉重的使命！我看今天的中国，还有些人自命不凡地忧国忧民着。网上就有那么一批人。我渐渐地发现他们可能都是些活得太闲在的人。有个词怎么形容这样的一些人来着？对了，叫坐而论道。什么事儿都干不成的人，就会一厢情愿地想干救国救民的大事儿了。想当年，一停课，咱们这一代初中高中尤其大学的学生，不就彻底的没事儿干了么？一旦彻底的没事儿干了，不就一窝蜂地‘造反有理’了么？还觉得是在干着一场决定中国命运和前途的大事儿！现在咱们千万可都别傻了！现在咱们的使命那就是拯救咱们自己。如果咱们还不觉悟到这一点，没谁替咱们担的什么道义！……”

“这儿的人们，老院长啊，乔博士啊，不都在为拯救咱们而努力么？……”

“嗨，你呀你呀，我说了半天，你怎么还没开窍呢？他们拯救的只不过是咱们的生命！我看得出来，在这方面他们已经成功了。难道你没发现，这几天他们所有人脸上的表情都变得很轻松了么？那咱们也就大可不必因自己的生死问题而愁眉不展的了！咱们要开始拯救的，是咱们自己的人生。生命和人生，那是多么不同的两回事儿啊！拯救咱们的人生，指望不上老院长和乔博士他们！像《国际歌》里唱的，不靠神仙皇帝。要创造咱们自己的幸福，全靠咱们自己。说白了，说透了，说穿了，你听清楚，那就是——他妈的现在的中国人怎么在现在的中国捞实惠，咱们也怎么个捞法！他们已经捞到了多少，咱们也要捞到多少！后来者勇！后来者居上！后来者只争朝夕！这就是我，一名死而复生的三十几年前的红卫兵的——自白！只要谁给我实惠，我这人的躯体，甘愿从狗的洞子爬出！……”

李建国说时，肖冬云照例地频频点头。但听到最后一句，皱起眉大摇其头了。

李建国情知自己只图一时嘴上痛快，收不住舌缰，一顺口说了她难以接受并有损自己形象的话，赶紧往回找补：“最后三句是玩笑，纯粹是玩笑，纯粹是玩笑。”

之后二人又聊了几句可说可不说的话，肖冬云就怀着相当复杂的心情回自己房间去了。

她既没心思看电视，看影碟，也没心思翻报刊，摆弄电脑了。她陷入了长久的沉思。今后干什么，怎么挣钱怎么活，这个问题，一经被李建国提出，便像磨盘一样压在她心头了。根本不想似乎已不可能。想又想不出个结果。越想乐观越少，悲观的情绪像乌云一样四面八方地涌来。忽而就想到了妹妹，呀，呀，妹妹不是昨天夜里脱险了么？肖冬云啊肖冬云，一上午都过去了，你不去看妹妹一眼，却先是满腹对李建国名利双收的妒意，后又满脑子的钱字打转，与钱字纠缠不清。仿佛你并没有一个妹妹！仿佛你的妹妹她不是刚从生死线上转移下来！你多么的可耻呀你！

她习惯性地，本能地谴责起自己来。

第二十六章

肖冬梅还在看那一本书。

听到敲门声，她以为是“老院长”终于想起了那本书，来找了。她立刻将书合上，塞于枕下，任敲门声间断地持续了一会，才装出懒洋洋的声音问：“谁呀？”——仿佛正在酣睡着，被敲门声扰醒了。问得不但懒洋洋的，还显然有几分不悦似的。

肖冬云在门外说：“小妹，是我。”

虽然她只比妹妹大两岁，却一向以长姐的身份视妹妹为未成年人。叫“小妹”也叫得特别的作大。

肖冬梅却说：“干什么呀姐？有事儿啊？”

肖冬云在门外说：“没事儿，看看你。”

肖冬梅说：“人家睡得正香，你把人家敲醒了！我好好儿的呐，你不用看了吧！”

她的心思在那本书上，巴不得姐姐快离开，继续看。那本书里关于性爱的一大段一大段赤裸裸的描写，已将这少女的心智迷乱得一塌糊涂。纵然发生地震了，或望见了窗外有原子弹爆炸的蘑菇云升起，也不能使她丢下那一本书不顾而起身逃窜。

“我看看你，你都烦了？快给我开门！”

肖冬云不由得加重手劲儿又敲了几下门。肖冬梅只得开了门。姐姐刚一进来，她就面对姐姐伸了个大懒腰，并打了个长长的哈欠。接着，双手往姐姐肩上一搭，身子软软地往姐姐怀里一依，撒娇道：“看吧看吧，可劲看吧！我是孙悟空怎么的？一天不看就可能变了呀？”

肖冬云扶着她走到床前，她往床上一扑，嘟哝道：“烦人劲儿的。也不管人困成什么样儿，就非把人家敲醒不可！”

在她的意识里，因为没有已经过去了九天的时间痕迹，觉得只不过和姐姐一个晚上没见着，自然是无法理解姐姐对自己那份儿爱心的。

肖冬云也不便说破，只得将错就错，顺水推舟地问：“这都下午了，你午饭也不吃，还老猫恋锅台似的偎在床上，那你昨夜不睡干什么来着？”

肖冬云这么一问，肖冬梅自己也奇怪起来，她自言自语：“是呀，哎姐，我怎么对昨天夜里没一点儿印象呢？”

肖冬云唯恐她认真想，想出不妙的结果，赶紧说："没印象就没印象吧！除了失眠的人，除了是做梦，谁会对自己一夜怎么过的有什么印象呢？我来只不过是想问问你，你感觉好么？"

肖冬梅一翻身，仰躺着，同时将被单往身上一扯，不满现状地说："那要看指的哪方面了！"

肖冬云无限亲爱地望着妹妹："还能指哪方面？小妹你身体没什么不舒服的吧？"

肖冬梅眨眨眼睛："我从没感觉自己的身体这么好过！"

肖冬云笑道："这我就放心了！"

不料肖冬梅却说："就是整天被圈在这地方实在太憋闷得慌了，还想跑！"

肖冬云严肃地追问："跑？往哪儿跑？"

肖冬梅诚实地说："往城市里跑呗！城市里多有意思啊！"

肖冬云不禁叹气道："我明白了。你是想你城市里那位姐了对吧？可我是你的亲姐姐呀！她能比我更爱护你么？只不过带你在城市里各处玩了两天，你就觉着只有她最亲了？你就连我来看看你都烦得不行了？"

肖冬梅猛一侧身，赌气道："不跟你说了，你专会将人往偏处想！"

肖冬云在她被单外的胳膊上拧了一把："你要敢再跑，我就不认你这妹妹了！咱们什么时候可以离开此地，那要经老院长和乔博士点头才行！"

"那我憋闷怎么办？"

"学我，跟人聊天儿！"

"跟谁？跟你？你总在我面前小老师似的，我躲你都不知往哪儿躲呢！跟咱们那位可敬的队长大人？实话告诉你，我已经没法儿忍受他了！我觉得他那个人领袖欲十足！"

肖冬云又叹了口气，惆怅地说："也别那么评论他。背后讲别人的坏话是不好的。不喜欢他的时候，就想想他的长处。毕竟他带领着咱们走过了那么漫长的路，也实心实意地关怀过咱们……"

"他关怀你那是因为爱你！他关怀我那还不是冲着你？他对我们的关怀那是动机很不纯的！……"

"我打你！"——肖冬云举起了手臂……

肖冬梅又猛一侧身仰躺着了，满腔道义冲动地说："一路上他怎么就不关怀关怀建国呢？好像建国处处做的都不对，对也不对。在几件事上，我认为建国才是对的！错了的是他赵卫东！可就因为他是咱们的核心，咱们谁都不敢指出他错了。把他惯得像一位小小的伟大领袖了！告诉你吧姐，我早就替建国气不忿了！如果不是怕落个分裂主义的罪名，我和建国都想按照自己的路线长征了！我看出他很希望只你一个人陪着他长征呢！美女陪英雄，那他多么的称心如意呀！……"

肖冬云的手臂僵在了空中。半天才缓缓落在被单上，并顺势握住了肖冬梅被单外的那只手，责爱参半地说：“小妹，你呀你呀，你怎么在城市里丢了两天，回来就变得如此尖酸刻薄了呢？既然你和我这个姐姐没什么可聊的，又觉得赵卫东他已经不配和你聊了，那么，起码还有一个李建国，是和你多少有点儿共同语言的吧？憋闷了你就该找他聊聊呀！我看他是挺善于哄你开心逗你的……”

“他？……”

肖冬梅一撇嘴，并从姐姐的握持中抽出了自己的手。

“他又哪点儿惹你瞧不起了？你看你这副高傲的样子！”

“我一点儿都不高傲。我也不是瞧不起他。只不过我从来都没喜欢过他……”

“不诚实！你刚刚还替他抱不平的！”

“那就证明我喜欢他么？那证明了我对人对事的正直！心情好的时候，听他那种人东拉西扯的还行。心里憋闷了，和他那种人单独呆在一起更烦了！”

肖冬梅也惆怅地叹了一口气。

当姐姐的沉默地望了妹妹片刻，以公而论之的口吻低声说：“他现在成熟多了。”

“他？在城市里砸玻璃，繁华的街上喊三十几年前的红卫兵话语，昨天刚被公安局送回来就会成熟多了？姐你当着我夸他是什么意思嘛！……”

肖冬云犹豫一阵，遂将李建国已学会了电脑，并在网上发表纪实作品，引起怎样怎样的反响，简略而又不失钦佩地“通报”给了妹妹。

肖冬梅听着听着坐了起来，等姐姐说完，表示出了极大的怀疑：“他……才半天多的工夫，那他可真神啦！”

由于时间在她头脑中造成的误差，使她根本无法相信。

肖冬云肯定地说：“真的。”

肖冬梅注视了姐姐一会儿，似乎从姐姐脸上破译出了什么，一语道破地说：“姐，你对他刮目相看，那准是因为他还另做了什么引起你好感的事吧？”

肖冬云沉吟不语。

“姐，讲给我听听嘛！”

肖冬梅不由得央求姐姐。

于是当姐姐的，便将李建国名下已有了三万五千元钱的事，也干脆说了。当然的，也说了他多么慷慨无私，声明那钱有她们姐俩的份儿。还说了他关于自己拯救自己的那番话。李建国那番话，经过她的修正加工，去其糟粕，取其精华，变成了一番充满人生的乐观，有志气而又昂扬向上的话。

肖冬梅直听得神情渐肃，也像姐姐听李建国说时那样，点头不已。

“不管我们以后的人生如何，不管他最终能不能获得那三万五千元钱，总之他对我们姐妹的一份儿心是让我感动的。我们还不曾考虑的种种问题，他不但考虑了，而且把我们的命运和他自己的命运连在一起进行考虑了，仅仅这几点，还不够让你重新看待他的么?”

肖冬梅的内心，也着实的大受感动起来。

她说：“姐，你那位赵卫东就不会这样。他一事当先，总是先为自己的得失考虑周到了，再看人下菜碟，附带考虑考虑和他有特殊关系的人的利益……”

肖冬云嗔道：“你看你，又背后贬低别人了!”

肖冬梅却问：“建国他现在干什么呢?”

肖冬云说：“也许还在电脑桌前吧。”

肖冬梅就从身上扯去被单下了地，一边穿鞋一边说：“什么时候你们人人屋里都有电脑了？单单我没有可不行！我现在就跟建国学电脑去！……”

言罢，人已飘出了门……

经肖冬梅忽左忽右，忽躺忽坐的，枕头可就移了位了，那本书可就从枕下露出一角了。门一关，当姐姐的回过头来，目光又落在床上时，发现了那本书。她知道妹妹喜欢看书。这是一本什么内容的书呢?

她从枕下抽出了那本书，第一页还没看完，脸上一阵发烧，倏地合上了。

竟看这种书！从哪儿搞的?!

手中的书仿佛变成了一面魔镜，仿佛只要再翻开看，哪怕再看几行，书中就会伸出一双蓝的妖手，将她猛拽入书中去，使她这个人的血肉之躯也化作一行行猥淫的铅字似的。

于是她明白了妹妹为什么不情愿给她开门；明白了妹妹其实在她来之前一直躺在床上看那本书；明白了妹妹说有多困是骗她的……

小小的个女孩儿看这种书！心思不邪才怪了呢!

她顿感一种被蒙蔽的恼怒。

然而，她还是又翻开了那本书。仿佛自己首先中了邪了，被鬼使神差所驱使着。

我得知道这一本书的内容究竟猥淫到什么程度！我怎么可以连自己未成年的妹妹在偷看一本内容多么坏的书都不清楚?!

她一边看，一边在心里对自己这么说。由于有了极为正当的理由，继续看下去竟被自己的羞耻感所允许了，堕落感也渐渐的不那么强烈了，只有脸一阵阵的发烧，血管里的血一阵阵沸涌着了……

才看几页，有人敲门。

她以为是妹妹回来了，急将书又塞到枕下。之后想到，是妹妹回来了还敲门么？那么肯定是别人了，于是因自己的慌乱更加脸红了。

敲门声又响起来……

她双手捂在心口窝，深深呼吸了几口气，强自镇定下来，觉得脸上也不怎么发烧了，才尽量以一种平静的声音说：“请进，门没关着。”

推开门的是“老院长”。

他进了屋，奇怪地问：“怎么是你？”

她说：“九天没见着妹妹了，我来看看她。”

“老院长”仍以研究的目光望着她。她意识到，那一定是由于自己未免的太正襟危坐了，便将一条手臂搭在椅背上，斜了身子，坐得随便了些。

“老院长”又问：“你妹妹呢？”

她说：“找李建国聊天去了。”

“老院长”一边东瞧西望，一边说：“我怕她寂寞，上午已经陪她聊了好一会了。可我现在记忆太差了，将一本书忘在她这儿了。当时怎么想也没想起来，刚才在办公室突然想起来了。她没跟你提我忘在这儿一本书么？”

她摇头道：“没有呀！”

“老院长”就说：“那我去李建国屋里找她。”

明明知道书在枕下却不相告，她心里不免生出自责来。倘妹妹害怕自己偷看的行为败露，矢口否认，自己又不便当面戳穿，搞得妹妹难堪，“老院长”不是又白来找了一次么？而尤其不妥的是，那本书不是还会在妹妹的枕下么？妹妹岂不是还会看它么？

“您何必去找她呢！既然您想起来是忘在她这儿了，那么一定就在她这儿。我帮您找！……”

她说着，从床尾将被单往床头一扯，盖住了枕头，仿佛是要看看被单下有没有的样子，其实是防止“老院长”自己找，一掀枕头发现了。

被单下自然是没有的。

“老院长”站在床边，瞧着她似乎若有所思。似乎已感到了她对那本书的反应有些异常。

“您看看壁橱底层的抽屉里有没有。我妹妹她最爱将东西往壁橱放了……”

趁“老院长”转身，她迅速从枕下抽出那本书，顺手掖入床头和床头柜之间的缝隙了。

“老院长”转身说：“没有。真怪！”

而她说：“我想，我已经找到了。”——于是她将床头柜挪开一角，蹲下身拿起了那本书。

“老院长”说：“正是！”

她掏出手绢擦了擦弄在书上的灰尘，将书递给了他。

“老院长”接书在手，心安意定地说：“有些书是不适合你妹妹那种年龄的女孩子看的。这本就是。如果是由于我忘在她这儿的，而她看了，那我会感到罪过的。”

她问：“那么我呢？如果是我看了呢？”

“老院长”又以研究的目光注视了她片刻，态度十分认真地摇头道：“如果你是我女儿，我也不许你看。”

而她固执地说：“但是您没有正面回答我的问题呀。我希望您坦率地回答我——如果我看了，您将怎么对待我？”

“我不是说了嘛，如果你是我女儿……”

“那么就当我是您女儿好了……”

“你已经翻看了这本书？”

“没，没看。真的没看！我只不过是要和你讨论一下这个问题。您会训骂我么？”

“老院长”摇头。

“那么，是要打我了？”

“老院长”笑了：“那是干什么呢？我既不会骂你，也不会打你。如果你主动和我谈那本书，我是会开诚布公地谈一谈我的评价的。如果你不好意思，或根本不愿和我谈，而我已觉得那本书对你的心理产生了不良的影响，那么我会建议你的母亲先看看那本书，然后在你不反感的情况下，以平等的方式和你谈一谈，就像母亲和儿童谈牙齿保健，谈口腔卫生，谈成长所必须经历的诸事一样……”

“老院长”忽然缄口不言了。

肖冬云低声说：“您真好。”——想了想，又问：“可我还有一个问题，既然某些书明明不好，那为什么在咱们的国家，现在竟允许出版了呢？”

“文学方面出版方面的事，我也说不清楚。其实，就我想来，简单地用一个‘好’字或一个‘坏’字来评论一本书，未见得是多么明智的。中国现在有许多从前没有过的现象，有些现象非常的丑陋，甚至丑恶，邪恶，你们以后不但要面对，而且还要适应啊！”

“老院长”看了一眼手表，用戴表的手拍了拍那一本书的封皮，迈着他那种给人以特别庄严特别稳重之印象的步子，目光直视着房门走去。仿佛他是一位君王，只要房门一开，他将面对千万人向他欢呼万岁的情形似的。他走到门前，手已握到门把手了，却并没立刻拉开门。他沉思了一下，语调特别凝重地说：“孩子，请记住我的话——这个国家，有些方面比从前好多了，可有些方面也比从前还糟！冲着它好的那些方面，我愿做它的仆人，满腔热忱地为它服务；可要是冲着它比从前还糟的那些方面，我有时恨不得和你们当年一样，来他妈一场‘造反有理’！孩子，它好的那些方面，你们在以后的一年里就差不多会全都看到。可是要了解它比从前还糟的方面，那一年的时间是肯定不够的。不必为它比从前好的方面多么欢欣。不要相信那些关于个人功绩的屁话。因为它比从前还好只不过是符合时代发展规律的。而它比从前还糟的方面，却完全是因为某些人一直还在逆时代潮流行事。”

他说完，他就走出去了。

他的话使肖冬云又长久地陷入了沉思。对于她，“老院长”的话似乎太深刻了。她不太明白他的话是什么意思。所以才长久地沉思，想悟个明白。

但终究还是没明白。当她和她的红卫兵战友们企图对抗今天的时候，“老院长”们所扮演的，似乎是受时代差遣，并且立下了军令状不辱使命的劝降者的角色；而当他们不但表示愿意向今天妥协，甚至五体投地打算彻底的无条件的臣服于今天的时候，“老院长”们又似乎替他们忧心忡忡起来，仿佛今天的中国陷阱四布，他们随时有误坠机关的危难，而那结局必成为劝降者们洗刷不掉的罪责。

她不明白这是为什么？

她觉得“老院长”也罢，乔博士也罢，拯救了他们生命的其他每一个人也罢，分明的出于着一种对他们的善意，都有些甚至都有许多想嘱咐给他们听的话，却又不知究竟受到着哪种原因的约束，不可以坦率地嘱咐给他们听。好比他们四个是从别的学校才调入某校的外来生，而对方们是“老”学生，在热情地向他们介绍本校多么多么值得自豪的同时，却又明知道着关于本校的许多阴暗面而讳莫如深……

忽然门又开了，“老院长”探进头说：“孩子，有一个原本属于我的任务，我就交给你来替我完成吧！不是给了你们不少影碟么？其中有些可能纯粹是垃圾。而对于你们简直可能意味着是毒品。你的任务是都在影碟机上过一遍，将是垃圾的筛出来交给我……”

“可……可我按照……什么样的原则呢？”

“就按照你自己的认为吧。如果遭到了反对，就说是我授权你为临时审查官的！”

门关上后，她又陷入了沉思。

她从“老院长”的脸上看出，他交给她的任务，并非他没有时间亲自做的事，而是他有时间也不愿做的事。她感到了一种被信任的满足，也因而产生了一种心理压力。如果她敷衍塞责，那么显然就辜负了“老院长”的信任；而如果她认真执行，李建国和赵卫东又将会怎么看自己呢？

她竟后悔没找个什么借口委拒了。

她又有点儿心烦意乱了……

肖冬梅被李建国迷住了。李建国正兴致勃勃地讲一个剧本构思。内容自然是关于他们死而复生的经历的。肖冬梅不时插一两句，充实情节贡献细节。

“高，高，实在是高！”

李建国一次次用以上六字大加赞赏。那是电影《地道战》中伪军头目极尽巴结谄媚之能事的一句台词。《地道战》自然是他俩都看过数遍的。李建国每一说，肖冬梅的脸就笑成了一朵花。

“你严肃点儿好不好？电影剧本能这么嘻嘻哈哈地创作出来么？”

“我怎么不严肃了？我这个剧本如果真能拍成电影，你的功劳大大的！”

“那你怎么谢我呢？”

肖冬梅庄重起来，问得毫不吞吐。

“算咱俩合作怎么样？稿费平分！”

“那，谁的名字在前，谁的名字在后呢？”

“这……当然是你的名字在前，我的名字在后！”

李建国虔诚之至。

肖冬梅脸上的庄重复又化作了妩媚的微笑。

她狡黠又调皮地说：“那你让我怎么才能相信你的话呢？”

李建国受了侮辱般地叫起来：“难道我还会骗你不成？我什么时候骗过你？你总不至于要求我给你写下份字据吧？”

肖冬梅就又庄重起来，一本正经地说：“你是没骗过我。但这件事儿不同以往啊。关系到大名大利呢，我可不能掉以轻心。我也不会要求你写下份什么字据。我们拉钩吧！”

她说罢，向李建国伸出了小指。她的小手儿是那么的白。“冰冻”了三十几年，又在玻璃罩下罩了九天，原本就肤白肌嫩的她，是越发显得如玉天成，吹弹可破似的了。她的小指微微地弯曲着，样子煞是美妙，直把个李建国看得呆了！他梦里多少次握过她的手亲过她的手啊！九天前他还以“革命”的名义，将她姐姐的手想象成她的手强行“占有”过呐！……

他的心激动得怦怦乱跳。

他一步跨到她跟前，刚一坐在她对面，同时就用自己的小手指紧紧勾住了她的小手指。

两个人的小手指一勾在一起，各自的表情都那么的不自然了。在肖冬梅，不过是逗着玩儿的事。而在李建国，却是正中下怀，机不可失。

她觉得他的眼睛里似乎有什么东西在燃烧着，烤得自己的脸也热乎乎的。她本能地想缩回那只手，但已晚了。李建国勾住她的小手指不放松，哪里容她再把手缩回去！

然而她一点儿都没反感。

那一时刻，她觉得李建国十分的可爱了。是姐姐对他的夸奖在她心理上预先起了铺垫作用。也有他自身的变化使她感到惊奇的原因。她暗想，多让人高兴啊！他说起话来滔滔不绝了。仿佛他已是一位研究今天的中国的专家了！而且他没出屋就已经挣到了三万五千元钱！而且他开始创作电影剧本了！以后他也许会前程似锦的吧？今天的中国可真了不起呀，它怎么把一个只在它的影子里远远地感受了几天它的气息的人，说变就给变了呢？

她瞧着他的脸，目光不禁地柔情脉脉的了。自己的脸也因一种莫名其妙的羞涩而绯红了。

她竟忘了拉钩是要说话的。

她不开口，李建国自然也不开口。他乐得就那么样很近地端详她，欣赏她，并且被她柔情脉脉地瞧着。只不过他实在缺乏胆量造次，怕惹她翻脸，破坏了那一时刻的似梦非梦的情形。

不料肖冬云推开门一步迈了进来。二人吓了一跳，勾在一起的小手指赶紧分开。一时都红了脸不好意思极了。

肖冬云说："对不起，我忘了敲门。"

她看看李建国，看看妹妹，他俩不知所措的样子使她不由得又严肃地问了一句："你们干什么呐？"

李建国从床边站起身，走开去，难为情得不知说什么好。

而肖冬梅瞪了姐姐一眼，不悦地说："姐你怎么这样啊！我睡着，你非把我敲醒。我前脚到这儿，你后脚又跟来了。你看着我啊？"

当姐姐的含而不露地问："你一上午是在睡懒觉么？"

肖冬梅心虚起来，低头不语了。

肖冬云又教训道："你俩都给我听着，晚上九点以后，互相不许串门儿！"

李建国低声问："谁的规定？"

肖冬云严厉地说："我的！"

肖冬梅不满地叫道："姐你来的什么劲啊？"

肖冬云更加严厉地说："别对我叫！既然是我妹妹，就得听我的！"

"你……你整个儿一个赵卫东！"

肖冬梅一气之下，起身走了……

肖冬云又对李建国说："我的话你别往心里去。我不是对你，我是对她。她让我生气了。"

李建国听得不明不白，也不便问，沉默而已。

肖冬云将"老院长"授权给自己的任务作了声明后，就开始这儿那儿搜李建国屋里的影碟。

李建国抱臂旁观，苦笑道："猜我联想到什么了？"

肖冬云扭头看他，他又说："联想到咱们'文革'中抄别人的家来了。"

肖冬云冷冷地说："你爱联想到什么联想到什么。是'老院长'交代给我的任务，有意见向他提去。"

李建国无奈地说："那我还敢有什么意见啊！"——趁肖冬云不注意，机智地藏起了两盘。

肖冬云搜罢影碟，又翻画刊，挑出了几册，指着说："这都是垃圾！看了对你没什么好处。"

"只冲着封面上的几条标题，你就能断定内容是垃圾？"

李建国颇有抗议的意思。

肖冬云却说："我认为是，就是。"

那一时刻，连她自己也觉得，仿佛又回到了三十几年前，又是红卫兵了。并且，似乎体验到了理直气壮地抄别人的家的那份儿快感。"文革"中她的家被抄过，她却从没参与抄过别人的家。也不太能理解为什么某些红卫兵一听说有抄家行动了就兴高采烈，摩拳擦掌。现在，她忽然能理解了……

她将画刊放在下边。影碟放在上面，抱起来往外走时，见李建国以一种受了冤屈的孩子似的目光望着自己，歉意地一笑，剖白地说："其实我并不愿意充当这种角色，尤其是对和我同命运的人。"

李建国无所谓地说："我怎么觉得你挺愿意的呢？"

她并不反唇相讥，一声不吭地走到了门口。

李建国在她背后又说："审查官大人，如果你在审查的过程中，自己被垃圾污染了呢？"

她平静地回答："老院长既然授权于我，那么证明他对我的免疫力有充分的信赖。"

说完，腾出一只手拉开门，头也不回地去了……

她来到赵卫东房间里时，万万不料妹妹也在。肖冬梅已在李建国房间里对电脑产生了极大的兴趣。自己房间里还没有，所以也不管赵卫东欢迎不欢迎，而且克服了自己对他的成见，只图能过过瘾。赵卫东拿她没办法，违心地让位给她去摆弄。

她一边向赵卫东请教，一边将李建国创作剧本的事讲给他听。

赵卫东不听则罢，一听之下，怒火中烧。他想，李建国李建国，你成心和我作对是怎么着？我赵卫东正打算将我们宝贵的经历写成本畅销书，却被你抢先在网上给糟蹋了！那也就算了。谁叫我当初把你也从家乡带出来了呢？可我这儿刚打算写电影剧本，你竟又抢先了！难道你是成心惹我恨你么？尤其是，肖冬梅讲给他听的开头，一些情节和一些细节，使他不得不暗自承认，都挺精彩的，比自己头脑里的构思更接近着电影。

听肖冬梅讲时，他眼前会浮现一幅幅运动着的画面。倘那画面中高擎旗帜，满怀英雄主义豪情的主角是自己（他认为当然应该是自己！他认为若非自己就等于篡改了历史！三十几年前的事还不算历史么?），那么他的妒恨也许小些。可竟不是自己。听肖冬梅的讲述，倒像是李建国！而且取了个组合式的名字李东方！这他妈的算是个什么名字！难道仅仅一个“东”字，就足以意味着对他在四人中的不可取代的历史作用的含糊承认了么？但，李建国这小子的头脑里，怎么会凭空就诞生出了比自己高明的创作才能了呢？三十几年前他在学校里算个什么玩意儿啊？从没见他显示过创作才能呀！不可思议，不可思议啊！赵卫东内心里渐聚成团的妒恨，一言以蔽之，那就是“既生瑜何生亮”的怨天咒地！……

肖冬梅背对着他，注意力全在电脑屏幕上了，哪里发现他已气得脸色紫青。

她一边练习着拼音打字一边问：“哎你觉得他的电影感觉怎么样?”

赵卫东冷冷地回答：“不怎么样?”

肖冬梅终于回头看他了：“不怎么样？我认为挺好的。我相信他一定能写成，也一定能被拍成。你脸色怎么……你没事儿吧?”

赵卫东竭力克制着妒恨，不使呈现在脸上。他以一种语重心长的口吻说：“我的脸色怎么样并不重要。重要的是，你应该转告他——他根本不具备创作的才能。他那是玩闹。茶余饭后瞎编了自得其乐是无妨的，要是竟有什么痴心妄想，那就可笑极了。他连电影剧本最基本的常识还不懂呢……”

“那么你是懂的啰?”

肖冬梅的话语不无讥意。

“我嘛，懂的也不多。但是我若写，那是肯定比他写得好的。我再说一遍，你应该劝劝他，别动不动就心血来潮，把我们共同拥有的一段宝贵经历，变着花样全糟蹋了。那一段宝贵的经历，对于今天一无所有的我们，也是一种宝贵的财富啊!”

赵卫东无意中说出的最后一句话，道出了他心内的私密之念。他毕竟是一名老高二学生，连李建国都考虑到了的切身问题，他当然也是考虑到了的。他认为那“宝贵的财富”，其所有权应该百分之百地属于他一个人。尽管在说到时照例用“我们”一词。他觉得即使百分之百地属于他一个人，也是难以保障他以后的人生的。他感到那笔自己正策划着如何更有效益地支配的财富，无疑是被李建国这一名当年的红卫兵战友肆意地掠夺了！

肖冬梅虽然已对赵卫东有成见了，但是毕竟还没把他看得太透。

她只不过觉得对李建国写电影剧本这件事，他又自高自大罢了。

她不以为然地问：“那么只有由你来写才不算糟蹋了?”

赵卫东听出她话中有话，张张嘴，一时不知说句什么话好。

而正在这时，肖冬云敲他房间的门了。

赵卫东小声叮嘱肖冬梅：“如果是李建国，不许当着我的面，把我对他剧本的评价说给他听！”

他开了门，见是肖冬云，愣住。

肖冬梅也没料到是姐姐来了。她倏地从电脑前站起，冲姐姐挥舞着手臂大声嚷嚷：“噢，天啊天啊，真叫人受不了啦！我到哪儿你跟到哪儿，姐你究竟还给不给我点儿自由了！”

当姐姐的厉声道：“住口！我来和你无关！”

肖冬梅拔腿而去。

赵卫东瞪着肖冬云说：“我好像并没请你来。”

肖冬云不失尊严地板着脸说：“我来是执行公务。老院长授权我，要对给我们看的影碟进行一番审查。”

“什……么?！……”

赵卫东脖子上的一条筋凸起来了。

肖冬云不动声色地将她的话重复了一遍。

赵卫东被肖冬云那种女警般的表情，那种公事公办似的口吻，尤其被“审查”二字所刺激，便仿佛遭到了当面的羞辱一样。对李建国的妒恨已成胸中块垒，再加上肖冬云施加的激恼，使他感到忍无可忍了。感到所有的人既不但沆瀣一气地与他作对，而且还分明的是在轮番对他进行挑衅了。

他的嘴猛地张大了，却一个字也没说出来。

肖冬云替他说道：“你想对我说滚是不是?”

赵卫东恨恨地回答：“是的。”

肖冬云仍一脸严肃地说：“我收了你这里的影碟就走。老院长是为我们好，你何必气成那样?”——说完，也像在李建国房间里的做法，这儿那儿，一一发现并归拢影碟。

赵卫东看着看着，一下子抱起了电脑……

肖冬云及时地瞪着他说：“那可是这儿的公物，很贵的东西，想想你摔坏了哪儿来的钱赔？……”

赵卫东的头脑中，几天来也在盘桓着一个钱字。甚至可以说，他正为钱字愁得夜不能眠。一名高二学生，在今天的中国能找到什么体面的工作？继续读书，考大学，四年读下来也是需要一大笔学费的呀！他是越考虑得多心里越惶惶然。在三十几年后传媒发达的这一个时代，只要一台电视机，只要三天的时间，就足以使他对中国了解不少方面。而这种了解对他形成的巨大的压迫，使他当年的自负彻底被粉碎了。使他心生出活着比死还不情愿的恐惧……

他放下电脑，双手抱头蹲下去了。

肖冬云收齐了影碟，带着几册杂志和画刊往外走时，不无怜悯地说：“你怎么变得如此神经质了？我只不过来做老院长交代我做的事，就值得你这样?”

“滚！”——他终于将刚才没说出口的字低吼了出来……

如果“老院长”将交代肖冬云做的事郑重地交代给他，那么这一天他也许会以一种较为良好的心情度过。可“老院长”偏偏授权于肖冬云了。而这在他，竟也构成了极为严重的伤害。

肖冬云走后，他由于妒恨和感到被伤害，痛苦得胃疼起来……

第二十七章

肖冬梅回到自己的房间，无所事事，便酣睡了一觉。醒来后探手枕下一摸，没摸到那本书，不由一诧。就躺着静静地想可能被谁拿去了，得出结论肯定还是物归原主了。又一想那以后可怎么好意思见到“老院长”的面呢？于是一阵自羞。

那会儿已经到了吃晚饭的时候了，顿觉腹中空空，食欲难耐。她匆匆洗了把脸走向食堂，一路所见之人皆友善地和她打招呼。使她感到每个人都那么的可亲。最怕碰见“老院长”，结果还是碰见了。

“老院长”问：“下午没睡一觉？”

她说：“睡了呀，睡得可香呢！”

“老院长”又说：“那本书，我后来在你的房间找到了。”

她故作糊涂地眨眨眼：“哪本书啊？”

“老院长”意味深长地说：“你呀。”——只说了这么两个字，再就什么都没说，径自而去。

她呆望着“老院长”背影，脸上又红了一阵……

也碰见了赵卫东。

他凶恶恶地说：“我正要找你算账！你把我储存在电脑里的回忆录搞得无影无踪！”

她一笑，逃之夭夭。

却没碰见姐姐和李建国。李建国是她想碰见的，想碰见是因为想知道剧本的进展情况。姐姐却是她不愿碰见的，因为她已经无法对姐姐的管教装出虚心接受的样子了……

端着饭菜回到自己的房间，狼吞虎咽吃个精光。打了几个饱嗝，不知何故，一阵困意又扑面而来。其实是由于她那胃里九天内并没消化过什么实在内容，一经吃饱，蠕动量陡增，血液就向胃里集中，头脑缺氧的原因。

昏昏沉沉的，竟又睡了三四个小时。再醒来时，天已黑了。房间里既无电视，更无电脑，连份报刊也没有，精精神神的，好生的心烦！

于是又离开自己的房间，走到了李建国的房间。那李建国自是热情有加，殷勤相待。又是让座，又是献茶。

她坐下后说：“一人一个房间有什么好，连个交谈的人都没有，憋闷死了！”

李建国同病相怜地说：“我也是啊！”

她又说：“老院长他们也没谁讲过，咱们什么时候可以离开这里，咱们以后该怎么办吗？”

李建国叹口气，摇摇头。

两人一时都觉惆怅，茫然，相对无话。

她忍受不了那一种使人忧绪重重的静默，提议道：“看电视吧，你为什么不打开电视？”

李建国说：“我刚才自己已经搜索了一遍，没什么好看的节目。”

“那就给我放一盘影碟看！”

李建国又叹口气道：“影碟都被你姐姐搜去了，她成了审查官了！”——遂将“老院长”授权于肖冬云的事讲了一遍。

“为什么你们三个都有的，我却一概没有呢？我现在就找‘老院长’要去！”

肖冬梅说着就往起站，李建国赶紧将她扯坐了下去。他说哪能单单没有她的呢！只不过昨夜见她睡得很香，都主张暂时别往她房间里搬。

“真的？”

“真的！我当时也那么主张的呀！”

“你讨厌劲儿的！那我现在一点儿困意都没有，这一夜可怎么挨过？”

“我不是因为心疼你嘛！”

“用不着你心疼！”

“你现在去找老院长要这要那，显得你多么的不懂事啊！”

“那咱俩就继续谈你那个剧本！”

“可我……我觉得我现在思维迟钝……”

“那不行！那也得谈！反正我不想睡，你也别打算睡成！”

李建国神秘兮兮地往床上一躺，一滚，从床那边下了地，手中变戏法似的变出了一碟影碟。

“你撒谎！你刚才还说都被我姐姐搜去了。”

李建国得意地说：“我是谁？哪怕她眼瞅着的情况之下，我藏起几盘影碟还不容易啊？”

于是肖冬梅兴奋起来，连叫：“快看！快看！快看！……”

李建国嘘了一声，为难似的说：“但，我是不能放给你看的呀！”

肖冬梅急切地问为什么？

李建国说还能为什么呢？内容是“少儿不宜”的啊！

肖冬梅还没听说过“少儿不宜”四字，却本能地猜到了，内容肯定和自己偷看了的那一本书有相同之处。

她不好意思说那自己也很想看，噘嘴嘟哝：“我是少儿呀？凭什么你们都可以看，只我要看就不宜了呢?”

李建国试探地说：“你若真的很想看，那你就把门插了。免得正看时，被你姐姐那位审查官出其不意地来了撞个正着，又使我也受你牵连挨一顿训!”

肖冬梅斜视了他几秒钟，又扭头望了房门一眼，竟一声不响地站起，以一副大义凛然的模样向房门走去。李建国误解了，觉得她欲离去，心中后悔不已。不料她轻轻地无声地将门插上了。走回来复又端坐下去，久经世故似的说：“在我大姐那儿，我什么没见识过呀！你放。”

“就是开车送你回来那个时髦女人?”——李建国口供记录员似的，明明知道，仍问。

肖冬梅点点头。

李建国说：“那我也还是不能放给你看。”

肖冬梅单眉一挑，几乎是瞧不起地问：“你到底怕的什么？如今的中国，人是充分自由的，这一点你认识到了没有?”

李建国又说：“我怕的什么劲儿呀？不过，是你要看，不是我要看。所以只能由我教你怎么放，你自己放给你自己看。否则，我到时候洗刷不清楚。”

其实，他是在玩欲擒故纵的伎俩。

肖冬梅不知是计。即使看透了他的伎俩，由于被激，那会儿也还是要坚持看的。

她一撇嘴：“不打自招，你还是心有所怕嘛！我才不用你教我。我在我大姐家早学会了怎么放。拿来!”

她向李建国伸出了一只手。

李建国则立刻将影碟递在她手里，动作比手术室里的助理医生递止血钳还快。

肖冬梅接过影碟，也不看看片名，极为熟练地放出了音像。

她说：“关灯。”

李建国啪嗒将灯关了。

她说：“窗帘也拉上。”

李建国哗地将窗帘拉上了。

她说：“你不许看！你肯定看过了。”

李建国被不公正地判了刑似的，申述道：“看过了就不可以陪你再看一遍了？不许我看，那我在这黑漆漆的房间里还能干什么别的事儿吗?”

肖冬梅斩钉截铁地说：“就是不许你看！你老老实实睡觉吧!”

“我睡不着。”

李建国回答得特不情愿。

“睡不着闭眼躺着!”

肖冬梅寸步不让。

“真不讲理!”

“再说一遍!”

“好，好，我服从，我无条件地服从还不行嘛！……”

李建国在黑暗中走到床边，仰面朝天躺下去了……那盘影碟情节进展缓慢，前边十几分钟拖沓分散，像是一部毫无水准的生活片，看得肖冬梅索然起来，接连嘟哝了几句“没意思”。

李建国就说：“耐心点，接下去保证你目瞪口呆。西方的精神垃圾在中国如此存在，不两个文明一起抓行么!”

肖冬梅低喝：“你闭嘴!”

就在那时，荧屏上出现了第一组性爱画面。

红卫兵肖冬梅不由得心跳加快，血液倒循，脸上发烧。

然而，她并没有像第一次在“大姐”家看到那样惊慌失措起来。恰恰相反，那正是她想要看的。怎么的就非常想要看，连她自己也懵懂不清。她在心里反复对自己说：“我不是儿童，我不是儿童！……”

李建国感到她已是看得屏息敛气起来了，因而自己也躺得一动不动，尽量不发出什么声音……

性爱的画面一组紧接一组——没有事故线索，没有事件，没有矛盾冲突，只有不同场合，不同环境之下的性挑逗和性爱……

那的确是一部在地下渠道大批复制的外国垃圾片，而且是一部三级垃圾片。

肖冬梅感觉到了两条手臂从背后揽向自己胸前——一条手臂由左腰际斜伸上来，另一条手臂由右肩那儿进行冒犯。

然而她没拒绝它们。

两只手似乎受到了怂恿，她的第一颗衣扣被解开了，它们探入衣内了……

它们探入到她的乳罩下边去了。乳罩是“大姐”给她的。她还没太戴习惯。

她全身被电击似的一阵战栗……

她扭转头，微微张开嘴，期待着吮到什么似的……

李建国那青涩青年贪婪无比的唇吻到她的唇上时，她反倒觉得自己的心似乎被他整个儿吸了去，她感到自己身体里的血液也一下子被他吸尽了似的。于是她绵软地向后，偎在他怀里了……

李建国干脆将她抱起，转身和她一起倒在床上了……

影碟依然在放着……

两名当年的红卫兵，两个青春时期的男体女体，片刻之后便赤裸裸地紧紧搂抱着了……

在突飞猛进发展着的中国正式与世界全面接轨之前；在他们还根本没有看

清三十几年后的中国沧海桑田的宏大景观之前；在他们之间的关系变得既熟悉又陌生的时候，他们的肉体首先发生了“第一次亲密接触”。

而促成这一种“亲密接触”的原因，表面看是由于一盘外国的三级垃圾片影碟，实际上又不是这样，起码不完全是由于那盘影碟。

正如“改革开放”之初不少中国人与世界的“亲密接触”，表面看是由于某些足以使收入低微的中国人觉得稀罕的西方廉价物，诸如丝袜、衬衣、运动鞋、太阳镜、喇叭裤……而实际上并非如此，而实际上深层的原因乃是由于封闭久矣的普遍的中国人，面对欣欣向荣的世界所产生的自卑心理。

国与国之间的接触，一国与世界之间所取的一向姿态的改变，大抵是从最高级的方面开始的——政治、外交、经济、科技，等等。

而人与人之间的接触，一人与他或她的国之间所取的一向姿态的改变，却大抵是从最日常的方面开始的。两个性情相投的人的关系自然就容易要好起来；某人之生活状况稳定又满足，便自然对自己国家的现实持宽容的态度。即使予以批评也不至于偏激。

但被长久抛出了时代发展轨道的人，倘年龄上又只不过是中学生，倘时间又达三十几年，一旦面对三十几年后的时代，与它之间的“亲密接触”，却几乎只能从最低级处开始。好比三十几年没回家了的孩子，如果三十几年后仍是孩子，那么不管他或她的家发生了多么巨大的变化，是否仍在原先的城市原先的街区，所最关心的，大抵是那家是否为自己保存了原先的玩具，是否提供了新的玩具。一旦抓到手新的玩具，那种终于回家了的感觉才会更真切。

对于三十几年前的红卫兵肖冬梅，回到三十几年后的中国这个“家”，接受它比别人们料想的要容易得多。她觉得这个“家”提供给她的“新玩具”太多了！虽然她只不过刚进入这个“家”的“门厅”。在她眼里，一切三十几年前没接触过的好奇事物，无不具有新的玩具性。包括那本从前没看过的贩卖色情内容的书。包括那一盘外国的三级垃圾片影碟。包括她和她从前的“战友”李建国之间发生了的性关系，也只不过是“玩儿”。

她这么认为，并不意味着她是一个坏女孩儿。当然的她从前是一个好女孩儿。现在也根本没有变坏。她和李建国之间发生了的不该发生的事，恰恰证明她的单纯。好比一个从无性的星球来的外星女孩儿，几次见到地球人做爱，觉得是奥妙无穷的两人游戏，便也效仿着与“对家”玩儿。她所曾处过的三十几年前的中国时代，使她在性常识方面空白得接近着是一个从无性的星球来的外星女孩儿。她对性的全部理解是“可耻”两个字。她认为男人和女人之所以结婚仅仅是由于相爱。而相爱是一件和性无关的事。她认为生孩子是因为男人和女人，包括丈夫和妻子做了那件“可耻”的事，因而引出女人一方痛苦的结果。她认为一个怀孕了的女人所以还有脸走在街上出现在人前，不过是表示公开忏悔的行为。她认为一户人家有了孩子所以还庆贺一番，那是别人们通过道喜的方式对那家的丈夫和妻子表示公开的宽恕。她认为好丈夫是断不会和自己的妻子干那种“可耻”的勾当的。她认为好妻子是断不会自己生出一个孩子的。她认为好人家的孩子都是从医院里抱回来的。她和姐姐当然也是爸爸妈妈从医院里抱回来的。而医院里的孩子都是天使送到人间的。这一套关于人类的性爱的知识，是一位在她家里做过保姆的信仰上帝的女人讲给她听的。那时她才六七岁，有天忽然向保姆提出了自己怎样来到人家的问题。那女人在她的刨根问底之下，将以上“知识”讲故事似的讲给她听。一直到上了中学她始终对自己头脑中接受了的“知识”深信不疑。有一次她曾发现了父母在一起亲密的情形，还仅仅是亲密的情形，非是做爱的情形，她便仿佛在自己家里窥见了丑事，单独跑到无人处哭了一鼻子。这件“丑事”她连姐姐也没告诉过，怕姐姐比她还感到蒙羞。以后一个多月里，她对爸爸妈妈一反常态特别冷漠，使爸爸妈妈难猜她是怎么了。即使在“文革”中，即使日日夜夜有那么多激烈的政治事件冲击着她的视听，也有那么多似乎比真理更是真理的“革命”信条被塞入她的头脑，她头脑中那一套关于爱和性的“知识”，却不但丝毫也没遭摈除，原封不动地占有着意识空间，而且还悄悄地巩固了。这乃因为，在“文革”，所谓男女关系亦即性的关系，即使在普遍又普通的中国人中，也构成着重大又肮脏的事件，仿佛间接地证明了她原有的意识的绝对正确……

其后果是，当她今天感到自己受骗了时，她开始产生一种差不多是玩世不恭的心理，以及一种企图对谁进行报复的心理。她既要自己否定自己头脑中那一套关于爱和性的愚昧，那么最直截了当的方式当然是自己来体验。正应了那一句话，“想知道梨子的味道，就得好亲口尝一尝。”

当李建国以为自己计得事逞时，其实她也是那么以为的。

当李建国感到那“梨子”的“味道”好极了，她也是那么感到的。

所不同的是，当李建国在心里对自己说：“顾不了那么多了，今天老子豁出去了”这句话时，她在心里对自己说的是：“我不这样，我怎么能知道这样是何等的快活！”

她甚至发自内心地感激那一本书，感激那一盘影碟。

这三十几年前的，单纯如一页白纸的初一女生，是将影碟和影碟单放机两种最日常的当代事物，视为人类科技最新最高级的成果来迫不及待地享受着了。也难怪的，她虽在“大姐”家学会了熟练地开机和关机，但却还没有放过一盘影碟看。实际上连那两天里她也是不自由的，几乎每时每刻都有“大姐”在身旁。“大姐”没给过她放一盘影碟自己看的时间。她也是将与她当年的男红卫兵战友饱尝禁果，当成是三十几年后的中国人像呼吸的权利一样人人拥有的最大权利和最高自由来迫不及待地享受着了。总之她在以上两方面都是那么的迫不及待。她认为唯其如此，才能尽快地脱胎换骨，只争朝夕地分分钟都不浪费地变成当代中国人之一员……

而且，自从她复活以后，竟渐渐地滋生了一种自纵自宠的心理。如同一个走失了三十几年终于又回到家里而且一岁也没增长的孩子。她认为她之所以走失了不是她的过错，甚至也不是一场雪崩造成的，完完全全是因为母亲对她照看得不周。完完全全是母亲没有尽到应尽的责任。而她所心怀责怪的母亲，当然非是那个由于她的失忆彻底忘记了的生她养她的母亲，是时代。是的，她确实认为是时代将她丢失了。那么她现在“回家”了。那么她还不应该受到娇宠么？她也感受到了“老院长”等今天的别人们，对她的无微不至的关怀和呵护几近于娇宠。但仅仅这样还不够。还不足以消弭她心底的委屈和人生损失感。所以她还要自己宠自己。

而一切不但被宠且自宠着的人，都是会任性地自我放纵的。她也是在天经地义理所当然地自我放纵一番的心理支配之下，以一种快哉也乎的玩儿似的状态饱尝禁果的……

黎明时分她才潜回自己的房间。

成年人每用“再一再二不可再三”这句话告诫自己。但是对于饱尝禁果这种事儿，对于她这样的花季少女，一经饱尝过之后，“再一再二不可再三”这句话是很难起到自我告诫的作用的。那无异于自己对自己说的废话。

第二天夜里她又溜往李建国的房间去了。

第三天夜里她自然也充分利用了。

第四天夜里，当他们玩过他们的游戏之后，通体汗淋淋的他搂抱着通体汗淋淋的她，忧不胜忧地说：“我想，我们应该适可而止了。”

她不高兴地问：“你厌烦我了？你敢！”

他说：“不是的呀！我怎么会厌烦你呢？但我们这样子次数多了，你会怀孕的呀！也许现在中止都晚了，你已经怀孕了！”

她继续问：“那又怎样？”

“那……那你就会生孩子的呀！”

“那又怎样？我正打算做个小母亲！”

“你……”

李建国用一只胳膊撑起上身，目光有些愕骇地俯视着她，像瞧着一个可爱且可怕的小妖精。

他说：“什么叫那又怎样?!”

她说：“今天这不是像吃饭喝水一样的事儿了么?”

他说：“当然，当然，从前也是的。可……可你别忘了你的年龄呀！在今天，你也还是初中女生的年龄啊！”

“那又怎样?”——她问得天真无邪。

“天啊，又来了！不许再说那又怎样!”——李建国几乎要怒吼了。

“你生的什么气呀？今天像我这样年龄的女孩子，不是都可以随便地像我这样么?”

“你！你怎么知道是这样?!”

“你又怎么知道不是这样?！三十几年了，什么事儿没在变?”

“天啊！天啊！……”

于是他告诉她，她根本想错了，三十几年间，中国确有许多事发生了巨大的变化，但唯独一名初中女生怀孕生孩子这种事儿，仍和三十几年前一样，起码是人人都认为最好不发生的事儿。对于当事人双方，尤其女方，也仍是一件不光彩的事儿。对这种事儿的看法，不但今天的中国人的态度和三十几年前差不了太多，世界的态度在这一点上也根本没什么改变!

“真的?”

“难道我是在骗你不成?”

“那你怎么不早告诉我?”

“这……这、这……”

“你这这这个什么劲儿!”

“这一点还用得着我告诉你，你才会知道?!”

“你又根据什么认为，不用你告诉，我也应该一定会知道?”

李建国竟被问得一下子哑口无言了。

“你明明知道，而我一点儿不知道！你有责任事先告诉我，可你事先什么都不对我说！你卑鄙！你无耻！你利用我的无知！……”

“这这这……我只在城市里呆了一个夜晚，而且是在拘留所度过的！你在城市里整整比我多呆了一个夜晚又一个半白天，而且你还认了一位‘大姐’，我当然以为你对今天的中国比我了解得更详细些……”

“你狡辩!”

肖冬梅怕了，急了，后悔了，哭了。

她对她的游戏“对家”又是咬又是掐，怎么着也不解恨了……

而他猛一翻身，一只手捂住她嘴，不使她哭出声；另一只手不停地爱抚她，还得不厌其烦地说着哄她的话，爱她的话，“心肝儿宝贝儿”之类的话，“我有罪，我该死”之类的话——只为使她重新平静下来。却谈何容易!

那时那刻，三十几年前的青涩的只图一番番快活而不计严重后果的小破初中男生，终于领教了什么叫“没有免费的午餐”这一句美国话——是他从网上看到并且记住在心里的。

虽然他“吃”的只不过是四顿“夜宵”……

第二天上午九点多钟，肖冬梅去向“老院长”请假。她可怜兮兮地央求允许她再到城市里去玩玩，否则她觉得自己会憋闷出病来的。她说她在电话里通知了她的“大姐”来接她，而“大姐”的车已开在院门前了……

“老院长”问她眼睛为什么那般红肿，是害眼病了还是哭了一夜？她坦率地承认她哭了一夜。“老院长”惊讶地“噢”了一声，追问她为什么？受了什么委屈？谁欺负她了？尽管他清楚，在他的权威所“统治”的这一处地盘内，绝对不会有人欺负她，但还是态度相当认真地那么追问。仿佛只要她说出一个名字，他立刻就会替她大兴讨伐之师似的。实际上他更清楚，他的同事们包括他自己，对她都是何等的关爱。喜欢她就像喜欢一只品种稀有的小猫小狗，或一只小鸟一株花草，怎么会有谁惹她哭一夜呢？果而如此，那岂不是就该算一桩事件了么？她伪装出一副特别诚实的模样，说既不是害眼病，也不是有谁欺负了自己，而是憋闷得哭了一夜。说着，眼泪汪汪地又要哭起来。

“别哭别哭，孩子千万别哭，我就看不得小姑娘哭！那你征得你姐的同意了么？”——“老院长”就像跟自己的孙女或外孙女说话似的，语调慈祥。

她说当然了。说否则，姐会一放下电话就开车赶来么？

“老院长”又说：“我指的是你的亲姐呀！你向我请假到城市里去，总得告诉你姐吧？”

她说她没告诉。也不想告诉。倘告诉了，姐一定是阻止的。

“老院长”走到窗前去，朝院门那儿一望，果见一辆白色的轿车已停在那儿。

“这……你背着你姐，我若批了你假，不太合适啊！”

“老院长”搓着双手为难起来。

“那我不管！反正你就是得批准我离开几天！……”

她说得非常任性，并且又眼泪汪汪的了。

乔博士就在那时走进了“老院长”的办公室，见一老一少正闹别扭似的情形，笑问他们之间发生了什么不快？听“老院长”将自己的为难表述了一番，乔博士替她担起保来，说太能理解她的要求了，说让她到城市里去玩玩吧！说肖冬云那儿，他可以替她去告诉的。如果当姐姐的埋怨什么，他揽过责任就是了……

“谢谢博士！”——话音未落；她已像只松鼠蹿出笼子似的，转眼不见了。

“老院长”对乔博士嗔怪地说：“你呀，做好人的机会都让你抢去了！总算轮到我一次，你又横插一杠子。好人又是你了！”

乔博士笑道：“谁叫你卖关子呢！记住这次教训吧。现在是什么时代呀？一切机会都是转瞬即逝的，要抓住得及时。做好人的机会也如此。否则，被别人抢去了，那就只能自认倒霉啰！”……

肖冬梅一坐入车里，“大姐”便倾斜过身子将她搂抱住了，感情热辣辣地连说：“宝贝儿宝贝儿，大姐想死你了！没有你的日子，谁都难使我开心起来呀！……”

同时，她脸上被一阵同样热辣辣的亲吻所“攻击”。

“大姐”那会儿视她如完璧归赵，只顾亲爱她了，竟没看出她眼睛不对劲儿。而她，亦如整托了一个月甚或一年那么久的孩子，终于盼到了妈妈来接自己回家，内心里一阵阵地波涌着母子亲情般的温柔和温暖。

在二〇〇一年，在仍是少女的三十几年前的初一女生，与过了“走红”期，内心倍感失落，亦倍感世态炎凉的女模特之间那一种相互亲爱，具有着显然而又饱满的相互慰藉的成分。在红卫兵肖冬梅这方面，“大姐”似乎便是二〇〇一年，便是新世纪和新纪元，便是新中国的新城市，便是“现代”感和现代生活本身。便是以上一切最人性化了的综合实体。依偎之则等于依偎向自己随即开始的新人生。在“大姐”胡雪玫那方面，需要她更意味着对一种确信十分可靠的真诚的需要。它将不至于被利用，尤其不至于被背叛。最主要的一点是，它不但十分可靠，而且它的性质是由她来决定的。倘自己希望它在对方那儿永远是以低姿态，亦即永远深怀感激的姿态来体现的，那么她丝毫也不怀疑，它必永远是那样的，不会变化，更不会变质。是的，在现实中“现代”得累了，也“前卫”得索然了的胡雪玫，别提多么需要这一种东西了。她的生活内容有此需要。她的内心也有此需要……

她带着她的“宝贝儿”回到家里，才发现“宝贝儿”的眼睛红肿着。

“呀，宝贝儿，你眼睛怎么了？哭过？在那鬼地方谁欺负你了？别怕，只管说！什么事儿都有我给你做主呢！”

胡雪玫双手叉腰看着肖冬梅，那话说得像一位以除暴安良为己任的女侠。

肖冬梅哇地可就放声哭开了。

“别哭别哭好宝贝儿，你要把我的心哭碎呀？你看你哭得心疼人劲儿的！我不是说了么，什么事儿都有我给你做主呢！……”

胡雪玫赶紧将她搂在怀中，掏出自己喷洒了香水儿的手绢替她拭泪，擦鼻涕。

依偎在“大姐”怀里，断断续续的，又羞又恨的，肖冬梅将与自己的红卫兵战友李建国做下的事儿，老老实实地和盘托出了。

而胡雪玫，已轻轻推开她，架着二郎腿坐在沙发上了。

“原来如此……”

胡雪玫望着肖冬梅，像望着自己养过的一只小金丝雀的嘴，渐渐长出了鹰的尖钩。

“大姐，反正你得替我想办法！……”

肖冬梅跺了几下脚，仿佛李建国不姓李而姓胡，是胡雪玫一个专门拈花惹草招蜂引蝶的弟弟。而她是来此讨一种私下了结的公道的。

“那个李什么……”

“李建国。”

“你一直喜欢他？”

“才不呐，我一直是讨厌他的！”

“那你……”

“怪我姐！那天中午我姐到我房间，当着我面尽夸他。下午我到他房间里去，不知怎么，一时觉得他也挺可爱似的了……”

于是那胡雪玫崔夫人审莺莺似的，板着张化妆得有几分冷艳的脸，细问端详起来。只差手里没根藤条什么的了，若有就接近着拷问的架势了。

其实，她心里却更加觉得她的“宝贝儿”简直好玩极了。强忍着笑佯作严厉之状，为的是能从“宝贝儿”口中审出有意思的情节和细节。见肖冬梅那副招供似的又羞又无奈又无地自容的可怜模样，她是快活得要命的。

她很久没这么快活了。

肖冬梅“病急求医”，哪里还顾得上什么羞不羞的，被审一句，即招一句。

“一共几次了？”

“才四次。”

“好一个‘才四次’！接连着四个夜里么？”

“嗯。”

“都是你溜到他房间去？”

“嗯。”

“知道别人们将会怎么看这样的事儿么？”

“不知道。”

“好一个‘不知道’！这叫你主动委身。明白么？”

“不明白。”

“好一个‘不明白’！意思就是，也怪不得那个李什么的。他是干柴，你是火。你去点人家，人家哪有不着的道理！……”

“大姐我不想听这些教诲！”

肖冬梅急了，又跺脚，又挥手。

“那你想听什么？”胡雪玫的笑就快忍不住了。

“办法！大姐我要听的是办法嘛！”

“事到临头，你才找我，电话里还说是多么多么的想念我！我有什么办法啊？我敢断定宝贝儿你已经怀孕了。处女地嘛，播种的成活率高。有时候一次就够你做小母亲的了。那就在我这儿长住吧！我会请高明的医生在家里为你接生的。我也会心甘情愿侍候你月子。”

肖冬梅叫了起来："我不！"

胡雪玫几乎是幸灾乐祸地说："已经种上了，接下来怀孕生孩子的事儿是自然而然的，依不得你了呀！当然，还有打胎一种选择，可那得做刮宫手术啊！……"

于是她开始讲解刮宫手术，以平静的事不关己高高挂起的语调，句句夸张着那手术的痛苦……

"我不！我不！……"

肖冬梅双手捂身，孩子似的哭闹起来。她甚至抓起东西要摔。可每抓起一次，胡雪玫都好言相告，说那东西多么贵。

肖冬梅最后抓起了一盒餐巾纸。

胡雪玫说："那个可以。那个不贵。摔吧宝贝儿，我理解你此刻的心情。"

于是肖冬梅将那盒餐巾纸摔在地上，狠狠地踏，碾……

胡雪玫终于忍不住哈哈大笑，直笑得躺倒在沙发上。显然是嫌沙发不足以滚着笑。于是转移到了床上去，双手捂着肚子，痛快地滚着笑。直笑得勾曲了身子蜷了腿，直笑得岔了气儿……

肖冬梅一时被笑傻了。胡雪玫笑够了，起身找出一瓶药，倒在肖冬梅手心一粒，命她含在口中。之后接了杯水递给她的"宝贝儿"，再命她的"宝贝儿"服下那粒药。

"宝贝儿"肖冬梅服下药后，"大姐"胡雪玫捂着心口皱着眉，说不但笑得肚子疼，连心口也笑疼了。

"宝贝儿"就不安地问："大姐你是不是笑糊涂了呀？那粒药是该你自己服的吧？"

"大姐"白了她一眼道："我服它干什么？那也不是管心口痛的。"

她告诉她的"宝贝儿"，刚才审她，是成心逗她玩儿呢。现在，她既服了那粒药，她的忧烦就烟消云散了，不必担心自己会怀孕了。说那粒药，是进口的，在性事发生以后一个星期内都有百分百的避孕奇效。

"你骗我！"

"我骗你干什么？不信自己看说明！"

肖冬梅认真看了药盒上与英文对应着的中文说明，仍半信半疑。

她说："大姐，为了保险起见，我再吃一粒？"

胡雪玫一把将药盒夺了过去："你给我省着吧！"

肖冬梅终于转忧为喜，破涕成笑。她觉着仿佛是将一扇在心头压了一夜的巨大磨盘轻轻松松地掀掉了，情不自禁地高呼："大姐万岁！大姐万岁！……"

胡雪玫笑道："喊我万岁干什么？那药又不是我发明的。"

肖冬梅就不好意思起来。

胡雪玫想了想，一脸正经地问："宝贝儿，谈谈获得第二次生命的感受，从前好，现在好?”

肖冬梅神情无比庄重地回答:“大姐这还用问呀？当然现在好了！从前，那哪有这么高级的药啊，而且只要服那么小小的一粒儿！现在真是好极了大姐！……”

“看来，我得把这药藏了。落你手里，你不定又会主动委身哪一个破男孩儿了!”

胡雪玫说罢，又忍不住笑起来……

肖冬梅离开“疗养院”的当天下午，“疗养院”大门外先后来了十二三个人。从二十多岁到六十来岁，年龄不等。有男有女。报刊、电台、电视台的记者；各类公司的总经理、董事长、总裁的助理、“全权代表”，以及几个身份不明，甚至看去身份颇为可疑的人……

形形色色的车辆在大门外停了两排。可谓“盛况空前”，破坏了“老院长”们自从进驻此地以后的宁寂。

他派人去问，得到的汇报是——“都是找死而复生的红卫兵”的。

“那些人怎么会知道这里有红卫兵，而且知道是死而复生的红卫兵?!”

“他们从网上知道的。”

“从网上知道的？难道我们在网上发表过公告么?”

“我们当然是没有那样做的啊！但李建国在网上连载了什么纪实，还不等于是发表了公告啊?”

“这个混蛋！……”

“老院长”连连拍桌子，一时气得不知说什么好。

而大门外传来了十二三个人扯着嗓子的齐呼:“我们要新闻自由！……”

“还我事实真相！……”

“李建国出来！……”

“大黑”和“二黑”被呼喊声激怒，张牙舞爪，咆哮如兽。仿佛随时会将拴着它们的粗铁链挣断似的。

“老院长”伫立窗前朝院门那儿望了片刻，回头又问怎么还有一个外国佬?

“那是美国《华盛顿邮报》的一位老记者……”

“都胡子一大把的人了，而且还是美国人，跟着瞎起的什么哄啊!”

“院长同志，我只能这么回答您——记者都是敏感的动物，越老新闻触角越敏感。我们做的，在二十一世纪的第一年具有轰动全世界的新闻性啊！比克隆……”

“住口!”——“老院长”大光其火，“你，包括所有的人，再也不许谈什么新闻性！更不许谈什么克隆不克隆的！告诉那些讨厌的家伙，这儿没有新闻，没有什么秘密的事，没有叫李建国的人，更没有什么死而复生的红卫兵！……”

“我已经对他们那么声明过了，可他们都不相信我的话。”

“可他们又根据什么对李建国在网上的纪实信以为真，不当成是疯人的疯话？”

“所以他们来这儿要事实真相嘛！”

“得啦，别啰唆了，这里的什么情况都得我亲自出面处理么？你蠢！”

一向对年轻的成员们温良如慈的“老院长”，竟生气地骂起人来。他大步腾腾地离了办公室，决定“老将出马”，并要“旗开得胜”。

《华盛顿邮报》的那位胡子一大把的老记者，是门外十二三个人中年纪最长的。他倒表现得特别斯文儒雅，不呼不喊的。只不过一只手放在胸前的照相机上，目光密切关注着院内，时刻准备抓拍什么而已。与他相比，最为亢奋的是一名二十多岁。满脸青春疙瘩的女记者。呼喊显然是她煽动起来的。她在十二三人中比比划划，哇哇啦啦，嗓音尖厉刺耳，唯恐天下不乱似的。她使“老院长”联想起了一种旧时对某些唯恐天下不乱的女人的说法——“女光棍”。

她见“老院长”走来，第一个将手臂从院门铁条间隙伸入，染了银灰色指甲油的手拿着一个小红证，以发情期的雌喜鹊那种喧宾夺主的声音高叫：“我是××报的记者，这是我的记者证。我有权要求你回答如下问题……”

他瞥了她的手一眼，冷冷地说：“我没听说过你的报。”停顿了一下又问，“你这么亢奋干什么？”

问得她一愣。

这时几乎院门外所有人的手臂都伸入进来，每只手上都拿着证件。

“我是电台的……”

话筒也伸入进来了。

“我们是电视台的……”

摄像机镜头对准了“老院长”，他听到了磁带转动的嗞嗞声。他想不通浪费磁带拍他有什么意义和价值。

而那位美国佬，亦不失时机地在抓拍。

“请问您是这里的负责人么？我们是××文化艺术公司的，我们老总派我来与红卫兵李建国谈签订影视版权合同的事儿……”

“我们是××集团公司的。我们是一家中外合资的糖酒业公司。李建国他不会有糖尿病吧？他爱吃糖吧？他喜欢喝酒么？洋酒还是国产酒？一次能喝多少？请回答！请务必回答！要不让我见他！我们要聘他做公司的形象大使，酬金很高的！……”

“嘿！嘿！老先生，往我这儿看！咱是私企的！咱们双方合作一把怎么样？我们搞了一个策划，如果那个李建国答应配合我们搞一次全国性的巡回促销活动……对了，我们的新产品是……一百万！您别走，一百万啊！……”

“老院长”想走也走不了啦，衣服被拽住了。不过拽住他衣服不放的不是“私企”的手，而是那“女光棍”的手。她指甲上的银灰色在阳光下反着光，看去像一只五指全戴了锃亮的不锈钢义爪的爪子……

“老院长”嫌恶地用自己的手使劲儿打落了她的手……

“哎你怎么敢打记者？大家都看到了吧？他打了我了！他打了记者了！……”

“老院长”瞪了她片刻，将一口唾沫啐在她满是青春疙瘩的脸上。

他说：“人的唾沫，对你脸上那种丑陋的疙瘩有止痒作用。这儿连三流明星都没有。你该到哪儿发情就到哪去。”

“你！……老家伙你侮辱了记者人格！……”

“老院长”已不再理睬她。

他扫视着院门外形形色色，目的不同，身份不同的人说：这个地方，其实是一处保密的艾滋病医疗中心……

他说得郑重，严肃，再加上他的年龄，不由院门外的人们不信他几分。

于是一条条手臂小心翼翼地缩回去了。缩回去时，都竭力避免碰到左边或右边的铁条……

那时刻，李建国也站在自己房间的窗前望着这儿。他想，看来自己是要挨一顿斥骂了，不免提心吊胆；赵卫东也站在自己房间的窗前望着这儿，他心里恨极了。恨那些人，以及每个人意味着的种种机会，是冲着李建国这个名字来的，而不是冲着他的名字来的……

肖冬云却因连续几夜失眠，午饭后服了两片安眠药，睡得很沉、人呼狗叫一概没听到……

乔博士们也在关注着事态，但都不便出面。“老院长”一旦亲自出马，那么他是不欢迎别人助威的。有时他也喜欢一逞“长坂坡救阿斗”或“千里走单骑”式的个人英雄主义，大家总得明智地照顾他一次情绪。

“老院长”见院门外大多数人似有去意，不愿再作纠缠，转身大步往回走。那名女记者却又煽动了几个男女，合力抬了一截枯树撞院门。那几个男女中，一个男的有精神病，要和李建国战友合计着怎样“唤起工农千百万，同心干!”一个女的在网上与李建国吊过一通膀子，想象着当年长征过的红卫兵，必是英姿飒爽的红色王子，是来亲赠定情信物的，还有一个自称“大师”，练气功练得走火入魔的中年男人，说李建国之所以复活了全靠他发的功，是来面授天机的……还有二男一女，哪儿有热闹专爱往哪儿凑的闲男痞女而已。我们都知道的，如今既不但痞子多了，痞女也狗尿蘑似的多起来了……

“老院长”一怒之下，亲自松开了项套，给了“大黑”和“二黑”自由。于是两条黑豹也似的猛犬，箭似的狂吠着直向院门扑去，这才吓退耍“女光棍”威风的小报记者和受她煽动的不三不四的几个男女……

“老院长”没回自己办公室，而是去到了李建国的房间。进门便斥骂，直骂得李建国的头耷拉在胸前，连口大气儿都不敢出。

正斥骂不休着，乔博士来了。

乔博士说：“算了算了，老院长您又何必生这么大气呢？也不是发生了什么严重的事件，引起了什么严重的后果。”

“老院长”迁怒道：“还不严重？还怎么算严重？我们今后还会有宁日么？”

乔博士说：“我们也该告别这里了。”

“哪儿去？我们抬脚走了，把他们撇在这里？博士你近来怎么了？怎么尽说些不加思考的话？”

“老院长”将目光转向李建国，看样子又要继续“击鼓骂曹”。

乔博士将他扯到一旁，附耳悄语：“消消气。告诉您个好消息——从网上替他们找到了家乡！”

“老院长”半天才“啊”出一声，愠怒的表情渐渐变作孩子似的笑脸……

第二十八章

肖冬梅又被“大姐”送了回来。

她仿佛是童话里那个小女孩儿，心被冻成了冰，融化需要过程。二〇〇一年的城市仿佛是一盆炭火，也仿佛是她久违了的乐园。她不愿回来，正如童话里那个小女孩儿一旦置身在夏季的原野，便再也不愿回到白雪女王囚禁她的冰的宫殿。

“老院长”在电话里命令她必须按时赶回。

她怏怏地问：“为什么？难道我是一个兵？而您是长官？”

“老院长”说：“当然不是那样的。我们要开联欢会。缺了你怎么成？”

而她说：“没劲。缺我缺我吧。祝你们联欢得好。”

她一说完就将电话放下了。

胡雪玫从旁批评道：“我怎么觉得人家话还没说完，你这边就不耐烦了似的？多不礼貌啊！”

她说：“是么？有话则长，无话则短，我没觉得我不礼貌。”

紧接着说：“大姐你今天带我去哪儿玩儿？”

胡雪玫还没来得及回答，电话又响了。仍是“老院长”打来的。他语气严厉地要求胡雪玫将肖冬梅按时送回，迟一分钟都不行。否则，她永远也别想再见到肖冬梅了。

她说：“等等，我让她接。”

而“老院长”那端，却将电话挂断了。胡雪玫无奈，只得从命。

所以肖冬梅是噘着嘴回来的。

联欢会开了一个多小时就结束了。气氛一点儿都不活跃。幸而主持联欢的是乔博士。他挺善于营造欢乐的。歌也唱得不错。气氛稍一沉闷，他就主动献歌。一会儿唱老歌，一会儿唱新歌。肖冬云、李建国、赵卫东都经他反复动员唱了歌。只肖冬梅无论他怎么动员，别人们怎么鼓掌就是不肯唱。事实上，她一直噘着嘴满脸不悦地坐在角落。“大姐”那一天原本是要带她参观水族馆的。她因她和“大姐”的计划被打乱了而极不开心。对于她，参加这种联欢会，怎么会比参观水族馆有意思呢？何况，“大姐”还答应她，参观完了水族馆再直接到体育馆去，在那儿可以射击，射箭，玩保龄球，游泳和学健美操……她已经三十几年没游过泳了啊！赵卫东代表他们读了一封感谢信。她和姐姐和李建国经过一致的表决，将代表他们的资格郑重其事地授予了赵卫东。他虚情假意地拒绝了一番。其实他们都看得出来，他明明是巴望重新获得那一种资格的。他将感谢信写得很热烈，朗读得也心潮澎湃似的。比他所预期的掌声还要长久的掌声，使他又暂时恢复了以往的自信。一首《八角楼的灯光》，也唱得底气十足感情充沛。如果说他们是作为客人一方，那么作为主人一方的乔博士们，倒显然是为联欢进行了准备的。不但有人唱歌，还有人说相声，演双簧，变戏法。总体而言，更像是主人一方在为客人一方义演……

联欢会结束后，乔博士请他们四人先不要走。他将他们带到了会议室。“老院长”和几位核心也跟了去。各自落座后，乔博士的主持人角色由“老院长”取代。

肖冬梅嘟哝：“还要开什么会呀?”

而姐姐狠狠地瞪了她一眼。

“老院长”也朝她望了一眼，目光是复杂得没法儿分析的。

他语调极为凝重地说：“孩子们，现在我向你们宣布——我们已经知道你们的家乡是哪一个省哪一个县了……”

四名三十几年前的红卫兵你看我，我看你，似乎一时都没听明白他的话是什么意思。

家乡对于他们，也是家的所在地呀！也是母校的所在地呀！也是有爸爸妈妈生活在那儿的一个县城呀！

在他们失忆了的头脑中，家乡有时是具体的，具体而又模糊。像拍在过期胶卷上的景物。若朝着阳光，或许还能猜辨出拍的是什么。倘洗印到相纸上，结果却只不过是一纸的黑白混沌罢了。阳光乃是他们的人性本能。它只在触景生情触物伤心之际，才将他们因失忆而近乎幽暗的头脑照亮一瞬。而复活以后的每一天里的更多的时候，家乡对于他们只不过是两个汉字，一种概念。那种情况下他们仿佛都是没有家乡的人。仿佛是由一坑水所诞生的水中虫。不，对于水中虫，诞生它们的那一坑水，也意味着是生于斯也将亡于斯的家乡啊！不，不，他们简直是从大气中诞生的一样。好比雪花，好比雨滴，好比冰雹，在某一季节某一种气象条件下，他们就自然而然地诞生了。意识里几乎没有什么可叫做怀念的情愫。仿佛也不是由父母所生养的。仿佛不晓得父母二字与各自有什么相干……

“老院长”对他们的宣布，如同一柄斧，一下子劈裂了他们失忆的头脑；或一柄凿，一下子将他们失忆的头脑凿出了一个孔。于是人性的“阳光”由外部而不再是由心灵内部照射着他们的意识了。于是家乡竟不再是两个汉字一种概念了，似乎是与他们发生过很密切的联系的地方了。并由此蒙眬地感受到了对爸爸妈妈、童年和少年、母校和老师，以及种种模糊的记忆的亲近……

他们各自的眼睛都不由得睁大了。他们的目光也都复杂得没法儿分析。

“老院长”又说：“是的孩子们，我们已经知道你们的家乡是哪一个省哪一个县了，你们不久就能够还乡了……”

他还想多说几句什么，但分明的又觉得说什么都显得多余了。

于是他退开去缓缓坐下了……

于是有谁拉上了窗帘……

于是投影屏上映出了一座中国三十几年前的，偏远省份某山区县城的面貌。它给人以土气而萎靡不振的印象。街道狭窄。两旁的房舍旧陋不堪，有的甚至东倒西歪。它使人联想到鲁迅许多年以后所见到的“闰土”……

“这是我们的县城！”

首先指着投影屏幕叫起来的是肖冬梅。她居然离开座位，走到前边去，凑得极近地看。仿佛只有那样看，才能看得更清楚似的。而其实不然。

投影屏幕上的画面每隔几分钟变换一次。乔博士特有分寸地把握着时间。当画面没被认出时，他是绝不会变换它。当它正引起惊喜和兴奋，也不会。只有当他觉得一幅画面已成功地对四名失忆者的记忆达到了连续激活的效果，并且他们的记忆在渴求着新的刺激了，他才变换它。

“瞧，这不是我们县城那家照相馆么？我们都在那儿照过相的吧？……”

肖冬梅又叫起来。

而姐姐肖冬云大声说：“小妹你躲开，别挡住我们视线！”

而李建国也忍不住吼道：“你安静点儿，又不是你一个人的家乡！”

当画面一变，李建国竟也情绪失控地站起，激动地指着高叫：“那是县委！看旁边那幢小楼，我家不是就住在二层么？难道你们都没认出来？……”

投影屏上所呈现的，皆是那一座县城的文史资料馆按请求寄来的老照片。

“咱们县一中！”

肖冬云的声音。在那一种情况之下，一向文静的她也不禁地一反常态了。

“姐，这是爸爸呀！……”

肖冬梅又走到了投影屏前，踮起脚，伸手抚摸着“爸爸”的脸；望着呈现在投影屏上的爸爸的照片，肖冬云顿时泪如泉涌，呜咽而泣……

投影屏上始终没出现与赵卫东有亲密记忆关系的画面。因为他家当年住在县城边儿，县文史资料馆没保存那一条小街的老照片。

灯亮了。窗帘拉开了。

肖冬云姐妹和李建国都流淌着泪水，只有赵卫东显得异常平静。

他问：“我们的家乡现在还是那样么？”

乔博士告诉他，呈现在投影屏上的全都是三十几年前，甚至更早年代的照片。如今，那县城肯定已经旧貌换新颜了。变化究竟有多大，到时候他们最有发言权……

“什么时候？”

“你们回去的时候啊。”

“我们怎么回去？”

“由民政系统的同志陪你们回去。我们对你们的责任已经可以告一段落了。还剩下一部分经费，不但够你们回家乡，还够你们全国各地观光一番。那笔钱，是社会各界关爱你们的人和方面为你们捐的。我们都认为我们一分钱也不能截留，全都应该属于你们。”

“老院长”回答得由衷、坦荡而又光明磊落。

赵卫东仍问：“还有一个问题，也许是我所提出的最后一个问题——那就是，是不是一旦把我们送回去，就让我们呆在那儿了，不再管我们的什么事儿了？”

“老院长”沉吟了一下，低声反问：“你指的是哪些事呢？”

而李建国按捺不住地嚷道：“这算问的什么！先回答我的问题——我父母如今活得怎么样了？”

肖冬梅立刻表态：“同意！这也正是我想首先知道的！”——说罢，回头问姐姐：“是吧姐？”

“老院长”也似乎不想正面回答赵卫东的话。起码是不打算在当时的情况之下立即正面回答。从乔博士告诉他当年的红卫兵们的家乡找到了以后，欣慰之余，他内心便继而替他们感到忧伤了。而乔博士接着向他汇报的情况，使他的心理又开始承受着一种压力了。联欢会是他主张举行的。他希望通过欢乐的气氛冲淡必将接踵而来的大悲哀。现在他意识到他对联欢会的效果预期过高了。

他将暗示的目光望向了乔博士。

于是乔博士说：“那么，就由我来宣布关于你们的父母们的情况吧。我是不情愿用‘宣布’这一词的，因为听起来仿佛冷冰冰的。而我一时又想不到另外一个更适合的词。事实上，这是我所充当的最有难度的角色。我却一筹莫展，只有向你们读这一页从你们的家乡电传来的纸上的文字。这上面是这样写的：

李建国——父亲在一九七〇年，因不堪忍受莫须有之政治罪名下的迫害，自杀身亡。母亲于一九八四年病故于县民政局办的养老院。哥哥李建宇，现任县电力局局长。

肖冬云，肖冬梅——父亲在一九七一年，因不堪忍受反复批斗和人格凌辱，精神分裂，长年沦落街头，死于车祸。母亲今尚在世，收住于县民政局办的养老院，但已于多年前患老年痴呆症。经认真访寻，认为二姐妹在本县已无直系亲人。

赵卫东——父病故于一九八六年；次年母亲病故。一姐一弟仍在本县。姐目前失业在家；弟以摆摊为生。

……

乔博士读罢，室内寂静异常。

他又说："由我来读这页纸，我感到十分遗憾。但我觉得，仍有必要告诉你们这样一点：你们家乡的有关部门，为协助我们了解你们的父母及亲人现在的情况，做了大量细致的访询工作。他们对他们所提供的情况的准确性，是郑重地做了保证的……"

突然的，肖冬云肖冬梅几乎同时放声恸哭。

紧接着李建国也爸呀妈呀地哀嚎起来。

"老院长"没劝他们中谁。他不知该怎么劝。他默默地离开了会议室。

另外几位"核心"人物也垂下目光相继离去。

乔博士走到肖冬云身旁，将一只手轻轻按在她肩上，真挚地劝道："三十几年了，人世沧桑，节哀吧，啊。当姐姐的，得比妹妹刚强些，对不?"

见肖冬云一边哭一边点了下头，他也离去了。

只赵卫东没哭。甚至，也没流泪。他两眼定定地望着雪白的投影屏，仿佛是瞎子，什么都不曾看到过；仿佛是聋子，什么都不曾听到过；也仿佛是哑巴，什么都不曾问过；还仿佛仍是一个失忆人，什么都不曾回想起来。

然而，进入会议室以后，拿在他手里的一个又大又圆的橘子，确乎是被他攥扁了。橘汁顺着他的指缝，一滴又一滴，无声地滴落在红色的地毯上……

那一时刻，他内心究竟想些什么，没人能比较清楚地知道。因为他不曾说过。那成了只有他自己知道的秘密。

四名三十几年前的红卫兵，开始了在全中国各大城市的旅游观光。他们最先到达的是天津。在天津逗留了两天，乘一辆中巴沿高速公路到达北京。北京是他们的一个梦。天安门广场曾是他们的精神圣地。曾是他们一心朝拜的红色的"耶路撒冷"。他们在北京观光了一个星期。故宫、颐和园、圆明园、香山、长城，总之该去的地方都去了。对于他们，北京少了一道他们最为熟知的革命风景。那就是天安门城楼对面，广场两侧"马恩列斯"的巨幅画像，和那句一百年来影响世界的著名口号标语——"全世界无产者联合起来!"——这使他们都不免觉得悬挂在天安门城楼上的毛主席画像有些孤独。在他们心目中，"马恩列斯"的画像，以及那口号标语，以及历史博物馆、人民大会堂和人民英雄纪念碑，共同组成着首都北京的标识。但对于他们，北京也多了些新的事物。首先自然便是毛主席纪念堂。陪行的民政部门的同志，安排他们瞻仰了毛主席遗容。其次便是一幢幢目不暇接的摩天大厦。他们还在某娱乐城看了一场俄罗斯风情的舞蹈演出。而开演后才知道并非他们以为的什么民族舞蹈，而是几乎全裸的高大又苗条的俄罗斯美女们的艳舞。不过并不低俗。追灯摇曳，红光紫气，流霞溢彩。美女们的艳舞热烈、神秘、性感、魅力四射、迷幻旖旎。两名陪看的民政部门的同志顿觉不安，认为带他们看这类演出是自己们犯的一个严重错误。交头接耳讨论了半天，打算带他们离去。最后统一了态度，决定顺其自然，既来之，则安之，何必太过自责。这一决定显然是明智的。因为四名三十几年前的红卫兵一个个看得目不转睛，如醉如痴。比周围观众鼓掌鼓得更起劲儿。此种情况之下硬将他们拖拽走，似乎也太缺乏理解了……

在工人体育场，两名带队者陪他们看了一位当红女歌星的专场演唱。肖冬云得知每张票要二百元，主张不要看了。她不便说票价贵，只说自己们不能太奢侈，什么都看。而两名带队者笑了，告诉他们其实也不算贵。说要是想到了下岗工人自然就会觉得奢侈。又说有时候最好就别去想。说前两年，一名是歌星的台湾小女子来北京举行专场演出，头等票价高达两千元呐！而连演三场，场场爆满，总共售出了六万多张票。肖冬云姐妹和李建国直听得瞠目结舌，如听外星之事。缓过神来以后，接票时也就心安理得天经地义了。从此口中再未说过“奢侈”二字。赵卫东对两名带队者一路上的一切安排，都持没有态度的态度。仿佛是一位哑巴君王。仿佛一切高级的待遇，对自己而言，都谈不上什么奢侈或不奢侈，都是不必庸人自扰的事。享受没商量。而在两名带队者方面，不但相互之间每每意见相左，各自内心里也常常矛盾。他们既希望使赵卫东们多看看三十几年来中国的巨大变化，多了解多接触三十几年来尤其近几年来的新事物，又顾虑不少，怕在自己们的安排之下，使赵卫东们看到了不该看到的，接触和了解了不该接触不该了解的。赵卫东在四人中年龄大两岁，他们自然就将他对待为四人中的代表人物，委决不下之时，自然也要首先征求他的意见。而他似乎早已有了一定之规，以没有态度的态度相应付。如果说，在“疗养院”里，他还很在乎他在四人中的代表资格和特殊地位是否如三十几年前一样巩固，一样不可取代，并且更在乎是否被悄悄篡权了；那么自从离开“疗养院”那一天起，他显然已决心彻底放弃自己在四人中的代表资格和特殊地位了。他做这一决定究竟又是缘于怎样的想法，也没有任何人清楚。只有一点，肖冬云姐妹和李建国和两名带队者是看出来了的——他那样对他是绝对有好处的。因为他只要心安理得充聋作哑地接受别人的周到安排和服务就行了……

肖冬梅对水族馆的浓厚兴趣，在北京获得了最大满足。到了天津，相比之下，她觉得“大姐”家所在的那一座城市，原来算不得多么的繁华。那一座城市的那一条步行街，也不过就是一条禁止车辆通行的街道而已了。到了北京，她就简直觉得那一座比自己的家乡县城大十几倍的城市，只不过是一座毫无特色可言的中等城市罢了。

离开北京以后的路线是西安、南京、上海、杭州、广州、深圳、重庆、成都……

这路线是乔博士、“老院长”及两位民政部门的同志共同制定的。

因为到了西安当然也就意味着离延安很近了。而延安既是当年红军二万五千里长征的目的地，也是三十几年前的四名红卫兵的长征的目的地啊！

他们自然去了延安，并且在宝塔前留了影。那些日子延安多雨，延河水很浊，所以他们都没有像在路上打算的那样，扑进延河痛痛快快地游泳。他们只不过在延河边上象征性地洗了洗他们的脚，以画他们夭折于三十几年前的“长征”的句号。他们所住的招待所当天供水系统出了故障。他们晚上没洗成热水澡。而他们早已都习惯了每天晚上洗热水澡。没洗成已是一个大问题了。第二天当两名带队者说要去参观革命圣地的处处窑洞，赵卫东头疼，李建国闹肚子。四人中出了两名病号，那一安排最终取消。两名带队者看出了他俩的心其实在西安，而非延安，顺其愿说——既然不能参观了，呆在延安也就没多大意思了，莫如回西安吧！

他们都说是英明的决定。

于是第二天上午就返西安。一路上赵卫东的头也不疼了，李建国也没嚷着停车找地方拉稀……

家乡一旦没了父母没了亲人，甚至也没了是自己家的房子，家乡二字在人心里所能唤起的亲情，以及种种人性反应，也就减少一半了，甚至一多半了。

对于赵卫东们，情况正是这样。否则，他们是会强烈地要求乘飞机直抵家乡所在的省份的。现在，他们的心理恰恰相反。不，肖冬云姐妹俩与赵卫东和李建国的心理还有所不同。因为她们苍老了的母亲还活着。尽管已经痴呆了，她们还是希望早一天见到母亲。但她们又不便声明自己们的愿望。确切地说，是不愿影响赵卫东和李建国旅游观光的兴致。她们都清楚，如此这般有人陪行，有人一路为之安排食宿的事，在四人以后十年的人生中，甚至以后的一生中，都未必再能有第二次了。赵卫东和李建国更清楚这一点。所以他们都希望中国更大更大，主要城市更多更多，而回家乡的路线更长更长。李建国和他的哥哥从小感情特好。但既然哥哥已是电力局长了，既然两名带队者告诉他，电力业被叫做“电老虎”，是很有钱的行业，电力局长在哪儿都是坐当地最好的小汽车的局长，他也就对哥哥没了什么牵挂，觉得早一天见到晚一天见到都没区别了。赵卫东的姐姐不是亲姐姐，是继母所生。他的母亲是带着那个姐姐改嫁给他的父亲的。他当时已两岁。之后有了他的弟弟。在父亲、母亲、姐姐和弟弟之间，他一直认为只有父亲才与他有血缘关系。这当然也是一个事实。那么既然父亲已不在了，他就认为自己实际上没有亲人了。他从没觉得他的弟弟值得他亲。正如他的姐姐从没觉得他值得她亲。

事实上这一行人不只六个。而是七个。第七个是胡雪玫。以上那些大城市，胡雪玫当然早就去过。有的城市还不止去过一次。但以前去，或是受邀请演出，或是凑成个“班子”走穴。经济效益第一，没有什么第二。钱一到手，抬脚就走。完全不是旅游的性质，更谈不上观光的雅兴。现在，钱是很挣了一些了。只要不追求豪华的生活，这辈子是够花了。何况，邀请少了，走穴的好年景不再了，于是寂寞之时，每思忖着应该全国各地转转了。旅行社组织的团体旅游，她是连想也不想的。跟随些陌生男女，来也匆匆去也匆匆的，那是不能遂她的愿的。结二三良伴成行自己好，但有几个人能与她一样，不必每天上班，时间全由自己支配呢？

肖冬梅在电话里依依不舍地向她告别后，她在电话那端吃吃直笑。

肖冬梅说："人家心里难受，你还笑！"

她说："你要告别就告别呀？"

肖冬梅说："那又能怎么样呢？"

她说："我跟去！"

肖冬梅说："肯定不行的呀，带队的人不会为你出路费啊！"

她说："谁要他们出路费！"

于是她就自费跟随着了。

她当然是冲着肖冬梅才做这一决定的。起初，她还摆谱。肖冬梅们坐硬卧车厢，她坐软卧；肖冬梅们住普通宾馆，她则住二星以上的。后来就觉得没意思了。那算怎么一回事儿呢？长途跟踪的密探似的！于是也坐硬卧车厢了，也住普通宾馆了，乘飞机也不非订头等舱的票了。于是一路上有更多的时间更多的机会与肖冬梅在一起了。俩人似乎总有说不完的话，嘀嘀咕咕又神神秘秘的。肖冬云见她与妹妹之间感情确实已深，也就只有随她俩亲近了。每到一地，照例是肖冬云和妹妹住一个房间。但实际上，更多的晚上是肖冬梅住到胡雪玫的房间里去了。肖冬云呢，索性对妹妹采取无为而治的宽容态度。一路上有胡雪玫关照，肖冬梅从未丢失过东西，肖冬云倒也乐得不操心了。民政部门的那位女同志姓张，肖冬云们都称她"张阿姨"。"张阿姨"对胡雪玫曾挺排斥，说得严重一点儿曾挺防范。似乎胡雪玫心怀叵测，一路跟随定有不可告人之目的。几天观察下来，觉得她并不像自己怀疑的那样，也就渐渐接受她是一名编外成员的现实了。民政部门那位男同志姓郝，肖冬云们都称他"郝叔叔"。"郝叔叔"五十多岁了，是当年下过乡的老高三，恢复高考后考上了大学，业已熬成一位处长了，是"张阿姨"的顶头上司。他倒挺喜欢与胡雪玫近乎的。得着机会就主动搭搭讪讪地聊。而胡雪玫，投其所好，一口一句"郝处长"恭恭敬敬地叫着，哄得他一路上开开心心的，每对她说："能有幸认识你真是缘分，真是缘分！"胡雪玫则必说："哪里哪里，我认识郝处长您才是缘分呐！"——她说得特虔诚。而肖冬梅看在眼里，心中暗笑。她知道她的"大姐"那纯粹是虚与委蛇，逢场作戏。

一行人中幸亏多了胡雪玫。否则一路上不定多别扭。李建国与赵卫东之间，已有点儿话不投机半句多了。肖冬云与赵卫东之间，也根本不能恢复从前那种一唱一和，你对我好，我对你更好的关系了。赵卫东是绝对不跟她主动说话的了。仿佛她是不止一次使他戴过绿帽子的不贞的前妻。而肖冬云，显然的总试图修补两人之间的关系，但她的良好愿望却每一次都被他的冷若冰霜彻底抵消。于是她也不怎么爱搭理他了。李建国与肖冬梅之间呢，他心中有“病”，连她看他一眼，他都惴惴不安地赶紧低下头去，哪里还敢多和她说什么呢？趁只有两人单独在一起的当儿，他每做贼心虚地问：“你没事儿吧？”——肖冬梅便狠狠瞪他一眼，顿生气恼地说：“你以为你没事儿我就会也没事啊？我这方面事儿大了，你等着瞧吧！”结果李建国就会无地自容，躲开唯恐不及。那么只剩下他和肖冬云之间还有些话可说了。但只要四个人同在一起，他也只能和肖冬云长话短说，怕赵卫东醋意大发。肖冬云亦有同样的顾虑，因而每当李建国与自己说了几句话，她就暗传眼色制止他。四名三十几年前曾同甘共苦过的红卫兵，三十几年后关系无奈地复杂化了。每个人的内心里甚至都觉得，关系不但复杂化了，而且，简直还庸俗化了。连较为正常的关系都不可求了……

这么一种破败了的关系，虽引起过“张阿姨”和“郝处长”的疑惑，但毕竟还不足以成为他们所重视的事。他们以为四名红卫兵各自的性格就那样儿。

“张阿姨”曾问肖冬云：“哎你们当年，一块儿长征时，互相之间话就不多呀？”

肖冬云想了想，肯定地回答：“是的。”

她忍不住又问：“那，你们当年……怎么会商量着一起长征呢？”

肖冬云又想了想，避实就虚地回答：“一言难尽。”

李建国为了使肖冬云的话听起来不是掩饰，叹口气附和道：“对。张阿姨，那真是一言难尽啊！”

而“郝叔叔”这时以教导的口吻说：“好旅伴是不对他人以往的经历刨根问底的。”

“张阿姨”白了他一眼，从此再不问肖冬云“一言难尽”的问题……

胡雪玫一经改变了她的策略，一经与六个人同吃同住同行止了，局面就大为不同了。她是性格何等活跃之人！哪怕一个小时的沉默气氛，对她也仿佛是一种极不人道的虐待。她一路心情好的没比，唱歌，讲笑话，自嘲，调侃别人。熟了以后，连“张阿姨”和“郝叔叔”也难以幸免不遭她的俏言谐语的侵犯。“张阿姨”是庄重妇女，自知不是对手，无声微笑而已。“郝叔叔”却分明的很喜欢被她调侃，虽也不是对手，竟不甘拜下风，而且唇枪舌剑之间，自得着属于自己那一份儿乐趣。往往一副虽败犹勇，虽败犹荣的样子。但是胡雪玫从不调侃赵卫东。她倒不是惧他。她会惧他么？是不喜欢他。因而不屑于。她调侃起来最没顾忌的是李建国和肖冬梅。他们倒也愿意和她贫嘴，为的是从她那儿学到“新新话语”……

即使在乘火车时，胡雪玫也是一个善于活跃周边气氛的人儿。她就像一种叫“蓝精灵”的热带鱼，只要有它存在着，同鱼缸的别种鱼，包括最喜欢独处的鱼，都会受之影响处于经常又活泼的游动状态。而这对鱼的健康是有益的。因而“蓝精灵”又被叫做“教练鱼”。胡雪玫与“蓝精灵”的区别有两点——“蓝精灵”通体闪烁神秘的蓝色的磷光，而她在衣着方面喜欢抢目的暖色；“蓝精灵”当“教练”是本能的；而她与人们打成一片是有前提的。那前提是她自己情绪好，并且觉得面对的人们配。一路上她没有情绪不好过。所以她每在很短的时间里就与周围形形色色的陌生的男人女人们谈笑风生起来了。人自己情绪好，便会觉得别人可亲。一路上她常被推选为乘客代表。连列车员、列车长和乘警，也都对她有深刻的印象。肖冬梅特爱听她与周围的人们海阔天空地聊。无论什么话题她都能与人聊得起来。肖冬梅觉得听她与人聊天简直受益匪浅，甚至有茅塞顿开之感。总之她对她的“大姐”是越发的亲爱和崇敬了。那种崇敬几乎到了崇拜的地步。“大姐”也每与人大谈国际国内的政治。谈起国内政治来，每尖酸刻薄，出言惊人，妙语如珠。在别人们会意的笑声中，肖冬梅却左顾右盼，内心不安，替“大姐”担虑重重。人们自然也会对他们七人组成的这一小团体发生兴趣。胡雪玫则自称是一位教育强国的实践者，一位省级重点私立中学的校长。她说肖冬梅们都是她的得意学生，新近举行的各科全国竞赛中的获奖者，她率学生们去领奖。她说“张阿姨”是教数学的老师，说“郝叔叔”是教物理的老师。这一被她说得比真话更真的谎言，在第一次说时，便获得了一行人充分的默认。甚至还默认得心悦诚服。两位带队者尤其认为是一个智慧的谎言。它的智慧性在于，要么做实话实说的回答，而这必然引起一片惊异；要么欺骗，而在所有他们的头脑能想出来的谎言中，此谎言最完美，最符合一行人假拟关系的可信因素。所以从那以后，肖冬梅们不再称两位带队者“张阿姨”和“郝叔叔”了。而称他们“张老师”和“郝老师”了。六人也一律称胡雪玫“胡校长”了。此智慧的经典的谎言，在一次次对好奇心强的探问者说过之后，连他们自己也都有点信以为真了……自然的，赵卫东照例除外。因为他照例对此谎言持一种没有态度的态度。但即使是他，也不得不遵守共同的默契，倘有话对两位带队者或胡雪玫说，亦以“老师”“校长”相称，不敢破坏假拟关系的完美性……

在上海至杭州的列车上，在胡雪玫又对中国发表了几番语不惊人死不休似的见解后，在胡雪玫去两节车厢之间吸烟，肖冬梅跟了去的时候，她问她的“大姐”：“大姐，你对中国的现实很不满么？”

胡雪玫一怔，反问：“不满？我干吗要对中国的现实不满？这现实又不曾亏待过我，特别适合我这种人，我顺应它还只怕来不及呢！”

肖冬梅又吞吞吐吐地问:“那你，为什么……”

“为什么抨击它?”——胡雪玫用舌尖从口中点出一串烟圈，自问自答，“政治不过就是一个话题嘛，像艺术、体育、股市、彩票、萝卜白菜、艾滋病是话题一样，谁都有权利说三道四的。而你要一味地歌颂什么，显得你是个肉麻的人。你要抨击什么，才会显得你有思想，深刻。这一点几乎是规律。因为没有一种现实是没有丑陋面和阴暗面的。而我希望给人以有思想的印象。”

她说完，微笑地注视着肖冬梅，似乎在用目光问：我的回答还坦率吧?

肖冬梅沉思半晌，又问:“大姐，那今天中国现实的丑陋面和阴暗面都是什么呀?”

胡雪玫表情严肃了，以“三娘教子”的口吻说:“不要太长的时间，半年之后你自己的眼睛就会有所发现。不过我这会儿就告诉你一句——发现了也不要大惊小怪，更不要失望，而要习以为常。再漂亮的美人儿，解剖了也难看。现实也是这么回事儿。”

夜晚，车厢里熄了灯以后，胡雪玫以“乘客代表”的身份大声宣布:“有手机的朋友，请将手机关了。更不要通话，以免影响别人安睡。”

但是不久，这儿那儿就响起了手机声。

肖冬梅和她睡在对面下铺。肖冬梅小声说:“大姐，他们怎么一点儿也不把你的话当成回事儿?”

胡雪玫说:“在这节车厢里，我算个什么东西?别人干吗非把我的话当成回事儿?我是别人，也不当成回事儿。我才不在乎别人当不当成回事儿呢!”——隔了一会儿，她又说，“我那么宣布一下，因为我是乘客代表，装也要装出点儿有责任感的样子啊。我宣布完了，我的责任就象征性地尽到了，可以问心无愧地睡我的了。”

然而两人其实都无困意。

听着前后左右男男女女在用手机唧唧喳喳地通话，胡雪玫讲解员似的，压低声音告诉肖冬梅：那个男人在托关系巴望升官；那个女人在教自己的女儿运用什么计谋才能从一位大款那儿套出钱来；另一个男人刚与自己的妻子通过话，报了平安之后又在与情妇卿卿我我；而另一个女人在向一位局长“汇报工作”，“汇报”了几句就不说与工作有关的事了，只不断地娇声儿嗲气儿地说“讨厌”“讨厌”，还一阵阵吃吃地笑个不停……

肖冬梅小声问:“大姐，这就是现实的丑陋面吧?”

胡雪玫压低声音回答:“这算什么丑陋面啊！一点儿也不丑陋。”

“那……是阴暗面?”

“也不是阴暗面。”

“那……我……到底该怎么认为呢?”

胡雪玫伸过一只手，在肖冬梅脸上抚摸了一下，带着笑音说：“这都是正常的生活现象嘛。细想想，生活多有意思，多好玩啊。没了这些人，没了这些事，现实岂不是太没劲了么？睡吧宝贝儿，你总不能希望自己在短短的日子里什么都明白了吧！”

但是那一夜肖冬梅失眠了。

因为其实并没有什么思想，只不过活得比较狡黠的胡雪玫一路上随便说的许多话，在她听来，都未免的太有思想太深刻了。深刻得她根本无法领悟。越是要领悟明白越是糊涂……

她对“大姐”动辄叫自己“宝贝儿”，已经不再反感，而变得非常乐意地认可了。

由于胡雪玫的“加盟”，受益最大的还不是肖冬梅，而是李建国。

自从肖冬梅被胡雪玫接走，李建国就没睡过一夜安稳觉。仿佛一个做案犯科的坏人，提心吊胆于哪一天法网恢恢从头上罩下来。

他曾问肖冬云：“冬梅为什么突然又到她那位‘大姐’那儿去了呢？”

肖冬云的回答是：“我哪儿知道。我都快不是她姐了！”

“她临走没跟你说什么吧？”

“连告诉我一下都没有。”

“她……你……你没觉得她有什么反常吧？……”

肖冬云被问烦了，就没好气地说：“我觉得她很反常！”

结果他做贼心虚地不敢再问。

他怕肖冬梅找个借口离开“疗养院”，为的是可以在外边的什么地方自杀。他几次梦见肖冬梅自杀了，而他被公安机关带去认尸，接着受审……

肖冬梅终于又回到了“疗养院”，他才不再做那样的梦。

但他又怕肖冬梅哪一天当众呕吐，之后当众指着他说：“李建国使我怀了孕！……”

这一种不安，成了他心口的痛。倘肖冬梅不拿好眼色看他，痛得就分外剧烈。而自从肖冬梅回到“疗养院”，没拿好眼色看过他一次。他心口的痛也就几乎成了顽症。他一路上有时随着胡雪玫引吭高歌，或听胡雪玫讲了一段什么笑话以后过分夸张地哈哈大笑，那纯粹是一种自疗的方式，好比颈肩病人以疼麻的部位去抵磨树杈。

有一天下了火车出站时，别人们走在前边，胡雪玫叫住了他。

她板着脸问：“你怎么一点儿礼貌都不懂？不替校长拎皮箱！”

他就默默替她拎起了皮箱。

她将一只手袋也搭在他肩上了，自己空着手走在他身旁。

李建国说：“这不好吧校长？”

她白了他一眼，反问：“怎么不好？”

李建国说：“自己拎着这只手袋，也累不着你。”

她说：“你怎么知道累不着我？给你机会为我服点儿务，是瞧得起你。我怎么不给赵卫东这种机会？不喜欢他！”

李建国说：“校长，那你也别喜欢我得啦！还是一碗水端平，也赐给赵卫东一次为您服点儿务的机会吧！”

她站住了，瞪着他说：“别跟我耍贫嘴，你对我的宝贝儿干了些什么，当我不知道？她原原本本地告诉我了！”

李建国也不由得站住，脸顿时白了，脑门儿上出了一片大汗珠儿。

她笑了，又说：“不过你也不必惴惴不安的。我已经给她吃过事后避孕的药了。跟事前吃一样万无一失。你也不必一路上再偷偷打量她的肚子了，她的肚子绝对不会大起来的。我是看你担惊受怕怪可怜的，才给你也吃一颗定心丸儿……”

李建国感激之情难说难表，脸色由白转红，嘿嘿傻笑不已。

那之后，他才真正地“旅途快乐”起来。并且，任劳任怨地充当胡雪玫的仆从……

半个多月以后，确切地说，是在第十八天接近中午的时分，一行七人终于到达了四名红卫兵三十几年前离开的那一座县城。

之前，县里的，不，市里的领导，专门为此事召开了一次常委扩大会议，并请几位政协委员、人大代表以及几位名流贤达共同商讨之——那县城现已改成了地级市。规模拓展了十几倍，人口已近百万了。

市长和市委书记认为，这么一档子事儿降临本市，市里任何方面都不做出一点儿反应，置若罔闻，也不行啊！可该以什么样的姿态做出反应，又拿不准原则性。所以想听听各方面的意见。

有人自然首先想到了一定要与“上边”保持一致，不可自行其是，于是问省里是否有指示。

市委书记说：指示省里是有的。不过太含糊了，只一句话——酌情灵活对待。

于是有人说，态度已经包含在这句话里了嘛，以平常心对待就是了嘛！

于是有人说，什么叫“以平常心对待”呀，这话就不含糊？含糊得等于没说。有兄弟省民政部门的同志带队，一位还是处长，没人出面接待成何体统？

有人建议由本市民政局长出面接待，市长和市委书记哪一位可以陪着吃顿接风饭。

此建议无人反对，当即采纳，记录在案。

又有人建议应该举行个欢迎仪式。

立刻有人强烈反对——对红卫兵，欢的什么迎啊?！他们还光荣啦?！

于是有人反对反对者，说凡事头脑都要灵活点儿嘛！说三十几年前的人活了，又是四名红卫兵，这也非是寻常事啊！总是要新闻公开的吧？多具轰动性的新闻啊！与本市发生了密不可分的关系，是本市的幸运啊！省里不是也指示要“灵活对待”么？利用这件事，合理炒作新闻，定能一举大大提高本市的知名度啊！知名度提高了，不是也有利于发展旅游业，有利于招商引资，有利于经济文化的发展么？发展不是硬道理么？……

于是有人提出，起码应调查调查，四名红卫兵三十几年前“文革”中有什么严重的劣迹没有？若有，不但欢迎会不能开，恐怕还要借此事在宣传上彻底批判“文革”，倡导“安定团结”……

政协委员中，有一位是三十几年前一中的学生，现任校长。而且是赵卫东的同班同学。对肖冬云姐妹和李建国也自言曾特别熟悉。他介绍情况说：肖冬云姐妹俩是一中老校长的女儿，当年都是很可爱的女孩子，“文革”中不曾做过任何伤害别人的事。这一点他可以拿人格担保。说李建国是三十几年前老县长的小儿子，“文革”中跟随别的红卫兵抄过几次家，听说还扇过当年的教育局长一耳光。但他那样，显然是由于父亲成了“走资派”，因而急于证明自己的“革命”性。此外再没听说有什么更为严重的劣迹。三十几年过去了，原谅了吧！谈到赵卫东，他反而话少了，出言谨慎了。众人以为赵卫东一定是打砸抢分子了，要求他只管如实讲，别有任何顾虑。如实讲了，大家的意见才好统一嘛！

他说大家误解了，赵卫东“文革”中并无打砸抢之恶劣行径。他觉得不便说，乃因他与赵卫东当年有点儿情敌的关系，都是肖冬云的暗恋者。都企图俘获她的芳心。他是怕评价之词一个用得不当，有忌妒之嫌，授人以柄。

他说他对赵卫东的总体印象其实一句话就可以概括——一个善于将自己层层包缠起来的人。没有朋友。对任何事从不发表看法。“文革”中不知为什么特别活跃了，但也仅仅表现在思想言论上罢了……

之后众人又经过了一番讨论，辩论，最终达成一致意见——欢迎！大张旗鼓地开动本市宣传机器，不过要在“科技强国”方面做锦绣文章——克隆羊算什么呀？我们把三十几年前的人都救活了，我们中国人已经站在生命科学的最前沿了呀！这是“改革开放”的伟大成果之一啊！

于是有一位诗人当即成诗。

诗曰：

欢迎走失的孩子归家，
咚咚镗！
今天的孩子敲锣又击鼓。
大道昌兮，

国运盛兮，
连天空也祝贺以彩霞！
……

于是众人鼓掌。

市长连道：“好，好，就用‘欢迎走失的孩子归家’一句做一幅欢迎大横标！组织小学的中学的高中的学生夹道欢迎！要全市动员，为了‘欢迎走失的孩子归家’大搞一次全市卫生！要赶印精美的请柬，邀请本市的商企界人士和外省市投资人士做嘉宾！当然啰，还要从省城请几位歌星来！愿意前来的外省市包括北京的新闻界朋友，食宿费一律报销。另外还要给补贴！总之，为了提高本市的知名度，一定要将此事的新闻性利用足！有一百分新闻性只利用到九十九分都不行！该花的钱，一定花！花在刀刃上的钱，不必心疼！……”

于是当场批了拾万元欢迎会筹备金。

……

然而一行七人到时，天空并无彩霞。沉郁地阴霾着，而且刮三四级风。市里多处地方在施工，即刮三四级风，便飞沙扑面了。许多夹道欢迎的孩子都迷了眼。于是与上前献花的小学生一道上前献诗的诗人，不得不将“连天空也祝贺以彩霞”一句，脑筋急转弯地改为“风儿送来了细沙/这是大地在表示它的惊讶！”……

七人全都没有想到会有欢迎的仪式在等待自己们。在车上互推了半天才下来。下来之后又互推一阵，谁都不肯走在前边。七人中胡雪玫是见过类似的场面的。最终还是她大大方方地走在前边接了花，并满脸堆下礼节性的微笑，耐心地听诗人朗读他那首不知所云且又冗长的诗。幸而诗人手中的诗稿被风刮走了几页。他去追时，少先队员们吹起了队号，敲起了队鼓，动静闹得特大……

接下来该市民政局长一一与七人握手，将他们陪上了主席台……

再接着是市委的一位副书记代表市委领导讲话，大意无非是勉励今天的学生们努力学习，热爱科学，长大都当科学家，使祖国成为科技强国……

随之是商企界代表讲话，不失时机地进行商品推销……

最后是一行七人的代表讲话。郝处长说毫无准备，推荐胡雪玫讲几句。胡雪玫觉得自己讲名不正言不顺，又推荐肖冬云。肖冬云认为资格理应让给赵卫东。而赵卫东竟耍大牌地瞪着她说：“我不是傀儡，谁想利用就可以利用一下。”肖冬梅从旁听了非常来气，在胡雪玫眼色的怂恿之下，也不经张、郝二位同意，倏地站起来就大步走到了麦克风那儿，抓住麦克风不假思索地张口就说：“我叫肖冬梅，三十几年前的红卫兵，当年一中的校长是我父亲。我觉得我对不起他。因为在他特别需要亲人照顾的时候我没在他身边。我现在要为在另一个世界的父亲唱一首歌……”

接着她就唱起了第二次到“大姐”家去跟着收音机学会的一首歌《父亲》：

小时候，最疼你的那个男人是谁？
让你骑在自己肩上的那个男人是谁？
有时候对你很严厉的那个男人是谁？
你摔倒了，鼓励你自己爬起来的那个男人是谁？
岁月流逝，往事如烟，记忆如水，
哪个男人还能爱你爱得那么纯粹？……

当肖冬云望见“欢迎走失的孩子归家”的横标，心中顿涌一阵悲伤的温馨。她没有料到妹妹会“挺身而出”。当妹妹一提到父亲，她霎时泪如泉涌。而当妹妹唱那首歌时，她已双手掩面，无声抽泣了……

肖冬梅唱完，李建国有话忍不住要说。他对在“文革”中抄了别人家的事表示了忏悔。他在台上当众打了自己三记耳光。他说第一记耳光是替三十几年前的教育局长打的；第二记耳光是替自己的父亲教训自己，因为父亲已经不在人世了，不能教训自己了；第三记是替自己打的，当年自己胡作非为，现在懂事了，理应和从前的自己当众决裂……

于是当年那几户人家的男女老少纷纷上了台，虔诚地表示对他的宽恕。当事人们皆已故去。他们的儿女也已五六十岁。一位四十来岁的妇女说她对李建国印象很深。李建国问：“大婶，那是为什么？”

那妇女说：“你别叫我大婶。你当年与一伙红卫兵抄我家时，我才四岁，比你小十几岁。我之所以对你印象很深，是因为你不但一脚踏扁了我的塑料娃，还对我凶恶地吼：‘记住你红卫兵爷爷的大名——李建国！’所以直到今天我还牢记着你的姓名……”

这种当众揭发自然使李建国狼狈不堪。幸而那时他的哥哥，大腹便便的电力局长一家三口走上了台。哥哥的女儿已是二十四五岁的大姑娘，大学毕业后在电力系统工作。她亲亲密密地叫了李建国一声“叔”，之后端详着他，终于忍俊不禁嘻嘻地笑将起来……

而哥哥摸着他的头说：“好，好，回来了就好！你侄女从网上知道你已经挣了三万五千多元钱，真有出息！不愧是我的弟弟，明天就把钱交给你嫂子保管着吧！让她替你炒股。她炒股有经验，只赚不赔！……”

嫂子嗔道：“瞧你说起来就没完。有些应该家去再说的话，何必在这种场合非急着说，也不分个家里外头！”——随即握住他的一只手，以悲悲切切的语调又对他说：“兄弟呀，你可是受了苦啦！能回来就好。只当我和你哥多生了一个儿子，往后我们就拿你当儿子吧，嫂子我保证让你活得快快乐乐的……”

他觉得那是他嫂子的女人看去未免太年轻了，似乎只比他的侄女大五六岁。也觉得她对他的亲，显然的不那么真诚可靠。

逮个空儿他把他心里的奇怪讲给胡雪玫听了，胡雪玫说：“我也注意到这一点了。那女人肯定不是你哥哥的原妻。”

他这才恍然大悟，又逮个空儿，避开嫂子，将他哥哥扯到一旁悄问：“哥我起先的嫂子死了么？”

他哥窘态毕露地回答：“死倒没死。不过……嗨你问这个干吗？父母讲亲的不亲的，嫂子还讲这个么？”

他固执地问：“那你是跟我起先的嫂子离婚了？爸妈要是还活着会怎么看你？”

当哥的摆起局长的官员面孔道：“别刚见面就教训我啊！轮不到你教训我。”——似乎自感话太冷了，又摸了他的头一下，缓解地说，“我是位局长嘛！又是电力局长，树大招风，当然吸引女人。可我一不能嫖，二不能养情妇，背后不知有多少双眼睛盯着我，我敢那样么？所以呢，只能光明正大地离。放心，我把你原先的嫂子以后的生活安排得很好，要不你侄女也不肯仍认我这个爸呀！”

当台上的秩序恢复了，该坐在台上的重新都坐定了，民政局长在讲话时，李建国觉出自己手心攥着东西。他缓缓张开五指，见是一个纸条。想了想，想起是侄女塞在他手里的。扭转身偷偷展开看，纸条上两行字写的是——要高度警惕我后妈那个诡计多端又见钱眼开的女人，提防她把你的三万五千元全骗去！炒股我比她行，信她信我你可要三思而行！

……

欢迎会结束以后，市长市委书记获得的汇报可用四字概括：圆满、成功！

圆满倒也似乎可以说是圆满的，后来场面有些失控，接近混乱无序的前提下，一没学生散去，二没坏人生非，三没出什么不测之事，怎的能不令组织者们感到圆满呢！而即使混乱，男女老少的情绪，仍那么无法形容地激动着，台上唏嘘，台下抹泪；台上表演拥抱，台下热烈鼓掌；台上破涕为笑，台下投掷花束，高潮迭起，配合得像彩排过一般，仿佛集体地被气功大师所催眠，处于什么气功态的笼罩之中。尤其那些小学生，在风沙一阵阵鞭身扫面的情况下，保持队形，肃立如兵，太难能可贵了啊。端的一次人人以大局为重的活动，又怎能不令组织者们感到成功呢？屈指算来，本市已久没举行过偌大场面的活动了，那一天本市人着实过了一把参与的瘾。

市长和市委书记一高兴，当晚双双出席接风宴会。在最高级的一家酒楼，楼上楼下摆了十几桌。楼上是各方面领导和“归家”的孩子及张、郝二同志及胡雪玫；楼下款待有功的组织人员。

李建国和哥哥一家被安排在一桌。除了哥哥、嫂子和侄女，还有嫂子方面的三伯四舅、七姑八姨。哥哥论资排辈了一番，说了几句动感情的话，便带头豪饮，大快朵颐。

肖冬云姐妹已无亲人，由胡雪玫相陪，与父母当年的友好的后代们围坐一桌。

赵卫东那一桌差不多都是一中当年的学生干部，其内自然包括他当年的情敌。他望着对方老气横秋且已秃顶的样子，想想自己仍在二十岁以里，不禁倍感自慰，甚而幸灾乐祸。暗说你死了的时候，我还会比你多活二十几年呢！你就嫉妒我吧！又暗说，就你现如今这副其貌不扬的德性，肖冬云虽然不爱我了，却也不可能再爱你了呀！我没得到的，你也根本得不到了，上帝没收了我的机会，不也大大地捉弄了你一番么？你认命吧！

于是一次次偷偷往杯里斟矿泉水，一次次与对方碰杯，并总意味不良地说："为青春常在，干！"

张、郝二位，自然是与民政局长、市长、市委书记同在一桌的。因为主客还不稔熟，交谈都比较的谨慎，无非反复说些官场上的礼仪性的话而已，故那边厢的气氛就矜持有余，活跃不足……

中国人的宴餐，近年也像福建同胞们的善饮功夫茶一样，东西南北中，到处比赛马拉松式的持久的能耐了。一般是一个小时以后才渐入佳境，两个小时后才原形毕露。按下前一个小时不表，单说后一个小时也快过去了那会儿。那会儿，无论男女，脸皆红了，亦皆忘乎所以起来。酒已到量的，话开始多了。酒还没喝足的，就挨着桌寻找对手。"一口闷""对嘴吹""围点打援""三英战吕布"，五花八门的形式全来了。猜拳的猜拳。行令的行令。此桌"哥俩好"，彼桌"对螃蟹"。更有那好色的男人，借着几分醉意，对惹自己心猿意马的女人动手动脚，出言猥亵。也有那雌性大发的女人，施展出狂蜂浪蝶的本事，投合着打情骂俏……

肖冬云姐妹那一桌，本是相对安生的。后来就似乎成了"兵家必夺"之地，些个红了脖子紫了脸的男人，一拨一拨相继滋扰不休。倒都不是冲肖冬云姐妹来的。斯时她们仿佛真是被家长领来的孩子了，在那些男人们的意识里已全没了特殊的身份。他们都是冲着胡雪玫来的。公平而论，胡雪玫并未成心挑逗他们注意自己的存在。但她的存在是一个客观性的存在，而且她又不会隐身法，所以她就只能为自己的姿色频频迎战。但胡雪玫是走南闯北惯了的江湖"大姐大"啊，早就培养出了饮酒如水的好酒量。又特有心计地预先服了一片解酒药丸。所以一副大将风度，来者不拒，说干就干。结果三四个男人被她"干"倒在桌子底下了。最后她自己也撑持不住，抽身溜到厕所去吐了一回。刚一归座，楼下有醉汉闯上楼来，口口声声大叫"阳光底下人人都是平等的！"要当面质问市长市委书记："为什么楼上楼下把人分成了三六九等？"

市长市委书记倒也不尴尬。

市长望着那人宽容地笑。

市委书记无奈地摇头道："这个李秘书长啊，若少了他，他有意见。可若加上他，他回回都醉！"

于是招至身旁一人，悄悄吩咐："把他哄回家去吧！要不，就干脆把他灌得不省人事。那样他也就安静了！"

他举起杯刚要劝郝处长酒，某桌上有女人突然放声大哭，接着另一桌上有女人骂道："臭婊子！还敢当着老娘的面儿吃醋？"

市委书记再也没法儿不尴尬了。

而市长皱眉愠怒道："怎么回事儿？这成什么样子?!"

于是有人趋前悄悄汇报，说没什么大不了的。说文化馆的小王，见馆长和自己老婆挺亲昵地并肩而坐，心理上接受不了……

市长更生气了："人家和人家的老婆亲昵，跟那个小王有何相干？"

市委书记插言道："甭细说了，明白了。把小王也弄回家去，让馆长两口子到楼下去，就说是我的指示！"

领命的人去执行了，市委书记对市长解释："冯馆长不是和小王关系暧昧过一阵子嘛，你忘了，去年搞得风风雨雨的……"

于是市长替市委书记敬那一杯受到干扰的酒，并连说"见笑，见笑！"

郝处长也司空见惯地笑道："都一样的，哪儿都一样的。喝酒的场合，没有醉态反而奇怪了！"

张同志赶紧附和郝处长的话："那是，那是，可以理解。"

肖冬云姐妹那一桌上，肖冬梅悄问胡雪玫："大姐，这就是你说的丑陋面和阴暗面吧？"

胡雪玫摇头。

肖冬梅大诧："还……不是？……"

胡雪玫附她耳道："当然。这是生活呀！很好玩儿的生活现象不是么？你皱眉干什么？你要学会当成白看的小品……"

肖冬云姐妹其实都没吃什么。一道道菜在桌上码成塔的情形使她们看着眼晕。吆五喝六的嘈杂声使她们心慌，头疼。哪儿还有胃口呢！

肖冬梅又悄对姐姐说："姐，这会儿，我倒有点儿想'疗养院'那个地方了。"

肖冬云颇有同感地说："我也是。"

李建国坐他哥哥的车走了。肖冬云姐妹和赵卫东都是在家乡没了家的人，当夜住在宾馆。胡雪玫紧挨着她俩的房间自费开了一间房……

第二天一早，有拨记者前来采访。肖冬云将记者们留给妹妹去对付，自己一心去看望她中学时的好同学刘小婉。

有人预先替她打听清楚了住址，并有车将她送了去。

刘小婉家住在一幢旧楼里。家家户户的门两旁以及楼道两侧堆满了破东烂西，证明着穷人连破烂都舍不得扔的规律。

肖冬云敲了几下门，一个女人心烦意乱的声音在屋里尖叫："谁呀?"

肖冬云在门外说："我，你的中学同学肖冬云啊！刘小婉，我来看你!"

"我记不得什么肖冬云了！用不着你来看!"——屋里，女人将什么东西重重地放在案上，发出很响的一声，将门外的肖冬云吓了一跳。

肖冬云不知再说什么好，又不甘心离去，犹豫一阵，只有接着敲门。

"讨厌，找骂是不是?!"

肖冬云还敲门。女人骂骂咧咧地将门开了一道缝，肖冬云看到的是一张青黄浮肿的脸，蓬头垢面的。

肖冬云用一只脚卡住门，不使女人再关上，望着那张青黄浮肿的脸说："小婉，你真的不记得我了?"

而她内心里却犯着嘀咕，难以判断那女人究竟是不是刘小婉。

"我已经说过了，我不记得什么肖冬云！我怎么会跟你同学过呢，笑话!"

肖冬云终于可以得出结论，屋里的女人正是刘小婉。

"小婉，小婉，你忘了，中学时，我是文艺委员，你是学习委员，我俩好成一个人似的！你还是我的入团介绍人呐！有一年夏天你家房子修房顶，你在我家住了一个多月……"

肖冬云说得很快，唯恐刘小婉没耐心听完她的话……

然而刘小婉注视着她，渐渐地将门开大了一些。

肖冬云可算进到了屋里。那是个一居室。除了一张双人床一张写字桌和一张圆饭桌，几乎再就难容它物。床上的被子还没叠，大人孩子的衣服与裤子凌乱一床。刘小婉双袖高卷，两手和小臂水漉漉的，分明正在洗什么。厨房的门和厕所的门对开着，腥膻味儿和霉臊味儿相混杂，充满着空间。洗衣机在厕所里发出拖拉机般的响声。

刘小婉说："你看，我没洗脸没梳头的，真不好意思。"

肖冬云说："那有什么呢!"

她一时不知该往哪儿坐。

刘小婉又说："现在我想起你来了。"

肖冬云笑了笑，被想起来了，反而不知该说什么了。

刘小婉用块湿抹布将一把椅子肮脏的椅面胡乱擦了一下，淡淡地说："那你坐吧!"

于是肖冬云坐了下去。

刘小婉将地中央的一只男人鞋踢向床底后，坐在肖冬云对面的床沿上了。

一个是五十来岁的、被狼狈的人生耗得疲惫不堪的下岗女工；一个是十七八岁的、死而复生的当年的女红卫兵，两个相差三十几岁的初中同学关系的女人（如果肖冬云也可称作女人的话），默默地互相注视着，都觉她们之间其实已没什么共同的话语了。

肖冬云临来之前，设想了种种见面的情形，也设想到了这一种彼此无话可说的情形，最怕的也是这一种情形。

她并不怕被冷淡。如果刘小婉特别冷淡，她转身便走就是了。

但刘小婉在想起她以后，对她的态度显然不是冷淡。

刘小婉的目光里有温情，些微的一点点。就如同几乎已经坍塌了的炉灶的炉膛里，仍有些微的一点点柴火星儿还没灭。

望着刘小婉那一张青黄浮肿的脸，以及同样浮肿的双手，肖冬云心里一阵被盐杀般的难受，倍感那一种沉默的无情折磨。刘小婉的十指有三指缠着胶条，另外七指的指甲也皆凹瘪龟裂，而且呈灰白色。

肖冬云很想去握刘小婉的双手。她努力克制住了冲动没有那样。她缓缓将脸转向窗外，怕眼泪流下来。窗玻璃上蒙着厚厚的尘土，像是有色玻璃了。使照进屋的一束阳光，也如刘小婉的面色一样青黄。

刘小婉说："你别转过脸去啊！来看我，却不让我好好看一看你呀？"

肖冬云只得又将脸转向了刘小婉，嘴在微笑，泪在眼眶里转。

刘小婉又说："你一点儿没变，还当年那样。"

肖冬云更加不知说什么好。

又是一阵沉默。沉默中肖冬云垂下了头。

刘小婉自言自语："我这大半辈子，简直像梦似的。"

突然厕所里的洗衣机发出了更大的响声。

刘小婉赶紧起身冲向厕所——是洗衣机漏了，水流了一地，机筒在空转……

肖冬云一眼看见拖布，便操起来拖水。

刘小婉踢了洗衣机一脚："这破玩意儿！对不起，我可不能陪你多聊了。今天上午我必须把自己家这些衣服用手洗出来，因为下午要到好几家去替别人洗衣服。"

肖冬云就说："我帮你洗！"

刘小婉拗不过她，只得由她帮着。二人一个搓；一个用水清洗，渐渐也就都能找到些话说了。

刘小婉告诉肖冬云，一九六八年她下乡了。因为没有门路，十一年后才返城。又因为她当年下乡那个农村，后来只剩她一名知青了，又是女的，不嫁人根本没法生活下去。所以二十五岁那年，违心嫁给了村里一个比自己大八岁的男人。她很是后悔地说，她本是可以嫁一个只比自己大一二岁的男人的，甚至也有过机会嫁比自己小一二岁的男人。但由于自己下不了决心，他们就都成了别人的丈夫。怕连那个比自己大八岁的男人也不属于自己了，仓促地就嫁了……

她说她丈夫到现在还没解决户口问题，因而属于城市里的“黑人”，自然也从没有过正式工作，目前在某建筑工地打短工……

她说她返城之后倒是分到了一家国营塑料厂。前几年那厂子垮了，因而自己就失业了。靠街道介绍去别人家干小时工每月挣点儿钱。否则日子就没法过了……

肖冬云问到她的孩子，刘小婉说是女儿。说第一个是儿子，夭折了。说女儿才小学五年级，昨天参加欢迎会穿得太单薄，感冒了。今天上午丈夫带女儿看病去了……

肖冬云因自己也是被欢迎者暗觉内疚。

问到当年自己父母的遭遇，刘小婉叹口气说：“你父亲疯了，你母亲却在‘牛棚’里关着，不许她照顾你父亲。要不你父亲哪至于被汽车撞死呢?”

帮着刘小婉洗完那些衣服，已近中午。刘小婉说该做午饭了。肖冬云就说她也该走了。

“你不留下和我们一块儿吃么?”

“不了。”

“那我也不强留你了。我只不过热些剩菜，和他们父女俩胡乱吃一顿……”

“那我走了……”

肖冬云拉开门，正要往外迈步，听刘小婉在她背后低声说：“冬云……”

她收回脚，关上门，刚一转身，被刘小婉紧紧地紧紧地搂抱住了……

刘小婉哭了……

刘小婉哭着说：“冬云啊冬云，其实我怎么会记不起来你呢？我是不愿见你啊！你看我这算是什么人生，过的什么日子……”

肖冬云也呜呜哭了。

她哭着说：“小婉，小婉，你别哭啊，哭得我心都快碎了！告诉我小婉，我能为你做什么？告诉我啊，我多想为你做点儿什么……”

刘小婉终于止住哭以后说：“那，让我们一家三口，今晚到你住的宾馆房间去洗通澡吧！你看我这家，没法在家里洗。花钱洗，又心疼那几个钱……”

离开刘小婉家，肖冬云一路都在回忆三十几年前自己那个好同学——俊俏、活泼、爱写诗，对人生充满理想主义的憧憬……

她猛地悟到，在自己不曾经历过的中国的三十几年间，不被记载的最重要的事件之一，也许是许许多多普通人的人生也彻底给毁了。而这一点又肯定是和“文革”有关的……

刘小婉的脸和双手于是浮现在她眼前。

她不禁打了个哆嗦。

她暗暗庆幸自己那一死，“死得其所”……

回到宾馆，妹妹告诉她，两位带队考虑到他们的实际需要，发给每人一千元钱，以供他们走亲访友买东西用。

妹妹占了便宜似的说：“这下咱俩合算啦，加起来两千。”

她沉思了一会儿说：“把我那一千给我。”

妹妹瞋目道：“姐你要跟我闹经济独立？”

她正色道：“别说废话，我有用。”

妹妹见她特严肃，一声不吭地点了一千元扔给她。

她也一声不吭，一张张从床上捡起，总共十张百元钞。

她第一次手里拿着一千元钱。第二次见到百元钞。第一次是在历险于城里那天，在出租车上，司机拿在手里晃给她看的……

第一次她在受惊受怕的情况之下没细看。

现在她可以细看了，如同第一次拿到身份证的人，细看印在上边的自己的照片。

她想，不管那上边印的是谁，它都只不过是钱啊！

进而想，看来自己以后的人生，也注定了将由钱来左右了吧？

三十几年前，她的头脑中，从没产生过如此现实的想法。现实得比 $1+1=2$ 还简单明白。

她又打了个哆嗦……

下午，姐妹俩去养老院看了她们八十多岁的老母亲。当她们一左一右噙泪叫妈时，痴呆了的老母亲似乎竟认出了她们……

因为老母亲的眼角也溢出了一滴老泪。

姐妹俩一直在老母亲身旁侍守到晚……

刘小婉的丈夫没来洗澡，不好意思来。只刘小婉领着女儿来了。小姑娘很瘦弱，看上去营养不良。

肖冬梅当年也是认识刘小婉的。但肖冬云为了让母女俩洗得无拘无束，还是预先将妹妹支到胡雪玫房间里去了。

母女俩洗完澡出来，那小姑娘说：“妈，要是小姐姐一直住在这儿多好，那我们不是可以经常来洗澡了么？”

刘小婉纠正道：“不许叫小姐姐，要叫阿姨。”

肖冬云寻思应该给孩子买件什么东西，就问她喜欢什么？小姑娘想了想，怯怯又悄悄地回答：“喜欢洗澡。喜欢在这样的地方洗澡。”

肖冬云便将那一千元往刘小婉手里塞。

“什么呀什么呀？你怎么给我钱？你哪儿来这么多钱？这我可不能要，不能要不能要！”

刘小婉哪里肯接。

肖冬云恳切地说："你拒绝，我可生气了！"

刘小婉这才不再往她手里塞还了。

肖冬云又说："也不知够不够买一台洗衣机？如果够，就买一台吧！瞧你那双手都啥样了。你不心疼自己，我看了可心疼你……"

刘小婉一扭头，落泪了……

两位带队心很细，考虑到赵卫东的姐姐弟弟家境困难，给了他两千元。

那天晚上，他在他的房间里接待了他的弟弟。

他弟弟是自己前来的。

他弟弟，才五十岁不到的人，已老得像一个小老头了。

他对他的弟弟又怜悯，又嫌恶。仿佛自己的一部分，完全是由于弟弟的不争，也变得彻底的没了希望似的。

哥哥和弟弟之间只握了一下手，像两个第一次见面的人，态度都淡淡的。在弟弟一方，是由于自卑；在他这一方，是由于沮丧。

弟弟使他沮丧加沮丧。

弟弟说，来时去找过姐姐，姐姐不愿见他。

他说："也好。"

弟弟又说，其实姐姐不愿见他，不是因为对他半点儿感情都没有，而是考虑的太多，怕他将来住到姐姐家去，成了姐姐的拖累……

他说："我怎么会。"

弟弟吭哧半晌，憋红了脸又说，自己的家境也不好，那是照顾不了他这位哥哥的……

他说："你也考虑得太多。"

于是哥哥弟弟之间，几乎再就无话可谈了。

弟弟起身告辞时，他给了弟弟一千元。

弟弟既未问他哪儿来的钱，也不拒，立刻就伸手接了。

他说——以外交通告似的口吻说："以后，如果我混好了，会经常给你寄钱。如果你没收到我寄的钱，那就证明我混得不好。那你也不必打听我在哪儿，不必给我写信，写信要钱更是白写。我也不会给你写信。你就当我已经死在三十几年前了，没我这哥哥吧！"

弟弟说："行。我听你的。"

……

尾　声

肖冬云决定留在“一中”继续三十几年前中断了的初中学业。

当年的县“一中”，如今已是省重点校。它也完全不是从前的面貌了。连省城一些或有权或有钱并且对儿女寄予厚望的人家，都托关系走后门将孩子送到“一中”来。但是仅靠权或靠钱并不能遂心所愿。予以“照顾”的分数从没超过五分。

虽然肖冬云是三十几年前的老校长的女儿，对她还是进行了入学资格测验。之后，现任校长，也就是当年和赵卫东一样暗恋过她的高二男生，亲自和她谈了一次话。

他坦率地说：“你插初三看来是肯定不行的。那你很难跟得上。尽管你已经初中毕业了。如今的初中课程，比当年的初中课程深得多啊。跟初二你同意不同意？那也得从初二第一学期开始读。”

她毫不犹豫地回答：“同意。只要学校接受我，从初一读起也行！”

校长说：“好。有你这种态度就好。”

她如释重负地笑了。

校长又说：“我们‘一中’曾拒绝过一位省委副书记的孩子入校。”

肖冬云庄严地说：“我保证像我当年一样努力学习。”

第二天她就住校了。

她在校园里走了一遭，除了一株老槐树，再什么保留在记忆中的景物也没看到。

伫立老槐树前，她在心里说：“爸爸，我回到‘一中’了！……”

一阵轻风吹过，树叶沙沙作响……

乔博士给她写来了一封信，勉励她不但要考大学，还应考研。并希望自己能有机会做她的导师。字里行间，爱意绵绵。

对于乔博士，她是心存千言万语的。

然而她的回信却极短。那简直不能算是一封信，只能算是一句四字电文：一言为定。

肖冬梅跟胡雪玫走了。

胡雪玫要将她培养成一名歌星。两人正式签了合同。而且由张、郝两位同志做公证人。胡雪玫还主动预支了一笔钱给肖冬梅。

肖冬梅说："跟大姐在一起，我需要钱干什么？"

胡雪玫说："你不需要，你姐还不需要么？"

肖冬梅说："那我以后还你。"

胡雪玫说："你当然得还了！亲兄弟还明算账呢！这是商业时代的规矩。"

于是肖冬梅将那笔钱存成一个卡，留给了姐姐。

肖冬云接卡在手时说："想不到我要由妹妹来供我读书。"

肖冬梅不无愧疚地说："那，咱们可怜的老妈妈就得由姐一人来疼爱了！"

肖冬云说："你放心，我每个星期都会去看母亲的。"

肖冬梅就哭了……

肖冬云劝她："别哭。咱们姐妹俩的命运能这么从头开始，已经算是有贵人相助了。贵人就是胡大姐啊。你跟她走，姐也一百个放心。"

胡雪玫从旁笑道："最终谁是谁的贵人下结论还早啊！但愿你妹妹大红大紫以后，不一脚把我蹬得远远的！"

肖冬梅跺了下脚，急替自己辩护："人家才不会那样呢！"

张、郝两位带队，听了姐妹俩对自己人生安排的汇报，亦觉欣然。

李建国成了哥哥的家庭成员后，住得很不开心。因为自己在哥哥一家三口眼里竟是孩子。连侄女和侄女的对象，都把他当小弟弟看待。而且常拿他开心。

哥哥问他："你可不能闲在家里。说说，对自己的将来有什么打算？"

他迷惘地说："我怎么该知道我有什么打算呢？"

哥哥又问："你这是回答么？想工作还是想读书？"

他考虑了半天，承认自己不是块值得读书深造的料。按现如今高考竞争的激烈程度，没指望迈进大学的门。

"那你是想工作了？"

他点了点头。

"这不是难事。工作过几天就会有！"

"干什么？"

他的精神为之一振。

"到街道电业管理所去，收电费。"

"收电费？我？……我不干！"

他一副受侮辱了的样子。

"那就到哪一个小区去，当物业管理员。"

"工资多少？"

"每月四五百吧。"

"才四五百？！"

“怎么，你还嫌少啊？现而今，就你这样的，能有份工作不错了！没我这位当电力局长的哥哥，你也许连口饭都吃不上！”

几天的亲热劲儿一过，哥哥便动辄教训他了。

“可我已经轻轻松松挣了三万五！”

他也渐渐显出是一个桀骜不驯的弟弟的本相了。

不待哥哥再开口，当嫂子的向他伸出了手：“三万五？拿来呀！你在网上骗别人，别人骗你的事，还有脸当真啊？”

他便无话可说了。因为他从电脑上再也找不到许诺给他三万五千元钱那个网站了……

他违心地去当了几天物业管理员。什么都不会，也就什么都干不了。一户人家的马桶不存水了，让他去修修，结果他将马桶弄碎了。还跑了人家一屋子水，被扣了三百多元工资。

幸亏人家那不是更高级的进口马桶。

趁着物业管理所负责人没板起脸炒他，他明智地主动辞职了。

哥哥为此又训了他一顿。

而嫂子整天不给他好脸色看了。

忽一日省城有家房地产公司的老总亲自来访他，问他每月给他一千二百元他去不去？

这工资数他是满意的，便问让他去干什么？

对方说给他个副经理当当。

由于当物业管理员已经多少培养起了点儿自知之明，对现实的面孔也多少有所领教了，他不敢爽快答应。

“我……职位太高了，肯定当不好啊！”

他寄人篱下，英雄气短起来。

对方说不高。但也不能更高了。说要是招个一般员工，大学毕业生都随便挑，还不找他了呢。

“那，让我管哪些事啊？”

“什么事儿也不用你管。我们公司客人多。来了客人，你唯一的工作是陪饭局……”

“可我，酒量不行啊。要行起来，那也得练。”

“不用你陪酒。我一介绍：‘这位是我们副经理，三十几年前被雪崩埋在岷山的红卫兵长征队队员，现在又活了，而且活得很健康！’——客人们当然就对你好奇是吧？于是呢，你就讲你的传奇经历。讲得越离谱越好……”

“就像编童话故事？”

“不，那不行。童话是讲给孩子听的。要像编科幻故事！”

“可我……这方面想象力恐怕也不行……”

“没关系，我们会有人替你编。你没事儿背熟就行！我们需要的是你这个人的传奇色彩。你这个人的传奇色彩，会使我们公司具有浪漫色彩。冲这点，每月给你开一千二，你不亏，我们也值。干不干？……一千五也行！……”

“如果您真有诚意，那就一千五。”

“好！我是个痛快人，一千五定了！”

正所谓“山重水复疑无路，柳暗花明又一村”。实乃天不绝人，人无绝境。

几天后李建国就到省城当副经理去了。那老总派了自己的专车和秘书——一辆黑色“大奔”和一位漂亮女郎前来接他。

他从哥哥家走得趾高气扬，踌躇满志，一脸春风得意。

结果使他的哥哥嫂子对他刮目相看，双双跟出家门，追在车后喊：“电话！电话！你没留下电话！……”

现在，就是我在写到他这会儿，他也许又在讲——不，背他怎么怎么死而复生的传奇了。据说他已经“练”出了三四两不醉的酒量了。而且少年发福，已有些大腹便便了。他老板“文革”中当过红卫兵头头，也算是与他有种特殊的“血缘”关系吧！他老板一直对他挺好，拿他当个干儿子似的。还信任地分给了他一份陪饭以外的职权——监督公司里那些年轻的女员工们的考勤情况，捎带留心她们背后是否说老板的坏话，并定期向老板汇报……

赵卫东受聘于某市一家小报当记者。尽管他花三百元买了一份大学新闻系毕业的假文凭，报社还是要求他送一篇文章去，看看他的文笔怎么样。他送去了三篇，都是用词凶猛，意欲置人于死地而后快的“大批判”式文章。他对那种文风驾轻就熟，写来全不费工夫。

一批孔子的名言——“三人行必有我师焉。择其善者而从之，其不善者而改之。”

“三人行”怎么会“必有我师”，还“焉”呢？

“三人行”一个是逃犯一个是贼第三个是小人的情况，大千世界里没少发生过嘛！

在此种情况下，谈得上什么是“善”什么又是“不善”吗？相互所“择”所“改”，不过是好恶之间的伎俩传授罢了！

引开去，兜回来，句句不离批判宗旨，扬扬洒洒写了五千余字。

经他那么一批，不但孔子的那一句话荒谬绝伦，而且孔子本人也简直满腹糟粕，仿佛没留下过一句哪怕稍微正确点儿的话了。

二批老子关于牙齿和舌的比喻——什么柔软的必长存于坚硬的？胡说八道啊！如此愚蠢无知的言论，也配中国人代代相传的么？谁见过几百年甚至几千年前的人的舌？但是古人的骨头却一次次被挖掘出来了！还有古人的牙齿！再者说了，长存与否只不过是评价事物的标准之一，更重要的是看现实作用。倘谁被绑票了，他是靠舌舔开捆他的绳索呢？还是靠牙咬开？冷嘲热讽尖酸刻薄加上恶狠狠的辱骂——于是老子在其笔下也只不过是中国思想史中滥竽充数的“老混混”了……

这一篇也洋洋洒洒地写了五千余字。

三批孟子的“温故而知新”。

“故就是故，新就是新。新故了以后才是故，故方新时不谓故。否则‘陈糠烂谷子’就不是该扬弃之物了。否则‘老生常谈’这句话就没有形容的意义了。温故就一定能知新么？数学家重新演算小学生的算术题，哪怕演算一辈子，又能有什么进步？‘温故而知新’是反动的逻辑！反动就反动在——实际上阻挠着人的求新愿望！在‘改革开放’的今天，是一块精神上的绊脚石！我们必须搬开绊脚石，必须将反动的‘温故而知新’论批倒、批透、批臭！再踏上千万只脚，叫孟子永世不得翻身！……”

主编看罢他的三篇文章，拍案赞曰：“好！妙！”

有人持异议，说这等文风，成问题吧？

主编说：“成什么问题？目前缺的就是有赵卫东这种勇气的人！和他这种‘麻辣烫’而且凶恶的文章！本报多登一些这样的文章，还愁发行量上不去，还愁广告拉不来么？这个少有的人才我要定了！”

赵卫东正式报到那一天，主编在办公室召见他，关上门单独面授机宜，与他密谈了两个多小时。

主编说：“孔子啦，老子啦，孟子啦，死了千多年的人了，就放他们一马吧。无论怎么批，也调动不起今人的情绪来！还是要拿今人开刀给今人看。这等于活人大解剖，给人以血淋淋的痛苦万状的感觉，那才过瘾！”

主编给他列了一个单子，上排活人姓名二三十。

主编最后说：“你就暂时先打击这些人吧！找他们的书啦文章啦作品啦看看。凭你的才能，不批得他们体无完肤，一一全灭了他们才怪了呢！不过，你的文风还缺少一种大器。”

赵卫东虚心讨教何为“大器”？怎样才能“大器”得起来？

主编道：“快马不用鞭催，响鼓不用重锤。你只要记住这么一条就行了——写时，心里想，天下人其实都不配活着，天下书其实都不配存在，不，连写也是不必写，印也是不必印的！天生我材必有用！闪开！闪开！爷来了！好比天生一双火眼金睛，刷！一扫，别人的外衣便都剥落了……”

赵卫东顿时对主编无限崇拜甚至无限热爱起来，铭记于心，奉若写作的金科玉律。

于是那报为他辟了一个专栏。

于是“黑马”疾奔而出，赵卫东这个名字一时的大有风起云涌电闪雷鸣摧枯拉朽决胜万千里之势。

然而竟无人应战。无人应战亦即意味着天下无敌。于是每有“高处不胜寒”“孤独求败”之悲凉英雄心理产生。

然而没等他有什么“孤独求败”的实际行动，那主编因贪污和嫖娼被撤了。

新任主编不欣赏他。说：“报纸靠那种文风撑版面，太邪性了。”

于是他被通知“另谋高就”。

那一天赵卫东别提有多悲观了。

他刚恢复了的三十几年前那一种自信，不想被摧毁得那么快，“风扫残云如卷席”。

更令他悲观的，是又遭到了失恋的一次无情打击。

他狂妄而且得意的日子里，一位比他大五岁的女记者，似乎对他很有那么一点儿暧暧昧昧的意思。

也幽会过。也上床过。

他为她早早失了童贞。

而她曾安慰他：“二十来岁失了童贞，如今是时髦。”

他被“炒”了以后，就打电话给她，要住到她那儿去。而她竟在电话那端冷冰冰地说：“当我这是盲流收容所啊？”

他说：“那我去取放在你那儿的文章。”

她说：“就是你请我保存那些？那些不三不四的垃圾也叫文章？我早扔了！看一篇解解闷儿还凑合，看第两三篇就让人想吐！……”

“你！你混蛋！”

他在电话这一端骂起来。

“滚你妈的！”她啪地挂了电话。

他出生以来第一次被一个女人像男人骂人那么骂……

那一天秋雨霏霏。

他不知不觉走到了一条铁道旁……

他鬼使神差地继而走在两条铁轨之间……

一列火车开来……

他迎着车头走去……

他想到了死。想到了安娜的卧轨。三十几年前他看过托尔斯泰那部世界名著。从此一接近铁道就联想到卧轨这一种恐怖的死法。而对于他，那部世界名著的内容和主题，仿佛便是自杀和卧轨这一种恐怖的死法。三十几年前他认为，人，尤其一个女人之所以选择恐怖的死法，纯粹是出于对自己的命运的报复。

卧轨意味着鱼死网破式的同归于尽。是人不惜自己的肉体被碾碎，而彻底破坏罩住自己的命运之网的决绝又悲壮的方式……

决绝又悲壮的意识的动力，于是也渐渐在他的头脑里形成了。

那是一辆货车。车头是内燃机车式的，没有犀牛角似的烟囱，也没有蒸气喷着。与将安娜的身体压成两截的那一种车头不一样。

这竟使他感到遗憾。

它在向他鸣笛……

而他继续迎着他从容走去……

“嗨！你找死呀?！……”

两阵笛声之间，他听到了有人在朝他喊。循声望去，见喊话的是一个背着行李卷的男人，站在铁道边。

他古怪地一笑……

车头巨兽般扑来……

忽然他被推下了路基，确切地说，是被谁搂抱着滚下了路基。一直滚到了麦田中。

一节节车厢呼啸而过。使他免于一死的正是那个背着行李卷的男人。他四十来岁。黑，瘦，身材矮小。行李卷浸在水坑里。

那男人双臂朝后撑起上身，似乎有点儿懵懂地瞪着他说：“我救了你！是我救了你！要不你死定了！”

这是一个事实。

这事实使他恼火。

他正想说——我没向你求救，对方却朝他伸出了一只比脸更黑更瘦的手：“给钱！”

“凭什么?”

“嘿，你他妈还问凭什么?！因为老子救了你！给钱！给钱！给！……”

对方仍伸着手，屁股一起一落地挪着，身体便接近了他。对方的手几乎触到他衣服了。

“我没钱！”

他下意识地捂住了上衣兜。

“没钱？妈的，救了你命你不给钱？我看你是有钱不愿给！……”

他刚欲站起，对方却凶猛地扑向了他，将他扑倒，顺势骑在他身上。

对方的双手扼住了他脖子，扼得他几乎窒息了过去……

“妈的，不给钱我掐死你！……”

对方的嘴脸一时变得特别狰狞。

“兜里……”

他害怕极了。

对方掏走了他的钱，站起，拍拍屁股，行李卷也不要了，扬长而去……

他被抢夺去了整整三千元钱。他最后一个月的工资，加几笔稿费。

他站起来，呆呆地望着对方的背影，不明白自己刚才怎么会怕那么瘦那么矮小的一个男人。那背影单薄得仿佛会被一阵大风刮上天……

他突然拔腿向那背影追去，从后拦腰抱起对方，用力将对方扔到了麦田里。不待对方爬起，他已跃扑过去……

于是二人在麦田中翻滚搏斗，滚倒了一片片刚成熟的麦子。对方哪里搏斗得过他，最终被他打得鼻青脸肿，嘴角流血。

他大获全胜地站起身，重新将夺到手的钱揣入衣兜，正了正被对方扯坏的衣领，也扬长而去。

“你这人，恩将仇报……”

他又几步跨回对方身边，狠踢了对方几脚。踢得对方嗷嗷叫……

他听到对方在他背后哀哭：“我的行李呢？我的行李呢？……”

又一趟列车从远处驰来……

他没再登上路基，站到铁轨间。是一趟客车。望着一节节车厢从眼前闪过，他觉口中发黏。一啐，唾中有血。他自己的一颗牙也在搏斗中被打松了……

那个救了他命又抢夺过他钱的男人，给了他一种启示——死是容易的。对于自己这样的人，活着却注定了是不容易的。即使要夺回属于自己的东西，那也要经过搏斗。

可是除了三千元钱，还有什么是曾经属于自己的东西需要夺回来呢？除了夺这一种暴力的方式，另外还有没有其他比较智慧的方式呢？他彻底打消自杀的念头，决心更能动地接近这个对他似乎无比冷漠的现实，并从中发现那一种可能存在的方式。斯时雨住。阴霾散尽，天空一派清明。接连数日不曾露脸的太阳，在黄昏时分，新新艳艳地亮相了。大，而且圆。如一只注满了血浆的气球。红彤彤沉甸甸的，欲坠不坠。将金色的麦田也映得泛着血光似的。

他举目四望，这才看出，自己不知不觉间是走在通往“疗养院”的郊区路上。“疗养院”就在前边了。铁门旁高高竖着一块牌，上面两个大字是“招租”……

他怀着一种有些眷恋又避之唯恐不及的复杂心情，缓缓向城市的方向转过身去……